HEYNE

Das Buch

»Zwei deutsche Taucher vor der Küste von La Palma spurlos verschwunden.«

Diese Randnotiz in der lokalen Tageszeitung veranlasst den Fotojournalisten Markus Wiesner genauer nachzuforschen, was wirklich passiert ist. Er weiß nämlich, dass es sich bei den beiden Vermissten nicht, wie behauptet, um naive Hobbytaucher handelte, sondern um kriminelle Wracktaucher, die ohne behördliche Genehmigung ihrem Gewerbe nachgingen.

La Palma – die kanarische Insel des »Ewigen Frühlings«, ist ein Lieblingsziel für Alternative und Aussteiger, Freaks, Drogenschmuggler, betuchte Pensionäre, ein Paradies für Segler und Taucher und ein Mekka für Ufologen und Atlantisforscher. Im Südwesten fällt die Küste bis auf eine Tiefe von zweitausend Metern ab.

Neben dem Journalisten Wiesner ist auch die Meeresgeologin Susanne Brecht auf die Insel gekommen. Es sind nämlich wertvolle wissenschaftliche Geräte auf geheimnisvolle Weise verschwunden, die das renommierte Alfred Wegener Institut aus Bremerhaven auf dem Meeresboden installiert hatte, um ein Tsunami-Frühwarnsystem aufzubauen. Sie will unter anderem herausfinden, ob das Rätsel um die Taucher mit dem Verschwinden der Unterwasserseismographen zusammenhängt.

Der Autor

Cord Hagen, geboren 1963, ist das Pseudonym eines bekannten deutschen Bestsellerautors. Er hat neben Romanen auch Drehbücher, Hörspiele, Erzählungen und poetische Reportagen geschrieben. Cord Hagen lebt in Berlin und auf der Kanareninsel La Palma, auf der auch sein vorliegender Roman spielt.

CORD HAGEN

DER SCHLUND

Roman

WILHELM HEYNE VERLAG
MÜNCHEN

FSC
Mix
Produktgruppe aus vorbildlich bewirtschafteten Wäldern und anderen kontrollierten Herkünften

Zert.-Nr. SGS-COC-1940
www.fsc.org
© 1996 Forest Stewardship Council

Verlagsgruppe Random House
FSC-DEU-0100
Das für dieses Buch verwendete FSC-zertifizierte Papier *München Super* liefert Mochenwangen Papier.

2. Auflage
Vollständige Erstausgabe 10/2007

Printed in Germany 2007
Umschlagfotos: © Jeffrey L Rotman/Getty Images; Bruce Robison/Corbis
Umschlaggestaltung: Hauptmann & Kompanie Werbeagentur, München–Zürich
Satz: KompetenzCenter, Mönchengladbach
Druck und Bindung: GGP Media GmbH, Pößneck
ISBN: 978-3-453-43251-2

www.heyne.de

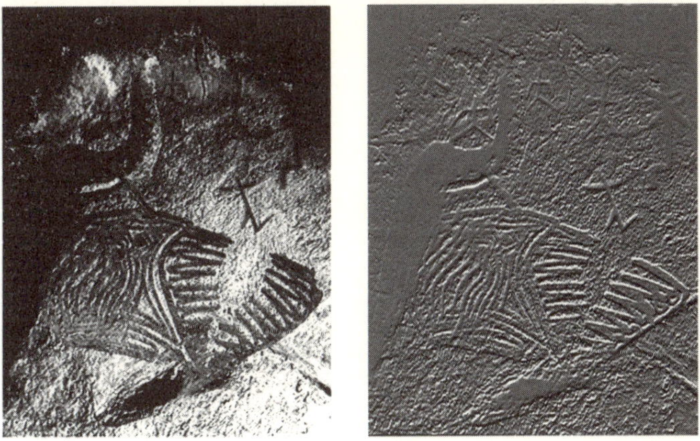

Das Felsrelief »Rocas carnivoras«, Garafía, La Palma. Auf dem linken Foto wurden die Einritzungen mit Grafitstaub künstlich geschwärzt, um die Details hervorzuheben. Rechts ein unter wissenschaftlicher Anleitung gemachter Abdruck (Plaster caster, grafisch erhöht).

Die Figuren dieses Romans sind frei erfunden, Ähnlichkeiten mit lebenden oder verstorbenen Personen rein zufällig.

Mein besonderer Dank gilt Frau Doktor Gabrielle Ünkelmann-Neben vom Alfred-Wegener-Institut Bremerhaven und Carmen Busch für die Übersetzungshilfen.

Die Beschreibung der Vorgänge unter Wasser entstanden in Zusammenarbeit mit meinem Freund, dem Rettungstaucher Ralf Dorendorf. Seine Geduld war so unerschöpflich wie die sieben Weltmeere …

Die beschriebenen Wetterverhältnisse entsprechen in etwa der Witterung, die im Februar 2005 für viel Unmut sorgte.

Esta novela se dedica a la nación de los Guanches
y a los ninos de Tanausús!

Wenn man mich fragt, ob ich an die Existenz von Geschöpfen glaube, die größer, als alle Einbildungskraft es sich vorstellen kann, in den Tiefen des Ozeans leben, antworte ich mit einem uneingeschränkten Ja.

– F.A. MITCHELL HEDGES, »Kämpfe mit Riesenfischen«, 1922

Obwohl das Meer mehr als zwei Drittel
der Erde bedeckt, wissen wir weniger darüber
als über die Oberfläche des Mondes.
So mag es kommen, dass in den dunklen
Abgründen der Ozeane wirklich noch
riesenhafte Meeresungeheuer leben,
ohne dass wir ihrer je ansichtig geworden sind.

– HANS HASS

1

Im Schein der Tauchlampen spannte sich das Kabel in die Tiefe – ein silbriger, nabelschnurartiger Strang, um den Schlickpartikel und Kleinstlebewesen tanzten. Dahinter verlor sich das Meer schwarz und bodenlos.

Seitdem sie die Fünfzigmeter-Marke passiert hatten, fühlte sich Menno ziemlich benebelt. Hob er den Kopf, verschlimmerte sich das Gefühl: Über den aufsteigenden Luftblasen schwappten leuchtende Algenteppiche wie flüssiges Metall in einer rußigen Esse hin und her … Er fragte sich, ob so ein Barotrauma begann, ob es nicht besser wäre auf der Stelle umzukehren?

»Träumst du? He, was ist los Mann?« Eine vertraute Stimme schnarrte aus dem Innenlautsprecher des Helms. »He, Partner, ich rede mit dir …«

Etwas Hartes streifte Mennos Schulter, und als er aufblickte, schwebte Digger genau über ihm. Rüdiger »Digger« Görtz wirkte wie ein Miniatur-U-Boot aus den Zeiten von Jacques Cousteau: An seine Spezialrückentrage waren zwei riesige 20 Liter-Trimix-Tanks montiert. Eine weitere Acht-Liter-Flasche mit Dekompressionsgas hing mit Karabinern befestigt an seinem Brustgurt, der Behälter schwankte leicht hin und her und war wohl die Ursache der Berührung.

»Kannst du nicht aufpassen, Mann?«

Ein paar Sekunden hingen sie wie Satelliten im unermesslichen Raum des lichtlosen Wassers.

»Probleme?«

»Ach was, mir fehlt nichts.« Das stimmte nicht ganz, denn Menno war seit Tagen erkältet. Vielleicht war es die vorsintflutliche Gasheizung in der Blockhütte, in der sie hausten, oder die ewig klamme Bettwäsche, die seiner Stirnhöhle zusetzte. Vielleicht war er auch nur verkatert, denn er hatte die letzte Nacht wieder gelumpt und gebechert.

»Mach mir nicht schlapp, alter Junge, wir sind gleich unten.«

Es ging weiter hinunter.

Der Lichtstrahl von Diggers Lampe erfasste eine bis dahin unsichtbare Steilwand aus Lavageröll. Wie die Schlote einer versunkenen Fabrikstadt türmte sich der Basalt auf. Nirgends gab es Spuren von ozeanischem Leben, selbst Seegurken schienen diesen Abgrund zu meiden. Zwischen den säulenartigen Erstarrungsformen des vulkanischen Gesteins zeigten sich riesige Klüfte und Schlünde.

»Richtig unheimlich hier ...« Der Tiefenmesser des Dekompressionscomputers zeigte exakt einhundertfünfunddreißig Meter. Obwohl sie nur noch fünfzehn Meter von ihrem vorletzten Gaswechsel entfernt waren, brauchte Menno die Pause.

Eine Hand in das Kabel gekrallt, versuchte er ruhig zu atmen und an die Hafenspelunke von Tazacorte zu denken, wo sie sich vor Stunden noch hochleben ließen. Da oben, vor einem verräucherten Wandputz im Pizzeria-Look, brauste jetzt wahrscheinlich das Leben, es wurde geschlemmt, gelacht, Gitarre gespielt. Kerzen flackerten auf reichlich gedeckten Tischen – *Gambas al ajillo*! –, der spanische Rotwein floss in rauen Mengen – und wo war er? Anderthalb Meilen von der Küste entfernt tauchte er mitten in der Nacht dem Meeresboden entgegen. Irgendwo über ihm schaukelte die *Santa Anna*, das kleine Boot einer Tauchschule, und selbst dort war es jetzt gemütlicher.

»Du hast doch kein HPNS, oder?« Digger leuchtete Menno direkt in die Augen. Das Syndrom hing mit der Komprimierung der Synapsenmembrane ab 150 Meter Tiefe zusammen. »Keine Panik, wir werden die Sache ganz *easy* durchziehen. Morgen um diese Zeit sind wir um hunderttausend Mäuse reicher. Gar nicht so übel für ein paar Stunden unter Wasser, oder?«

»Ja, nicht schlecht …« Obgleich es leichter war, ein Stück Hightech-Equipment zu bergen, als den Meeresboden nach abgesoffenen Amphoren oder Goldmünzen zu durchwühlen, keimte in Menno seit Tagen ein ungutes Gefühl.

Er wollte das Kabel gerade loslassen, als er einen milchig phosphoreszierenden Flecken unter sich sah – und er bewegte sich hin und her wie eine Seelaterne …

»Siehst du das auch?«

»Oh, das …« Diggers Tauchcomputer zeigte einen neuen Gaswechsel an. Jeder unerwartete Zwischenstopp würde sich auch auf die Deko-Zeiten auswirken.

»Ist wahrscheinlich 'ne Qualle.«

»Oder auch nicht.«

Beide Männer schalteten ihre Photonenlampen gleichzeitig aus.

Angestrengt spähten sie zwischen ihren Flossen hindurch, aber der diffuse Schein hatte sich blitzschnell verflüchtigt.

»Hab mich wohl getäuscht«, sagte Menno.

»Nein, hast du nicht …« Digger klopfte Menno wie mitfühlend auf die Schulter. »Hast du vergessen, was uns der Alte erzählt hat – dieser Perlmutter, seines Zeichens Touristenfänger aus Los Llanos? – He, Jungs …«, krähte er mit verstellter Stimme, »… glaubt mir, da wo ihr tauchen wollt, liegt die Einflugschneise der Ufos. Sie landen auf ihrem unterseeischen Flughafen! Wenn ihr wollt, zeig ich euch die Stelle mal aus den

Bergen … Nur fünf Euro fünfzig, *no money-back-guaranty* …« Er hielt inne. »Pass auf, Brüderchen, die kleinen grünen Männchen werden dich holen …«

»Du kannst mich mal«, sagte Menno. Entschlossen tauchte er ab.

Die Sticheleien waren nichts Neues unter den Brüdern, nur diesmal stand viel auf dem Spiel.

Wir werden die ganze Küste abfischen, hatte Digger auf dem Hinflug verkündet, *all das wertvolle Zeugs, das die Eierköpfe im Ozean versenken, um das Sicherheitsbedürfnis von ein paar EU-Funktionären zu befriedigen. Wir werden den Kram einfach heben …*

Damit waren vor allem Ozeanbodenseismometer und die dazugehörigen GPS-Bojen gemeint. Sie gehörten zu einem neuen Tsunami-Frühwarnsystem, und die schon im Vorfeld mit Millionen Euro bezifferten Kosten hatten sich noch durch diverse Beiprogramme astronomisch erhöht. Die letzte offizielle Schätzung lautete zehn Millionen. Schon zehn Prozent davon waren für zwei dauerbankrotte Wracktaucher nicht zu verachten, trotzdem hatte Menno Einwände gehabt, doch sein Bruder war dagegen immun.

Digger hatte sein Handwerk als Bohrinseltaucher gelernt, in einer ungemütlichen Ecke der Nordsee, er hielt sich deshalb für *unsterblich.*

Was einem Sporttaucher zum Verhängnis werden könnte, interessierte ihn nicht, er war Profi! Auf den Tauchgang hatten sie sich noch nachlässiger vorbereitet als zuvor – zerfledderte Seekarten und eine Konstruktionszeichnung des Moorings, das war alles. Mit einer vagen Vorstellung über die Strömung vor Ort waren sie in das Mietboot gestiegen, und Menno versuchte jetzt nicht an Strudel und Priele zu denken, oder gar Seelöcher, die einen Mann wie einen Kreisel hinabziehen und in den Sand bohren konnten. Im Vergleich zu den Seismometern am Ozeanboden waren die Moorings recht einfach konstruiert. Auf der Skala 1:1000 erinnerten sie an eine Mischung aus Hochspannungsleitung und Perlenschnur. Ein in unmittelbarer Nähe gelegener OBS erlaubte es den Brüdern, heute Nacht gleich zwei »Meeresfrüchte« zu pflücken.

Zur Not nehmen wir Semtex, hatte Digger noch verlauten lassen, und Menno, der die krummen Touren seines Bruders kannte, erinnerte sich an brenzlige Situationen in der Karibik. Die großen Schätze hatten sie nicht gefunden. Und gab es einmal etwas zu bergen wie dieses Schmuckstück auf den Kapverden, dann waren ihnen die Behörden in letzter Sekunde auf die Schliche gekommen. Untersuchungshaft, Verhöre, sogar Stockschläge …

Ja, in einem Punkt hatte Digger schon recht: Der Fischzug auf den Kanaren war wie Malen nach Zahlen. Zum einen wussten sie diesmal genau, was sie suchten. Die Seismometer waren an der Meeresoberfläche mit GPS-Bojen markiert. Und es gab bereits einen Hehler, einen »seriösen Geschäftsmann«, – so Digger –, der ihre illegale Operation finanzierte. Der Mann lebte anscheinend davon, westliche Technologie an Dritte-Welt-Länder zu verhökern. Ihm verdankten sie auch die utopisch anmutenden Helme von Kirby Morgan, die von Berufstauchern stammten.

In den letzten Tagen hatten die Brüder schon zweimal Beute gemacht. Selbst die Demontage eines neuartigen Ozeanbodendrucksensors war ihnen überraschenderweise problemlos gelungen. Mit dem Charterboot suchten sie tagsüber nach Bojen, warteten, bis es Nacht wurde, und machten sich dann an die Demontage.

Das straff gespannte Seil des Moorings diente ihnen als Wegweiser in die Tiefe. Abgesehen von dem stundenlangen Auftauchen, dem gnadenlosen Abstoppen der Dekompressionszeiten, war es für zwei erfahrene Bohrinseltaucher ein Kinderspiel, die Geräte zu »bergen«.

»Menno … Jetzt warte doch mal!«

Digger bekam seinen Bruder an der rechten Flosse zu fassen.

»Was willst du?«

Durch die beleuchtete Scheibe des Helms sah Menno ein besorgtes Gesicht.

»Du hast Schlagseite …«

»Ach was, ich behalte nur das Kabel im Auge.«

»Sieht mir eher nach einer Gleichgewichtsstörung aus. Außerdem hast du einen Blutstropfen unter dem rechten Nasenloch hängen.«

»Was soll das Gemecker?«

»Ich will, dass du umdrehst!«

»Kommt nicht in Frage.«

»Bist du schwerhörig?« Digger pochte mit den Fingerknöcheln auf Mennos Helm, es klang wie Donnerschläge. »Du wirst genau das tun, was ich sage. Ist dir klar, was passiert, wenn du ohnmächtig wirst?«

Menno wollte sich das lieber nicht vorstellen.

»Und was ist mit dir?«

»Mach dir um mich keine Sorgen.« Wenn Digger alleine tauchte, war er noch schneller. Wie ein Apnoetaucher konnte er seine Atemfrequenz auf vier Züge pro Minute reduzieren und schien gegen jede Form von Taucherkrankheit gefeit.

»Wir sehen uns oben an Bord. Jetzt, mach schon, verschwinde!«

Menno pumpte etwas Luft in sein Wing-Jackett und stieg langsam auf.

Er wusste, es hatte keinen Zweck mit Digger zu streiten.

Ich werde aussteigen, dachte er noch, *Schluss mit dem Wahnsinn.*

Obwohl er fröstelte, fühlte er sich in seinem Inneren wie ein Fesselballon, glühend heiß und unter Hochdruck. Er fragte sich, ob Digger die Gase falsch gemischt hatte, ein fünfprozentiges Trimix-Standardgemisch fiel bei Digger gern einmal grenzwertig aus. Dass Atemluft ab 100 Meter nicht mehr als 12,7 Prozent Sauerstoff enthalten sollte, hatte er schon oft ignoriert.

Wenn nur nichts schiefgeht, dachte Menno.

Der Aufstieg war wie immer eine Geduldsprobe. Über 210 Minuten in 7 Etappen. Die Deko-Zeiten mussten genau eingehalten werden, damit sich der Stickstoffanteil in Mennos Blut verringerte. Eine zu kurze Deko würde direkt in die Dekompressionskammer führen, ein Gefühl, das er schon einmal gründlich auskosten durfte.

Er hatte gerade die 90-Meter-Marke passiert, als sich Digger meldete.

»He, Bruderherz, das Licht ist wieder da!«

»Ach ja?« Mennos Tauchcomputer zeigte noch immer eine Dekozeit von sechzehn Minuten. Während die Zahlen rückwärtsliefen, blieb ihm nichts anderes übrig, als in der stygischen Finsternis zu verharren.

»Ne, ich will verdammt sein, wenn das 'ne Qualle irxxxt … Bewegt sich nicht von der Stelle.« Diggers Stimme klang zunehmend verzerrt. »Junge, das Lirxx – t ist so rxx ell, dass ich den Boden sehen kann … Lauter Felxxxx …«

»Was?«

»Felsen.« Diesmal war die Stimme deutlich zu verstehen.

Mennos ungute Vorahnung verstärkte sich. Parallel zu dem Mooring sah er Luftblasen aufsteigen. Sie kamen regelmäßig aus der Finsternis und waren der Beweis, dass sein Bruder atmete, dass sich seine Lungenflügel regelmäßig bewegten, so wie sich das für einen Taucher gehörte.

»Na, ich werd' nicht mehr ...«

»Was?«

»Sieht aus, als hätte da unten einer gesprengt!«

»Gesprengt? In dieser Tiefe? Unmöglich.«

»Wieso? Wir sind vielleicht nicht die einzixxxn, die hier unterwegs sind.«

»Du halluzinierst.«

»Ich sage nur, dass es von hier aussieht, als wäre gesprengt worden. Ich sehe mehrere Krater ... inmitten von zertrümmerten Felsen. Sieht alles noch recht frisch aus ...«

»Ich denke du solltest auftauchen«, fiel Menno dazwischen. »Hier ist irgendwas faul.«

Diggers Lachen klang gläsern und aufgesetzt. »Und das wäre?«

»Woher soll ich das wissen? Die haben dieses Seismo-Dingsbums vielleicht am Rand eines unterseeischen Vulkans montiert. Es gibt hier noch immer eine Menge Aktivität ...«

»Red weitrxxx. Bin fast unten ...«

»Hörst du überhaupt zu? Ich sagte ...«

»He, es hat sich wieder bewegt ...«

»Was hat sich bewegt?«

»Das Licht ...«

»Mir gefällt das nicht, Digger! Du solltest machen, dass du da unten wegkommst!«

»Das kannst du den kleinen grünen Männchen erx ... ählen«, sagte Digger.

»Ich glaube wirklich, dich hat's erwischt«, japste Menno, »du klingst, als ob du den Tiefenrausch hast ...«

Seine reguläre Dekozeit war abgelaufen, doch er rührte sich noch nicht von der Stelle.

»Kümmere dich nicht um das Leuchten ... Komm rauf!«

»Wieso?«

»Du musst da unten verschwinden, sofort!«

»Was zum Teufel ...?« Da war plötzlich ein Unterton, der Menno missfiel. »Da war eben so ein merkwürdiger Sog ... Hier scheint es einen Strudel zu geben ... Der Boden ist ganz aufgewühlt ... Junge, das glaubst du nicht ...« Sein keuchender, rasselnder Atem ging immer schneller. »Das Licht kommt genau auf mich zu ...«

»Verschwinde!« Menno rüttelte wütend am Kabel. »Mach, dass du Land gewinnst!«

»Es ist ein ...« Diggers Stimme entgleiste schlagartig. Was er schrie, war nicht zu verstehen, denn ein Geräusch – wie man es vielleicht vom Zusammentreffen zweier Schnellzüge erwartet hätte – verschluckte den Rest.

In der Tiefe blitzte es mehrmals auf, so wie Menno es von Leuchtplankton kannte.

»Digger, was soll das?« Menno starrte auf den Strom der Luftblasen. Sie kamen noch immer gleichmäßig wie zuvor.

»He, Partner, kannst du mich hören?« Die Stille in Mennos Helm war erschreckend. »Digger?«

Ein gurgelndes Geräusch rumorte plötzlich unter ihm und steigerte sich zu einem Tosen. Alles um ihn herum schien zu beben, und Menno senkte in Panik seine Lampe nach unten: Eine Armada von Luftblasen – manche so groß wie ein Fallschirm – pilzten plötzlich unter ihm auf. Mennos Kraft reichte nicht aus, sich gegen diesen Angriff zu stellen. Das Wasser vor seiner Maske schien plötzlich zu kochen, und eine Gewalt riss ihn los ... Sie hob ihn hoch, drehte ihn ein paar mal um seine eigene Achse ...

In diesem Strudel traf Menno ein giftgrünes Treibgut am Kopf – eine von Diggers Flossen ... Sie trudelte wie ein merkwürdiges Lebewesen durch die brodelnden Luftblasen und verschwand, bevor er zugreifen konnte.

»Schiet! Wahrscheinlich hat sein Automat abgeblasen ... Oder eine Flasche hat den Geist aufgeben ...«

Menno war kein Held, aber er vergaß plötzlich, wo er war und tauchte mit einem Ruck kopfüber. Ohne zu zögern ließ er die Luft aus seiner Tariereinheit und stürzte wie ein Stein in die Tiefe.

Ich muss ihn retten, mehr dachte er nicht. Die rapide Zunahme des Wasserdrucks brachte seine Trommelfelle zum Knacken, seine Augäpfel schienen zu bersten, auf die Glasscheibe tropften Speichel und Blut.

»Nur, weil du nicht hören wolltest!«, heulte er vor sich hin. »Dieser Alte hatte uns noch gewarnt.«

Am Rande der Besinnungslosigkeit erreichte er endlich den Grund. Die Berührung war überraschend und unsanft, wahrscheinlich war er fünfzig Meter gesunken, denn er traf direkt mit der Sichtscheibe auf. Das Knirschen bestätigte, dass sie stoßfest war.

»Halleluja!« Mennos Tauchcomputer zeigte 225 Meter. Es war die größte Tiefenangabe, die er je auf dem Display gelesen hatte, und trotz seines Zustands betrachtete Menno die Zahl mit einer Mischung aus Ehrfurcht und Stolz. Sein Finimeter sagte ihm, er hatte nicht mehr viel Zeit, seinen Bruder zu finden.

Wild um sich leuchtend, schoss er im Kraulbeinschlag vorwärts.

Vor ihm, über ihm zeigten sich bizarr geformte, löchrige Felsformationen – aufgeschäumte Lavamassen, die nach dem Ausbruch im kalten Wasser erstarrt waren. Zwischen einer Art Bimsgestein entdeckte er den Seismometer. Die Schwimmkörper und Sensoren waren noch immer intakt.

»Digger? Melde dich, Mann!«

Der Lichtkegel seiner Lampe irrte über scharfkantige Vorsprünge, drang in Hohlräume ein, scheuchte geisterhafte Schatten auf und vor sich her.

»Digger!!!«

Ein diffuses Leuchten stieg plötzlich aus einer Spalte – grünlich schimmernd kroch es vor ihm über das dunkle Gestein und beschrieb dann einen Halbkreis um Menno, bevor es hinter einem Felsen verschwand.

Menno hörte seinen Atem rasen.

Vor ihm – nur wenige Meter von dem Rahmen des Seismometers entfernt, entdeckte er Diggers 20-Liter-Pullen. Die Tragegurte waren sauber wie mit einem Messer durchtrennt. Er schwamm näher.

Es muss ein Albtraum sein, dachte Menno. *Du wirst sehen, es ist alles nur ein Albtraum. Morgen Früh wirst du wach und liegst in deinem Bett … und draußen ist der Himmel vergissmeinnichtblau … und unten am Hafen erwartet dich ein Frühstück mit frischen Krabben und Spiegelei.*

Er stieß mit dem Musikantenknochen gegen einen Felsvorsprung, der wie ein Klapptisch aus der Wand ragte, und der kribbelnde Schmerz brachte ihn zurück in die wirkliche Welt.

Instinktiv, die Deckung der Felsen nutzend, paddelte er weiter.

Digger, warum nur? Er musste Gewissheit haben vor dem Auftauchen, denn er wusste, er würde nie wieder in diesen lichtlosen Abgrund zurückkehren, nie mehr, selbst wenn ihm dieser Mann aus Los Llanos eine Million bieten würden.

Als Menno den Kopf drehte, war das Licht plötzlich da … Wie ein riesiger phosphoreszierender Kometenschweif leuchtete es ihm ins Gesicht …

Dann – völlig unvermittelt – spürte er den Sog. Es war keine Berührung mit einer unterseeischen Strömung, sondern ein kurzer, vehementer Schub, der den Sand des Meeresbodens meterhoch aufwirbelte.

Etwas traf ihn mit fürchterlicher Wucht, schlug ihm die Luft aus der Lunge.

Er war wie gelähmt. Mennos Hand tastete noch nach dem Messer, seine Fingerspitzen berührten den Knauf, als ein glühendheißer Schmerz seinen Körper durchzuckte, ein unbarmherziger Druck wirkte auf ihn ein, presste sein Inneres wie in einem riesigen Schraubstock zusammen …

Er empfand keinen Schmerz, eher ein Gefühl großer Leichtigkeit – als hätte er schlagartig eine Menge Ballast abgeworfen.

Im Licht der Tauchlampe schwamm seine untere Körperhälfte an ihm vorbei, die Beine zuckten noch, zappelten – und verschwanden, denn irgendetwas zog Menno mit der Gewalt eines rasenden, alles zermalmenden Schnellzugs ins Dunkel …

Seine Trommelfelle platzten, und in diesem Augenblick reißenden Schmerzes wurde sein Geist vollkommen klar: Es war kein Traum – er erlebte seinen Tod bei vollem Bewusstsein.

Sein Mund öffnete sich, um einen Schrei auszustoßen. Er brachte keinen Ton mehr heraus – nur ein Schwall blutigen Wassers schwappte in seine Maske.

Der zunehmende Druck presste ihm den Brustkorb ein, und er spürte nicht mehr, wie sich sein restlicher Rumpf von ihm trennte. Die Lampe des Helms leuchtete noch bis zuletzt. Wie ein Raumschiff trudelte sein Kopf in die wartenden Arme eines dreitausend Meter tiefen Abgrunds.

2

»Sehr geehrtes Gremium, meine Damen und Herren,
diesem Subventionsantrag, der bereits von den Vereinten Nationen begrüßt wurde, liegen nicht nur gewissenhafte Überlegungen, sondern auch alarmierende Untersuchungen des Meeresbodens vor La Palmas Westküste zu Grunde.
Es führt, so wissen wir heute, kein Weg daran vorbei, etwas für die Sicherheit unserer Bürger zu tun.
Die dicht besiedelten Küsten im Mittelmeerraum sind das größte Problem. Die Installation eines Tsunami-Frühwarnsystems vor La Palma könnte – sollte die Katastrophe denn eintreten – mit Sicherheit dazu beitragen, unzählige Menschenleben zu retten.
Da auch die untermeerische geologische Substanz als instabil eingestuft wurde, erscheint es ratsam, eine Reihe von Beiprogrammen durchzuführen, bevor die Ozeanbodenseismometer (OBS I. – IV.) installiert werden.
Die operationale Implementierung der Moorings wurde von kanarischen Ozeanografen eigenständig durchgeführt.
Die bei der EU eingereichten Anträge auf Subventionen in Höhe von 10 Millionen Dollar erscheinen von diesem Standpunkt her durchaus gerechtfertigt.
Wann sich die Naturkatastrophe ereignen wird, ist nicht zu sagen. Aus geophysikalischer Sicht kann der Zeitpunkt unmöglich bestimmt werden. Die in der Cumbre Vieja registrierte vulkanische Tätigkeit gibt seit zwanzig Jahren keinen Grund zu Besorgnis,

und doch ist es seit 1949 immer wieder zu Ausbrüchen gekommen. Immerhin handelt es sich um eine Kette von einhundertzwanzig Vulkanen, eine Kette, die quer über die Insel verläuft. Die Annahme, dass – infolge einer neuen vehementen Eruption – eine Gesteinsmasse von fünfhundert Milliarden Tonnen in den Ozean rutschen und einen Mega-Tsunami auslösen könnte, ist keine Spekulation.

Juan Carlos Carracedo, Direktor des kanarischen Instituts für Vulkanologie, hat auf der Nachbarinsel El Hierro konkrete Beweise dafür gefunden, dass sich dort vor rund einhundertzwanzigtausend Jahren ein ähnlicher Bergrutsch ereignete. Damals stürzte der gesamte Nordwestteil eines 1500 Meter hohen Vulkans ins Meer.

Die aufgeworfene Flutwelle traf unter anderem die Bahamas und wuchtete dort zweitausend Tonnen schwere Felsen zwanzig Meter über den Meeresspiegel an Land. Die Spuren der Verwüstung sind noch heute zu sehen.

Hans-Erwin Minor und Willi Hager von der Eidgenössischen Technischen Hochschule Zürich bildeten im Labor einen vergleichbaren Bergrutsch nach. Als Vorbild nahmen sie die Naturkatastrophe vom 8. Juli 1958: In der Lituya-Bucht Alaskas stürzte damals eine durch Erdbeben ins Wanken geratene Klippe ins Meer. Das von immensen Steinmassen verdrängte Wasser erzeugte eine einhundertsechzig Meter hohe Welle.

Am Strand des gegenüberliegenden Ufers der Bucht lief diese Welle bis zu einer Höhe von 524 Meter auf.

Nachdem die Kollegen ihre Versuchsapparatur mit den Daten dieses Bergrutsches geeicht hatten, konnten sie die Auswirkungen eines ähnlichen Bergrutsches auf La Palma simulieren, bei dem bis zu zehntausendmal mehr Gestein mit dem Tempo eines ICE ins Meer fahren könnte.

Die Messdaten waren ernüchternd: 650 Meter hoch würde sich eine Welle direkt vor La Palma auftürmen und die Insel zum größten Teil überfluten.
Die mit einer geschätzten Geschwindigkeit von 720 km/h über den Ozean jagende Welle hätte etwa nach einer Stunde die Küste Marokkos erreicht. Auch im Mittelmeerraum würde es noch zu erheblichen Verwüstungen kommen.
Dem müssen wir vorbeugen.«

– Aus dem Antragsschreiben von Dr. Gomez Carrasco, Instituto Oceanografico, La Palma, Januar 2005 zur Subventionierung eines Tsunami-Frühwarnsystems

Der Service an Bord hatte noch gar nicht begonnen, da hatten die mit dem Quiz eine Reihe vor ihr angefangen.

»L.O.T.? Nie gehört.«

»Mensch, die Polen-Airline …«

»Ach die … Steht die nicht kurz vor dem Bankrott?«

Über dem Brummen der Turbinen waren die Stimmen kaum zu verstehen.

»Die L.O.T. stand immer vor dem Bankrott, Kumpel. Deshalb war sie schon immer ein Preisknüller. Also, was heißt es?«

Wie hohl können Köpfe sein? Susanne Brecht, Geophysikerin des Alfred-Wegener-Instituts, saß tief gebeugt über einem vergleichenden Seismogramm. Sie war nicht leicht aus der Ruhe zu bringen, doch das dämliche Fragespiel der beiden Rucksack-Touristen lenkte sie unnötig ab. Wahrscheinlich waren es aufgedrehte Jung-Manager, die auf einem Selbsterfahrungstrip waren. Nach jeder Durchsage setzten sie ihr Quiz ungeniert fort, und Susannes innere Spannung ähnelte bereits seit einiger Zeit der Zickzacklinie auf dem Papier.

»L.O.T. Landet Och Tempelhof. War das so schwer?«

»Nie gehört. Is' das 'n Dissidentenkalauer? Wie alt bist du eigentlich?«

»Alt genug, um dich einzumachen. Nächste Frage: P.I.A.?«

»Please Inform Allah.«

»Okay. Jetzt wird's schwierig: Wenn du die weißt, halte ich dich die ganze Woche über frei. – SABENA?«

»Ich rate keine Abkürzungen, wenn es die Airline nicht mehr gibt ...«

»Eben. *Such A Bloody Experience Never Again* ...«

»Ha, ha, ha ...« Der mit der fusseligen Stirnglatze bog sich vor Lachen.

»Darf ich mitmachen?« Susanne beugte sich über die Lehne. Ihr blondes Haar fiel auf ihre Schultern herab und kontrastierte mit ihrem bronzefarbenen Teint. Unter einer verwaschenen Jeansjacke betonte ein T-Shirt-Kleid ihre Figur an den richtigen Stellen, mit einer Gürtelkette als einzigem Schmuck.

»Aber gerne ...« Der Knabe mit dem Batikhemd löste seinen Sicherheitsgurt und stand umständlich auf. Susannes schlichte Eleganz veranlasste ihn dazu, einen kleinen Diener zu machen.

»Manfred Ziering-Müller. Betriebsrat. Und Sie sind ...?«

Susanne ignorierte die Hand.

»Ich würde gerne mitmachen«, sagte sie freundlich.

»Mitmachen?« Der Blick des Betriebsrats streifte wie eine Meute hechelnder Hunde um ihre Brüste. Wahrscheinlich war er nicht mehr ganz nüchtern, denn er zwinkerte ihr aufdringlich zu.

»It's my pleasure«, gab er weltmännisch zum Besten. »Ich bin schon mit allem geflogen, Also fragen Sie ruhig ...«

»Wissen Sie was S.H.U.T. U.P. bedeutet?«

»S.H.U ...?« Er begann langsam zu buchstabieren und verstand erst, als ihm sein Freund einen kräftigen Stoß in die Rippen verpasste.

»*Shut up*, Männe … das meint sie. Sieht knackig aus, aber hat Haare auf den Zähnen. An der hast du nichts …«

Beide bestellten neue Spirituosen, doch hielten nach dem Intermezzo den Rand.

»Das wurde auch Zeit …«

Susanne hatte sich gerade gesetzt, als sich eine andere Stimme zu Wort meldete.

»So ein dummes Geschwätz …« Der Mann auf dem Fensterplatz neben ihr räkelte sich in seinem blauen Decken-Kokon. Susanne hatte seinen breiten Rücken die ganze Zeit über als *Aktenablage* benutzt. Hastig raffte sie ihre Papiere zusammen.

»Haben Sie auch was zu bestellen?«

»Allerdings. Das war ja nicht zum Aushalten. Wie soll man da in Ruhe schlafen?«

»Sie hätten sich ja einmischen können …«

»Ist nicht mein Stil.«

»Was ist denn Ihr Stil?«

»Ich denke, ich wäre handgreiflich geworden. Hatte schon mal 'ne Anzeige wegen Körperverletzung … Von einem Automarder. Da ist mir die Hand ausgerutscht.« Er sprach merkwürdig ruhig, wie in Trance. »Im Übrigen wollte ich keinen schlechten Eindruck auf Sie machen.«

»Und warum nicht?«

»Weil Sie die schärfste Frau sind, die ich je gesehen habe. Normalerweise landen Frauen wie Sie immer neben bejahrten Männerschmuckträgern in der First Class.«

»Sie hängen sich ja ganz schön aus dem Fenster.« Susanne

packte ihre Unterlagen zusammen. »Als Ablage waren Sie mir wesentlich lieber.«

»Als Ablage?«

Der Mann drehte sich endlich um und nahm seine Schlafbrille ab. Er hatte kurzes, blondes Haar und hellblaue Augen. In seinem kurzärmligen Hemd blinzelte er ungläubig in die Gegend.

»Ich dachte, ich hätte was gehört«, murmelte er.

»Dachten Sie, ja?« Susanne hatte allmählich genug. »Wir unterhalten uns, und Sie dachten Sie hätten was gehört?«

Ihr Gegenüber wühlte sich aus seinen Decken. Er wirkte sichtlich verlegen.

»Mein Name ist Born«, sagte er dann. »Vinzent Born. Tut mir leid, aber ich rede manchmal im Schlaf.«

»Sie ... reden im Schlaf?« Susanne fand nicht gleich die passenden Worte. »Das heißt, Sie können sich an nichts mehr erinnern?«

»So ungefähr ...« Der junge Mann warf einen Blick aus dem Fenster.

Durch die zerfaserten Wolken konnte Vinzent die schiefergraue Wassermasse des Atlantiks ausmachen.

»Ich hoffe, ich bin Ihnen nicht irgendwie zu nahegetreten.«

»Im Gegenteil.« Susanne verstaute ihre Mappe in dem Netz am Vordersitz.

Der Vorfall amüsierte sie ungemein. *Ein Mann, der im Schlaf Komplimente macht ...*

»So, was führt Sie nach La Palma? Business or pleasure?« Vinzent grinste schläfrig vor sich hin. »Nein, lassen Sie mich raten: Sie sind Wissenschaftlerin. Geologin ... nein, Meeresgeologin ... vom ... vom Alfred-Wegener-Institut. Und Sie arbeiten an diesem neuen Frühwarnsystem. Richtig?«

Susanne gelang es, die Fassung zu wahren. Sie hatte tatsächlich einmal Meeresgeologie studiert und war erst später auf Geophysik umgesattelt. Ihre Liebesaffäre mit der »Erdwissenschaft« hatte am 17. Oktober 1989 in San Francisco, mitten im Urlaub, begonnen: Schon nach dem ersten Beben, das die Stadt mit einer Stärke von 7,1 erschütterte – und nebenbei ihre Eltern in heillose Panik versetzte –, hatte die damals elfjährige Susie beschlossen, der Sache einmal auf den Grund zu gehen.

»Na schön, Sherlock Holmes, woran haben Sie mich erkannt?«

Vinzent musterte ihre Jeansjacke von der Seite. »Ich sehe drei Aufnäher vom Alfred-Wegener-Institut, eine Grönland Expedition, ein ›Polarstern‹-Crew-Abzeichen und das Emblem einer Wetterstation. Für Leute wie Sie gibt es sicher auf La Palma eine Menge zu tun.«

»Jetzt übertreiben Sie nicht.« Susanne plauderte gewöhnlich nicht aus der Schule, aber ihr Auftrag war nicht geheim. »Ich werfe vor der Küste ein paar teure Spielzeuge über Bord, das ist alles.«

»Meeresseismografen«, sagte Vinzent. »Habe davon in irgendeinem Schmierblatt gelesen. Ein offenes und dezentrales System und Bestandteil des globalen seismologischen Forschungsnetzes.«

»Ich glaube, Sie wissen mehr über diesen Auftrag als ich.« Susanne musste sich eingestehen, dass sie ihren Nachbarn falsch eingeschätzt hatte. »Interessieren Sie sich tatsächlich für Meeresgeologie?«

»Nein, aber ich mache mir so meine Gedanken. Dieser Medienrummel um Naturkatastrophen zahlt sich sicher gut für Sie aus. Das Tsunami-Frühwarnsystem vor La Palma ist nicht billig.«

»Ich verdiene daran keinen Pfennig«, sagte Susanne. »Ich bin Angestellte, und das Projekt wird von der EU finanziert. – Was wollen Sie eigentlich sagen?«

»Nichts«, sagte Vinzent mit einem spitzbübischen Grinsen. »Mir kommt das Gerede von Monsterwellen und Flutkatastrophen nur etwas zu plötzlich. Hinter jedem Hype steckt meistens nicht mehr als cleveres Marketing …«

»Sie halten mich für eine Hochstaplerin?«

»Wollen Sie bestreiten, dass sich manche an dieser Hysterie dumm und dämlich verdienen? Die Wahrscheinlichkeit, Opfer eines Tsunamis zu werden, ist noch geringer als sechs Richtige zu gewinnen. Leute wie Sie wissen das genau, und doch machen Sie mit.«

»Diesmal haben Sie nicht im Schlaf gesprochen«, fiel Susanne dazwischen.

Wenn ein Mann so strahlende Augen hat, sollte man vorsichtig sein, dachte sie. *Es könnte die Sonne sein, die durch seinen hohlen Schädel scheint …*

»Womit verdienen Sie eigentlich Ihre Brötchen?«

»Hm …« Vinzent machte ein Gesicht, als ob er Bedenkzeit rausschinden wollte. »Ich arbeite für eine Versicherung.«

»Als Vertreter?«

»Nein, als Mädchen für alles.«

Das war nicht mal gelogen, denn Vinzent machte so ziemlich alles, was anderen Agenten zu heikel war. Er spürte verloren gegangene Jachten auf oder fahndete nach »betrügerischen Scheintoten«, von denen man annahm, dass sie mit der kassierten Versicherungssumme ein Leben in Saus und Braus führten. Während sich seine attraktive Nachbarin wohl ausschließlich auf dem Gebiet der Meeresgeologie bewegte, hatte sich Vinzent Born bereits in einem Dutzend Berufen versucht. Er war aufnahmefähig und einfallsreich, doch leider ohne Ausdauer. Eine Zeit lang hatte er sich sogar als Kampfsportler versucht, dann wieder als Bodyguard für Journalisten in Krisenregionen. Und zwischendurch war er immer wieder getaucht – ohne Lungenautomat, sondern »auf Lunge«, wie es unter Apnoetauchern hieß. Zusammen mit seinem Kumpel Mike hatte er einen Sommer lang versucht, den Tiefenrekord des auf Kuba geborenen Italieners »Pipin« Rodriguez zu brechen. Doch tiefer als 90 Meter waren sie niemals gekommen, und ihr Ausflug auf die Bahamas mit einem tragischen Unfall endete: Beim Auftauchen hatte Mike nicht richtig abgeatmet und das Bewusstsein verloren. Als sie ihn rausfischten, war er schon tot, Vinzent hatte seit damals ein gespaltenes Verhältnis zur See. Den Job bei der Versicherung machte er jetzt anderthalb Jahre, und doch war er schon fast wieder an dem Punkt angelangt, sich etwas Neues zu suchen.

»Und was macht so ein Tausendsassa wie Sie auf der Isla Bonita?«

Susannes Stimme brachte ihn zurück in die Realität.

»Oh, Sie werden es nicht glauben, aber ich suche zwei lebende Tote.«

»Sollten Sie das nicht besser auf Haiti versuchen?«

Vinzent grinste. »Wie Sie vielleicht wissen, ist der Versicherungsschwindel des Deutschen liebstes Kind. Die Schäden werden jährlich auf vier Milliarden Euro geschätzt. Das meiste ist Kleinvieh, Lebensversicherungssummen dagegen sind fette Batzen. Es kommt vor, dass Betrüger Ansprüche über ihre Verwandte oder Ehefrauen einreichen. Die angeblich Verstorbenen erfreuen sich inkognito bester Gesundheit und betreiben einen aufwendigen Lebensstil mit Kohle, die ihnen nicht zusteht.«

»Klingt interessant. Was für einen Fall untersuchen Sie jetzt?«

»Einen Tauchunfall.« Vinzent reckte sich ausgiebig. »Zumindest geht die Polizei davon aus. Zwei deutsche Taucher werden seit einer Woche vor La Palma vermisst. Einer von ihnen war Versicherungsnehmer. Seine Witwe hat Anrecht auf eine Million.«

»Das Geld steht ihr zu«, sagte Susanne. »Typisch für Versicherungen, dass die sich immer dann drücken, wenn sie in die Pflicht genommen werden …«

»Kann schon sein«, erwiderte Vinzent, »aber in diesem Fall haben wir es mit einem schrägen Vogel zu tun. Er hatte schon zu Lebzeiten eine Menge krummer Dinger gedreht, räuberische Erpressung, Urkundenfälschung – es wäre ihm zuzutrauen, dass er so eine Nummer versucht, denn er war pleite.«

Das Flugzeug machte in diesem Moment einen komischen kleinen Satz, die Bitte-Anschnallen-Zeichen flammten wie ein Lauffeuer den Gang hinunter.

Eine Reihe vor ihnen sprang eine Klappe auf, es hagelte Gepäck auf die beiden Quizkandidaten.

»Was ist jetzt los?« Vinzent warf einen Blick aus dem Fenster. Die Wolkendecke schillerte im Sonnenlicht wie gefrorenes Eis.

»Sieht doch ganz friedlich aus«, sagte Susanne.

»Das nennen Sie friedlich?« Als Vinzent sich umdrehte, war er leicht grün im Gesicht. »Sie fliegen wohl oft?«

»Ein paarmal im Monat. Wieso?«

»Auch das noch …«

»Ach, das passt Ihnen nicht?«

»Weil es statistisch bewiesen ist, dass Vielflieger drei Mal so häufig abstürzen wie Leute, die nur einmal im Jahr ein Flugzeug besteigen …«

»Schön, dann ist es also meine Schuld, wenn wir abstürzen.«

»Meine Damen und Herren …« Die Stimme des Kapitäns

knatterte in diesem Moment aus den Lautsprechern. »Wir haben soeben unsere Reiseflughöhe verlassen. Wie es aussieht, müssen wir die restliche Flugzeit mit leichten Clear-Air-Turbulenzen rechnen. Bitte halten Sie Ihre Sicherheitsgurte geschlossen.«

»Großartig!«, knurrte Vinzent. Eher beiläufig suchte er nach einer Kotztüte.

»Als ob das was nützen würde, wenn er die Kiste in den Grund bohrt ... Gott, ist mir übel.«

»Herr Born ...« Susanne rückte etwas ab. »Sie werden doch nicht ...?«

»Natürlich werde ich das, was denken Sie denn?« Vinzents rechte Hand krampfte sich in die Lehne. »Hatte der Wetterdienst nicht was von Königswetter gesagt? Das ist doch ein Orkan ...« Er brach ab, denn der Airbus schaukelte dermaßen, dass selbst die Stahlträger in den Flügeln ächzten.

Irgendwie tat er ihr leid, und sie legte ihre Hand beruhigend auf seinen Arm.

»Haben Sie schon ein Boot oder sind Sie mit der Küstenwache unterwegs?«

»Wieso? Was soll ich mit einem Boot?« Er spürte den Druck in den Ohren, als der Jet die Reiseflughöhe verließ. »He, Sie glauben doch nicht, dass ich nach diesen Typen tauchen werde, oder?«

»Warum nicht?«

Er antwortete nicht gleich, denn er sah wieder Mikes Leiche auf der Bahre. *Der Menschenauflauf am Strand, der Rettungswagen, die schreienden Sanitäter, Mikes Arm schaukelte an ihm vorbei, als winke er Lebewohl ...*

»Weil ich wasserscheu bin«, sagte er dann. »Ich war noch nie im offenen Meer schwimmen.«

»Schade«, sagte Susanne. »Ich könnte Sie mir gut in einem

schwarzen Tauchanzug vorstellen. Mit Harpune und Taucher-messer. Wie James Bond.«

»Der Name ist Born«, sagte Vinzent. »Ich bin nur ein kleiner Versicherungsagent und habe nicht vor, die Welt zu retten – wenn Sie wissen, was ich meine …«

Susanne lächelte. »Wer weiß, was wirklich in uns steckt? Ich glaube, Sie haben Qualitäten, die Sie noch gar nicht entdeckt haben.« Und als das Flugzeug zur Landung ansetzte: »Ich wünsche Ihnen jedenfalls einen dicken Fang auf der Insel des Ewigen Frühlings.«

3

»He, *Señor*, lassen wir das Versteckspiel, ich weiß, Sie können mich hören!«

Emilio Levante, seines Zeichens Comisario der *Policía Local*, steckte seinen massigen Schädel aus dem Maschinenraum des Tauchboots *Santa Anna*.

Äußerlich ruhig, zitterten seine Hände unter Deck, denn er hatte gerade einen Beutel mit fein zerstäubtem Kokain über den Boden verteilt. Die Spürhunde, die er für den Nachmittag bestellt hatte, würden sich freuen …

Ein letzter Blick zurück, und er zwängte sich durch die Luke nach oben.

Trotz seines enormen Umfangs war er gewandt und elastisch wie ein Ball.

»*Señor*, hören Sie schlecht?« Mit einem schnellen Schritt stieg er über die Heckreling an Land und legte eine Hand auf den Holster. »Wenn Sie versuchen zu türmen, kann ich für nichts garantieren.«

Als Polizeichef hatte es Levante nicht gerne, wenn ihm ein Unbekannter mit der Kamera nachstellte. Hätte er nicht zufällig durch eines der Bullaugen gesehen, der Mann, der auf dem Pier zwischen zwei Seekisten kauerte und sich nur durch ein ellenlanges Tele verriet, wäre ihm wahrscheinlich entgangen. Doch Levante hatte Adleraugen und einen sechsten Sinn für Gefahr.

Zwanzig Jahre Polizeiarbeit stärken den Riecher eines Mannes; der Knipser benahm sich genau wie einer, der nicht entdeckt werden wollte. Pech für ihn, denn der »Leguan« – wie Levante von Kollegen genannt wurde –, war stets auf der Hut. Der Sohn eines *lustradores* – eines einfachen Schuhputzers – hatte nie den Kontakt zur Straße verloren, die Polizeiakademie war ihm ein Gräuel. Keine noch so ausgeklügelte Vorlesung über Beamtenrecht hatte seine natürlichen Instinkte verwässert.

»Ich sage es nur noch einmal, *Señor* ...« Levante verlagerte seine unförmige Masse von einem Bein auf das andere. »Es wird gleich regnen, und wenn ich wegen Ihnen nass werde, dann werde ich richtig böse!«

Draußen auf dem Pier, roch es förmlich nach Regen. Es war nicht die salzige Meeresluft, sondern etwas, das mit der allgemeinen Witterung zusammenhing. Als gebürtiger Andalusier hatte Levante schon immer unter dem kanarischen Klima zu leiden gehabt. Auch nach vierzig Jahren waren ihm solche Regentage verhasst.

»Schon gut ...« Ein schlaksiger, junger Mann erhob sich eher widerwillig und hielt seine Kamera über den Kopf. Er trug einen Pulli mit Lederflecken an den Ärmeln und zerrissene Jeans. Kurze blondierte Dreadlocks und eine Sportbrille unterstrichen seine legere Erscheinung. »Was wollen Sie überhaupt von mir?«

»Genau das wollte ich Sie auch eben fragen.« Levante schnappte sich die Kamera, öffnete den Deckel und riss den Film, ohne mit der Wimper zu zucken, heraus.

»He, seien Sie vorsichtig, die Kamera war nicht billig ...«

»Das weiß ich, sonst hätte ich sie einfach ins Wasser geworfen.« Es klang so, als wäre Levante heiser. »Warum knipsen Sie hier in der Gegend herum?«

»Weil es mein Job ist.« Der junge Mann riss Levante die Kamera fast aus der Hand. »Sie entschuldigen mich.«

»*Un momento, par favor.*« Auf Levantes Breitwandgesicht lag ständig ein boshaftes, halbironisches Lächeln. Sein dünner Schnurrbart – nicht mehr als drei, vier eingeölte Haare – bewegte sich unaufhörlich wie die Fühler eines giftigen Käfers, scharf, spitz, tückisch. »Wer sind Sie?«

»Markus Wiesner.« Der junge Mann präsentierte seinen Presseausweis.

»Foto-Journalist, ich arbeite für die Tageszeitung *La Palma.*«

Er betrachtete die *Santa Anna* durch ein mit Daumen und Zeigefingern geformtes Rechteck. »Haben Sie was dagegen, wenn ich diesmal mit Ihrer gütigen Erlaubnis ein paar Aufnahmen mache?«

»Nicht so schnell.« Levante schmunzelte in sein Doppelkinn. »Dieser Ausweis ist gefälscht.«

»Aber gut.« Wiesner zeigte Lachzähne. »Na, schön, ich arbeite freelance. Meine Stories verkaufe ich an die Tageszeitung *La Palma.*« Er setzte sich unaufgefordert auf einen Poller. »Der Chef vom Dienst heißt Ronchetto. Fragen Sie ihn, wenn Sie mir nicht glauben.«

»Wenn ich Ihnen nicht glauben würde, hätte ich Sie längst verhaftet.«

Levante machte eine Handbewegung, als würde er eine lästige Fliege verscheuchen. »Also, was wollen Sie wirklich, *Señor?*«

»Ich wollte mit Ihnen sprechen.«

»*Qué?* Mit mir?« Das Interesse des Leguans war erwacht. »Heißt das, Sie schnüffeln hinter mir her?«

Wiesner zuckte die Achseln. »Auf der Wache sagte man mir, Sie wären unten am Hafen. Und da ich ohnehin Fotos von der *Santa Anna* machen wollte …«

Levante stellte den Kragen seines Wettermantels hoch, denn

es nieselte aus kleinen Kanülen. »Hat Ihre Zeitung nicht schon ausführlich über die Sache berichtet …«

»Eine Randnotiz. Inzwischen habe ich ausführlicher recherchiert.«

»*Por qué, dios mio* – warum um Himmels willen?« Levante wirkte irritiert. »Wie wäre es mal mit einem objektiven Bericht über Schlepperbanden, die unsere Insel mit illegalem afrikanischem Abschaum verseuchen?«

»Mich interessiert nur, warum hier zwei Taucher verschwunden sind.«

»Tut mir leid. Für uns ist die Akte geschlossen.«

»Und was tun Sie dann hier auf dem Boot?« Wiesner zückte einen Schreibblock, klein, blau liniert. »Stimmt es, dass ein Ermittler von der deutschen Versicherung kommt?«

»Das stimmt allerdings.« Levante schaltete noch rechtzeitig um, jetzt war er die Freundlichkeit in Person. »Na schön, es wird eine *Nachuntersuchung* geben. Reine Routine, Sie verstehen?«

»Hm.« Der Reporter kaute auf seinem Kuli. »Wann, sagten Sie, wurde die *Santa Anna* aufgebracht?«

»Freitag, vor einer Woche. Sie trieb herrenlos auf offener See, etwa anderthalb Meilen vor der Küste.«

»Und es gibt noch immer keine Spur von den Tauchern?«

»Nichts, rein gar nichts.« Levante schnaubte, denn seine neuen bequemen Mokassins wurden allmählich nass. »Was erwarten Sie auch, wenn zwei Hobbytaucher mitten in der Nacht aufs offene Meer hinausfahren und über Bord springen?« Seine anfängliche Schroffheit klang jetzt wie ein Scherz. »Sehen Sie, früher, in den Siebzigern, da haben sich die Leute an den Swimmingpools vergnügt oder sie sind schnorcheln gegangen. Dann kamen sie auf die Idee, im offenen Meer schwimmen zu gehen – deutsche Hippiefrauen haben damit angefangen, sie stürzten sich menstruierend ins Meer, jawohl, bei einem mörderischen Wellengang und so viel tückischen Strömungen, dass es bis heute keine vollständige Seekarte gibt. Und dann kamen die Taucher. Seitdem hat es immer wieder Unfälle gegeben. Amateure lernen halt nur auf die harte Tour, und manche von ihnen ...«, er lachte hämisch, »... tauchen nie wieder auf.«

Wiesner schüttelte den Kopf. »Das waren keine Amateure. Die haben etwas gesucht ...«

»Und das wäre?« Levantes Sägemehlstimme klang fast bösartig. »Was sollten sie gesucht haben? Amphoren vielleicht oder Gold?« Er schüttelte entschieden den Kopf. »Ja, ich kenne das Gerücht, Kolumbus hätte auf seiner Überfahrt eine mit Goldmünzen beladene Karavelle vor der Südwestküste verloren. Selbst wenn dem so wäre, was ich stark bezweifle, das Meer ist hier viel zu tief, um für Wracktaucher in Frage zu kommen ...«

»Aber irgendetwas haben sie gesucht.«

»Das Abenteuer, Amigo, oder ein Wunder des Meeres ...« Levantes Grinsen wurde nicht erwidert. »Das Meer hat viele Geheimnisse, und manche sollte man nie versuchen zu lüften. Denken Sie nur an das Bermudadreieck, da verschwinden nicht nur Menschen, sondern Yachten und Frachtschiffe und niemand weiß, wohin.« Er fasste den Journalisten genauer ins Auge. »Was glauben Sie, Herr Wiesner, haben die da draußen gesucht?«

Der junge Mann schluckte. »Hm. Atlantis vielleicht.«

»Sie wären nicht die Ersten«, seufzte Levante. Er hievte seinen Hintern ebenfalls auf einen Poller und thronte da wie ein Zirkuselefant auf seinem Podest.

»Wie lange leben Sie schon auf La Palma, *Señor?* Ein Jahr? Zwei?«

»Oh, so zwanzig Jahre. Meine Eltern haben ein schmuddeliges, kleines *Bed & Breakfast* in El Paso.«

»Oh, dann sind Sie ja fast ein Einheimischer ...« Levante grinste. »Dann haben Sie vielleicht auch schon mal den Ausspruch *isla de doble sentido* gehört?«

»Die Insel des doppelten Bodens. Der Ausspruch ist mir geläufig.«

»So, geläufig ist er Ihnen. Aber wissen Sie auch, was wir darunter verstehen?

Hm? Man kann hier alles von zwei Seiten sehen, Amigo, das bedeutet es, nicht mehr und nicht weniger. Leider hat diese freiheitliche Weltanschauung einen großen Nachteil. Die Verrückten fühlen sich bei uns wohl. In der Regel haben wir es mit zwei besonders widerwärtigen Sorten zu tun: Ufologen und deutsche *Jubilados,* und deshalb haben wir hier die meisten UFO-Sichtungen von Europa. Wenn es in El Paso einen Ehekrach gibt, dann geht der Mann nicht wie in Madrid zum Stierkampf, nein, er greift zum Telefonhörer und ruft mich an: *Comisario, in meinem Vorgarten ist soeben ein OVNI gelandet!* – Und ich bin gesetzlich verpflichtet, dieser hirnrissigen Meldung nachzugehen! Und damit meine ich auch Anrufe von sogenannten Atlantis-Experten! In jedem anderen europäischen Land würde man diese Spinner einweisen lassen, hier halten sie Vorträge – oben im Observatorium, auf dem Roque de los Muchachos: *Estamos solos en el universo?* Haben Sie jemals so einen Schwachsinn gehört?«

»Keine Ablenkungsmanöver, Comisario.«

»Verdammt, unterbrechen Sie mich nicht ...« Levante hatte sich förmlich in Rage geredet. »Natürlich sind wir nicht allein im Universum, das ist doch klar, doch hier auf Erden, auf diesem ... diesem Misthaufen, sind wir allein. Es gibt keine netten, liebevollen E.T.s, die uns beobachten, um uns – falls mal einer auf die Schnauze fällt – zu Hilfe zu kommen! Wir sind allein und müssen sehen, wie wir unseren Arsch durchbringen.« Er verstummte einem Moment, als er merkte, wie persönlich er wurde. »Hier haben Sie eine sachliche Antwort, mein Freund: Für den Tauchgang der beiden Männer, kann es kein logisches Motiv geben – oder haben Sie eine bessere Idee?«

Wiesner nickte. »Hab ich. Glaube ich jedenfalls.« Er griff in seine Tasche.

»Wussten Sie, dass Rüdiger und Menno Görtz erst kürzlich von den Kapverden ausgewiesen wurden?«

»Kapverden?« Selbstverständlich wusste Levante Bescheid, aber er starrte mit gespielter Neugierde auf das Faxpapier, das ein amtliches Wappen trug. »Wieso?«

»Plünderung eines Seefahrtgrabes – so lautet die Anklage. Die beiden waren keine naiven Hobbytaucher, sondern Wracktaucher mit einem ellenlangen Vorstrafenregister.«

Er pflückte das Fax aus Levantes Fingern, bevor der es in der Tasche verschwinden lassen konnte.

»Alle Achtung!« Levante nickte eine Zeit lang bedächtig, dann klopfte er Wiesner auf die Schulter. »Gute Arbeit. Schön, von mir aus schreiben Sie Ihre Enthüllungsgeschichte.« Er machte ein Gesicht wie ein Volksschauspieler, der einen Anflug von Nachdenklichkeit vorschützen wollte. »*Oye chico,* wissen Sie, was mir da einfällt? Vor Tazacorte wurden vor ein paar Jahren vierzig Grabsteine versenkt. Zum Gedenken an Ignazio Azavedo und seine Jesuiten, deren Schiff 1570 genau hier vor der Küste versenkt wurde. Sie waren auf dem Weg nach Brasilien und hatten sicher – wie es damals üblich war – Goldmünzen an Bord ...«

»Das wäre eine plausible Erklärung.« Wiesner verstaute seinen Block. »Nur noch eine Frage: Ich erhielt gestern einen Anruf von Jingo Jimenzey.«

»Oh, dieser verdammte Guanche!« Levante spuckte aus.

»Nicht genug, dass er den Tauchlehrer spielt und meine *chica* belästigt, jetzt wiegelt er auch noch die Presse gegen mich auf.«

»Hat er nicht.« Wiesner machte eine kleine Kunstpause. »Er erzählte nur, dass Sie – Sie persönlich – sein Boot noch immer unter Verschluss hielten. Zwar hatte er es den beiden Deutschen vermietet, aber er hatte nicht das Geringste mit dem Unfall zu tun. Schon merkwürdig, dass Sie ihn schmoren lassen – wo der Fall doch abgeschlossen ist.«

Inspektor Levante räusperte sich, dann spuckte er noch einmal ins Wasser.

»Sie sind ein sehr scharfsinniger Mann, Herr Wiesner, aber ich ermittle gegen diesen Herrn in einer anderen Sache.«

»Und die wäre?«

»Rauschgift.« Er machte ein grimmiges Gesicht. »Also, jetzt wissen Sie Bescheid. Kann ich Sie noch ein Stück mitnehmen?«

»Nein, danke«, sagte Wiesner. »Ich wohne nicht weit von hier und wollte noch mal bei der Tauchschule vorbeiradeln.«

»Dann viel Erfolg!« Als Levante mit Schwung abmarschierte, bebte der Pier. »Ach, Herr Wiesner …« Er hob noch einmal drohend den Zeigefinger. »Das Boot bleibt versiegelt, bis die Ermittlung der deutschen Versicherung abgeschlossen ist. *Comprendes?* Haben Sie mich verstanden?«

4

La Palma, die nordwestlichste Insel der Kanaren, ist den Passatwinden besonders ausgesetzt. Wie aufgebauschte Zuckerwatte staut der Wind die Wolken am Relief der Insel und treibt sie dann über die hohen nordöstlichen Gebirgskämme der Cumbre Nueva hinüber. Dieser Wolkenwasserfall ist ein ebenso subtiles wie grandioses Naturschauspiel, das vor allem die Halbschuh-Touristen fasziniert. »Die Milch kocht über«, sagen die eher prosaisch veranlagten Palmeros, wobei diese »luftige Milch« nie den Talgrund des trockenen Ariadne-Kessels erreicht, sondern vorher verdampft. Überhaupt wird die Wetterlage der Insel das ganze Jahr über von der Windgeschwindigkeit und der Luftfeuchte in Höhen ab tausend Metern bestimmt. Die Wolkenbildung reguliert die Bodentemperatur. Das Kaiserwetter, das manche Urlauber hier erwarten, wird oft nur in kleinen Raten geliefert. Der Nordostpassat, der fast das ganze Jahr über weht, kühlt die Insel unentwegt mit feuchter, aus dem Atlantik aufgesaugter Luft. Der Norden der Insel ist daher selbst im Sommer recht oft von Nebel geplagt.

In diesem Februar kam alles noch schlimmer. Ein ausgedehntes nordatlantisches Hoch brachte polare Luft und Niederschläge bis zu fünfhundert Millimetern auf die Kanarischen Inseln. Die Schneegrenze am Roque de los Muchachos sank auf achthundert Meter, es hagelte fast taubeneigroße Eisklumpen, und mancher ältere Einwohner von El Paso fand zum ersten Mal in seinem Leben Schnee vor der Tür. Selbst die eher konservativen Zeitungen schrieben von völlig »unerklärlichem Wetter«, und das Azorenhoch, das hier normalerweise die Dinge wieder ins Lot bringt, wurde von mehreren langsam anrückenden Tiefausläufern behindert. Die Aussichten waren also mehr als trübe und die Stimmung im Allgemeinen gedämpft …

Schon in der Ankunftshalle des Flughafens Santa Cruz de La Palma spürte Susanne, dass es sich abgekühlt hatte. In ihrem dünnen T-Shirt-Kleid stand sie an einem Fenster der Zollbehörde und wartete auf ihr Gepäck.

Sie musste sich eingestehen, dass sie die Wetterverhältnisse falsch eingeschätzt hatte, dabei hatte sie deutlich im Reiseführer gelesen: »Pralle Sonne, durchschnittliche Tagestemperatur 25° Celsius, trockene Luft.« Fest entschlossen, dem Verlag einen bösen Brief zu schreiben, zog sie den Kopf zwischen die Schultern und machte ein braves Durchbeißergesicht.

Draußen schien es wie aus Eimern zu gießen. In den Regenguss mischte sich gelegentlich Hagel, und in weniger als fünf Minuten wirkte die Landebahn wie mit Puderzucker bestäubt.

»Ein Hundewetter«, stellte sie fest. »Fast so schlimm wie in Bremerhaven.«

Sie bemerkte Vinzent, der einen Schalter weiter seinen Pass präsentierte. So kerzengerade wie er da stand, kamen seine schmalen Hüften auf eine natürliche Art zur Geltung.

»Ach, das wird schon wieder …« Der pomadisierte Beamte, der wie die meisten Palmeros Deutsch verstand, überreichte ihr die Papiere. Unter seiner schnieken Uniform trug er einen dicken, dunkelblauen Pullover – wie ein Londoner Bobby im Winter!

»Gota fría«, sagte er.

»Was bitte?«

»Ein kalter Tropfen, da draußen ... So nennen wir diese Wetterlage, *Señora* ... Oben in den Bergen hat es gestern sogar geschneit. *Mucha nieve* – viel Schnee ... Die Zufahrtsstraßen zu den Observatorien sind für Besucher gesperrt.«

»Wunderbar«, sagte Susanne. »Zum Glück habe ich nichts mit Sternenguckern zu tun ...«

Sie verstaute ihren Pass in der Handtasche und bugsierte ihren klobigen Koffer durch den Zoll. Der wichtigste und schwerste Teil ihrer Ausrüstung – ein Unterwasserroboter – war schon vorausgeschickt worden, denn sonst hätte sie nicht ein Taxi, sondern einen Tieflader gebraucht.

Die T.F.W.S.L.P. abgekürzte Operation war vor einem Jahr angelaufen, und die Kosten liefen zusehends aus dem Ruder. »Die europäischen, afrikanischen und nordamerikanischen Küstengebiete vor einem Tsunami zu schützen«, so simpel lautete jetzt die Direktive, doch das war viel leichter gesagt als getan.

Schon die Komplexität des Frühwarnsystems war beträchtlich. Drucksensoren, GPS-Bojen, leistungsstarke Modems und neuartige Ozeanbodendrucksensoren wollten fein aufeinander abgestimmt sein. Erst wenn alles reibungslos lief, wenn die Analyse der seismischen Daten auf See funktionierte, konnte ein Warncenter die Bevölkerung rechtzeitig vor einer heranrollenden Flutwelle alarmieren.

»Aus dem Wasser direkt auf den Rechner«, so einfach stellten sich die Verantwortlichen das vor. Doch die Realität war wie immer viel komplizierter. Um die beste Position für die Sensoren zu ermitteln, hatten Susannes Kollegen im vergangenen Herbst den Ozeanboden vor der Südwestküste im Umkreis von 20 Quadratkilometern und bis in eine Tiefe von 3000 Metern vermessen.

Die steil abfallenden Tiefenlinien verdeutlichten das Problem, auf einem schrägen, vulkanischen Untergrund ein tonnenschweres Gerät zu platzieren. Die Struktur wurde als instabil eingestuft, und viele Fragen waren noch immer nicht gelöst. Unterlag der Boden lokalen Veränderungen? Gab es permanente Beben oder geotektonische Verschiebungen? Und ließen sich bereits Spannungskräfte ermitteln, die zu einem unterseeischen Erdrutsch führen konnten? Der Kern der Insel war ja bekanntlich von unzähligen Vulkanen durchwurmt. Wie eine offene, schlecht heilende Platzwunde hatte sich dieser Kern im Laufe von Jahrtausenden vertieft und verbreitert.

Aus Bodenerhebungen waren durch unablässigen Druck riesige, von Hohlräumen durchzogene Gräben entstanden. Manche dieser Spalten stürzten ohne Übergang in eine Tiefe von dreitausend Meter hinab. Ein falscher Standort des Seismografen konnte nicht nur irreparable Schäden, sondern auch einen Totalschaden zur Folge haben.

Obwohl die EU mehr Tests und Zeit forderte, hatten die Spanier unter der Leitung eines gewissen Professor Gomez Carrasco eigenmächtig mit der Montage der Seismometer begonnen. Er war die treibende Kraft.

Schon nach der Katastrophe in Indonesien hatte er nichts unversucht gelassen, ein Frühwarnsystem unter palmerischer Leitung ins Leben zu rufen. Seine Hochrechnungen erregten damals nicht nur bei Sachverständigen aus den USA einige Skepsis. Susanne erinnerte sich an ein Schreiben: »Carrasco versucht das Schicksal der Insel La Palma zu verallgemeinern. Selbst wenn sich vor La Palma eine fast sechshundert Meter hohe Welle auftürmen sollte, die Auswirkungen wären an der Ostküste der Vereinigten Staaten minimal.«

Der Professor gab trotzdem nicht auf. Seine unheilschwangeren Prognosen erhielten neuen Auftrieb, als Seismografen des

Instituto Tecnolólogico y de Energías Renovables Ende des Jahres ein leichtes Schwarmbeben registrierten.

Gomez' Orakel war kurz und bündig: »Ein neuer Ausbruch der Cumbre steht uns bevor.« Um zu beweisen, wie prekär die Lage war, schickte er sogar die Rolle eines Tapetenschreibers nach Brüssel. Die bekannte Inkompetenz der EU-Parlamentarier gereichte ihm zum Vorteil, denn irgendein Hampel drückte in Panik irgendeinen Knopf, und schon flossen die Millionen. Gomez ernannte sich selbst zum Leiter der Operation, das AWI lieferte ihm nur die Geräte, alles Weitere erledigten die Palmeros unter Gomez' Regie. Der Datentransfer zwischen den Modems erfolgte dabei aus Tiefen von hundert bis dreihundert Meter. Doch bislang war es nicht einmal gelungen, einen Probealarm auszulösen. Entweder lag es an den Störgeräuschen der Wellen oder einem Defekt. Ob die ausgesetzten Module überhaupt funktionierten, war ebenso fraglich. Ein leichtes Meerbeben war von der *Poseidon*, einem anderen Forschungsschiff des AWI, eher zufällig registriert worden. Die Spanier zeigten sich überrascht: Hier auf La Palma hatte man nichts registriert. Statt die Ursache der Fehlfunktion zu klären, trieb der spanische Leiter das Projekt noch weiter voran. Erst die »komplette Installation aller Komponenten«, könne zeigen, wo der »Fehler« liege. Zitat: »Ein ähnliches System wird zu diesem Zeitpunkt von Kollegen des Potsdamer Geoforschungsinstitut vor Sumatra – entlang der Australisch-Indischen Kontinentalplatte – installiert, und auch hier gibt es Probleme mit dem Datenempfang.« Dass es sich hier um einen Datentransfer aus Tiefen von manchmal sechstausend Metern handelte, verschwieg der nette Gomez, von dem man nur wusste, dass er ein begeisterter Höhlentaucher war und seine Karriere auf dem emsigen Wiederkäuen von Messdaten gebaut hatte.

Als sich das *Instituto Technológico y de Energías Renovables,* das seit Jahren die Aktivität der Cumbre Vieja überwachte, an Susannes Institut wandte, kam das fast einem Misstrauensantrag gleich. Jetzt hatte sie einen klaren Auftrag: Die Endmontage der Seismometer zu überwachen.

Holiday on ice, dachte Susanne. Ein eisiger Wind empfing sie vor dem Flughafengebäude und presste ihr das dünne Kleid eng an den Leib.

Natürlich war weit und breit kein Taxi zu sehen, und der Wind besprühte ihre nackten Beine mit feinen Wassertröpfchen.

»Kann es sein, dass Sie feucht werden?« Vinzents Regenschirm schob sich über ihren Kopf, und sie wusste für einen Moment nicht, was sie sagen sollte.

»Aber nur vom Regen«, schnappte sie dann.

Vinzent machte ein verdutztes Gesicht. »Von was auch sonst …?«

Sie fragte sich, ob er nun wirklich so naiv war oder Katz und Maus mit ihr spielte.

»Kann es sein, dass Sie frieren?«, erkundigte sie sich, denn er war in eine Lederjacke verpackt.

»Sie etwa nicht? Um ehrlich zu sein, ich hatte mir diese Dienstreise anders vorgestellt …«

»Wie Urlaub meinen Sie.«

Ihre Augen begegneten sich, und es entstand einen Moment peinliche Stille.

»Also, man sieht sich«, sagte er.

»Es wird sich nicht vermeiden lassen«, sagte Susanne mit gespielt sprödem Charme, »die Insel ist klein genug … Und viel Erfolg!«

»Gleichfalls.« Der Schirm verschwand über ihrem Kopf, und

der eisige Regen tröpfelte ihr wieder ins Genick. »War nett, Sie kennenzulernen ...«

Sie sah ihm nach und ärgerte sich über ihre gute Kinderstube. Ein kleiner Flirt, was war schon dabei? Er war sicher keine Erscheinung, über die eine Frau so hinweggeblickt hätte.

»Ach, Herr Born ...« Sie wartete, bis er sich umgedreht hatte und schenkte ihm einen aufreizenden Augenaufschlag. »Sollten Sie dieses äh ... Ferienparadies früher verlassen, als Sie denken, lassen Sie mich wissen, ob Sie Ihre vermissten Taucher gefunden haben. Meine Nummer steht im Telefonbuch: Instituto Oceanografico.«

»Wissen Sie was?« Vinzent setzte seine Reisetasche ab. »Warum geben Sie mir nicht gleich Ihre Handynummer? Das vereinfacht die Sache erheblich!«

Irgendwie fühlte sie sich überfahren, es ärgerte sie auch, dass er dieses Ich-bin-der-Nabel-der-Welt-Gesicht aufsetzte, denn sie hasste überhebliche Männer.

»Warum sollte ich?«

Vinzent zuckte die Achseln. »Na schön, dann gebe ich Ihnen halt meine. Es erspart Ihnen unter Umständen eine Menge nerviger Checkerei. Haben Sie was zum Schreiben dabei?«

»Ich habe nicht vor, Sie anzurufen, Herr Born.« Susanne schützte eine Mischung aus Entrüstung und Ehrbarkeit vor. »Ich glaube, Sie haben mich falsch verstanden.«

»He, ich wollte Ihnen nicht zu nahetreten ...« Vinzent war wirklich kein Mann großer Worte. »Ich bin nur praktisch veranlagt.«

»Praktisch?«

»Ja. Im Übrigen fände ich es verdammt schade, wenn wir beide – junge, kerngesunde Menschen – aus dieser ungewöhnlichen Situation nichts machen würden. Es wäre doch nur natürlich.« Er wartete auf Protest, aber sie war die Sprachlosigkeit in Person. »Äh, wollen Sie wirklich auf ein Taxi warten oder darf ich Sie zu Ihrem Hotel fahren? Ich habe einen Mietwagen. Er steht gleich da drüben, hinter der Absperrung.«

Fast beiläufig bückte er sich, um nach ihrem Koffer zu greifen.

»Unterstehen Sie sich!« Susanne erwachte aus ihrer Trance, denn ein Taxi bog in diesem Moment auf die Haltespur. »Sie glauben doch nicht im Ernst, dass ich nach diesem Vortrag in Ihr Auto steigen würde?« Sie riss die Hand hoch, und das Taxi kam neben ihnen mit quietschenden Reifen zum Stillstand.

»Es war nicht so gemeint«, sagte Vinzent.

»Auf Wiedersehen, Herr Born.«

»Sind Sie sicher, dass Sie meine Handynummer nicht doch wollen? Für alle Fälle …«

Susanne knallte die Tür zu und gab dem Fahrer ein Zeichen zu fahren.

»Puerto Naos. *Pronto!* – Halt!«, brüllte sie dann. »HALT!!!! Verdammt, noch mal, halten Sie an! Fahren Sie zurück …«

Der alte Taxler warf einen schnellen, leicht genervten Blick über die Schulter, aber legte dann den Rückwärtsgang ein.

Der Weg – kaum zwanzig Meter – kam ihr endlos vor. Als der Wagen zum Stillstand kam, stand Vinzent noch immer neben Susannes Koffer und konnte sich nur mit Mühe ein Grinsen verkneifen.

»Gehört der Ihnen, Frau Doktor?«

»Ich wüsste nicht, was Sie das angeht«, schnappte sie, ohne ihn eines Blickes zu würdigen.

»Nun, darf ich Ihnen wenigstens beim Einladen helfen?«

»Also, das können Sie sich schenken!« Wie ein einziger flammender Protest sprang sie aus dem Wagen und stieß ihren Koffer auf den Rücksitz.

»Und jetzt lassen Sie mich gefälligst zufrieden!«

Auf dem Weg zum Hotel bemerkte Susanne einen roten Smart Roadster, der an ihnen vorbeizog. Es war Vinzent, und sie ließ sich automatisch unter die Höhe der Seitenfenster rutschen.

»Sagen Sie, *Señora*, verfolgt Sie dieser Mann?«, fragte der Fahrer.

»Das wird sich noch zeigen«, seufzte Susanne.

Der Fahrer nickte. »Er machte eigentlich einen ganz netten Eindruck«, sagte er mehr zu sich selbst. Seine breite flache Nase und das graue, krusselige Haar zeugten von maurischem Einschlag.

»Und er fährt mit Karacho! Kein schlechter Mann, würde ich sagen …«

Susanne sah wie der rote Flitzer in der Ferne verschwand.

»Gerade solche Typen haben es faustdick hinter den Ohren«, sagte sie ruhig.

»Ich warte nur, was er sich als Nächstes einfallen lässt.«

Schon als sie die Lobby des »Sol Elite«-Hotels in Puerto Naos betrat, wusste sie, dass sie nicht länger zu warten brauchte. Sie erkannte Vinzent von Weitem und fand, wie er so an der Rezeption stand, ein Bein leicht angewinkelt und leicht vornübergebeugt, dass er eine ungemein gute Figur machte.

»Da ist ja Ihr Mann!« Der Fahrer übergab Susannes Koffer einem Hoteldiener. Er verabschiedete sich mit einem Augenzwinkern: »Jetzt gehen Sie schon.«

»Er ist nicht *mein* Mann«, zischte Susanne, aber der Fahrer war schon verschwunden, und Vinzent drehte sich um. Er war genauso sprachlos wie sie, aber entschied sich doch, die Initiative zu ergreifen.

»Ich wusste, wir haben den gleichen Weg«, sagte er ganz vorsichtig. »Das Geld für das Taxi hätten Sie sich sparen können.«

»Bilden Sie sich bloß nichts ein«, sagte Susanne. Sie ärgerte sich, über jedes Wort, das sie sagte, aber irgendwie konnte und wollte sie sich nicht geschlagen geben.

»Jetzt hören Sie mal …« Er strafte sie mit einem mild-verzeihenden Blick. »Verlangen Sie wirklich, dass ich mich bei Ihnen entschuldige?«

Sie erwiderte nichts, und er nahm endlich seinen Koffer und schlich davon wie ein geprügelter Hund.

Als er im Aufzug verschwand, tat er ihr irgendwie leid.

Während die Concierge ihre Kreditkarte durch ein sperriges Gerät zog, beobachtete sie heimlich das kletternde Licht. Es hielt im dritten Stock. Bingo.

»Hier ist Ihr Zimmerschlüssel«, sagte die Concierge und reichte ihr eine Plastikkarte mit Lochmuster. »An der Tür zu Ihrem Zimmer gibt es außen einen Kartenleser. Führen Sie die Karte mit dem Pfeil nach unten ein. Ihre Zimmernummer steht nicht auf der Karte, aus Sicherheitsgründen. Also prägen Sie sich die Nummer gut ein!«

»Warten Sie«, kam ihr Susanne zuvor. »Es soll ja merkwürdige Zufälle geben …« Sie holte einmal tief Luft. »Mein Zimmer ist nicht zufällig auf der dritten Etage?«

Die förmlich wirkende Concierge nickte etwas pikiert.

»Zimmer dreihundertdrei. Aber woher wissen Sie das?«

Weil der Aufzug von diesem Herrn gerade im dritten Stock gehalten hat …

Es lag ihr auf der Zunge, aber sie zuckte die Achseln.

»Ich bin Hellseherin«, sagte sie und schulterte ihre Handtasche.

»Wirklich?«

»Ja. Normalerweise würde ich Sie bitten, mir ein anderes Zimmer zu geben, aber Sie sind bestimmt bis unters Dach ausgebucht. Also kann ich genauso gut auf mein Zimmer gehen und Herrn Born eine gute Nacht wünschen. Sein Zimmer liegt doch meinem direkt gegenüber, oder?«

Die Concierge bekreuzigte sich.

Vielleicht war es albern von Susanne oder weise – aber sie klopfte noch, bevor sie auf ihr Zimmer ging, an seine Tür.

»Wer da? Ich stehe unter der Dusche.«

»Roomservice.«

Er öffnete mit nassem Haar und nichts weiter als ein Handtuch um die Hüften gewickelt.

»Da bin ich aber überrascht«, sagte er.

»Nicht wirklich«, erwiderte Susanne. »Lieber Herr Born, ich wollte Ihnen nur sagen, dass es mir leid tut. Dieses alberne Spielchen … wer wen anruft und so. Das gehört sich nicht für zwei erwachsene Menschen.«

Vinzent nickte. »Dafür ist das Leben nun wirklich zu kurz.«

Er warf einen Blick auf die Uhr.

»Hören Sie, Frau Doktor.«

»Susanne.«

»Also, Susanne. Ich würde Sie noch gerne zu einem Versöhnungsdrink einladen, aber erstens trinke ich um diese Uhrzeit nur Pfefferminztee und zweitens muss ich morgen ziemlich früh raus. Aber wie wär's morgen Abend mit einem unverbindlichen Essen?«

Susanne nickte automatisch. »Warum nicht?«

Diesmal notierte sie ihm ihre Handynummer auf den Arm, zwischen Wasserperlen und Haaren.

»Mögen Sie Hummer? Ich hörte der kanarische Hummer sei eine Delikatesse.«

»Die Scherenritter tun mir in der Regel zu leid, aber falls Sie darauf bestehen …«

Mit klopfendem Herzen ging sie in ihr Zimmer.

Dann duschte sie und stellte das Wasser so heiß, dass ihre Haut krebsrot wurde.

5

Es wurde eine neblige Fahrt durch die Berge, und Miguel »Jingo« Jimenzey entschied sich, nicht schneller als fünfzig zu fahren. Die Drachenbaum-Haine am Wegrand waren kaum noch zu sehen und auch die höher gelegenen Barrancos wirkten wie vom Nebel verschleiert.

Trotz der Kälte fuhr Jingo mit offenem Fenster. Der Zigarettenrauch mischte sich mit seinem dampfenden Atem, und sein T-Shirt mit dem Wahrzeichen des U.D. LAS PALMAS, des hiesigen Fußballvereins, war dünn wie Papier.

Du wirst dir den Tod holen, dachte er bei sich, aber nach dem Ärger der vergangenen Wochen, den polizeilichen Vernehmungen und der Beschlagnahme der *Santa Anna*, erschien ihm der Tod fast eine Art Erholungsurlaub vom Leben.

Drei Tauchkunden hatten ihre Reservierung wegen des hundsmiserablen Wetters storniert, und Jingo rechnete sich aus, dass er – sollte sich der große Wettergott der Kanaren nicht besinnen – die Tauchschule bald dichtmachen konnte. Dass ihn die »Alteingesessenen«, wie die Guanchen sich insgeheim nannten, jetzt noch zu einem *Tagorer* bestellt hatten, war der Tropfen, der das Fass zum Überlaufen brachte.

Er war ihr *Mencey* – ihr Fürst, denn sein Stammbaum ließ sich auf den letzten kanarischen König Tanausú zurückverfolgen. Es war kein leichtes Erbe, der neue *Dux bellorum* der Guanchen zu sein. Sie kochten noch immer ihr eigenes Süppchen und verachteten die Regierung in Madrid. Schon sein Äußeres verriet Jingo als echten Ureinwohner – markante, fast hellenische Züge, blaue Augen und blondes Haar, das aufgrund seiner dunklen Haut noch heller schien, erweckten noch immer Argwohn bei den Spaniern, deren Vorfahren die Guanchen fast ausgerottet hatten. Jingo hasste diese Blicke, er hatte sie erst vor Kurzem wieder gespürt, als er im Zimmer von diesem Bullen saß und sich zusammenreimte, was passiert sein konnte, nachts, vor Tazacorte, auf dem Boot seiner Tauchschule. Seine Grübelei lief auf die üblichen Selbstgespräche hinaus.

Stimmt es, dass die Santa Anna *schon einmal von der Küstenwacht aufgebracht wurde?*

»Ja, das stimmt, aber …«

Und hatten Sie damals nicht fünf illegale Immigranten an Bord?

»Ich habe diese Leute aus dem Wasser gefischt, Comisario …«

Mitten in der Nacht?

»*Madre de dios,* ich bin Tauchlehrer … Das Nachttauchen gehört zum Programm! Auf dem Rückweg sichteten wir ein havariertes *Cayuco.* Was hätten Sie an meiner Stelle getan? Die Menschen absaufen lassen?«

Oh, verstehe, Sie wollten den Helden spielen … Und jetzt haben Sie wieder ein Problem. Haben Sie nicht schon genug Schulden?

»Meine Schulden gehen Sie nichts an.«

Wie Sie meinen. Ihr Schiff wurde von einem Fischer geborgen. Ist Ihnen klar, dass der Mann Anspruch auf Bergelohn hat?

»Ich werde mich mit diesem Mann schon einigen.«

Kommen wir zurück zu Ihrem aktuellen Problem. Zwei Taucher werden vermisst, Sie haben die beiden zuletzt gesehen. Was, glauben Sie, hatten die da draußen verloren?

»Da bin ich überfragt …«

Könnten diese Männer Drogen geschmuggelt haben, Señor Jimenzey?

»Drogen? Wie kommen Sie da drauf?«

Nun, wenn drei Spürhunde auf einem Boot anschlagen, dann ist es meine Pflicht, den Besitzer zu fragen … Es ist auch meine Pflicht Ihnen mitzuteilen, dass alles, was Sie jetzt sagen, gegen Sie verwendet werden kann.

»Hören Sie auf, Comisario, ich habe nichts mit Drogenhändlern zu tun.«

Ach ja? Es gibt hier einen Aktenvermerk …

»Man hat mich mal mit einem schlecht gebauten Joint an der Schule erwischt! Das ist lange her!«

Wir werden uns Ihr Boot trotzdem genauer ansehen.

»Wie Sie meinen, Comisario, aber Sie werden nichts finden.«

Da wäre ich mir nicht so sicher. Der »Leguan« ist nicht von gestern, mein kleiner Guanche …

»Frechheit!« Jingo war damals hoch erhobenen Hauptes aus der Wache stolziert. »Du kannst mich mal, Fettsack!« Doch die Tatsache, dass er mit Macarena, der Tochter des Comisario ging, und dass sie Hochzeitspläne schmiedeten, machte alles noch schlimmer.

Hatte ihm seine Herkunft nicht immer nur Schwierigkeiten gebracht? Der ewige Zwist mit den Spaniern, die dumpf brütenden Rachegedanken, die ausgeprägte *Mañana*-Mentalität, vor allem aber die archaischen Rituale der Auritas, die Fischgötter, zu denen sie beteten, und deren schauderhafte Namen ihm seit seiner Kindheit vertraut waren, schoben sich wie eine Mauer zwischen ihn und das normale Leben, das er gerne mit seiner Freundin geführt hätte.

Er war kein abergläubischer Narr, ob es irgendwelche geheimen Mächte in der Tiefe gab, ob sie menschlich waren oder nicht, war ihm gleich, solange sie ihn nicht geschäftlich schädigten. Und irgendwie hatten sie das getan, er fühlte das, und auch dieses Gefühl irritierte ihn ungemein. Als moderner Palmero war ihm jede Art von Brauchtum – selbst die Sommersonnenwendfeier *Noche de San Juan* – zuwider, die Alteingesessenen wussten das nur zu gut und ließen ihn deshalb meistens zufrieden, es musste also etwas Wichtiges sein.

Die Steigung der Straße nahm immer mehr zu, und Jingos weißblauer Ford Mustang, ein 66er Baujahr, geriet allmählich ins Schnauben. Ein paar Lämpchen leuchteten unregelmäßig am Armaturenbord auf, Kühlwasser, Öl, Zündung, die Elektrik des Wagens war seit Langem im Eimer.

»Jetzt noch ein Motorschaden …«, knurrte Jingo, »das wäre die Krönung.« Genervt drehte er am Radio, aber die Wahl zwischen Techno-Flamenco und einem spanischen Britney-Spears-Aufguss schlug ihm noch mehr aufs Gemüt.

»*Mierda!*« Selten war ihm der Weg nach Barlovento so lang vorgekommen. Das Licht des Mondes bedampfte die Abhänge der Barrancos, und Jingo wählte – einer sentimentalen Laune folgend – Macarenas Nummer. Sie arbeitete in Los Llanos beim Palmerischen Schlichtungsamt, und da er sie diesen Abend vertrösten musste, hatte sie sich nach einem kurzen Stoßgebet wütend in die Arbeit gestürzt.

»*Sí?*« Er war froh, dass sie sich gleich meldete.

»Ich vermisse dich«, sagte er leise. »Es tut mir leid.«

»Und mir erst.« Seufzend: »Ich hatte schon einen Tisch im ›7 Islas‹ bestellt.«

»Bitte, Macarena, du weißt, ich habe keine andere Wahl …«

»Oh ja, du und deine verdammten *naturales del país.*« Er konnte hören, dass sie ihr Temperament an den Aktenordnern auf ihrem Schreibtisch abreagierte. Sieben Tage die Woche beschäftigte sie sich mit Claims der Guanchen, mit Streitigkeiten der Clans um Wasserrechte und mit Katasterplänen von anno dazumal. Die Altkanarier waren für sie nur lästige Quertreiber, Heiden und schlechte Verlierer. Einige beanspruchten sogar das stillgelegte Flugfeld von Buenavista und machten dem spanischen Verteidigungsminister zu schaffen.

»Was wollen sie denn diesmal?«

»Keine Ahnung.«

»Wurde wieder irgendeine mystische Ruhe gestört? Ein heiliger Hain entweiht? Eine Quelle geschändet?«

»Ich sagte doch, keine Ahnung …«

»Verstehe. Du fährst da nur raus zu irgendeinem gottverlassenen Ort.«

»Es ist kein gottverlassener Ort, sondern das Schwimmbad von La Fajana. Wir werden ein bisschen plaudern, das ist alles.«

»Nur eine Frage«, setzte sie nach. »haben Schwimmbäder nicht nachts geschlossen? Ich wette, es ist was Illegales …«

Das ist es, dachte Jingo. Bei seinem letzten Treffen mit den Priestern waren sie in die Kiefernwälder gepilgert und hatten dem Gott Guayote einen *baifo* geopfert. Ein erneuter Ausbruch des Volcán Tenguia war so verhindert worden, jedenfalls glaubten das die *Harimaguadas*, die Heilfrauen der Gemeinde, und Jingo – Mencey wider Willen –, hütete sich, etwas anderes zu behaupten. Vor seinen Augen tanzten noch immer ascheverschmierte Gesichter, als das Brandopfer, an allen vieren verschnürt und betäubt, über den Kraterrand flog. Es war vielleicht nicht grausamer als die halboffiziellen Hahnen- und Hundekämpfe der Spanier, die damit Touris abzockten, doch in Jingo war damals etwas in die Brüche gegangen. Sein »Erbe« ödete ihn zusehends an.

»Es ist das letzte Mal«, sagte er endlich, aber sie war nicht auf den Kopf gefallen und ersparte ihm die Märchenstunde.

»Ich werde schon damit fertig«, sagte sie mürrisch. »Der Mann, den ich liebe, ist Mitglied eines Kults, und ich wandere eines Tages wegen Mitwisserschaft in den Knast. – Na ja, solange ihr nur Schafe und Ziegen opfert und keine Menschen, halte ich meinen Mund.« Sie machte eine kurze Pause. »Warst du heute bei der Bank?«, fragte sie dann.

»Nein. Ich habe das Geld nicht, das sie von mir wollen. Warum sollte ich mir also den Weg machen, wenn es doch nichts bringt.«

»Warum musst du immer alles so negativ sehen?«

»Macarena …« Jingo wollte etwas erwidern, aber die Straße machte in diesem Moment eine scharfe Biegung, und um Haaresbreite wäre er an dem Abbieger vorbeigerauscht.

Er stampfte in die Eisen und legte den Rückwärtsgang ein.

»Bis morgen«, sagte er. »Und träum was Schönes …«

»Was bleibt mir anderes übrig?«, sagte sie leise. »Pass auf dich auf.«

Sie liebt mich, dachte Jingo. *Und ich – ich liebe sie mehr als mein Leben.*

Aus dem Dunkel vor ihm reckten sich schroffe Uferklippen, und Jingo fuhr im Schritttempo die Küste entlang. Der Nebel hatte sich halbwegs gelichtet, und er parkte den Mustang neben einem mit Meereslandschaft bemalten Haus.

Noch im Wagen knöpfte er sich das Hemd auf und begann sich auszuziehen.

Die Nacktheit gehörte einfach dazu, trotz *gota fría* und frischer Brise.

Die Felsschwimmbecken von La Fajana und Charco Azul gehörten zweifellos zu den echten Sehenswürdigkeiten der Insel.

Da sie beleuchtet waren, funkelten sie wie große, türkisfarbene Kristalle gegen das Meer. Tagsüber sonnten sich hier die Touristen oder saßen in einem Restaurant. Doch um diese Uhrzeit gab es hier nur Wind und Meer, die gemeinsam eine wütende Gischt über das befestigte Mauerwerk schleuderten. Das Licht der Strandlaternen reichte gerade aus, um die Konturen der Felsen in den Nachthimmel zu ritzen.

Nachdem er sich Gesicht, Arme und Oberkörper mit *Polvo* – einem speziellen Talkumpulver – bemalt hatte, stieg er aus und entledigte sich seiner restlichen Kleider. Selbst die Schuhe verstaute er im Kofferraum. Barfuß ging er los.

Er hatte sich oft gefragt, was er wohl sagen würde, wäre er in seiner rituellen Bemalung einem Tauchgast über den Weg gelaufen, aber in all den Jahren war das niemals passiert. Die Gemeinde war eben vorsichtig. Ein Schild, die Schwimmanlage sei wegen Umbaus geschlossen, war typisch.

Jingo tauchte unter der Absperrung hindurch und nahm die steile Treppe hinunter zum Meer. Der kalte Basalt unter seinen Sohlen und der Tanggeruch, der mit jedem Schritt stärker wurde, schärften seine Sinne.

Schon auf dem ersten Absatz hörte er das eigenartige Pfeifen – *El Silbo* – die prälogische, gepfiffene Sprache der Guanchen, die noch aus dem Bewusstsein schöpfte, das vor den Gedanken existierte. Die Koloraturen der Triller wurden deutlicher: Jingo verstand. Fast die ganze Gemeinde hatte sich versammelt, und sie warteten auf ihn.

Das Rauschen der Brandung wurde stärker, und endlich konnte er sie sehen.

Drei, vier Dutzend Gestalten, die auf dem Brandungswall kauerten und sich jetzt aufrappelten.

Mit ihren überdimensionalen Masken und den bemalten Körpern wirkten sie wie Ausgeburten eines Albtraums. Wären da nicht Bierdosen und Regenschirme zu sehen gewesen, Jingo hätte vielleicht auf der Stelle kehrtgemacht.

Ihre riesigen Köpfe schwankten auf ihn zu. Im diffusen, türkisblau überstrahlenden Licht des Meeresbades erkannte er gespenstische Fratzen, blinde Glubschaugen und Kiemenspalten in den Gesichtern von Menschen.

Jede dieser Masken wog gut und gern zehn Kilo.

Wie immer bildeten sie einen Halbkreis um ihren Menzey. Einige von ihnen knieten sogar, es war Jingo peinlich, denn er wusste, wer sich hinter den Masken verbarg: Hier, das Froschmaul gehörte dem kreuzbraven Apotheker Alonso aus Garafía, der Barrakudakopf thronte auf den schmächtigen Schultern eines Bibliothekars aus Los Llanos, und unter der Tintenfisch-Maske verbarg sich der angesehene Gastronom Bencomo aus El Paso. In der wirklichen Welt gingen sie sich stets aus dem Weg. Die Tradition verlangte es, dass sich die Mitglieder niemals auf Spanisch ansprachen. Alles, was sie sich zu sagen hatten, sagten sie sich auf *El Silbo*.

Ein wehmütiger, langer Pfiff:

Du bist spät, mi príncipe joven …

»Spät?« Jingos irres Kichern war eine passende Antwort. »Ihr pfeift, ich komme, was wollt ihr mehr?«

Der Barrakuda nickte. Er verkörperte seit dreißig Jahren den Zeremoniemeister des Kults, selbst wenn es keine wirkliche Hierarchie gab und alle gleichgestellt waren.

Wir haben dich aus guten Grund gerufen. Die Fischer klagen immer häufiger über zerrissene Netze. Etwas ist unten nicht mehr in Ordnung. Wir haben uns daher entschlossen, heute Nacht ein Opfer zu bringen.

»Und da habt ihr auf mich gewartet? Wie nett.«

Die Flöße wurden bereits vor Stunden mit geschlachteten Tieren beladen. Doch wir brauchen Euren Segen. Die Fremden haben das natürliche Gleichgewicht auf Benahoare empfindlich gestört. Sie haben am Tor der Fressenden Felsen gesprengt.

»*Caramba!*« Jingo hatte Mühe, nicht loszulachen: Da stand er also Anfang des 21. Jahrhunderts auf einer europäischen Insel und hörte Menschen zu, die aussahen, als hätten sie gerade den Sprung vom Homo erectus zum Neandertaler geschafft.

Und weiter? Zum ersten Mal pfiff er, wie sie pfiffen.

Sie haben die dunklen Auen entweiht. Die Königin der Felsen hat sich bewegt, die Dämonen des Meeres werden aufsteigen wie vor sechzig Jahren und Tod und Verderben bringen …

Schrilles Pfeifen: *Und was wollt ihr von mir?*

Das weißt du genau, Mencey! Der Barrakuda trat vor.

Nur das getrocknete Blut des Drachenbaums kann den Dämon wieder in die Tiefe treiben: El ritual del drago. Du musst die Zeremonie leiten, so will es das Orakel von Taganana …

Jingo schlug die Hände über dem Kopf zusammen.

»Mein Boot ist beschlagnahmt, ich stehe finanziell vor dem Aus, und ihr wollt, dass ich mich zu einer Lachnummer mache?«

Aber wir müssen handeln, bevor es zu spät ist! Das Polvo del drago hält sich nur wenige Tage …

»Tut mir leid, ich kann euch nicht helfen!«

Einer langen Stille folgte ein lang gezogener, wehmütiger Pfiff.

Hast du den Fremden nicht dein Boot geliehen? Den Fremden, die nicht mehr zurückgekehrt sind?

Jingo nickte.

»Was Mieter mit meinem Boot machen, ist mir gleich, vorausgesetzt, sie bringen es heil in den Hafen zurück.«

Diese Fremden sind getaucht, wo kein Mensch tauchen sollte.

»Stimmt. Wahrscheinlich sind sie in ein Seeloch geraten.«

Unsinn! Eine alte Frau mit einer gefleckten Muränenmaske schob sich vor. Die Runzeln an ihren Armen wirkten geradezu amphibisch.

Die Meeresdämonen – demonios del mar – haben diese Männer geholt. So wie sie immer alle geholt haben, die den Frieden störten. So wie sie die Spanier holten und die Bluthunde von Guillén Peraza, als er kam und die Dörfer von Benahoare brandschatzte. Wenn wir nichts tun, wird es wieder beginnen.

»Mütterchen«, Jingo legte der Greisin einen Arm um die Schulter. »Es gibt kein Tor und es gibt auch keinen fressenden Felsen …«

Sie machte sich von ihm los.

Dein Großvater hat ihn mit eigenen Augen gesehen!

»Mein Großvater war ein Bananenpacker und Spinner.«

Er versteht nicht. Der Barrakuda aus Los Llanos mischte sich ein.

Erlauchter Mencey, wenn jemals bekannt werden sollte, was sich in der Tiefe vor La Palma verbirgt, dann werden die Touristen ausbleiben und noch mehr ausländische Wissenschaftler kommen. Es wäre das Ende unserer Welt.

Während der Alte sprach, bemerkte Jingo in weiter Ferne ein Wetterleuchten. Eine Nebelbank hing dort draußen wie der Schleier einer toten Braut, und leichter Schauder kroch ihm über den Rücken – oder war es nur die kalte Gischt, die das Meer auf den Felsen versprühte?

»Ich will davon nichts mehr hören!«, brüllte er plötzlich. »Mein Großvater wollte mit seinen Schauermärchen die amerikanischen Fischer von den Stränden fernhalten.«

Dein Großvater war ein weiser Mann. Er wollte, dass du reif bist, um zu verstehen …

Jingo lehnte sich gegen den Basalt. »Ich habe schon lange verstanden«, schluchzte er auf, »nur ihr scheint nicht zu verstehen, ihr abergläubischen Teufel! Da unten ist nichts ... Nur Wasser und ein bisschen Gewürm. In meinem Leben gibt es keinen Platz mehr für euren albernen Hokuspokus ...«

Er stockte und rieb sich die Schläfen. »Die einzige Macht, die mein Leben bestimmt, ist der Euro, und in letzter Zeit, da macht er mir richtig Feuer unterm Arsch! Aber träumt ruhig weiter! Ihr seid nicht besser als die Spinner, die den Touristen erzählen, die Kanaren seien die Gipfel eines versunkenen Kontinents namens Atlantis. Tut mir leid, aber ich verschwende hier nur meine Zeit ...«

Er wischte sich die Zeichen vom Gesicht. »Sucht euch einen anderen Mencey ... Ich bin Tauchlehrer und habe andere Sorgen.«

»Bei Abora, es reicht!« Der Tintenfisch lüftete in diesem Moment seine Maske.

Das Gesicht des Alten war kreidebleich, eine Zornader pochte an seiner Schläfe.

»Jetzt hören Sie mir mal zu, junger Mann! Für wie dumm halten Sie uns? Es steht Ihnen zu, unsere Traditionen und Bräuche mit Füßen zu treten, aber kein Mencey verstößt sein eigenes Volk!«

»Ihr könnt mich mal, alle wie ihr da seid«, knirschte Jingo. »Was für ein Kindergarten ...«

Ein dumpfes Raunen ging durch die maskierte Gesellschaft.

»Wir werden nicht zulassen, dass die Fremden das Geheimnis erfahren.«

»Und ich werde nicht zulassen, dass ihr mein Leben ruiniert!«

Das Muränenweib begann als Erste zu pfeifen. Es hatte eine sonderbar schrille Koloratur, die ein Glas zum Springen gebracht hätte. *Verräter, Verräter!* Immer mehr der Alteingesessenen stimmten in das Pfeifkonzert ein, die Frequenzen überlagerten sich, erzeugten ein grausames Vibrato, bis Jingo meinte, der Kopf würde ihm platzen.

Wie von allen Furien gehetzt rannte er davon.

6

In den frühen Morgenstunden, als der Nebel sich langsam lichtete, stieg das Leuchten aus der Tiefe. Wie ein milchiges phosphoreszierendes Schemen driftete es unter der Wasseroberfläche heran, kroch die Bordwand entlang und verschwand in der Nähe einer Leuchttonne, die die Einfahrt von Puerto Naos markierte. Die Bewegungswelle brachte das Topplicht zum Schaukeln und klatschte dann gegen den Rumpf der *Modeste Victoria*, die leicht zitterte.

»Bei Eshu und allen Göttern des Mutterlandes, hast du das eben gesehen?«

Als der Spuk auftauchte, stand Modou am Bug der alten Holz-Motoryacht und holte gerade die Lotleine ein. Da sie die Gewässer vor La Palma nicht kannten, hatten die beiden Immigranten beschlossen, auf Nummer sicher zu gehen.

Better safe, than sorry ... Sie hatten zu viel riskiert, um jetzt in Sichtweite der Küste auf Grund zu laufen. Seit ihrer Flucht aus dem Auffanglager auf Teneriffa waren keine zwölf Stunden vergangen und die Männer waren restlos erschöpft. Die stürmische Überfahrt hatte ihnen die letzten Reserven abverlangt. Grau waberte der Nebel über dem Wasser, trotz völliger Windstille brachte die See den alten Kahn immer wieder gefährlich zum Schaukeln.

»Was ist los?« Das Flüstern kam von dem kleinen, drahtigen Mann, der mit beiden Händen das Steuer umklammerte. Auch Bulu wirkte am Ende.

Die gestohlene Yacht machte dem senegalesischen Fischer

noch immer zu schaffen. Im Grunde sei sie so wenig manövrierfähig wie eine übergewichtige Mama, nörgelte er vor sich hin. Aber das flache Patera, das sie von Saint Louis auf die Kanaren gebracht hatte, war von einem Patrouillenboot der *Frontex* aufgebracht worden.

Beide Männer hatten jetzt nicht mehr als die salzverkrusteten Kleider am Leib.

»Ich dachte, ich hätte was gesehen …«

»Ein Boot?«

»Nein, es war … als hätte ein Hubschrauber von oben auf das Wasser geleuchtet. Hier, direkt neben das Schiff.«

»Unmöglich. Einen Hubschrauber hätten wir gehört …«

Modou beugte sich über Bord. Zwischen Boot und der Tonne war ein glucksender, finsterer Abgrund.

»Und doch habe ich etwas gesehen.«

»Du träumst, Modou.« Bulu grinste, wie er es immer tat, wenn ihm etwas ganz und gar nicht gefiel. Da sie ohne Positionslichter fuhren, waren von ihm nur die Zähne zu sehen. »Sag mir lieber, wie tief es hier ist?«

»Tief genug«, sagte Modou. »Tiefer als zwanzig Meter. Ich glaube, wir können uns die Messungen sparen.«

»Und doch habe ich vorhin einen Felsen gesehen.«

»Du siehst andauernd Felsen …«

»Felsen sind das einzig Gefährliche hier draußen! Dein Licht dagegen …«

Modou lehnte sich mit dem Rücken zur Freibordwand. Er gähnte ungeniert und ließ seinen Blick in die Dunkelheit schweifen. Die dünne, leuchtende Linie in der Ferne und das Spiegelbild des Halbmonds, der über die dunklen Wellen glitt, erfüllten ihn mit einer merkwürdigen Sehnsucht.

»Wir werden es schaffen, oder?«

Bulu nickte. »Die Küstenwache kontrolliert hauptsächlich vor Teneriffa, Gran Canaria und La Gomera. Niemand wird uns vor La Palma vermuten. Und wenn wir vorsichtig sind und nichts überstürzen, dann werden wir in ein paar Stunden da drüben an Land gehen und ein neues Leben beginnen. Wir müssen geduldig sein, das ist alles.«

Da sie kaum mehr Sprit hatten, hielt er den Motor schon einige Zeit auf Sparflamme. Der Wind stand günstig, und es hatte den Anschein, als würde sie die Strömung direkt in den sicheren Hafen tragen. Die Lichter der nahen Küste glitzerten in der Brise.

»Bulu …«

»Was?«

»Ich rieche etwas …«

»Ich auch, wie verwestes Fleisch! Widerwärtig!« Modou hielt sich die Hand vor den Mund. »Das riecht ja schlimmer als ein kongolesisches Ebola-Dorf. Kannst du was sehen?«

»Nein.«

Das Floß glitt von Luv lautlos auf sie zu, und Bulu riss gerade noch das Steuer herum. »Mon Dieu! Was zum Teufel hat das zu bedeuten?«

So weit sie sehen konnten, war das Floß über und über mit toten Tieren bedeckt – Kühe, Schafe, Ziegen –, die Kadaver waren mannshoch gestapelt und mit Blumenkränzen geschmückt … Gespenstisch reckten sich die erstarrten Gliedmaßen in die Luft, und die beiden Männer bekreuzigten sich.

»Was geht hier vor?«

»Keine Ahnung. Ob es hier einen Voodookult gibt?«

Modou wollte gerade antworten, als etwas über das Unterschiff schrammte.

»*Grande merde!* Hast du das gehört? Du bist mir ein verlässlicher Navigator!«

Das Floß schaukelte gemächlich vorbei, als Bulu den Rückwärtsgang einlegte.

Modou – in blinder Panik – warf sein Senkblei erneut über Bord. Der mit kleinen, eingeflochtenen Knoten unterteilte Faden glitt zwischen seinen Fingern hindurch. Es war ein gutes, afrikanisches Handlot, und Modou kannte es wie eine Spinne ihre Fäden.

»Und? Wie tief?« Die weiter rotierende Schraube begann das Heck um den Bug zu drehen. »Wie tief, hab ich gefragt?«

»Zwei Meter, drei Meter … Grund.« Tatsächlich spürte Modou wie das Senkblei etwas berührte. »Grund!«, jaulte er auf, doch der Widerstand, den er spürte, verschwand im selben Moment. »Nein, doch nicht …«

Monoton zählte er weiter bis zum Ende des Fadens.

»Zwanzig«, sang er laut aus. »Zwanzig Meter. Mehr Seil hab ich nicht.« Routiniert begann er das Lot einzuholen, wobei er es schnell und gleichmäßig zwischen Handfläche und Unterarm aufwickelte.

Modou blickte sehnsüchtig hinüber zur Küste.

»Wir haben es gleich geschafft.«

»Jetzt heißt es einfach nur Nerven bewahren.«

Ein lautes Krachen, als wäre das Floß hinter ihnen auf irgendwelchen unsichtbaren Klippen zerschellt, ließ beide auffahren. Der Nebel webte wieder feine Tropfen, doch diesmal war es Schweiß, kalter Scheiß, der auf den Gesichtern der Männer perlte.

»Was zum Teufel kann das gewesen sein?«, murmelte er. Er warf eher beiläufig einen Blick über Bord und bemerkte den grünlichen Schimmer gerade noch, bevor er verschwand …

»Da ist es wieder! Das Leuchten!«

Ein vehementer Ruck ging durch die Lotschnur, knallte Modou rücklings gegen die Bordwand und schlitzte im Bruchteil einer Sekunde seinen Oberarm und seine Handfläche auf. Modous Schrei übertönte fast das berstende Geräusch, als die Yacht erneut über felsigen Grund schrammte. Zumindest klang es danach. Die Erschütterung war so stark, dass das Frontfenster aus Sicherheitsglas in tausend Teile zersprang.

»Willst du uns umbringen?«, brüllte Bulu. »Pass doch auf!« Er drehte am Ruder, doch das Schiff rührte sich nicht von der Stelle.

Stattdessen wälzte es sich auf die Seite, als ob es angehoben würde … Der Außerborder ragte für einen Moment in die Luft, und der wassertriefende Motor erstarb in einer Rauchwolke.

Wieder ein Stoß, etwas prallte gegen den Kiel, schob ihn seitlich über das Wasser, als würde die Yacht auf einer Öllache gleiten. Einem Moment der Entspannung folgte ein dumpf rumpelndes Knirschen, diesmal platzten die Bullaugen unter Deck, von den Schotten flogen Farbsplitter, Planken verbogen sich unter einem mächtigen Druck …

»Bitte hilf mir!« Blut spritzte aus einer verletzten Vene an Modous Arm.

Im Maschinenraum brach ein Feuer aus, dessen Flammen plötzlich aus dem offen stehenden Kajütschott emporzüngelten. Draußen an Deck heulte Modou in diesem Moment wie ein toller Hund, die Lotschnur war gerissen.

»Die Götter stehen uns bei, Bruder!« Bulu sprang die grün verspakte Sprossenleiter herunter. Die Planken hinter der ersten Koje bebten dermaßen, dass die Innenverkleidung von den Wänden platzte. Es war, als hätte man das Schiff längsseits in einen Schraubstock gespannt … Klirrend und ratschend gingen die Halteschrauben zum Teufel.

Bulu fand einen Feuerlöscher und hielt ihn in die zischelnden Flammen.

Das Licht ging plötzlich aus, und der Fischer schlug sich im Dunkel an die Stirn.

Er wusste nicht, dass der Treibstoff des Generators, der für elektrischen Strom sorgte, ausgegangen war. Bevor er noch einen Schritt machen konnte, riss ihn eine Explosion von den Füßen und schleuderte ihn gegen die Kombüse.

Halb betäubt von der Druckwelle hörte er, wie das Meer durch ein klaffendes Leck ins Boot strömte.

»Wir sinken!«, brüllte er und hangelte sich die Leiter empor. »Rette sich, wer kann!«

Vielleicht hatte er nicht damit gerechnet, dass Modou jetzt durchdrehen würde, nicht nach all dem, was sie zusammen durchgemacht hatten, aber als Bulu hustend aus der qualmenden Luke taumelte, sah er, wie das orangefarbene Schlauchboot durch die Luft schwebte. Es war ein endlos dauernder Flug – dann landete es direkt neben der *Modeste Victoria,* und Modue hechtete hinterher ... Er landete halb im Wasser, doch schaffte er es, sich blitzschnell über die vierzig Zentimeter hohe Bootswand zu ziehen. Wie besessen hechtete er über die Dollborden, riss die Paddel aus den Halterungen und ruderte los.

»Modou!« Im Licht der Flammen, die aus dem Maschinenraum schlugen, konnte Bulu Modous Gesichtszüge sehen, aus denen eine wilde Entschlossenheit sprach. Sein linker Arm war blutüberstömt, und doch ruderte er mit einer unvorstellbaren Energie, die niemand dem ausgemergelten Körper zugetraut hätte. Innerhalb weniger Sekunden hatte er zehn, fünfzehn Meter zwischen sich und den sinkenden Eimer gebracht.

»*Grande merde!*«, brüllte Bulu erneut. Er war gerade soweit, sich in den Ozean zu stürzen, als er das Leuchten sah. Es war nicht zu übersehen, denn rings um das Schlauchboot leuchtete das Meer fast so hell wie ein künstlich beleuchtetes Schwimmbecken. Auch Modou schien es bemerkt zu haben, denn er hielt inne, legte den Kopf in den Nacken und starrte nach oben.

Langsam erhob er sich und breitete die Arme aus – als ob er alle Sterntaler des Universums auffangen wollte …

»Modou! Komm zurück!«, brüllte Bulu. »Verdammter Narr …«

Das Meer schien in diesem Moment förmlich zu implodieren, es stürzte wie ein brüllender, tobender Wasserfall in sich zusammen – als ob unter der Oberfläche ein Hohlraum gewesen wäre, groß genug, um den Inhalt mehrerer Swimmingpools aufzunehmen. Vor Bulus schreckgeweiteten Augen verschwanden Modou und das Schlauchboot von einer Sekunde zur anderen. Es war so, als hätte sie der Ozean verschluckt. Auch das Leuchten erlosch schlagartig. An seiner Stelle kräuselten sich die Wellen, als ob sie fröstelten, und Bulu kletterte langsam auf das Führerhaus der sinkenden Yacht, schloss die Augen und begann laut und klagend zu singen.

7

»Wenn ich Sie recht verstehe, *Señor* Bond …«, – die fleischige Hand mit der 38. Special legte erneut auf die Schießscheibe an –, »… dann denken Sie, dass die Taucher noch leben und dass sie sich hier auf meiner Insel einen schönen Lenz machen.«

Es war ein farbloser Tag, gegen halb acht, und Vinzent hatte vom vielen Nicken schon eine leichte Genickstarre, die Schüsse machten eine normale Konversation unmöglich. Er fragte sich, warum Levantes ihn in aller Herrgottsfrühe auf dem Schießplatz empfing, zwischen Autowracks und Straßensperren, und nicht in seinem Büro. Aber der Comisario schien ein vielbeschäftigter Mann, er war früh auf den Beinen.

»Ich fürchte, Sie haben sich den weiten Weg umsonst gemacht.«

»Umsonst?«

Levante nickte – ohne jede Spur von Ernsthaftigkeit, eher wie Pferde nicken, um Bremsen und andere Quälgeister zu vertreiben. »Der Fall ist abgeschlossen, *Señor* Bond.«

»Nicht für mich«, sagte Vinzent. »Der Name ist übrigens Born, Vinzent Born. Ich bin weder verwandt noch verschwä …«

Der Rest wurde von einer Gewehrsalve übertönt. Ganz in der Nähe übten ein paar junge Kadetten mit Kleinkalibergewehren; die Art, wie sie mit ihren Knarren hantierten, machte keinen vertrauenerweckenden Eindruck.

»Können wir nicht woanders weitersprechen? Allmählich mache ich mir Sorgen um mein Gehör.«

»Sicher, *no problema* …«

Levante warf eine Handvoll Hülsen in einen Blecheimer und schob die Waffe zurück in den Holster. Warum er so oft auf den Schießplatz ging, hatte einen einfachen Grund: Ein guter Schuhputzer lässt den Tuchlappen immer erst wie eine Peitschenschnur knallen, erst dann beginnt er sein schmutziges Werk.

»Interessante Vermutung«, sagte er dann an Vinzents Adresse gerichtet, »ein derartiger Versicherungsschwindel wäre ein Bubenstück, ohne Zweifel. Doch es ist unmöglich.«

»Die Welt ist alles, was der Schadensfall ist, Comisario. Verstehen Sie, was ich meine?« Vinzent folgte Levante zu einem überdachten Unterstand. »Ich darf nichts ausschließen.«

»Da ist was dran.« Levante ließ sich auf eine alte Bank nieder und öffnete eine Kühltasche. »Bier?« Er knackte zwei Dosen und stieß mit Vinzent an, als ob sie irgendetwas zu feiern hätten.

»Darf ich Sie etwas fragen, *Señor* Born?«

»Sicher, wenn es nicht die Geheimzahl meines Girokontos ist.«

»Wie viel wird die Witwe von diesem Digger kassieren?«

»Eine Million Euro.«

»Ein hübsches Sümmchen …« Levantes Gesicht zog sich in die Breite und bildete tausend kleine Querfalten um Mund und Augen. »Manche Leute haben einfach Glück, das ist unfasslich. Unsereins schuftet sich sein Leben lang ab und geht am Ende leer aus.« Die Grimasse erhob offenbar Anspruch darauf, als verbindliches Lachen gewertet zu werden, wirkte aber eher wie ein Football-Ei mit Ohren.

»Gibt es konkrete Hinweise, dass Rüdiger Görtz und sein Bruder noch leben?«

»Das nicht«, Vinzent öffnete seine Aktentasche, »doch solange es keinen Totenschein gibt, überprüfen wir routinemäßig die Möglichkeit eines Betruges, vor allem wenn sich herausstellt, dass der terminierte Versicherungsnehmer ein Vorstrafenregister hat. Görtz wurde in Deutschland polizeilich gesucht. Betrug, Urkundenfälschung, räuberische Erpressung. Seinen letzten Arbeitgeber – eine Erdölgesellschaft – hat er um hunderttausend Euro geprellt.«

»Das ist mir alles bekannt«, unterbrach Levante ihn, »auch, dass die Brüder erst kürzlich von den Kapverden ausgewiesen wurden. Wegen Plünderung eines Seefahrtsgrabs.«

»Sie sind gut informiert …«

»Natürlich, wir leben hier schließlich nicht hinterm Mond.« Levante zog seinen dünnen Schnurbart zwischen die Zähne. »Ich will ehrlich zu Ihnen sein, *Señor* Bond. Wir sind ja fast Kollegen …«

»Born, Comisario, Vinzent Born.«

»Von mir aus …« Levante kratzte sich auffällig im Nacken. »Was ich Ihnen jetzt sage, ist streng vertraulich: An Bord der *Santa Anna* wurden Spuren von Rauschgift gefunden. *Cajo*, oder Kokain wie Sie sagen. Wir gehen davon aus, dass die beiden Deutschen Opfer eines Gewaltverbrechens wurden.«

Die Kadetten stürmten in diesem Moment gut gelaunt in den Raum. Als sie Levantes sahen, wurden sie mucksmäuschenstill.

»Wir vermuten, dass Digger und sein Bruder auf Schmuggelfahrt waren«, fuhr Levante fort. »Zwischen den Kanarischen Inseln herrscht ja schon immer reger Verkehr. Der Hafen von La Palma wird inzwischen als der größte Umschlagsplatz von Drogen registriert. In den letzten Monaten gab es immer wieder mal einen Fang, aber die Gauner sind erfinderisch. Selbst die Kufen von Wasserflugzeugen sind ihnen nicht heilig. Und seitdem wir hier dieses … dieses Flüchtlingspack haben, hat sich die Anzahl der aufgebrachten Schmuggelschiffe verdoppelt. Die Banden heuern jetzt mit Vorliebe Ausländer an, am liebsten Deutsche mit ehrlichen Gesichtern, die den Stoff transportieren. Diese Kuriere stellen für die Schmuggler natürlich ein Risiko dar.«

»Worauf wollen Sie hinaus, Comisario?«

»Ich denke, Digger Görtz und sein Bruder wurden von ihren Auftraggebern liquidiert.« Levante wischte sich mit der Hand über die Stirn wie ein Landpfarrer, der den schwierigsten Teil seiner Rede endlich hinter sich gebracht hatte.

»Ermordet? Dann hätten Ihre Experten doch sicher Spuren gefunden …«

»Nicht unbedingt.« Der Spanier, vom Reden durstig, schlürfte den Bierschaum ab, wobei er sich bemühte, die Spitzen seines Bartes nicht einzuseifen. »Wenn ich einen Mann mit vorgehaltener Waffe ermutige, mitten auf dem Meer über Bord zu springen, ist das Mord oder Selbstmord? Und wenn es keine Zeugen gibt, wer könnte den Tathergang rekonstruieren? Glauben Sie mir, *Señor* Born, ich habe diesen Fall aus gutem Grund zu den Akten gelegt. Wie wär's jetzt mit einer richtigen *Caña* oder einem Cuba Libre, *Señor*. Nebenan ist eine ganz ausgezeichnete Kneipe. Und dann werde ich Sie, wenn Sie wollen, zurück zum Flughafen fahren.«

Vinzent nickte bedächtig. Er konnte nicht sagen, was ihm an dem schwergewichtigen Polizeichef missfiel.

»Nur für meine Akten, Comisario. Welche Maßnahmen wurden von Ihnen nach dem Verschwinden der Taucher ergriffen?«

»Maßnahmen?«

»Nun, zwei Taucher werden als vermisst gemeldet. Was haben Sie getan?«

»Wir haben natürlich die Nationalgarde alarmiert, die Küstenwache und die Guarda Civil!« Levante grinste verschmitzt. »Spaß beiseite, *Señor* Born? Wir haben das Übliche veranlasst – Fotos der Vermissten in die Tageszeitungen der Insel gesetzt, um ganz sicherzugehen, falls eine Leiche irgendwo angespült werden sollte. – Oh, der Steckbrief hängt noch immer an jeder Bushaltestelle, glauben Sie mir … Auf einer Insel kann man auf Tipps der Bevölkerung zählen. Wenn sie noch leben würden, dann müssten sie sich falsche Bärte ankleben, nur um zum Bäcker zu gehen. Nein, *Señor*, ich fürchte Ihr Versicherungsnehmer ist nicht mehr am Leben …«

»Görtz war kein Anfänger«, warf Vinzent ein.

»Aber wir sind Anfänger, ja?«, kam es von Levante mit aller Schärfe zurück. Auf seinen pockennarbigen Backen standen plötzlich dunkelrote Flecken. »Sie halten uns scheinbar für ein Dritte-Welt-Land! So ist es doch, sonst hätte uns Ihre Versicherung keinen Ermittler geschickt. Sagen Sie mir eins: Warum sind alle Deutschen so überheblich?«

Vinzent hatte langsam genug.

»Ich will nicht unhöflich sein, Comisario, aber zur Polizeiarbeit gehört nun einmal eine gewisse Sorgfaltspflicht … Wurde der Meeresboden abgesucht?«

»*Qué?* Der Meeresboden?« Levante lachte kurz auf. »Wissen Sie, wie tief das Meer vor der Westküste ist?«

»Ziemlich tief.« Vinzent hatte sich vor seiner Reise über die Besonderheiten der Kanarischen Inseln informiert. »Der Teide auf Teneriffa ragt aus einer Tiefe von fast viertausend Metern empor. Selbst in Küstennähe sind es noch zwei-, dreihundert Meter. Sie sehen ich habe meine Hausaufgaben gemacht.«

»Nein, sonst wüssten Sie, dass man solche Tiefen nicht absuchen kann! Schon bei hundert Meter hört es auf!« Levante pausierte einen Moment, denn er wusste, er hatte einen Punktsieg davon getragen. »Mal unter uns, *amigo*. Warum lassen Sie die Sache nicht auf sich beruhen? Ich kann veranlassen, dass man Ihnen einen prophylaktischen Todesschein ausstellt.«

»Sie meinen …?«

Levante nickte. »Ein Obduktionsbericht und Bescheinung, dass die Leichen – die Überreste, um genau zu sein – von unserer Behörde eingeäschert wurden. Ihre Versicherung sieht, dass alles seine Richtigkeit hat, und Ihr Fall ist gelöst.«

Im Umgang mit Behörden hatte sich Vinzent schon so manches zwielichtige Angebot anhören müssen, doch noch nie wurde ihm ein gefälschter Todesschein in Aussicht gestellt.

»Ich weiß Ihr Angebot wirklich zu schätzen …«

»Aber?«

»Nun, einen Tag lang werde ich mich etwas umsehen. Es kann doch nichts schaden …«

Levante sah schwerfällig auf. »Bitte, ganz wie Sie wollen. Ihre vermissten Freunde hausten in Villa de Mazo, in einem abgelegenen Ferienhaus namens *Casa Arthuro*, etwa anderthalb Autostunden von hier. Vielleicht beginnen Sie da, bevor Sie nach ihnen tauchen.« Er grinste spöttisch. »Wir haben das Haus zwar mehrfach durchsucht, aber ein deutscher Versicherungs-Ermittler hat sicher ein besseres Auge für Indizien als die gesamte *Policía Local.*«

»Das heißt wohl«, setzte Vinzent nach, »Sie haben nichts gefunden.«

»Doch, ein paar gestohlene Geräte vom Forschungsschiff *›Prada‹* … Und einen Haufen schmuddeliger Wäsche. Der Berg stank dermaßen zum Himmel, dass wir die Sachen hier im Hinterhof der Wache verbrannt haben.«

»Warum, wenn ich fragen darf? Waren das nicht Beweisstücke?«

Levante bekam einen Moment die Maulsperre.

»Wissen Sie, an wen Sie mich erinnern, *Señor* Born?«

»Keine Ahnung.«

»An einen gewissen Wiesner. Ein Schnüffler von der Zeitung. Der stellte mir genau dieselbe Frage: Warum haben Sie die Beweisstücke verbrannt?«

»Und was haben Sie diesem Herrn Wiesner geantwortet, Comisario?«

»Dass *ich* entscheide, was Beweisstücke sind.«

»Verstehe ...« Vinzent notierte sich noch den Namen des Fotoreporters. »Darf ich Sie anrufen – nur falls ich etwas sehe, das mich stutzig macht?«

»Jederzeit.« Levante strich seine Hosenträger zurecht. Die hektischen Flecken in seinem Gesicht waren allmählich verblasst. »Dafür bin ich ja da. – Und *Señor* Born, seien Sie vorsichtig: Die Palmeros mögen es gar nicht, wenn Fremde auf der Insel herumschnüffeln. Und da Sie unsere Sprache nicht sprechen, könnte es zu Missverständnissen kommen.«

»Danke für die Warnung, Comisario, ich werd's mir merken.«

»Hoffe ich, *Señor* Born, ich meine es nur gut.«

Während Levante dem Wagen nachsah, begann ein hässlicher Zug sein Gesicht zu entstellen, er ließ diesem Zug freien Lauf, bis sein Gesicht wieder zu einer Maske erstarrte.

»*Burro*«, murmelte er vor sich hin. »*Imbécil alemán ...*«

Später saß er mit einem selbst gepanschten Cuba Libre allein in seinem Büro, die schmerzenden Füße in einer Schüssel mit eiskaltem Wasser. Erinnerungen und schlechte Neuigkeiten machten ihm gleichermaßen zu schaffen, und damit nicht noch mehr hinzukam, hatte er Arnoldo Quebracho, einem jungen Streifenbeamten, den Auftrag gegeben, diesen Herrn Born zu beschatten. Quebracho war ein Zwerg, kaum einssechzig groß, und doch war er der zuverlässigste Mann, den er hatte, ein stiller Terrier, der sich nicht abhängen ließ. Als ehemaliger Fallschirmjäger liebte er noch immer das Fliegen, und um diese Zeit konnte man ihn an einem orangenen Gleitschirm zwischen Puerto Naos und Fuencaliente hin und her pendeln sehen. Levante hätte ihn gerne mit seiner Tochter verkuppelt, aber Quebracho war schwul.

»*Cojones*«, murmelte Levante.

Vor ihm stapelten sich Anfragen der Tageszeitung »La Palma«, als hätte er nicht schon genug Ärger mit diesem Wiesner am Hals, nein, jetzt gab es auch noch einen Schnüffler aus Deutschland.

Er telefonierte kurz mit seiner Frau Rosita und teilte ihr mit, er werde abends in seiner Lieblingsgrillbude *A la plancha* essen.

»Die Überstunden bringen mich um«, jammerte er.

»Du bist selbst schuld«, sagte sie traurig. »Keiner arbeitet so hart wie du.«

»Ich tue es für uns«, sagte Levante. »In ein paar Jahren werde ich pensioniert. Hast du eine Vorstellung, wie die Rente eines Polizeibeamten aussieht?«

Sie seufzte. »Emilio ...«

»Was noch?«

»Macarena hat mich heute Morgen wegen der Hochzeit gefragt ...«

»Es gibt keine Hochzeit!« Das Thema versetzte Levante wie immer in Rage.

»Sie hat das Aufgebot schon bestellt ...«

»Das Aufgebot? Verdammt ...« Mit der freien Hand machte Levante eine Bewegung, als wolle er die Luft langsam und genüsslich erwürgen. »Wie oft habe ich Macarena gesagt, sie soll sich diesen Kerl aus dem Kopf schlagen! Vielleicht wird er bald eine kleine, gemütliche Zelle in einem Knast auf Teneriffa bewohnen!«

»Aber Emilio …«

»Gar nichts Emilio! Ist dir klar, dass wir gegen diesen Vogel ermitteln?«

»Du hast ihn noch nie gemocht.«

»Weil er ein Guanche ist! Ein großmäuliger, arroganter Guanche!«

Sie gab keine Antwort, und Levante verabschiedete sich mit der Phrase, er müsse zu einer »Power-Siesta mit den ganzen großen Tieren« nach Santa Cruz. Manchmal stimmte das auch, aber nicht heute. Stattdessen stellte er eine Reihe missmutiger Überlegungen an. Denken war ohnehin besser als essen, denn er hatte ein paar Pfunde zu viel.

Das Problem lag klar auf der Hand: Eine professionelle Suche nach den verschwundenen Tauchern musste um jeden Preis verhindert werden, doch das bedeutete, seine Reserven einzusetzen und Risiken einzugehen, die ihn den Kopf kosten konnten. Andererseits hatte er keine andere Wahl. Im Kofferraum seines Wagens lagerten noch immer zwei Tauchanzüge und Flaschen, die den vermissten Tauchern gehörten. Der »Leguan« hatte sie damals in einer Nacht-und-Nebel-Aktion aus dem Unterschlupf der Brüder rausgeschmuggelt, ganz so, wie es der Bürgermeister ihm aufgetragen hatte.

Fast täglich erstattete er Rodriguez Vargas, so hieß der Würdenträger, Bericht.

Der Bestechungsgedanke war unzertrennlich mit diesem Namen verbunden.

Vargas war schon länger unter Beschuss, weil er den Naturschutz lockern und stattdessen immer größere Bettenburgen hochziehen wollte. Unter den kanarischen Grünen hatte das für Aufruhr gesorgt, doch wenig geändert. Die Interessen der Cliquen und Familien-Clans hatten schon immer die Interessen der Insel bestimmt, und es würde nie anders sein. Doch alles hatte seine Grenzen: In den letzten Jahre hatte sich Vargas zu schamlos an den Einkünften der Domäne bedient und eine Art Almosenwirtschaft mit illegalen Arbeitskräften gefördert. Viele der Bauverbrechen an der Küste gingen auf seine Kappe, und schon wieder gab es Ärger, weil er sich selbst die Erlaubnis erteilt hatte, vor Tijarafe – am Playa de las Vinagreras – ein Luxushotel aus dem Sand zu stampfen: »Vargas on the rocks« sollte es heißen. Die Presse hatte ihn seitdem auf dem Kieker. Von seinem Polizeichef forderte er ein »energisches Vorgehen gegen die Schmierfinken von der Presse«, doch dem waren die Hände gebunden. Zumindest gab er das vor. Levante hatte schon einige lokale Poker- und Palastrevolutionen überstanden, und er rechnete sich aus, dass auch Vargas bereits angezählt war. Er musste vorsichtig sein, und das war für einen Mann mit seinem Temperament nicht immer einfach.

Mierda, dachte Levante. Er dachte an die Tauchanzüge in seinem Wagen und studierte die Maserung der Eiswürfel in seinem Glas.

Du musst jetzt kaltblütig sein, Emilio, ganz kaltblütig … Vielleicht kannst du den einen Schnüffler gegen den anderen ausspielen! Ja, das wäre doch eine Idee …

Böse kichernd nahm er einen kleinen Schluck.

»Maria!«, brüllte er dann. »*Coño!* Beweg deinen faulen Hintern hier rein!«

Es dauerte diesmal länger, bis eine dick geschminkte, kaum volljährige Latina ihren Kopf in seine Tür steckte.

»*Sí,* Comisario?« Sie klimperte mit den Wimpern, ließ einen Kaugummi auf den Lippen zerplatzen und erinnerte Levante daran, dass er sie eigentlich nicht als Bürokraft angestellt hatte.

»Ruf mir diesen Reporter an – Markus Wiesner. Sag ihm, ein deutscher Ermittler hätte nach ihm gefragt. Nein, sag ihm, er hätte verdächtige Fragen gestellt ...«

Sie verschwand, und Levante hob sein Glas, als ob er einen Toast ausbringen wollte. Zwischen den Eiswürfeln entdeckte er eine grün schillernde, tote Fliege.

Sei's drum, dachte er noch.

Angewidert schüttete er seinen Drink hinunter und machte sich auf den Weg.

8

Das erst vor einem knappen Jahr eingerichtete *Instituto Oceanografico de La Palma* zwischen einem namenlosen Vorort von Puerto Naos und Punta del Cabestro machte rein äußerlich einen ziemlich schäbigen Eindruck.

Eine schlichte Lagerhalle mit einem Dach aus Wellblech, so sah es von Weitem aus. Nur diverse Gerätschaft wie eine monströse Kettensackdredsche zur Aufnahme von Gesteinsproben oder diverse Gitterboxen – vor allem aber eine drei Meter lange Unterwasser-Drohne, die auf einem Bootsanhänger ruhte – ließ ahnen, was sich hinter den fensterlosen Mauern abspielte.

»Wenn das nicht *Proteus* ist …« Susannes Hand klopfte an die weißblau lackierte Hülle der Drohne.

»Ich hoffe, du hast den Transport heil überstanden.«

Die glänzenden Linsen in der leicht abgestumpften Schnauze schienen ihren Blick stumm zu erwidern.

Proteus A.I. 5 gehörte zur letzten Generation von autonomen Unterwasserfahrzeugen, die die hochbezahlte Zunft der Offshore-Taucher langsam aber sicher dezimiert hatte. Gespickt mit Sensoren und zwei hydraulischen Greifarmen war es der Drohne möglich, am Sockel einer Plattform zu schweißen oder die undichte Stelle an einer Pipeline zu finden. Der Chip in seinem wasserdichten Plastikkopf wäre ebenso gut in der Lage gewesen, eine saubere Mondlandung hinzulegen. Vorbei waren die Zeiten der bemannten Mini-U-Boote oder Bathysphären. Hybride

R.O.V.s wie *Proteus* waren überall auf dem Vormarsch. Mit einem Gewicht von unter eintausend Kilogramm und einer Geschwindigkeit von 4 Knoten – also zwei Meter pro Sekunde – spielte der deutsche U-Bot, der *underwater robot*, in derselben Liga wie der dänische *Martin* oder *Theseus* aus Kanada. Vier parallel geschaltete Silber-Zink-Batterien versorgten ihn mit dreihundertfünfzig Kilowatt über eine Reichweite von zweihundert Kilometern. Integrierte Hebesäcke und abwurfbereite Bleigewichte garantierten, dass *Proteus* seinen Aufstieg auch mit defekten Schubdüsen selbst einleiten konnte.

Doch das alles war nichts gegen das, was hinter der Bezeichnung *AI.5* steckte – ein Computer der 5. Generation. *Proteus* war in der Lage, mit Susanne über ein drahtloses Sprachmodul zu kommunizieren. In den zwei Jahren ihrer »Zusammenarbeit« hatte sie sich an seine samtige, neutrale Stimme gewöhnt, ja, selbst um die Weihnachtszeit, wenn sie Geschenke aussuchte, dachte sie öfters an ihn. Sie wusste, was sie an ihm hatte. Wurde es einmal knifflig, legte sie ihn an die Leine: Durch ein zentimeterdickes, glasfaserbeseeltes Datenkabel konnte sie dann mit seinen Augen sehen und seine Greifer mit ihrer Feinmotorik verquicken. Die Operation vor La Palma, selbst die Verankerung der Drucksensoren, war eine Kleinigkeit im Vergleich zu ihrem letzten Einsatz vor Grönland. Je nachdem, welche Software Susanne an *Proteus* verfütterte, war er in der Lage, Eisberge zu untersuchen oder ein Versorgungsschiff durchs Packeis zu lotsen. Ein eingebautes Panoramasonar versetzte die Maschine in die Lage, sich selbst in völliger Dunkelheit zu orientieren. Durch die ständige Überwachung seiner Umgebung waren komplexe Virtual-Reality-Simulationen möglich, die *Proteus* in Realzeit auf einen Farbmonitor in Susannes Computer-Container schickte. Der befand sich an Bord eines Schiffes, von dem aus Susanne die

Arbeit des Roboters überwachte. Eine Fernsteuerung ermöglichte es ihr, bei Bedarf einzugreifen und die 200 Kilo schweren Greifer über winzige Joysticks zu bewegen. Es war ein merkwürdiges Gefühl, als ob sie plötzlich über Bärenkräfte verfügte.

»Bis gleich, mein Junge.«

Susanne stieg die Eisentreppe mit gemischten Gefühlen hinauf. Der Eingang lag wie bei einer Baubude im ersten Stock. *Was würde sie erwarten?* Sie kannte die Empfindlichkeiten ihrer spanischen Kollegen, die dauernden Querelen mit den kanarischen Provinzwissenschaftlern, die sich von den Deutschen bevormundet fühlten.

Im Flur roch es nach Reinigungsmitteln oder Kerosin, jedenfalls chemisch, und Susanne watete durch einen Wust an Verpackungsmaterial, Planen und leeren Umzugskartons. In einer Seekiste entdeckte sie einen Haufen der honiggelben Schwimmkörper aus syntaktischem Schaum, die für den Auftrieb der Ozeanbodenseismometer sorgten.

Einer lag vor ihr am Boden. Sie bückte sich automatisch, drehte ihn einmal hin und her und warf ihn dann zurück zu den anderen.

»Bravo, ein ausgezeichneter Wurf!«

Eine asketisch schlanke, dezent gekleidete Gestalt eilte ihr durch das Chaos entgegen. »Willkommen, *Señorita*.« Zwei dunkel schmachtende Augen glitten über ihren Körper. »Ah, genau so habe ich Sie mir vorgestellt: eine grazile, blonde Torpedoreiterin, mit Hüftknochen so scharf, dass man daran Salami aufschneiden könnte. Ich bin entzückt.«

Ein Empfang mit Handkuss war das Letzte, was sie erwartet hatte, und Susanne zog ihre Hand schnell und entschieden zurück.

»Liegt das Schiff klar zum Auslaufen?«

»Sicher.

Professor Gomez Carrasco strich sich mit der Hand über den kahlen Schädel, als ob er ihn polieren wollte. Hinter seiner vornehmen, etwas herablassenden Art steckte noch immer der Straßenjunge aus einem namenlosen Vorort von Los Llanos. Sein Vater hatte in den 60er-Jahren ein Vermögen mit Dynamitfischen gemacht. Es hatte Gomez den Besuch der Universität ermöglicht, und noch immer sah Gomez in der Natur nichts anderes als eine unerschöpfliche Quelle von Wohlstand. Man musste es nur geschickt anstellen.

»Oh, entschuldigen Sie, ich wollte Ihnen nicht zu nahetreten, wir Spanier sind manchmal etwas zu herzlich.« Auch der dichte Kinnbart milderte nicht die Öligkeit seines Lächelns. »Und? Haben Sie Ihren Freund schon begrüßt? Er steht schon ein paar Tage da draußen im Regen, aber das feuchte Element macht ihm ja nichts aus. Jeden Morgen habe ich ihn mir angesehen und gedacht: Was für eine Frau muss das sein, die mit so einem Kaliber hantiert?«

Der schlüpfrige Unterton war Suzanne nicht entgangen, aber sie lächelte nur und reichte ihm einen Brief.

»Ich habe ein Schreiben für Sie. Von unserem Direktor.«

»Sicher nur eine Rechnung.«

»Nein, keine Rechung.«

»Ganz gleich was es ist, dürfte ich Sie zu einer Tasse Kaffee einladen? *Café con leche*. Der Automat ist leider mal wieder kaputt, aber es gibt hier ein nettes, kleines Strandcafé und …«

»Professor Gomez?«

»Ja, mein Kind?«

»Wollen Sie den Brief nicht öffnen?«

»Hat das nicht Zeit?«

»Nein, hat es nicht ...«

»Oh doch. Wann wir auslaufen, ist unsere Sache. Erst erzählen Sie mir einmal bei einer Tasse Kaffee über Ihr trauriges Leben.«

»Wie bitte?«

»Ja, Sie haben schon richtig gehört ...« Gomez war ein alter Charmeur.

»Was verschlägt eine schöne Frau wie Sie in die Niederungen der Wissenschaft? Gibt es keinen Mann, der Sie auf Händen tragen möchte? Kommen Sie, wir fahren los, und dann schütten Sie mir erst mal Ihr Herz aus. Ich kann sehen, dass Sie nicht glücklich sind.«

Susanne machte keine Anstalten, der schmierigen Einladung zu folgen. Stattdessen verschränkte sie einfach die Arme.

»Verstehe, Sie haben Ihren eigenen Kopf.« Gomez holte einmal tief Luft.

»Na schön, der Klügere gibt nach.«

Er war ein alter Macho mit dem Beharrungsvermögen eines Felsblocks, dem Geist einer Rechenmaschine und dem Feingefühl eines wütenden Elefanten im Porzellanladen. Wenn er eine Frau begehrte, dann scherte es ihn einen Dreck, ob sie wollte, er kam zum Ziel, so oder so, und er hatte dabei nicht die geringsten Skrupel, denn hinterher wollten sie ja immer, und diese Erfahrung hatte ihn Körben gegenüber fast unempfindlich gemacht. Die kühle Blonde aus Bremerhaven würde nicht anders sein als die junge Britin, die ihm letzten Sommer assistiert hatte, oder die kleine Italienerin vom Nationalen Institut für Geophysik und Vulkanologie. Er hatte ihr – trotz seines Alters noch einiges beibringen können.

Mit einer energischen Handbewegung riss er das Kuvert auf. Mit jeder Zeile, die er las, trat die Ernüchterung auf seinem Gesicht deutlicher zu Tage.

»Ich kann es nicht glauben«, sagte er dann. »Ich bin *Ihnen* unterstellt worden.« Fassungslos: »Ist das ein Witz?«

Susanne schüttelte den Kopf.

»Regen Sie sich nicht auf. Es ist Ihr Projekt. Ich werde nur den Einsatz von *Proteus* leiten und die Funktionstüchtigkeit des Systems überprüfen. Das ist alles.«

»Oh, das ist alles.« Gomez nickte süffisant. »Die ganze Drecksarbeit haben sie mich machen lassen! Und jetzt schicken die Herren mir eine Aufpasserin! Wie großzügig! *Putos Alemanes!*«

Er zerknüllte den Brief und ließ sich dann in einen der halbausgepackten Sessel fallen.

»Es ist doch immer dasselbe: Wenn das AWI einmal feststellt, dass irgendeine lumpige GPS-Boje nicht funktioniert, dann schüttelt sich die wissenschaftliche Bürokratie und schickt einem ein Überfallkommando auf den Hals. Wollen Sie mich ausspionieren?«

»Es gibt Probleme mit dem Datentransfer.«

»Ja, die gibt es! Doch sind wir durchaus in der Lage, diese Probleme selbstständig zu lösen!«

»Jetzt reicht es aber!« Susanne hatte allmählich genug. »Das Institut in Madrid bat uns um Hilfe.«

»Madrid! Was wissen die, was hier vor sich geht? Diese hochnäsigen Ignoranten!«

Gomez, ein gebürtiger Palmero, gehörte zu den aktivsten Regionalisten der eher richtungslosen *Coalición Canaria*, ohne die angeblich niemand regieren konnte, jedenfalls nicht lange. »Wissen Sie eigentlich, was das heißt, Fräulein, GPS-Bojen und Seismometer auf hoher See auszusetzen? – Es ist die Hölle, weil alles anders ist als im Labor. Wie impertinent ist das eigentlich!«, fuhr er in einem regelrechten Kommandoton fort. »Versetzen

Sie sich in meine Lage: Das Frühwarnsystem war meine Idee … Ich trage die Verantwortung! Ich, ich, ich!«

Er wies auf eine Landkarte an der Wand. »Seit zwölf Monaten leite ich dieses Projekt. Jeder Seismometer da draußen wurde von mir und meinem Team installiert!«

»Nicht alle scheinen zu funktionieren«, sagte Susanne.

»Sie meinen OBS-III.« Gomez winkte ab. »Ich sage noch einmal, eine defekte GPS-Boje ist ein marginales Problem.«

»Da bin ich anderer Meinung. Wenn morgen die Erde bebt und das Frühwarnsystem nicht funktioniert, dann kommt es zur Katastrophe. Die Flutwelle wird Hunderttausende an den Küsten von Westafrika und im Mittelmeerraum überraschen. Übernehmen Sie die Verantwortung?«

»Nein, Sie haben das zu verantworten, denn Ihr feines Institut lieferte uns einen Haufen Schrott! Ich kann Sie nur warnen – Ihr Ruf steht auf dem Spiel, nicht meiner. Wenn sich diese – diese Panne in Fachkreisen herumsprechen sollte, dann gute Nacht, kann ich nur sagen!«

Susanne warf einen Blick auf die Uhr.

»Ich mache Ihnen einen Vorschlag, Doktor Gomez … Wir fahren jetzt mit der *Esperanza* ins Einsatzgebiet, und ich zeige Ihnen, wie effizient *Proteus* in der Lage ist, einen OBS zu verankern. Wenn Sie überzeugt sind, werde ich die Implementierung des Systems abschließen, einen Probealarm initiieren und Ende der Woche sind Sie mich wieder los.«

»Habe ich eine Wahl?«, knurrte Gomez.

»Die haben Sie«, sagte Susanne ohne einen Hauch von Emotion in der Stimme. »Ich fliege noch heute zurück nach Bremerhaven und erzähle meinen Vorgesetzten, was Sie mir gerade an den Kopf geworfen haben.«

»Wollen Sie mir drohen, Kindchen?«

»Aber nein.« Susanne seufzte hörbar. »Doch wie Sie wissen, wird Ihr Projekt mit Geldern der EU finanziert. Das Frühwarnsystem hat bisher zehn Millionen Euro gekostet. Es ist das Paradepferd in Brüssel für multinationale, wissenschaftliche Kooperation. Doch wenn Sie mich hier nicht brauchen, dann mache ich wieder die Fliege.«

»Aber ich brauche Sie ja. Sehr sogar. Niemand außer Ihnen kann dieses Dingsda draußen auf dem Anhänger bedienen.« Gomez hatte sich wieder gefangen. Er war lange genug im Geschäft, um zu wissen, dass sein irrationales Verhalten vermutlich zur Einfrierung der Fördermittel geführt hätte.

»Bitte, verzeihen Sie mir, wir Spanier«, – er begann wieder seine dunkelbraune Glatze zu wischen –, »haben Temperament. In unseren Adern fließt kein Blut, sondern bengalisches Feuer. Wenn uns dann eine schöne Frau anstachelt ...«

»Verstehen Sie mich nicht falsch«, fiel ihm Susanne ins Wort, »aber es ist jetzt Viertel vor neun. Können Sie mir das nicht auch an Bord der *Esperanza* erzählen?«

»Zu Befehl, meine teure Boss-Lady!« Gomez verneigte sich spöttisch und raffte ein paar Unterlagen zusammen. »Ich habe eine extralange Leine für ihren kleinen Liebling besorgt. Damit müssten wir hinkommen. – Ach, wussten Sie übrigens, dass wir im Umkreis von den südlichen Seismometern kürzlich Liparit und Bimsstein entdeckt haben?«

»Junge Ergussgesteine ...« Susanne war schon an der Tür. »Wenn es dort einen Vulkan gibt, dann gäbe es eine natürliche Erklärung, warum OBS-III nicht funktioniert«

Gomez schürzte die Lippen vor. »Richtig, und ich liebe natürliche Erklärungen. Na, wer hätte das gedacht, Fräulein Brecht? Wissenschaftlich gesehen liegen wir auf einer Wellenlänge.«

9

Als hätte Petrus ein Einsehen gehabt, rissen die Wolken genau in dem Moment auf, als Vinzent vor die Polizeiwache trat. Die Farben der schön verputzten Häuser und üppigen Grünanlagen leuchteten auf, und selbst die Luft schien sich augenblicklich um ein paar Grad zu erwärmen.

Was die Straßen stadtauswärts anbelangte, so herrschten noch immer nicht ideale Fahrbedingungen. Im Radio wurde wiederholt vor Schlammlawinen in den höheren Lagen gewarnt, doch Vinzents Laune wurde von Kilometer zu Kilometer besser.

Zunächst hatte er allerdings Mühe, einen Vespa-Fahrer abzuschütteln, der ihm partout folgen wollte. Vinzent hatte ihn gleich bemerkt, es war die Art, wie er Abstand hielt, unnötig bremste und immer wieder in den Windschatten von Kleinbussen tauchte. Auf ihm saß sicher einer von Levantes Jungs in Zivil oder ein Guardia, der den Auftrag hatte, den »deutschen Schnüffler« nicht aus den Augen zu lassen.

Sie wollen es nicht anders, dachte Vinzent.

Er bog mit 80 Sachen von der Schnellstraße ab und wähnte sich plötzlich auf dieser berüchtigten Straße in San Francisco, nur war diese Abfahrt noch etwas steiler, die Koppelsteine schlugen hart durch die Reifen, und der Wagen machte kleine bockige Sprünge.

»He!« Ein älterer Fußgänger hob drohend den Finger, aber Vinzent war schon vorbei.

Vor ihm war irgendein Markt, und er bog blitzschnell ab, und arbeitete sich dann im Zickzackkurs durch ein Elendsviertel vor. Es war immer dasselbe mit diesen Trauminseln. Hinter der Hotelmeile, den Stränden mit den nett beleuchteten Restaurants wohnte der graue, trostlose Alltag, wie er ihn aus Berlin kannte. Auch hier gab es Arbeitslose – *Parados* wie sie genannt wurden –, und sie trugen dieselben Trainingsanzüge wie in Neu-Kölln oder Pankow.

Ein Blick in den Rückspiegel sagte Vinzent, dass er einen akzeptablen Vorsprung herausgeholt hatte. Kurz entschlossen bog er in einen Hinterhof ein, die Wendigkeit des kleinen Flitzers schien für dieses Manöver wie geschaffen.

Er brauchte nicht lange in der Einfahrt zu warten, vier, fünf Sekunden vielleicht, dann brauste draußen der Roller mit Karacho vorbei. Quietschende Reifen und wüstes Gebrüll ließen darauf schließen, dass sich der Verfolger selbst in Schwierigkeiten gebracht hatte. Vinzent ließ sich Zeit, einen Sender mit guter Musik zu finden, denn reihte er sich scheinheilig blinkend wieder in den Berufsverkehr ein.

Außer dem Hinweis auf eine Blockhütte namens *Casa Arthuro* hatte er nichts von Levante bekommen. Was war mit dem beschlagnahmten Boot, der *Santa Anna?*

Als Ermittler einer Versicherungsgesellschaft war er es gewohnt, dass ihn die Behörden nicht gerade mit offenen Armen empfingen. Auch bei der Polizei wurden Fehler gemacht, und ein unabhängiger Detektiv konnte einem nachlässigen Beamten durchaus an den Karren fahren. Das Verhalten dieses kanarischen Ordnungshüters war mehr als verdächtig. Konnte es sein, dass Digger Görtz die Behörden geschmiert hatte? Angeblich verdankte Ronnie Biggs, der wohl populärste britische Zugräuber, seine ruhige Zeit im Exil einer monatlichen Zahlung an die

Behörden. Wen dem so war, würde es schwierig werden, die »lebenden Toten« zu finden. Die Insel mochte ein Fliegendreck auf der Landkarte sein, als Versteck war sie – mit ihren wilden und oft schwer zugänglichem Bergen – geradezu ideal.

Keine Chance, dachte Vinzent. Wäre ihm diese äußerst attraktive Puppe nicht über den Weg gelaufen, Susanne oder wie sie hieß, er hätte vielleicht sofort seine Koffer gepackt. Aber sie waren ja zum Dinner verabredet, und so entschied er sich, nach dieser *Casa Arthuro* zu suchen.

Der kürzeste Weg zwischen zwei Punkten ist auf La Palma immer die Serpentine, nie die Gerade.

Volle zwei Stunden kurvte er zunächst durch die Berge, nur um herauszufinden, dass niemand ein Ferienhaus namens *Casa Arthuro* kannte. Die meisten Palmeros schüttelten nur den Kopf oder ignorierten ihn mit einer Hartnäckigkeit, die schon an Beleidigung grenzte.

Die Schneefahnen des *Rochas des Muchachos* rückten gefährlich heran, und die Kurven verschärften sich mit aufsteigender Höhe zu Nadelkehren, die ihn immer wieder zu Bremsmanövern zwangen. Manchmal kam er dabei dem Abgrund so nahe, dass er glaubte, die rote Flunder würde fliegen. Schweren Herzens sah er ein, dass er sich verfahren hatte, und drehte um. Schließlich pflückte er sich einen aufgeweichten Steckbrief von einer Bushaltestelle und fuhr die Tankstellen ab.

Ein Zufall kam ihm zu Hilfe: Eine alte Spanierin hatte scheinbar sein Gespräch mit einem ziemlich genervten Tankwart überhört und mischte sich ein.

»Es ist nicht weit von hier. Die Straße hoch oberhalb der letzten Bananenplantagen.«

»Oberhalb?«

»Sí.« Sie hatte dicke, graue, nach allen Seiten abstehende

Haare und die Haut einer in der Sonne gedörrten Mumie. Dabei hielt sie ihren Körper so krampfhaft gerade, dass es aussah, als würde ihr Rücken durch eine Eisenschiene gestützt.

Alles an ihr war straff gespannt, selbst ihr Mund war zu einer scharfen Linie zusammengepresst. Die vielen goldenen Ringe an ihren Händen verwandelten diese in die knöchernen Klauen einer Eule.

»Und woher wissen Sie das?«

»Weil ich die Wäschefrau bin.« Ihre schwarzen, Oliven gleichenden Augen sahen ihn ausdruckslos an.

»Sie ist eine Hexe«, sagte der Tankwart. »Glauben Sie ihr kein Wort.«

Zum ersten Mal zeigte die Alte eine menschliche Regung. Sie zog eine Reihe spitz zugeschliffener, vergilbter Zähne blank. »Fahr zur Hölle, Gustavo«, zischte sie. Und an Vinzents Adresse: »Die Straße da drüben … da müssen Sie rein.«

Vinzent folgte ihr zu ihrem Wagen und bat sie noch einmal, einen Blick auf den Steckbrief zu werfen.

»Sie kannten diese Männer?«

»Sí.«

»Sind sie noch in der *Casa Arthuro*?«

»Die Männer?« Sie bekreuzigte sich und legte den Rückwärtsgang ein. »Sie sind tot, *Señor*. Die Dämonen des Meeres haben diese Männer geholt, haben Sie das nicht in der Zeitung gelesen?«

»Nein, ich bin eben erst angekommen.«

»So …« Die Alte musterte ihn noch einmal genauer. »Wenn ich Ihnen einen Rat geben darf, *Señor*?«

»Ja?«

»Vergessen Sie nie, wie wir, die Einheimischen, unsere Insel nennen: Die Insel mit dem doppeltem Boden.«

Obwohl er nur Bahnhof verstand, gelang es Vinzent, überzeugend zu nicken.

»Gracias, Señora.«

Er sah ihr nach und wunderte sich noch über die Krähenfüße, die an ihrem Rückspiegel baumelten.

Natürlich führte die Straße in eine Sackgasse, oder besser gesagt, sie endete als Trampelpfad, zwischen einer Zisterne, einer illegalen Siedlung und einer wild angelegten Müllhalde.

Die Durchfahrt war selbst für ein Moped zu schmal. Es stank nach Urin, Erbrochenem, verfaulten Bananen und Dörrfisch, und beim Wenden des Wagens schrammte Vinzent mit der hinteren Stoßstange über einen halb überwucherten Markierungsstein. Noch in der schreckhaften Drehung des Kopfs, bemerkte er das Dach einer Blockhütte zwischen dicht verwachsenen halb verblühten Mandelbäumen.

Er stieg aus und lief frei Schnauze darauf zu, nur um wenig später wieder einen Zickzackkurs einschlagen zu müssen.

Ach, das Landleben … Vinzent war ein geborener Städter, ihm brauchte man vom Land nichts zu erzählen, es ödete ihn an. In Berlin fluchte er zwar auf die Gleichgültigkeit dieser Stadt gegenüber den Menschen, fast täglich verwünschte er ihre falschen und wankelmütigen Götzen, ihre Neubauten, die an monströse Fensterrahmen erinnerten, ihr dumpfes Gegurgel, das man die Stimme der Stadt nennen konnte, die übertriebene Hast und krankhafte Besessenheit vom Wechsel – um des Wechsels willen. Und doch hielt ihn diese Hektik auf Trab, sie hinderte sein Leben daran, irgendwo einzurasten und dann auf das Unvermeidliche zu warten. Sein Freund Mike hatte sich kurz vor seinem Unfall ein Haus im Oderbruch angesehen, der Kasten roch schon von Weitem nach Friedhof. Hinter der Idylle lauerte das endgültige Aus. Das ländliche La Palma war nicht viel besser. Ringsum nichts als Natur und ein paar elende Wellblechhütten, baufällige, vom Wind eingedrückte Gewächshäuser … Es machte ihn ganz nervös. Wespen umschwirrten ihn, und im Boden brüteten wahrscheinlich Flöhe, denn ab und an zwickte es ihn an den Knöcheln.

Lange Zeit irrte er zwischen den mit weißstaubigen Plastikplanen bespannten Treibhäusern der Plantage umher. Mehrere Lateinamerikaner, alle in schmutzigen Unterhemden, beobachteten ihn argwöhnisch, Vinzent spürte ihre Blicke wie Nadelstiche in seinem Rücken. Es waren *Rotos* – Aufgeriebene wie man sie hier nannte –, obdachlose Landarbeiter und Bananenpflücker, die den Bodensatz der palmerischen Gesellschaft bildeten. Die meisten hausten in flachen Betonklötzen, dort brachten sie auch ihre Kinder zur Welt.

Vinzent legte einen Zahn zu, denn eine Meute von zerlumpten Straßenkindern hatte sich an seine Fersen geheftet. Schließlich geriet er in eine Sackgasse und kletterte auf allen vieren über eine mit Glascherben bekrönte Mauer. Auf der anderen Seite stolperte er einen mit wilden Sträuchern bewachsenen Hang hinab und riss sich ein Hosenbein ein.

Diesmal war es tatsächlich der kürzeste Weg, denn als er sich aufrappelte, erkannte er eine betonierte Ausfahrt und darüber die *Casa Arthuro*. Der Name unter dem Giebel war weithin zu lesen.

Ein letztes Mal ging es bergauf. Auch dieser Hang war steil, doch von Aderngeäst durchsetzter Zerfaltung, die zumindest etwas Halt boten.

Im Licht der von dicken Wolken verhangenen Sonne erschien es wie das Steuerhaus eines uralten, vor Jahrhunderten gestrandeten Tankers.

Vorsichtig näherte sich Vinzent dem Haus.

Die Tür wirkte schon von Weitem lädiert. Wie ein zur Hälfte abgerissenes Heftpflaster hing sie in den Angeln, malerisch mit handbreiten Holzsplittern drapiert, die unter dem Eindruck brachialer Gewalt aus der Fassung geplatzt waren und stellenweise an das Gebiss eines Haifischs erinnerten.

Das Innere war auch nicht gerade erbaulich. Das zweistöckige Blockhaus war ein Ferienhaus, wie es sie auf den Kanaren zu Tausenden gibt, eingerichtet mit uralten wackligen Möbeln, die der Besitzer wohl besser auf den Sperrmüll gebracht hätte. Zwischen mörtellos aufgeschichten Steinwänden, die allerdings keine tragende Funktion hatten, standen ein schiefer Tisch, zwei wacklige Korbstühle und ein abgeschabtes Sofa, auf dem als einziges modernes Attribut ein knallroter Bierkasten stand.

Überall fanden sich Spuren von Asche. Vinzent brauchte nicht lange, um die Feuerstelle zu finden. Wer immer die Tür aufgebrochen hatte, hatte sämtliche Unterlagen der Taucher, Seekarten, Prospekte, Verträge auf einem Eisenbettgitter verbrannt. Ein paar Fetzen hatten das Feuer überlebt, aber sie gaben keinen weiteren Hinweis, nur dass Digger und sein Bruder zumindest einmal in einem Restaurant namens *El Elefante* gegessen und in einem Supermarkt in Los Llanos eingekauft hatten.

Ein Glück, dass die Brüder Görtz nichts von Sauberkeit hielten, denn auf dem verstaubten Boden entdeckte Vinzent kreisförmige Ringe in der Art, wie man sie oft von Blumentöpfen kennt. Diese Abdrücke stammten eindeutig von Sauerstoffflaschen. Andere, weniger deutliche Spuren ließen ahnen, wie viel Gerätschaft hier einmal gelagert hatte. Reste von Verpackungsmaterial und Schnüre fanden sich in der Diele. Wer hatte die Geräte abtransportiert?

Nachdem er das Blockhaus zweimal durchsucht hatte, ging er noch einmal nach draußen. Vor der Hintertür trat er versehentlich in eine mehrspurige Ameisenstraße, die unter der Schwelle verlief. Scheinbar gab es hier irgendwas für die großen, roten Biester zu holen. Vinzent hielt es jedenfalls für an der Zeit, zu verschwinden.

»Ich entschuldige mich im Namen unserer Zivilisation«, sagte er noch.

Ihm graute vor dem Rückweg, denn er ahnte, dass ihn in diesem ländlichen Chaos nur Gottes Hilfe zu seinem Wagen geleiten konnte, wenn überhaupt.

Abgesehen von einer weiteren Müllhalde, die die Brüder zwischen Mandelbäumen, Eukalyptus und blühenden Feigenkakteen angelegt hatten, entdeckte Vinzent Reifenspuren von mehreren Lkws und einen merkwürdigen, honiggelben Ball. Es war ein Schwimmkörper, kein Fender oder »Norwegerball«, sondern eine andere Sorte. Eingeklemmt zwischen zwei Stufen der Verandatreppe, war er beim Abtransport wohl versehentlich abgerissen worden. Ein zerfetztes Nylonseil zeugte von einer eher gewaltsamen Trennung, nur von was?

Vinzent wollte den Ball gerade mit Schwung auf die Müllhalde werfen, als er drei Prägebuchstaben in dem schaumstoffartigen Material entdeckte: AWI.

War das nicht der Verein, für den Susanne arbeitete?

Frau Doktor Brecht wird sich freuen …

Alle möglichen Gedanken schossen ihm kreuz und quer durch den Kopf, als er einen unheimlichen Pfiff hörte. Es konnte kein Vogel sein, dazu war dieser Pfiff zu moduliert und zu lang. Hinter dem hohen Gebüsch hörte er schnelle, verstohlene Schritte – Getippel, Pfiffe, spitze, schrille Schreie wie von Hyänen –, und er musste an Levantes Warnung denken. Jeder Pfiff wurde aus einer anderen Richtungen erwidert. Eine Zeit lang war es totenstill, dann rauschte es plötzlich durch die Wipfel der Bäume. Und es hagelte Steine. Vinzent duckte sich automatisch, es war unmöglich zu sagen, woher dieser Steinregen kam. Ein halber Ziegelstein verfehlte ihn um Haaresbreite, ein anderer zerplatzte nicht weit von ihm an einem Stamm.

Sie haben es auf mich abgesehen, dachte Vinzent.

Bevor es wieder hageln konnte, packte Vinzent sein Fundstück und rannte den steilen Hang zu der Bananenplantage hinauf.

Oben warf er noch einen schnellen Blick über die Schulter und erstarrte, denn vor der Hütte, genau an der Stelle, wo er vor 30 Sekunden gestanden hatte, sah er den Vespa-Fahrer stehen, von dem er glaubte, dass er ihn abgehängt habe. Er trug eine Sonnenbrille und einen Helm mit Sonnenblende. Er schien in Vinzents Richtung zu grinsen, verschränkte theatralisch die Arme und schüttelte dann wie vorwurfsvoll den Kopf. Hinter den Bäumen kamen die Straßenkinder hervor. Der Fahrer streichelte einem Jungen den Kopf, dann verteilte er Geldscheine an die Kinder, die das Geld ungeniert beschnüffelten, als wäre das eine bewährte Methode, um echte Penunzen von Blüten zu entscheiden.

Wie hart ein Pflaster wirklich ist, sieht man immer zuerst an den Kindern, dachte Vinzent. *Wie schön, wenn man diese gierigen Augen noch mit ein paar Bibelversen in Schach halten könnte. Doch Gott war nicht immer mit denen, die sich selbst helfen konnten: Wenn du eine helfende Hand brauchst, such erst mal am Ende deines eigenen Arms …*

Mit dem Gefühl, dass auch er diesen Rat beherzigen sollte, machte er sich auf den Rückweg zum Auto.

10

Der Abstieg zur Piratenbucht dauerte länger, als Wiesner gedacht hatte, und er hoffte, die Strapaze wäre nicht umsonst und der Mann, den er suchte, wäre tatsächlich vor Ort.

Wenn das Wetter nur hält, dachte er. Über der Cumbre wuchs ein neues Wolkengebäude empor, es erinnerte nicht mehr an überlaufende Milch, eher an aufgestapelte, frische Morzarellaklumpen. Ein ständiger Strom erhitzter Luft stieg schon den ganzen Tag aufwärts, die kreisenden Gasmassen luden sich so lange auf, bis die Luft einfach zerspringen musste. Wiesner hasste Gewitter, hatte sie seit seiner Kindheit gehasst, als er mit seinen Eltern noch auf einem Campingplatz hauste und der Traum vom eigenen kleinen Strandhotel in unerreichbarer Ferne schien.

Er schlitterte das letzte Stück über eine steile Geröllhalde hinab und begann sich zur Laguna vorzuarbeiten. Es war nicht leicht, denn trotz der Regenfälle der vergangenen Tage fanden seine Füße in den lockeren Steinen kaum Halt, und schließlich rauschte er – fluchend und jammernd –, in einer kleinen Schlammlawine zu Tal.

Unten erwarteten ihn der pulsierende Rhythmus und die Atmung des Meeres. Eine Menge winziger, fast durchsichtiger Winkerkrabben trippelten seitwärts davon, als er den breiten, schwarzen Sandstreifen betrat. Eilig verschwanden sie in ihren Schlupflöchern, die sofort von einem Schwall Brackwasser überspült wurden.

Während er sich die Kleider mit der Hand abklopfte, überlegte er, ob die Höhlen im Sand durch Gänge verbunden waren, wie die kalkweißen in den Felsen hineingebauten Häuser in weiter Ferne.

Er folgte den weichen Bogenlinien des Strandes, bis sich mehr und mehr schwarzes Lavagestein im Sand zeigte.

Inseln gibt es eigentlich nicht, dachte Wiesner. *Es mag sie als geografischen Punkt auf Landkarten geben, aber die Idee der Insel beruht auf einer bewusst in Kauf genommenen Täuschung: Würde man die Wassermassen des Planeten verdampfen, man hätte den Sachverhalt deutlich vor Augen. La Palma wäre nichts weiter als eine einsame, in dreitausend Meter Höhe gelegene Bergspitze. Statt mit dem Boot oder per Flugzeug wäre La Palma bequem von der algerischen Küste über die Autobahn Casablanca – Agadir zu erreichen. Oder zu Fuß. Erst das Wasser macht aus Bergspitzen Inseln …*

Trotz der üblichen Grübeleien, die zum Alltag eines Kiffers gehören, hielt Wiesner die Augen offen. Er suchte Jingo, den Mann, der ihn angerufen hatte und der hier angeblich an den Hängen das sogenannte Stabtiefspringen seiner Vorfahren übte.

Zumindest hatte das seine Hippiemutter ausgeplaudert, und die wusste über jeden Ethno-Humbug Bescheid.

Wiesner trottete vor sich hin, seine Gedanken kreisten stets um die beiden verschwundenen Taucher, und nichts hätte ihn ablenken können, denn unter diesem eierschalenfarbenen Himmel war der Strand so wie jeder andere Strand auf der Welt, ein nasses, aufgeweichtes Stück Erde, kahl und dürftig von Muscheln und Quallen bedeckt. Weiter hinten entdeckte er einen Saum von dünnem Seegras, sogar etwas Strandhafer und einen einzelnen verkrüppelten Baum, auf dem sich gerade ein riesiger, grauer, vollgefressener Reiher entleerte.

»Ekelhaft«, brummte Wiesner. Er hatte nie verstehen können, was so viele Halbschuhtouristen und Naturromantiker an dieser Inseleinöde fanden: Das Wetter war ein Roulettespiel, die Strände in der Regel selbst für gute Schwimmer gefährlich, und die Wanderwege zwischen den Vulkanen endeten oft genug unter einem schlammigen Erdrutsch.

»He, Jingo. Ich bin's, Onkel Wiesner. Kannst du mich hören?«

Er trat achtlos nach einem Kiesel und wunderte sich einen Moment, als ihm ein größerer Stein direkt vor die Füße sprang.

Als er den Blick zum Hang richtete, sah er einen Mann durch die Luft schweben. Der kaum sichtbare, etwa drei Meter lange Schäferstab bog sich wie eine Gerte und trug Jingo sicher zur Erde. Wieder flog die muskulöse Gestalt durch die Luft. Wiesner hatte noch nie einen Kanaren beim Stabtiefspringen gesehen und hielt den Atem an, als sich der Springer einmal um den Stab drehte. Mit zwei, drei Sprüngen hatte Jingo den steilen, karstigen Abhang überwunden.

»Was willst du, Mann? Hab ich dir nicht schon alles am Telefon gesagt, was du wissen wolltest?«

»*Hola* ...« Wiesner war der feindselige Unterton nicht entgangen. »Ich hörte, du bist jetzt jeden Morgen hier draußen und übst das Stabtiefspringen der alten Guanchen ...«

»Und? Ist das verboten?«

»Nein, es ist beeindruckend«, fuhr Wiesner fort, »ich meine, dafür dass du nie Schafe getrieben hast. War das eben ein Salto *Valoda* oder ein Salto *Molto*? Sah richtig halsbrecherisch aus ...« Gewohnheitsmäßig formte er aus zwei rechtwinklig abgespreizten Daumen und Zeigefingern ein Guckfenster um sich ein Bild von der Szene zu machen. »Ja, das wäre was fürs Fernsehen ...«

»Was willst du, Mann?«, wiederholte Jingo.

»Nun, unter Umständen können wir uns helfen ...«

»Mir kann keiner helfen«, knurrte Jingo, »Ich bin Guanche, hast du das vergessen? Ein Bürger zweiter Klasse.«

»Ich weiß«, sagte Wiesner, aber Jingo machte eine Handbewegung, als ob er das schon zu oft gehört hätte: »Nein, du weißt nichts von mir. Schon gar nichts von den Guanchen.«

Das stimmte nur halb, denn die Zeitungen La Palmas schrieben regelmäßig über die Ureinwohner der Insel und ihre schwierigen Nachkommen. Auch Wiesner las regelmäßig von den Querelen und sympathisierte wie so viele junge Deutsche mit den Ureinwohnern, die einst von den Spaniern unterjocht und in die Sklaverei geführt wurden.

Schon die Herkunft der blonden, blauäugigen Insulaner gab römischen Geschichtsschreibern Rätsel auf. Mit dem Untergang der Antike gerieten die »Inseln der Glückseligen« für Jahrhunderte völlig in Vergessenheit.

Die Rückkehr Maloicellos nach Europa und die erstmalige Eintragung Lanzarotes auf einer spanischen Seekarte rief über Nacht Piraten, Sklavenhändler und Missionare auf den Plan. Doch lange sollten sie sich an den zähen Guanchen die Zähne ausbeißen. Die Expedition des portugiesischen Königs Alfons IV. scheiterte ebenso kläglich wie der Kreuzzug von Papst Clemens VI.

Genuesen, Mallorquiner, Araber gingen in den unbefestigten Buchten vor Anker, nur um wenig später fluchtartig das Weite zu suchen. Seuchen, Unwetter oder die brütende Gegenwart der Vulkane mochten die natürlichen Ursachen sein. Erst den spanischen Konquistadoren gelang es, die stolzen Guanchen zu unterwerfen und innerhalb eines Jahrhunderts fast auszurotten. Sklaverei, Mord und Totschlag rafften die meisten Männer dahin. Durch Zwangsehen mit einheimischen Frauen assimilierten die

Spanier das Volk. Katholische Missionare zerstörten in ihrem blinden Eifer die Zeugnisse einer bis in die Steinzeit zurückreichenden naturheidnischen Religion, bevor diese auch nur halbwegs dokumentiert werden konnte.

Thor Heyerdals Ausgrabungen brachten 1991 etwas Licht in das geheimnisvolle Dunkel um die Guanchen. Vor seiner Entdeckung einer weitläufigen Tempelanlage auf Teneriffa gründeten die Theorien der Archäologen auf ein paar olmekischen Plastiken, präparierten Mumien und merkwürdigen, in Stein gehauenen Steppdeckenmuster aus der vorspanischen Zeit. Manche der Petroglyphen erinnerten an Zeichen der irischen Kultstätte Newgrange … Ob die Guanchen vielleicht doch aus dem Norden stammten und nicht die Nachkommen von nordafrikanischen Seeberbern waren? Die von Heyerdahl entdeckten Tempel auf Guimar erinnerten jedenfalls an abgestufte Pyramiden, nur waren sie viel älter, älter noch als die Pyramiden von Gizeh.

»Du hast recht, ich weiß wirklich nichts«, sagte Wiesner, »aber ich bin ein guter Spürhund.« Er zog eine kleine Digitalkamera aus der Tasche. »Gestern habe ich Levante persönlich auf deinem Boot fotografiert.«

»Was für eine seltene Ehre.« Jingo wurde einen Moment nachdenklich.

»Oh, er war nicht gerade begeistert.« Wiesner schnalzte einmal hart mit der Zunge. »Meine alte Spiegelreflex wäre fast im Hafenbecken gelandet. Doch der Paparrazzi-Trick zieht immer. Sie greifen immer nach der Kamera mit dem Riesenobjektiv.« Er bemerkte Jingo irritierten Blick. »He, cool down … Er hat dein Boot nicht versenkt. Nur einmal riss er so ein kleines Tütchen auf – und leise rieselte der Schnee. Sieht so aus, als wollte er dir was anhängen.«

»Das versucht er schon lange …« Jingos Lachen klang etwas gequält.»Der Mann hasst mich wie die Pest. Seit Jahren versucht er einen Keil zwischen mich und Macarena zu treiben.«

»Na, das wird sicher eine lustige Hochzeit«, sagte Wiesner.

Er setzte sich auf einen Felsen und zog einen Beutel Gras aus der Tasche.

»Rauchst du mit? Ist Canary Chocolate, beste Qualität … Ein Kumpel von mir hat eine kleine, naturbelassene *hachís*-Plantage mitten in der Caldera. Die Ranger haben ihn schon mal hoppgenommen, aber das hat ihn nicht weiter erschüttert. Der Nationalpark ist groß genug, und jetzt pflanzt er seine Pflänzchen halt an einer anderen Ecke.« Er bemerkte Jingos gleichgültigen Blick und zuckte die Achseln. »Jetzt stell dich nicht so an. In Holland ist es legal und in Schweden wird es sogar von Ärzten verschrieben, um Verspannungen der Halswirbelsäule zu lindern …«

Jingo reckte seinen Hals. »Kein Bedarf. – Was wirst du mit den Fotos tun?«, fragte er dann. »Ich meine, damit wäre Levante endlich geliefert.«

»Tut mir leid, ich bin nicht lebensmüde.« Wiesner begann die üblichen Bauarbeiten. »Wenn ich diese Fotos an die Polizei schicke, kann es sein, dass mir etwas passiert.«

»Aber …«

»Hör schon auf, Jingo, du weißt doch, wie der Hase hier läuft. Sie stecken alle unter einer Decke.«

»Warum hast du ihn dann überhaupt fotografiert?«

»Reiner Zufall …« Wiesner stopfte die kleine Tüte mit einem bewährten Gemisch. »He, ich werde die Fotos zu diesem Hausfrauen-Foto-Wettbewerb schicken. *The Dark Side of La Palma* – so lautet das Motto oder nicht?«

Er kicherte einen Moment, dann wurde er ernst.

»Hast du einen Traum, Jingo? Einen Traum, für den du bereit wärst zu sterben?«

»Mein Volk ist für einen Traum gestorben.« Jingo spürte wie sich sein Lächeln verkrampfte. »Den Traum der Freiheit. Das ist alles, was mir dazu einfällt.«

»Ich habe auch einen Traum, Jingo: Eine Story im *National Geographic*, mit einem briefmarkengroßen Foto von meiner dummen Visage.«

Wiesner zeigte Zähne – Zähne wie Würfelzucker – und strich sich mit der Hand über die abstehenden Dreadlocks.

»Ich habe nicht vor, auf dieser Insel zu versauern, so wie meine Alt-68er-Eltern mit ihrem *Bed & Breakfast* in El Paso. Sobald ich das nötige Kleingeld habe, werde ich mich absetzen und dann die Frischfleischstraßen der Welt abarbeiten. Junge, es gibt Frauen auf dem Festland …«

»Deine Sorgen möchte ich haben«, sagte Jingo. »Was zum Teufel willst du von mir? Ich hab dir schon mal gesagt, ich hatte nichts mit diesen Tauchern zu tun.«

»Ich glaube dir ja.« Wiesner verklebte zwei Zigarettenpapiere zu einer Raute. »Aber diese Typen waren hinter irgendwas her …«

Jingo drehte den Palmholzstab zwischen den Händen.

»Keine Ahnung«, sagte er dann.

»Denk mal nach. Ich will, dass du mir alles genau erzählst.«

Jingo holte einmal tief Luft. »Sie wollten mit dem Boot nach El Hierro um dort nach Korallen zu tauchen. Jedenfalls haben sie das gesagt. Der Ältere hatte sogar seinen Küstenschiffer. Sie machten auf mich den Eindruck von Profis.«

»Das waren sie auch«, sagte Wiesner, »zumindest, was das Tauchen nach Wracks anbelangt.«

»Vergiss es.« Jingo schüttelte den Kopf. »Wenn es da unten

eine goldbeladenen Karavelle geben sollte, dann liegt sie außerhalb der Reichweite von Wracktauchern ... Niemand hat die Zeit und den Vorrat an Sauerstoffflaschen, um da unten so lange rumzugründeln, bis er was findet.«

»Dein Schwiegerpapa in spe war nicht so skeptisch«, sagte Wiesner, »und genau das hat mich argwöhnisch gemacht.« Der Wind blies zwei Streichhölzer aus, das dritte brannte in der gewölbten Hand lange genug, um den Joint zu entflammen. »Es muss da unten irgendetwas Wertvolles geben, etwas, das es wert ist, dass zwei Männer ihr Leben riskieren. – Moment mal ...« Wiesner, hustete, schluckte. Ein Tabakkrümel im Hals – krampfhaft sog er noch einmal an seiner Tüte und kramte dann eine ramponierte Seekarte aus der Jacke. »Hier, da ungefähr wurde deine Schaluppe gefunden ...«, – er deutete auf das dritte X in einer Reihe von Kugelschreiber-Kreuzchen, – »warum bin ich da nicht gleich drauf gekommen?«

»Das neue Frühwarnssystem«, sagte Jingo.

»Bingo!« Wiesner knuffte ihm freundschaftlich auf den Arm. »Wir sind kein schlechtes Team!«

Jingo schien noch immer zu grübeln. »Du meinst also, die beiden haben versucht, einen Seismografen zu klauen. Ist das möglich?«

Wiesner ruckte ein paar Mal mit dem Kopf hin und her. »Ich denke schon. Alles was eine Menschenhand aufbaut, kann von einer anderen demontiert werden. Doch was viel wichtiger ist, was ist mit den Tauchern passiert? Ich wette, sie wurden nicht von den kleinen, grünen Menschen entführt, sondern sie liegen irgendwo auf dem Meeresgrund, jeder mit einer Kugel im Kopf, vielleicht sogar ...«, – er kniff die Augen zusammen –, »aus einer Polizeiwaffe.«

Jingo musste plötzlich an sein Treffen mit den Einheimischen denken, an das, was der Barrakuda gesagt hatte, das *ritual del drago* …

»Was ist los? Du machst ja plötzlich ein Gesicht wie zehn Tage Regenwetter.«

»Na ja, ich weiß nicht.« Jingo starrte noch immer auf die Karte. »Wenn ich mir das hier genau besehe, dann sind die beiden ganz in der Nähe einer alten Kultstätte der Guanchen verschwunden.«

»Nein, da ist nur Wasser, mein Freund.«

»Das hinderte die Priester nicht, mit Booten hinauszufahren und den alten Meeresgöttern Opfer zu bringen …«

»Sicher Menschenopfer«, ulkte Wiesner, doch Jingo war irgendwie nicht zum Lachen zumute.

»Die Einheimischen nennen es den Abgrund der Fressenden Felsen oder die dunklen Auen der *Rocas carnivoras* …«

»Ich bin nicht abergläubisch«, sagte Wiesner. Er fragte sich, ob Jingo ihn auf den Arm nehmen wollte. »Du glaubst doch selbst nicht, ein böser Geist hätte sich die beiden Taucher geholt?«

Jingo stützte sein Kinn auf den Stock.

»Frag mich nicht«, sagte er dann. »Die Legende ist uralt. Am Rand von Garafía, dem ehemaligen Hauptdorf meines Volkes, gibt es ein Steinrelief, da ist alles eingraviert. Die Fressenden Felsen haben diese Insel seit Jahrtausenden beschützt. Nur unsere *Hechiceros* wussten, wie man die Dämonen wieder zurückschicken konnte.«

»Uh, das klingt ja wie eine Schauergeschichte.« Wiesner applaudierte. »Du solltest Vorträge halten, oben im Observatorium, zusammen mit diesem Perlmutter.«

»Du glaubst mir also nicht?«

»Sagen wir mal, mich interessieren nur Realitäten.«

Jingo blinzelte, wie er es immer tat, wenn ihn etwas maßlos irritierte.

»Vielleicht ist das nicht weiter von Bedeutung, aber es war ausgerechnet mein Großvater, der mir zum ersten Mal von den *Rocas carnivoras* erzählte.«

»Ach ja?«

»Er hat einen von ihnen gefunden – damals, kurz vor dem Ausbruch der Cumbre, ich glaube es war 1949.«

»Hör auf …« Wiesner, der nicht bemerkt hatte, dass er nur noch an einem angesengten Filter zog, räusperte sich einmal, als hätte er eine Wespe verschluckt. »Ich mag es nicht, wenn man mich verarscht.«

»Wer verarscht dich? Es gibt sogar ein Foto!«

»Ein Foto?« Wiesner verbuddelte den Rest des Joints im Sand. Eine wachsende Ernüchterung trat in seine glasigen Augen. »Kann ich es sehen?«

»Jeder kann es sehen«, sagte Jingo. »Doch die wenigsten *erkennen,* was es ist.« Er bohrte seinen Stock in den Boden. »Das Foto hängt im Billardzimmer einer Bodega. Es hängt da seit über fünfzig Jahren, und kein Festlandschnösel oder Tourist hat jemals ein Wort darüber verloren.« Und als Wiesner nichts sagte: »Komm heute Abend zum Tauchklub, und ich fahre dich hin.«

11

Die *Esperanza* war ein schlankes, äußerst gepflegtes Forschungsschiff, nicht zu vergleichen mit dem russischen Eisbrecher, auf dem Susanne um Grönland geschippert war. Kreischende Haubentaucher schwebten im Aufwind über einer riesigen Heckflagge mit dem Hoheitszeichen der Kanarischen Inseln.

Susanne lehnte an der Bugreling und genoss die Ausfahrt hinaus zu den Bojen, die die bereits installierten Seismografen markierten.

Die Verladung von *Proteus* war ohne Zwischenfälle geglückt, sein hellblauer Rumpf baumelte wie ein merkwürdiger Fremdkörper zwischen den schwenkbaren Ladekränen, die bereit waren, ihn in zwanzig Minuten zu wassern.

Die Ähnlichkeit mit einer *Cruise Missile* verdankte der Roboter wahrscheinlich seiner bemalten Schnauze: zwei große hellblaue Augen und ein Haifischgrinsen.

Mitarbeiter von Gomez Carrascos Projektgruppe wieselten um den Rahmen herum, der das Modem, den Breitband-Ozeanbodenseismometer und die Batterien in eine Tiefe von vierhundertfünfundvierzig Metern tragen würde. Kleinere Komponenten mussten noch montiert werden, danach hätte Susanne freie Hand. Aus ihrem Computer-Container heraus würde sie das AUV überwachen und falls nötig eingreifen.

Susanne lächelte still vor sich hin. Das hatte sie immer geliebt: Draußen und frei zu sein, sich schnell über die Erdoberfläche zu bewegen, kreuz und quer über Längen- und Breitengrade hinweg, von einem Ort zum nächsten, um sich mit keinem bestimmten Flecken oder Menschen aufhalten zu müssen – was ja dasselbe war, denn Menschen waren genau wie Städte oder Häuser: Sie hielten einen fest, zwangen einen, sich so einzurichten und mit ihnen zu beschäftigen – ein Anfang von Stillstand.

Von allen Fortbewegungsmitteln wäre Susanne am liebsten ein Schiff gewesen, ein schönes, windschnittiges Segelschiff, ein Schiff, das nirgends anzuhalten brauchte, um Sprit aufzunehmen oder Fracht ein- und auszuladen. Sicher, der Wind würde sie eines Tages in einen Hafen oder eine Bucht führen, sie würde Anker werfen und die Takelage und Segel flicken, aber die Zeiten *zwischen diesen Stopps*, das wären die Höhepunkte ihres Lebens gewesen.

»*Buenos días, Señora* …« Der Rest war ein stark prononciertes Spanisch und Susanne dreht sich kopfschüttelnd um. »Ich verstehe Sie nicht.«

»Ich habe Sie nur an Bord willkommen geheißen.« Capitán Juan Linares begrüßte Susanne mit der reservierten Höflichkeit eines Gentleman der alten Schule. Ein charmanter Mann mit dichtem, silberglänzenden Haar und Augen, die so rund und schwarz wie Kaviarperlen waren. Obwohl er sich höflich und zuvorkommend gab, spürte Susanne, dass er nicht gerade entzückt war, sie an Bord der *Esperanza* zu haben. Gomez hatte wahrscheinlich schon für böse Mundpropaganda gesorgt.

»Ich hoffe, ich werde Ihnen nicht allzu viel Umstände machen«, begann sie, aber Linares kam ihr zuvor.

»Es ist mir eine Ehre.« Der dreiundsechzigjährige Skipper führte das Schiff seit fast einem halben Jahrhundert. Er gehörte sozusagen zum Inventar und kannte alle Bojen, Klippen und

Uferlichter zwischen Punta de Fuencaliente und dem Leuchtturm von Barlovento.

»Dieses Ding da …«, er zeigte auf *Proteus*, »ist das ein Tauchroboter?«

»So ist es.«

»Bisher ging es auch ohne.«

»Stimmt«, Susanne lehnte sich an die Reling, »aber wir fahren heute zur tiefsten Stelle des Senkgrabens.«

Linares nickte bedächtig. »Ist der Meeresboden nicht überall gleich?«

Susanne schüttelte den Kopf. »Die Installation von OBS-V erfordert eine exakte Montage, denn laut Echolot geht es dort extrem steil nach unten. Fast übergangslos von vierhundertfünfundvierzig auf dreitausend Meter …«

Sie öffnete ihre Tasche und gewährte ihm einen Einblick in ihre Unterlagen. »Die Kante verläuft diese Linie entlang«, Susannes Fingernagel zog einen Halbkreis, »wir werden OBS-V genau hier installieren. Vorausgesetzt, Sie sind damit einverstanden, Capitán, ich zähle auf Ihre Erfahrung.«

»Ich … *Señora* … Aber selbstverständlich.« Sie konnte sehen, dass sie mit dieser Frage sämtliche Vorbehalte ihres Gegenübers zerstört hatte.

»Wenn Sie meine Meinung hören wollen, Capitán.« Gomez tauchte in diesem Moment hinter ihr auf. Da er Schuhe mit dicken Gummisohlen trug, waren seine Schritte an Deck nicht zu hören. »Die junge Dame veranstaltet dieses Theater nur, um uns ihren schwimmenden Dildo zu präsentieren.« Er stieß Linares in die Seite. »Und die Vereinten Nationen bezahlen den Spaß!«

Susannes Stirn legte sich ganz allmählich in Falten.

»Haben Sie eben *schwimmenden Dildo* gesagt?«

»Ja, hab ich, wir sind doch unter Seeleuten.« Gomez kostete jedes Wort aus. »Sagen Sie bloß, der Begriff ist Ihnen noch nicht vertraut?«

»Nicht so vertraut wie Ihnen.« Mit diesen Worten stieg Susanne die Treppe zur Brücke hinauf.

»Das war nicht nötig«, tadelte Linares. »Sie ist doch *muy simpática* – sehr sympathisch …«

»Sie ist ein Flittchen«, sagte Gomez.

Er spürte, dass er Susanne verletzt hatte, und mehr wollte er nicht. Trotzdem bewunderte er ihre Gelassenheit, die Überlegenheit ihrer Haltung, die Anmut ihrer Bewegungen, wie sie die Treppe hochstieg und oben die Tür hinter sich zufallen ließ. Schon dass sie hier aufgekreuzt war, war ein Beweis für ihren Mut und ihren scharfen Verstand. Nur wenige *blonde* Frauen besaßen so etwas.

Gomez hatte viele Blondinen gekannt, und keine hatte ihm bisher imponiert.

Sie kamen auf die Insel, an sein Institut, sie umschwärmten ihn wie junge, schwänzelnde Hündinnen. Sie alle wollten sein Geld, sein Ansehen, seine Manneskraft. Alles war für sie neu und schrecklich aufregend. Wenn die Wahrheit aber mal etwas prosaisch ausfiel, wenn er die eine oder andere mit seiner Hundepeitsche bekannt machte, dann fühlten sie sich missbraucht oder verletzt. Es war schon ein Kreuz mit den Weibern, und am schlimmsten waren intellektuelle Kaliber wie diese Torpedozicke aus Deutschland.

Er versuchte sich abzulenken, denn er hatte ein ernstes Problem: Der neue Installationsplatz lag auf derselben Höhe wie OBS-III, der Meeresseismograf, der nicht sendete, nicht senden konnte, nie senden würde, und nur Gomez wusste, warum.

Er schickte einen schrägen Seitenblick zu dem Computer-

Container, in dem Susanne verschwunden war, und begann auf seiner Unterlippe zu kauen. Sollte sie ihre Drohne ruhig auf den Grund jagen. Die Sichtweite in dieser Wassertiefe war gleich null, und er konnte sich nicht vorstellen, dass der Roboter irgendwelche Sensoren hatte, um über eine Entfernung von fünf Kilometern zu spionieren.

Ende der Woche ist sie weg, dachte er noch, *und dann ist wieder alles beim Alten.*

Susanne war schwer aus der Ruhe zu bringen, aber Gomez hatte es doch geschafft, dass sie vor Wut Herzklopfen hatte.

Nachdem sie ihren Laptop mit dem Computer des Containers verkabelt hatte, aktivierte sie mit einem kleinen Kipphebel *Proteus'* Systeme.

Sie gab ihm 60 Sekunden – so lange tanzten grüne Sinusschwingungen über die Mattscheibe des optischen Indikators, dann klärte sich das Bild, und sie erkannte auf dem Bildschirm den Aufbau, in dem sie saß. Die Kamera zoomte blitzschnell auf das nach unten abgeschrägte Fenster, hinter dem sich ihre Silhouette abzeichnete, und sie hob automatisch die Hand.

»Guten Morgen, *Proteus.*« Sie beugte sich über das Mikrophon.

»Guten Morgen, Susanne. Wie schön, dich zu sehen.« Seine Stimme klang wie immer samtig und warm. »Ich habe deine strengen Direktiven vermisst.«

»Du entwickelst dich langsam zu einem richtigen Schwerenöter. Der letzte Einsatz ist nicht mal vier Wochen her.«

»Unser kleines Grönlandabenteuer war sehr reizvoll.« Er schickte ein Standbild auf den kleinen Farbmonitor. Es zeigte Susanne, mit roten Wangen und eisstarrenden Haaren an Bord eines Zodiaks, draußen auf dem offenen Meer.

»Komisch, das Bild habe ich noch gar nicht gesehen.«

»Kannst du auch nicht. Ich bewahre dieses Foto von dir in meinem persönlichen Memory-File. Es gibt keine Kopien. Sollte man meine Festplatte eines Tages löschen, dann werde ich diese Erinnerung mit mir in die Ewigkeit nehmen.«

Sie wusste, dass es nur Standardredewendungen waren, auf denen er aufbaute, vorprogrammierte Phrasen, Sprachversatzstücke, die er sich selbstständig im Internet suchte, um sein Ausdrucksvermögen zu erweitern. Und doch – ja, es war lächerlich –, sie winkte einmal wie ein kleines Mädchen nach draußen, wo der Roboter auf dem Vorderdeck schaukelte. Seine Greifer waren ausgeklappt, und er nahm gerade eine Gitterbox auf. Die Titanrohre blitzten hell auf.

»Ist der Auftrag klar?«

»Glasklar. Keine weiteren Fragen.«

»Irgendwelche Anmerkungen zum Plan?«

»Ja. Ich hätte es begrüßt, wäre das vom Institut vorgeschlagene künstliche Beben durchgeführt worden. Aus dem Verlauf der Kompressions- und Transversalwelle hätte sich die perfekte Position von OBS-V errechnen lassen.«

»Tja, leider müssen wir alle unter suboptimalen Bedingungen arbeiten. Ich wünsche dir trotzdem viel Glück.«

»Konkrete Daten wären mir lieber.«

Die Schwenkkräne drehten sich langsam in ihren Befestigungen und schwenkten den Roboter behutsam über dem Ozean aus.

»Kontakt«, sagte *Proteus*, als die Wellen seine Greifarme berührten.

Dann schwappte das Wasser über seinen Kameraaugen zusammen.

Mit einem scharfen Knall lösten sich die Stahlseile, die Drohne begann zu sinken.

»Na, da bin ich aber gespannt«, sagte Gomez. Er kam im

selben Moment, als *Proteus* abtauchte. Wie selbstverständlich reichte er Susanne eine Tasse Kaffee und rückte ihr dann dicht auf den Pelz.

»Doktor Gomez …«

»Verzeihung, Gnädigste, aber ich bin kurzsichtig! Jetzt seien Sie doch nicht so zickig. Ein ernst gemeinter Annäherungsversuch würde bei einem echten Spanier anders aussehen, glauben Sie mir.«

Beleidigt schob er seinen Stuhl zurück und zückte eine randlose Brille, die eher zu einem Finanzberater gepasst hätte.

»Ist der Abstand Ihnen genehm?«

Susanne war gar nichts genehm, sie verkniff sich aber jeden Kommentar und starrte verbissen auf den kleinen Farbmonitor, auf dem in diesem Moment nur Luftblasen tanzten.

12

»Das Sektenunwesen – kombiniert mit den Unternehmungen pseudowissenschaftlicher Organisationen – ist eines der größten Probleme auf den Kanarischen Inseln.
Gewöhnlich drücken die Behörden beide Augen zu. Sie tolerieren Rutengänger, geomantische Selbsthilfegruppen, UFO-Jäger und Atlantisforscher, so gut es geht.
Nur einmal, am 8. Januar 1998, griffen sie rigoros durch, als eine deutsche Sektenführerin den Weltuntergang prophezeite. Ein riesiges Polizeiaufgebot stürmte die in Santa Cruz gelegene Villa der Sekte, verhaftete die selbst ernannte ›Mutter aller lebendigen Wesen‹ und ihre engsten Getreuen, und hinderte sie daran, auf den Gipfel des Teide zu pilgern, um dort ein »buntes UFO« zu besteigen. Aufgrund der zahlreichen Abschiedsbriefe, die Jünger der Göttin Aida verschickten, wurde ein regelrechter Massenselbstmord befürchtet. Der Vorfall ging damals durch die internationale Presse, Teneriffa und La Palma gelten seitdem als Hochburgen von Sekten, die viele für ausgestorben halten. In diesem Klima ist es kein Wunder, dass auch einheimische Kulte wieder erstarken konnten.«

– Aus einer kanarischen Tageszeitung

»Herr Born, ’tschuldigen Sie, aber könnte ich Sie mal eben sprechen?«

Die Stimme klang ungefähr so schrill und verstimmt wie die Reibeisenröhre von Festus Hagan, dem Hilfssheriff aus der legendären Fernsehserie *Rauchende Colts,* und sie erwischte Vinzents Ohr genau in dem Moment, als er an die Hotelrezeption trat.

Es war ein schmutziggrauer, an den Ellenbogen mit braunen Flicken übersteppter Overall, der da in die piekfeine Lobby des »Sol Elite« hereintrampelte. In ihm steckte ein kleines, verhutzeltes Männchen, das sich verlegen die Hände rieb und durch dicke Brillengläser in die Welt blinzelte, als würden ihn von überallher imaginäre Blitzlichter blenden.

Der Overall war ihm viel zu groß, an Armen und Beinen doppelt umgeschlagen und um die Hüften mit einem grauen, zerfaserten Karategurt zusammengeschnürt. Dieser Gurt war das Einzige, was die ausgemergelte, bei jedem Schritt mit den Gliedern schlackernde Gestalt zusammenhielt.

Aus den Augenwinkeln konnte Vinzent die argwöhnischen Blicke der Hoteldiener sehen, aber der Alte ließ sich davon nicht beirren.

»Sie sind doch Herr Born?«

»Ja, der bin ich. Und Sie sind …?«

»Hartmut Perlebach. Die Leute hier nennen mich einfach Perlmutter.« Er hüstelte ein paar Mal und lüftete eine mit Ductape geflickte NASA-Schirmmütze. Sein volles, einstmals schwarzes Haar, ähnelte jetzt eher zwei silbergrauen, abstehenden Hörnchen.

»Was kann ich für Sie tun, Herr Perlebach?«

»Na ja, ich hörte heute rein zufällig, dass Sie hier wegen der verschwundenen Taucher ermitteln.«

»Sie sagen das so, als hätten sie die beiden gekannt?«

»Oho, nein, gekannt wäre zu viel gesagt.« Seine wettergegerbte Stirn runzelte sich. »Sie haben mich einmal besucht, das ist wahr. Hör'n Sie, ich hab 'nen heißen Tipp für Sie, aber es muss unter uns bleiben ...«

»Schießen Sie los!« Vinzent lotste den Alten unauffällig hinaus auf die Strandpromenade an einen Kiosk, der auch Getränke servierte. Bei diesem Wetter waren sie allerdings – abgesehen von einem übernächtigt aussehenden Briten – die einzigen Gäste.

»Na ja, ich habe das alles schon x-Mal der Polente erzählt, aber die machen auf stur, wollen einfach nicht glauben«

»Was?«

»Dass die beiden Taucher noch leben.« Er sah sich verschwörerisch um.

»Sie leben.«

»Ach ja ...?« Vinzent konnte förmlich spüren, wie sein Adrenalinspiegel stieg. Trotzdem gelang es ihm, äußerlich Ruhe zu wahren. »Darf ich Sie zu einem Bier einladen? Ich meine, wo Sie sich schon den weiten Weg gemacht haben ...«

»Da sag ich nicht Nein. Vor allem, wenn da noch ein Klarer mit drin ist.«

Die Bestellung kam prompt, und Vinzent prostete seinem Informanten freundschaftlich zu.

»Also, wo stecken die beiden?«

»Ich denke mal, nicht weit von der Stelle, wo das Boot gefunden wurde.«

»Wollen oder können Sie nicht deutlicher werden?«

Der Alte kratzte sich verlegen im Nacken.

»Sehen Sie, Herr Born, das ist gar nicht so einfach, wie Sie denken. Ich lebe seit fünfunddreißig Jahren auf La Palma, und ich sage Ihnen, es ist nicht das erste Mal, dass hier Touristen verschwinden. Vor allem vor der Küste. Es ist, als würde eine unsichtbare Riesenhand die Leute vom Wasser pflücken. Schwupp!« Seine Hand simulierte einen Sturzflug. »Nur die Schiffe bleiben zurück, genau wie im Bermudadreieck.« Er kicherte. »Für unsere Schiffe haben *sie* scheinbar keine Verwendung.«

»Sie?«

»Na, von wem reden wir denn?« Er kniff ein Auge zu und tat fast so, als erzähle er eine drollige Geschichte. »Es ist *ihr* Hoheitsgewässer, nicht etwa das der Kanarischen Insel. Die Behörden in Madrid wissen Bescheid und die Alteingesessenen natürlich, aber niemand hängt das hier an die große Glocke, Klappe halten, versteh'n Sie, wegen den Touris. Als diese Görtz-Brüder letzte Woche bei mir aufkreuzten, um meinen Kahn anzumieten, da wusste ich gleich, das sind wieder zwei Kandidaten. Keine Ahnung von nichts und dann da draußen rumschippern wollen. Nicht mal 'ne Seekarte hätte ich denen geliehen. Ich wusste gleich, *Hasta la vista*, die siehst du nicht wieder. Und so war's.«

Je mehr er redete, umso mehr klang es, als ob ein Papagei eine Bach-Motette in eine Gießkanne sänge. Vinzent hielt es für eine Art Hinhaltetaktik, wahrscheinlich wollte dieser skurrile Kauz einfach Geld. So abgewrackt wie er aussah, war das kein Wunder.

»Herr Perlebach …«

»Perlmutter, sag einfach Perlmutter, mein Junge!«

»Also gut, Perlmutter.« Vinzent hatte beschlossen, seinem Besucher reinen Wein einzuschenken. »Es besteht der Verdacht, es könnte sich bei dem mysteriösen Verschwinden der Brüder Görtz um einen Versicherungsschwindel handeln. Falls dieser Digger noch lebt …«

»Und ob er lebt!« Perlmutter flüsterte in einer Lautstärke, dass der Betreiber des Kiosks kurz aufsah. »Und sein Bruder natürlich auch. *Sie* töten die Menschen nicht, sondern frieren sie ein. So ist das hier auf La Palma.«

Schon wieder *sie?* Vinzent überbrückte seine zunehmende Irritation, indem er nickte und stumm in sein Bier starrte.

»Sagen Sie mir, wo ich sie finden kann?« Und um Worten Taten folgen zu lassen, zückte er seine Brieftasche: »Wie wär's mit einem Riesen? Fünfhundert Mücken bar auf die Hand und den Rest, wenn Sie mich zu ihnen bringen.«

»Soll das ein Witz sein?« Perlmutter nahm seine Flasche auf, die er bisher nicht berührt hatte, nippte ein wenig daran, aber nur so viel, wie für einen Spatzen genügt hätte. »Sie leben, aber das heißt nicht, dass es eine Postanschrift gibt.«

Vinzent machte ein nachdenkliches Gesicht, was man eine Vorstufe von Argwohn nennen konnte.

»Sie verstehen nicht.« Man sah Perlmutter an, dass er sichtlich nach Worten suchte. »Niemand kann Sie zu Digger und seinem Bruder bringen. Es sei denn, Sie wollen riskieren, dass Sie ebenfalls auf Nimmerwiedersehen von der Bildfläche verschwinden.«

Vinzent ging allmählich ein Licht auf.

»Soll das heißen, Digger und sein Bruder wurden entführt?«

»Genau das heißt es.« Perlmutter kramte eine Visitenkarte aus seiner Tasche.

»Ich beschäftige mich seit zwanzig Jahren mit vermissten Personen.«

Vinzent betrachtete die Karte: »Hartmut Perlebach, Ufologe« stand da und »Touristenführungen zu UFO-Landplätzen. Buchen Sie jetzt unter …«

»Oho, Sie halten mich jetzt sicher für einen bekloppten Esoteriker, so einen Wichtel, der in Gaga-Land lebt.« Perlmutters Mund bekam einen verkniffenen Zug. »Nein, das bin ich nicht! Ich habe einen ausgeprägten Wirklichkeitssinn! Schon in der Schule hatte ich den, sonst wäre ich später nicht in die Logistik gegangen«, säuselte er wieder in seinem verquetschten Diskant. »Ehrlich, ich gebe nichts auf diesen parapsychologischen Mist.«

Vinzent musste lachen. »Sicher, sonst würden Sie auch nicht an UFOs glauben.«

»Ich habe diese Dinger mit eigenen Augen gesehen.« Perlmutters Zeigefinger bohrte sich in den Spalt zwischen Lid und Brillengestell. »Über Wasser sind sie unsichtbar, erst wenn sie eintauchen, leuchten Sie auf. Wahrscheinlich der Hitzeschild.«

»Sicher, was sonst …«

»Sie brauchen mir nicht zu glauben, aber in der Nacht, als die Taucher verschwanden, da war ich oben in der Cumbre Nueva, zusammen mit zwei Mailänder Ufologen. Da oben saßen wir sozusagen in der ersten Reihe, ich hatte mein Fernglas dabei. Oho, wir konnten das Boot von den Görtz-Brüdern sehen, die *Santa Anna* und das Leuchten natürlich.«

»Das Leuchten?«

»Im Wasser. Es tauchte auf und verschwand wieder.«

Vinzent nickte, als ob es die normalste Sache der Welt wäre.

»Können es Taucherlampen gewesen sein?«

»Nein, ich rede von den Lichtern, die man hier auf La Palma öfters vor der Küste sieht. Es gibt hier in den Bergen hohe Gipfel, von da aus kann man sie sehen. Ich habe schon zwei Sorten gesehen: Blitze und ein diffuses Leuchten, wie ein Suchscheinwerfer vom Meeresgrund, ja, genau so sieht es von oben aus.«

»Blitze?« Vinzent überlegte einen Moment. »Wie von Explosionen?«

»Nein, Dynamitfischen ist hier seit langem verboten.«

»Und wenn die nach was anderem gefischt haben?« Vinzent machte eine Miene, als würde ihm das Gerede des Alten plausibel erscheinen. »Können Sie mich zu der Stelle bringen, von wo aus Sie die Lichter gesehen haben?«

»Aye, Sir.« Der Alte legte viereinhalb Finger an den speckigen Rand seiner Mütze. »Sie haben sich soeben den besten Tourguide zwischen Garafía und Punta de Fuencaliente gemietet.« Die Augen hinter den dicken Brillengläsern begannen zu leuchten. »Seitdem das Wetter uns so sauhundsmiserabel mitspielt, geht es da unten wieder rund. Es ist diese verdammte Einflugschneise. Vielleicht hat es auch was mit der Erderwärmung zu tun oder dass die U-Boote der Amis ihnen zu dicht auf den Pelz rücken. Die Amis schnüffeln da draußen seit den 50er-Jahren rum, weil sie auch wissen, dass es da unten einen Landeplatz gibt. Wussten Sie, dass es hier sogar eine Polizei-Einheit gibt, die sich ausschließlich mit *objetos voladores no identificados* beschäftigt? Die häufigsten Sichtungen gibt es nachts und an der nordwestlichen Küste.

Tazacorte, Tijarafe, Puntagorda – das sind die Hotspots der Insel. Na, Sie werden schon sehen. Sie müssen damit rechnen, dass Ihr Weltbild heute Nacht ins Wanken gerät, das ist Ihnen hoffentlich klar?«

Welches Weltbild?, dachte Vinzent.

Nachdem sie sich für den Abend auf einem Waldparkplatz im Nationalpark verabredet hatten, begleitete Vinzent den Ufologen noch ein Stück.

»Haben Sie was dagegen, wenn ich noch jemanden mitbringe?«

»Iwo«, sagte Perlmutter. »Ich hab schon ganze Busladungen voller Japsen an die Stelle gebracht. Sie werden nicht enttäuscht sein, das verspreche ich Ihnen.«

13

Proteus brauchte kaum dreißig Sekunden, um auf eine Tiefe von hundert Metern zu kommen. Ein mit Gorgonien und Krustenanemonen überwachsenes Riff verschwand allmählich aus seinem Sichtfeld. Darüber schoss ihm ein riesiger Fischschwarm, wahrscheinlich Makrelen, wie ein silbriger Pfeilregen entgegen. Die Tiere schienen völlig desorientiert, und manche von ihnen kollidierten direkt mit den Kameraaugen der Drohne. Auf dem Farbmonitor konnte man sogar die feingliedrigen Brustflossen der Tiere erkennen.

»Ungeheuere Auflösung«, bemerkte Gomez. »Wie weit kann dieses Ding mit seinen Scheinwerfern leuchten?«

»Das kommt auf die Sichtverhältnisse an. Hier, schätze ich mal so um die dreihundert Meter.«

Gomez nickte gelangweilt, doch innerlich atmete er auf.

Während der Roboter bisher nur Messdaten auf den Bildschirm geschickt hatte, leuchtete jetzt öfters ein Warnsignal auf.

»Was ist jetzt los?«, fragte Gomez.

»Es scheint da unten eine starke Strömung zu geben«, sagte Susanne, »oder etwas sehr Großes hat sich in seiner Nähe bewegt ...«

»Es gibt hier Wale vor der Küste«, meinte Gomez, »das kann schon sein.«

Endlich zeigten die Suchscheinwerfer den Meeresboden, und *Proteus* steuerte sich und den Geräterahmen zielstrebig zu den eingegebenen Koordinaten.

Das Gefälle war steiler als 60 Grad, und schon beim Versuch, seine Fracht auszusetzen, gerieten kleine Felsen ins Rutschen. Sand wirbelte auf und trübte die Sicht.

»Alles in Ordnung?«, fragte Susanne, als das Bild vor ihr plötzlich erschüttert wurde.

Die Abstandswarnleuchten der Drohne begannen zu blitzen. Auf einem schnell eingeblendeten Rundschirm tobte ein Schneegestöber der Elektronen.

»Ein Steinschlag! Operation abbrechen!« Susanne musste an das Datenkabel denken, die Möglichkeit, dass sich der U-Bot in seiner Nabelschnur verfangen könnte.

Obwohl es bereits Felsen von beträchtlicher Größe hagelte, gelang es *Proteus,* den Geräteträger zu bergen. Die Schubdüsen auf voller Kraft legten den Rückwärtsgang ein, und es sauste in einen Sicherheitsabstand von 50 Metern. Über den steil zum Senkgraben abgestürzten Hang wälzte sich eine größere Geröllmasse in den Abgrund. Wie in Zeitlupe schwebten die Felsen durchs Wasser, und Susanne musste an Aufnahmen aus einem Asteroidengürtel denken. Einen riesigen, schwarzen Kometenschweif aus aufgewirbeltem Sand hinter sich herziehend, verschwanden sie endlich wieder aus dem Bild.

»*Diablo,* das war ja eine richtige Lawine!«, japste Gomez. »Aber sie hat den Boden für uns gesäubert.«

»Ja, und wenn *Proteus* nicht gewesen wäre, hätte die Lawine nicht nur die losen Steine beseitigt, sondern auch gleich den Geräteträger mitsamt Seismometer mit in die Tiefe gerissen … Verstehen Sie jetzt?«

»*Sí,* Boss-Lady.« Gomez versteckte sein Gesicht in seiner Kaffeetasse.

»Eins zu null für Sie.«

Die Verankerung dauerte fast zehn Minuten, denn es mussten passgenaue Löcher für die Lagerstangen gebohrt werden. Während der Bohrung schwebte *Proteus* stationär.

»Mal unter uns …« Gomez beugte sich etwas vor, sodass sie sein süßliches Rasierwasser riechen konnte. »Ist diese Art der Installation nicht gefährlich? Ihr … Ihr kleiner Freund erzeugt eine Menge Vibration. Unter Umständen kommt so eine neue Steinlawine ins Rollen.«

»Es geht nicht anders«, sagte Susanne. »Oder haben Sie die Analyse der Tiefenstruktur vergessen? Der gesamte Sockel Ihrer schönen Insel gleicht einem aufgetriebenen Hefekloß. Das vulkanische Gestein ist nicht nur porös, sondern in dieser Tiefe auch von großen Hohlräumen und Enklaven durchzogen. Es ist ein Labyrinth von Höhlen und Stollen, und wir brauchen zur Verankerung einen soliden Untergrund, keinen Schwamm.«

»Susanne, wärst du eben so freundlich?«

»Dieses … Ding … spricht mit Ihnen?«, stotterte Gomez.

»Ich bin nicht taub.«

Susanne legte einen Kippschalter um und begann an den Joysticks zu drehen.

»Meine Hände«, sagte sie zu Gomez. Die dreigliedrigen Greifer öffneten und schlossen sich. »Wenn Sie mich noch ein bisschen nerven, Professor, werde ich sie Ihnen um den Hals legen.«

Gomez schluckte – eine Frau, die ihm drohte, auf subtile Weise sogar, hatte er noch nicht erlebt. Er starrte wie hypnotisiert auf die Greifer, mit denen sie gerade die Verkabelung im Rammschutz des Trägers adjustierte. Dann löste sie einen Probealarm aus.

Der Bildschirm ihres Klapprechners wurde für ein paar Sekunden schwarz, dann liefen die Instruktionen einer Tsunami-Warnung in kurzen Zeilen herunter.

»Das war's«, sagte Susanne. »Es funktioniert. Damit wäre die erste Betriebsphase erfolgreich verlaufen.«

Sie erteilte dem AUV die Order, wieder zur Oberfläche aufzusteigen.

»Gratuliere«, sagte Gomez.

»Nicht so voreilig«, meldete sich *Proteus* zu Wort.

»Was?«, nuschelte Gomez. »Sagen Sie bloß, dieses Ding kann uns hören?«

Susanne deutete auf zwei Mikrophone.

»Er zeichnet alles, was wir hier sprechen, in Stereo auf.«

»Warum, um Himmels willen?«

»Um nach einem möglichen Unfall eine genaue Fehleranalyse durchführen zu können.« Und an *Proteus* gerichtet: »Was ist das Problem?«

»Aufgrund des letzten Datenscans scheint die nähere Umgebung nicht stabil.«

»Nicht stabil?«

»Es hat Veränderungen gegeben.«

»Inwiefern?«

»Am besten, du siehst es dir an.«

Schon als die ersten Aufzeichnungen seiner optischen Eindrücke erschienen, spürte Susanne, dass etwas anders war als sonst. Es war, als flackere das Bild. Die Bilder waren von grauen, horizontal verlaufenden Linien durchzogen, die Tönungen und Nuancen verschoben. Offenbar war der Rekorder leicht beschädigt. Von den Rändern schoben sich hellere Flecken ins Bild.

»Störstreifen«, unkte Gomez. »Er hat was abbekommen, Ihr kleiner Liebling.«

»Ich verbitte mir jeglichen Kommentar«, kam es von *Proteus* zurück.

Er sagte es mit demselben, neutralen Tonfall, mit dem er auch gesagt hätte: *Ich werde in zehn Sekunden detonieren.*

»Okay, zeig mir endlich, was du hast«, sagte Susanne.

»Koordinatentransformationssequenz eingeleitet. Bitte beachte die Abweichung im Quadranten 3C. Die Scans wurden in einem Abstand von nur einer Sekunde gemacht.«

Susanne näherte sich dem Monitor. Ihr Gesicht lag wie auf einem schlechten Fernsehbild – grau, grobkörnig, diffus …

Wie feuchte Tintenstriche auf Löschpapier liefen die Gitterlinien, die die Konturen des Steilhangs darstellten, synchron. Wo sie sich überlagerten, verdickten sie sich und tangierten das Raster immer punktgenau an den gleichen Stellen.

»Ich kann keine Abweichungen erkennen«, sagte Susanne.

Statt zu antworten, erschien das Wort MAKRO ZOOM in einem kleinen Bildschirmfenster.

»Abstand der vermessenen Objekte etwa einhundertfünfzig Meter.«

»Objekte?«, flüsterte Gomez. »In dieser Tiefe? *Eso es muy raro!* Das ist sehr merkwürdig. Sein Torpedohirn muss defekt sein.«

In der Vergrößerung kristallisierten sich zwei pyramidenförmige Gebilde heraus. *Proteus* füllte die abweichende Kontur mit einem knalligen Rot.

Die eine Form erinnerte an eine sanft gewölbte Raute, in stumpfem Winkel zur zweiten anliegend. Diese zweite war viel größer, mit einem halbkugelförmigen Auswuchs versehen.

»Sieht aus wie ein ganz gewöhnliches Felsmassiv«, sagte Gomez.

»Was immer es ist, es war in einer Sekunde da und in der nächsten verschwunden«, sagte Susanne.

Gomez schüttelte den Kopf. »Sie meinen wirklich, etwas hat sich da unten bewegt?«

»Ein riesiges Etwas.« Susanne lehnte sich langsam zurück.

»Auftauchen«, sagte sie dann.

Und an Gomez' Adresse gerichtet: »Haben Sie dafür eine Erklärung?«

»Ich? Nein … Ein Ufologe hätte dafür sicherlich eine Erklärung, aber ich muss passen.«

»Heißt das, Sie nehmen das einfach so hin?«

»Was bleibt mir anderes übrig?« Gomez' Stirn legte sich in tiefe Falten. »Wenn es zu einem zweiten Erdrutsch gekommen wäre, hätte ihr geschwätziges Hightech-Spielzeug doch sicherlich Erschütterungen registriert.«

»Negativ«, meldete sich *Proteus* zu Wort. »Keine nennenswerten seismografischen Messungen. Nur eine Wellenbewegung.«

Er blendete einen enormen Zahlenwert ein.

»Unglaublich.« Susanne war noch am Überlegen. »Eine Masse dieser Größe mit einer enormen Wasserverdrängung kann sich nicht in Luft auflösen«, sagte sie dann.

»Und doch ist es so.« Gomez streckte sich. »Verstehen Sie jetzt, was ich meine, wenn ich den Ignoranten in Madrid vorwerfe, dass sie nur die Pferde scheu machen? Die denken, hier draußen herrschen Laborbedingungen, unsere Arbeit wäre wie Malen nach Zahlen! Jeder halbwegs tüchtige Feldforscher wird Ihnen sagen, dass es das Gegenteil ist. Was wissen wir schon von den Kräften des Ozeans? Schon fünfzig Meter unter dem Kiel dieses Schiffes beginnt eine völlig andere Welt. Wir setzen Sonden aus und wundern uns, wenn sie spurlos verschwinden … Wir entdecken jedes Jahr neue Lebewesen, manchmal einen Steinwurf von einem Ufer entfernt. Wir würden gerne die Tiefen erkunden, aber das Element des Wassers hält uns zurück … Wir wissen daher mehr über die Meere des Mondes als über unsere eigenen Weltmeere. Etwa ein Prozent des Meeresbodens gilt bisher als erforscht. Und hier vor La Palma, wo es gleich ein paar tausend Meter hinabgeht, da wissen wir gar nichts. Verstehen Sie jetzt, warum ich Ihnen nicht sagen kann, warum OBS-III nicht sendet?«

Draußen an der Backbordseite der *Esperanza* tauchte der weißblaue Rücken von *Proteus* auf. Die Mannschaft begann mit dem Einholen, doch Susanne war noch immer in Gedanken.

»Also, wo drückt Sie der Schuh?«, fragte Gomez. »Ihre Drohne registrierte in der Nähe unseres Seismometers ein unerklärliches Phänomen. Sehen sie dadurch seine Sicherheit oder die Sicherheit des gesamten Frühwarnsystems gefährdet?«

»Es muss eine natürlich Erklärung geben«, sagte Susanne. Sie warf ihre Jacke über und stiefelte raus aufs Deck.

»Gut gemacht.« Die Drohne wirkte leicht ramponiert. Über der rechten, leicht verbeulten Stabilisierungsflosse zeigten sich einige Kratzer, doch der Rumpf wirkte völlig intakt.

»Wenn ich nur wüsste, was da unten passiert ist.«

»Para qué? Wozu? Ist das so wichtig?« Gomez war ihr gefolgt. »Ich meine, ist es wichtig für unsere Operation?« Schüchtern legte er ihr eine Hand auf die Schulter. »Susanne, ich bewundere Ihre Schönheit, Ihre Intelligenz und Ihre Durchsetzungskraft, aber bitte bedenken Sie, unsere Aufgabe ist es, das Frühwarnsystem zu installieren. Wir sind nicht Hans Haas oder Jacques Cousteau, uns ist die Wissenschaft keine himmlische Göttin, sondern eine Kuh, die Milch gibt und uns versorgt. Sollte der Seismometer durch irgendetwas beschädigt werden, dann ist das nicht unser Problem. Dafür werden wir nicht bezahlt. Unsere Aufgabe ist es einfach, den Schaden zu melden und ein neues Gerät aufzustellen.«

»Nein, Professor Gomez.« Susanne schüttelte seine Hand ab. »Unsere Aufgabe ist es, Menschenleben zu retten.«

»Wie naiv von Ihnen!«

»Und was sind Sie?«

In feindseligem Schweigen vereint gingen sie zum Kontrollraum der *Esperanza* zurück. Das Klingeln von Susannes Handy war fast eine Erlösung.

»Störe ich? Ich wollte nur mal fragen, ob Sie unsere Verabredung noch canceln wollen.«

»Vinzent!« Sie hatte seine Stimme erkannt und beschlossen, keinen weiteren Fehler zu machen. »Wie war dein Tag, Liebling?«, sagte sie dann und schenkte Gomez einen abfälligen Blick. Dass er die Ohren spitzte war deutlich zu sehen.

Sie konnte hören, dass Vinzent schluckte.

»Hast du eben *Liebling* gesagt?« Sie konnte hören, dass Vinzent schluckte. »Hab ich irgendwas vergessen? Ich meine, seit wann sind wir per Du?«

»Ab jetzt, wenn du willst.« Und laut schmachtend, sodass Gomez es hören konnte: »Ich freue mich, dass DU anrufst! Wenn du nur wüsstest, wie sehr ich mich nach dir sehne! Jedesmal, wenn ich heute mit meinen Unterwasserdildo gespielt habe, musste ich immerzu an dich denken.«

Schweigen im Hörer, der Satz hatte Vinzent schlichtweg die Sprache verschlagen. »Entschuldige, aber kann es sein, dass du betrunken bist, oder so? Du redest verdammt merkwürdiges Zeugs.«

Sie musste lachen. »Nein, nein, ich erkläre dir alles später.«

»Hoffentlich gibt es da was zu erklären«, sagte Vinzent. »Ich mache mir allmählich Sorgen um dich.«

»Nicht nötig. Erzähl mir lieber, wie dir die Insel gefällt.«

»Nun, ich denke mal, ich habe heute die *dark side of La Palma* im Schnelldurchlauf gesehen. Die Isla Bonita ist mit Bananenplantagen verslumt und laut polizeilicher Auskunft ein Umschlagplatz für Drogen. Nachdem ich beinahe gesteinigt wurde, besuchte mich noch ein Atlantisforscher. An sich kein übler Typ, eben nur ein bisschen schrullig. Seiner Meinung nach wurden Digger Görtz und sein Bruder von Außerirdischen entführt. Soll hier häufig vorkommen. Er erzählte auch was von Blitzen im Meer.«

»Wie unheimlich …«

»Um ehrlich zu sein, ich denke, das waren die Taucherlampen. Oh, der Kommissar, der in diesem Fall die Ermittlungen leitet, ein traniges, unsympathisches Aas, hält eine UFO-Entführung ausnahmsweise für abwegig. Seiner Theorie nach wurden die beiden einfach von Drogenschmugglern um die Ecke gebracht.«

»Und was glaubst du?«

»Ich weiß es nicht.« Vinzent machte eine Pause. »UFOs oder Drogenschmuggler, ich denke, ich bin im Kino. Wenn du jetzt hier wärst, würde ich dich bitten, mich in den Arm zu kneifen. Vielleicht würde ich dann aufwachen und alles wäre so wie früher in meinem gemütlichen Kiez in Berlin.«

»Das kann warten«, seufzte Susanne, »ich freue mich auf heute Nacht.«

Hinter ihr warf Gomez fluchend die Tür ins Schloss. Draußen blies er gleich einem seiner Mitarbeiter den Marsch, und Susanne hätte am liebsten einen Freudenschrei ausgestoßen, nur Vinzent kam ihr diesmal zuvor.

»Susanne, ich weiß nicht, ob dir das schon mal jemand gesagt hat, aber du gehst ganz schön ran.«

»Noch ein Wort, Herr Born, und Sie essen alleine zu Abend!«

14

Punkt halb sieben war Wiesner vor dem Tauchklub am Playa de los Cancajos erschienen, und Jingo wies ihn wortlos an, in seinen Wagen zu steigen.

So fuhren sie los, direkt in den sich nur in schwachen Rosatönen abzeichnenden Sonnenuntergang. Die Küstenstraße war noch mit Pendlern verstopft, aber Jingo fuhr, als ob es darum ging, alle Weltrekorde zu brechen.

Er saß, tief über das Steuer gebeugt, mit zusammengekniffenen Augen in den Scheinwerferkegel starrend, der sich stets deutlicher in die wachsende Dunkelheit fraß.

»Gibt es einen Grund, warum wir so hetzen?«

»Gibt es einen Grund, langsamer zu fahren?«

»Geschwindigkeitsbegrenzungen …«

»Die gibt es nur für Touristen« Jingo wirkte müde. »Hör zu, was ich dir jetzt erzählen werde, weiß ich von meinem Großvater.« In einer Haarnadelkurve schaltete er endlich einen Gang runter. »Und der hat die Geschichte als Kind vom letzten *Brujo* der Guanchen gehört.«

»Geheimwissen also!« Wiesner machte ein gespielt ernstes Gesicht. »Wow.«

»Draußen vor der Westküste gibt es eine Stelle, da geht es kerzengerade runter, dreitausend Meter, vielleicht noch mehr, niemand weiß das genau. Dort leben sie.«

»Sie? Du meinst diese …?«

»Wir Guanchen nennen sie *Rocas carnivoras*: die Fressenden Felsen.«

Jingo machte ein Gesicht, als ob ihm nicht ganz wohl in seiner Haut wäre.

»Sie werden schon in den Tagebüchern von Admiral Robert Blake erwähnt, der hier auf La Palma seinen rechten Arm verloren hat, aus Gründen, die bis heute niemand kennt. Angeblich verlor er hier auch ein paar hundert Mann. Die Biester schützten die Insel jahrtausendelang vor Plünderern und Piraten. Warum sie keinen Appetit auf die Spanier hatten, weiß der Henker. Der Kult der Fressenden Felsen geht auf die Cromagnon zurück. Die Steinzeitmenschen fürchteten die *Rocas*. Es heißt, immer kurz vor einem Vulkanausbruch kamen diese … dieser Dinger nach oben und holten sich ein paar Fischer.«

»Und was muss ich mir unter so einem Ding vorstellen?«, kicherte Wiesner.

»Du wirst gleich sehen«, sagte Jingo.

Hätte Wiesner nicht das Ortsschild bemerkt, er wäre wohl nie auf den Gedanken gekommen, diese kleinen Anhäufungen von niedrigen, weit verzweigt vor sich dahindämmernden Häusern als Dorf anzusehen. Unter Umständen wirkten die kahlen schmucklosen Bauten bei Tag etwas freundlicher. In der Dämmerung machte alles einen trostlosen Eindruck. Auch die Bodega – eine Art viereckiger aus Würfelbeton gemauerter Kasten, aus dessen Dach noch jede Menge Moniereisen stachen – wirkte verwahrlost und desolat.

Sie folgten dem schlecht gepflasterten, holprigen Fahrweg bis direkt vor die Tür. Eine Gruppe betrunkener, laut vor sich hin schimpfender Männer kam ihnen entgegen. Fast kam es zu einer

Rempelei, denn Wiesner wollte ihnen partout nicht den Vortritt lassen.

»He, *amigo*«, knurrte einer. »Machst du das in Deutschland auch so? Du musst wohl erst noch Manieren lernen?«

Als er Jingo erkannte, entspannte sich die Lage schlagartig.

»Verzeihung, Mencey, wir wussten nicht, dass er ein Freund von dir ist.«

Ohne ein weiteres Wort zu verlieren, verschwanden sie in ihren Autos.

»Einheimische«, sagte Jingo. »Alles Sturköpfe.«

Schon beim Eintreten ahnte Wiesner, dass sich Jingo mit der Bezeichnung Bodega erheblich vergriffen hatte. Die *Bodega Puente* war die lausigste Fischerkneipe, die er bis dahin gesehen hatte, und abgesehen von einer Handvoll Elendsgestalten, die in dem großen, schlecht beleuchteten Raum fast verschwanden, waren sie die einzigen Gäste. Die Bedienungen schienen eindeutig in der Überzahl. Eine stumpfsinnige Neonreklame leuchtete über einem in endloser Monotonie tropfenden Zapfhahn und illuminierte die mit Altersflecken gesprenkelte Glatze des Wirts. Er war ein schnauzbärtiges Fass mit einer übergroßen Drillichschürze, die er zu allem benutzte; ob er die Theke trocken rieb oder Fliegen totschlug, sich das Gesicht damit abwischte, sich Nase putzte oder die marokkanischen Sonnenbrillenverkäufer verscheuchte. Die Schürze war im Laufe der Zeit zu einem festen Bestandteil seiner Persönlichkeit geworden, Salvador El Delantal nannten sie ihn, Salvador, Die Schürze. Wahrscheinlich fühlte er sich abends, wenn er nach Hause ging, irgendwie nackt – oder halbiert. Als er Jingo sah, wischte er einmal schnell über die Theke.

»Hola.«

»Netter Laden«, sagte Wiesner und bestellte einen Meskal.

»Hausmarke«, sagte der Wirt. Seine in schmutzige Bartstoppeln eingefassten Unterkiefer schienen ständig zu mahlen.

»Salud.«

Über dem Billardtisch hing das vergammelte Modell eines Schoners wie ein Mobile an zwei Drähten, ein willkommener Ankerplatz für Spinnentiere jeder Fraktion; im Licht der Bogenlampen waren große Rädernetze zu sehen.

»Komm mit«, sagte Jingo.

Wiesner – seinen Riechkolben im Glas – folgte ihm durch den Raum. Der lauwarme, nach Spiritus oder Benzol riechende Agavenbranntwein war in der Tat gewöhnungsbedürftig.

»Das ist ja eine Tunke …«

Einsam und verlassen wie ein Auktionshaus am Vorabend der Versteigerung standen verwitterte Stühle und Tische im Hinterzimmer, das offenbar nur noch als Abstellplatz diente. Nur ein kleiner Junge fegte mit einem Eifer den Boden, als ob er irgendwie erwartete, mehr zwischen zerdepperten Gläsern und Zigarettenstummeln zu finden.

»Da ist es«, sagte Jingo.

Im Halbdunkel hatte Wiesner den riesigen, auf eine Sperrholzplatte aufgezogenen Schwarzweißabzug für eine verwitterte Mauer gehalten. Der Abzug war grobkörnig und diffus, aber der Sucher seiner Digitalkamera lieferte Wiesner eine gestochen scharfe Miniatur: Drei junge, braun gebrannte Spanier posierten wie Bronzestatuen in der Brandung vor einem riesigen Felsen – so sah es zumindest auf den ersten Blick aus.

»Dieser Felsen da …«

»… ist kein Felsen.« Jingo erschien im Sucher. Seine Hand zeichnete Linien nach, Schatten und Einbuchtungen. »Hier, sieh her: Das sind die Augen … die Kiemendeckel … und das hier, siehst du … das ist das Maul.«

Das Maul? Wiesner konnte es plötzlich sehen: Es war geschlossen, aber vom Durchmesser her war es größer als die jungen Männer im Bild. Die Vorstellung, dass es in geöffnetem Zustand wohl so groß wie ein Scheunentor war, fiel Wiesner nicht schwer. Seine Knie wurden weich wie Butter, und er nahm einen kräftigen Schluck.

»Und wie lange hängt dieses Foto schon da?«

»Keine Ahnung. Dreißig, vierzig Jahre. Salvador, der Wirt«, – er deutete auf den Mann hinter dem Tresen –, »er hat es von meiner Oma gekauft …«

»Du meinst der Wirt war dabei?«

Der kleine Junge, der noch immer wie manisch kehrte, hob einmal den Kopf.

Jingo nickte. »Er kann sich heute an nichts mehr erinnern. Sagt er.«

Wiesner starrte noch immer auf dieses Wesen. Plötzlich war es wieder nur ein Fels in der Brandung.

»Sag, habt ihr dieses Foto schon mal einem Ichthyologen gezeigt?«

»Einem was?«

»Na ja, so einem Eierkopf, der sich mit Fischen beschäftigt.«

Jingo zuckte die Achseln.

»Mein Großvater war ein einfacher Mann, ein Schäfer, wenn du's genau wissen willst. Die meiste Zeit seines Lebens verbrachte er in den Bergen. Mit fünfzig kaufte er sich eine Bananenplantage. *Platana Joe* nannten sie ihn, seine Bananen waren noch mickriger als die gewöhnlichen La-Palma-Bananen. Ein Jahr später war er schon tot. Im Übrigen brauchen wir keinen Fischexperten, sondern einen, der was von Felsen versteht.«

»Du meinst also, das ist gar kein Fisch?«

»Zeig das Foto einem Touristen und er wird dir sagen, dass er drei Fischer vor einem Felsbrocken sieht. Mein Großvater sagte immer, einen Fisch kann man töten. Selbst einen Hai. Die Haut von diesem Biest war angeblich hart wie Stein. Selbst mit dem Messer war da nichts zu machen … Die Klinge brach ab – wie auf Basalt, das war alles.«

»Ich brauche noch einen Meskal«, sagte Wiesner.

»Bist du sicher?«

»Oh, ja!«

»Das Zeug ist ziemlich heftig.«

»Immer her damit!«

Jingo nickte dem Jungen zu. Der trollte sich widerwillig, den Besen hinter sich her ziehend wie ein Zauberlehrling, der die Nase voll hatte.

»Wie haben sie es erlegt?«, fragte Wiesner. Jingos Großvater, der ein Harpunengewehr mit beiden Händen umklammerte, schien ihm aus dem Foto zuzuzwinkern. Es war kein günstiges Foto von ihm, denn er versuchte zu lächeln, was bei einem Naturburschen in einer derartig unheimlichen Situation, gekünstelt und falsch wirken musste.

»Die Wahrheit ist«, – Jingo holte tief Luft –, »mein Großvater hat dieses Ding so gefunden. Eines Abends am Strand, auf dem Nachhauseweg, da bemerkte er ein Leuchten auf einem Felsen, den er nie zuvor in der Brandung bemerkt hatte. Erst glaubte er, es wäre nur eine phosphorhaltige Qualle. Doch als er sich den Felsen genauer besah, erkannte er seinen Irrtum: Es war ein Fisch, ein Riesenfisch, und er hatte einen Tentakel am Kopf, es soll gestunken haben. Selbst die Vögel machten einen Bogen um dieses Ding.« Er reckte sich einmal, als hätte er eine Verspannung im Nacken. »Sie hätten sich die Schnäbel an dieser Kruste verbogen. *Phosphoros.*«

»Wie … wie bitte?« Wiesner bemerkte, dass der Junge mit dem Wirt tuschelte.

Auch eine Kellnerin kam hinzu. Sie verrenkte sich mehrmals den Hals und versuchte ins Hinterzimmer zu schielen.

»Phosphorkopf – so nannte Großvater seinen Fund. Er meinte, es sei so um die sieben Meter gewesen. So lang wie ein Fischerboot. Später trommelte er seine *muchachos* zusammen, und so kam dieses Foto mit einer der ersten selbstauslösenden Kameras auf der Insel zustande. Wahrscheinlich wollten sie angeben.«

»Und was ist später mit diesem Dingsda passiert?«

»Hm. Du weißt ja, wie die Spanier sind. Die Polizei war schon damals korrupt, und sie bläuten meinem Großvater ein, er habe nichts gesehen, Wahrscheinlich wollten sie eine Panik vermeiden. Sie engagierten den Hafenmeister von Santa Cruz, das Ding mit einem Trawler raus aufs offene Meer zu schleppen und zu versenken. Ein paar Tage später brach der Cumbre Vieja aus, und in der allgemeinen Panik geriet die Sache völlig in Vergessenheit.«

»Das ist die verrückteste Story, die ich je gehört habe«, sagte Wiesner.

Vielleicht lag es an dem vielen Meskal, aber von allen Erklärungen, die er sich für das Verschwinden der beiden Taucher zurechtgelegt hatte, erschien ihm Jingos Geschichte plötzlich wie das fehlende Stück eines Puzzles. Schon früher hatte es hier Vermisste gegeben, Touristen, einheimische Fischer, es machte keinen Unterschied aus. Die Behörden machten die hohe Grundsee dafür verantwortlich, die in Sekunden anschwellen und einen schlechten Schwimmer weit hinausziehen konnte. Die ansässigen Ufologen hatten wiederum ihre eigenen, abstrusen Theorien, und die Polizei vermutete ohnehin immer und überall kriminelle

Afrikaner am Werk. Die Legende von den Fressenden Felsen war dagegen eine plausible Erklärung.

Die Tiefen vor der Westküste waren für diesen Monsterfisch ein ideales Versteck. Die Umgebung war ideal: Ein von vulkanischen Höhlen durchlöcherter Sockel der Insel, warme Quellen, starke unterseeische Strömungen und Tiefen, in die sich Taucher so gut wie nie wagten …

Als die Kellnerin ein Glas Meskal brachte, zitterten seine Hände vor Aufregung.

»*Gracias!*« Er wartete, bis sie verschwunden war, und fuhr dann im Flüsterton fort.

»Hör zu, *amigo*, wenn das stimmt, was du sagst, dann ist dein Großvater damals auf eine unbekannte Spezies gestoßen … Das Foto da an der Wand ist der Beweis! Es wäre nicht nur die Erklärung für diesen komischen Mythos, sondern auch dafür, dass hier immer wieder Leute verschwinden.« Er hielt inne. »Ist dir klar, was das bedeutet?«

»Die Ufologen können wahrscheinlich einpacken.«

»Nein, wir sind reich, mein Junge, steinreich, oder *felsreich*, falls dir das lieber ist …«

Jingo schluckte. Es gab Wörter, die hatten auf ihn momentan eine magische Anziehungskraft. Er schnappte sich einen Stuhl und setzte sich dem Fotoreporter mit der Lehne verkehrt herum gegenüber.

»Und wie soll das gehen?«, fragte er.

»Ganz einfach …« In Wiesners Augen begann es förmlich zu leuchten.

»Die Entdeckung eines menschenfressenden Raubfischs dieser Größe ist eine Weltsensation.«

»Hast du eben was von einem *menschenfressenden Raubfisch* gesagt?«

»Machen wir uns nichts vor: Die beiden verschwundenen Taucher waren für ihn nur ein *Snack.*«

»Ein was?«

»Ein Appetithäppchen. *Salud!*« Wiesner kippte diesmal auf Ex. »Scheiß auf den *National Geographic*«, sagte er dann. »Ist dir klar, was so eine Story in den Boulevardblättern bringt? Der weiße Hai ist ein Witz gegen das Monstrum. Vergiss nicht, wir haben den perfekten Aufhänger – zwei als vermisst gemeldete Taucher. Und wir beide, du und ich, wir lösen den Fall!«

»Wart mal einen Moment …« Jingo wusste bereits die Antwort auf seine Frage, aber er fragte trotzdem, damit Macarena ihm später nicht vorwerfen konnte, er habe nicht nachgedacht und wäre blindlings in sein Unglück gerannt.

»Glaubst du, dieses alte Schwarzweißfoto wird ausreichen, um die Story zu verkaufen?«

»Natürlich nicht«, sagte Wiesner. »Wir werden neue Fotos machen. In Farbe und gestochen scharf.«

»Und wie?« Auch diesmal wusste er bereits die Antwort, aber er wollte die Worte aus dem Mund dieses jungen Deutschen hören.

»Wir werden tauchen«, sagte Wiesner.

»Tauchen«, echote Jingo. Er stand abrupt auf, ging an den Tresen und kam mit einer ganzen Pulle Meskal zurück. »Jetzt hör mir mal zu«, sagt er dann »Mein Großvater war vielleicht nur ein einfacher Mann, ein *Platano* Joe, aber er hatte genug Verstand, um diese Sache auf sich beruhen zu lassen.«

»Manche Leute sind eben mit wenig zufrieden.«

»Salud!« Jingo nahm einen kräftigen Schluck aus der Flasche.

»Du bist noch durchgeknallter als die anderen Gringos. Wenn du auch nur für fünf Pfennig Verstand hättest, dann wüsstest du, dass das lebensgefährlich ist.«

»Was ist nicht lebensgefährlich?«, sagte Wiesner.

»Meine Heirat zum Beispiel.«

»Ha!« Wiesner grinste. »Das Schöne ist nur der Anfang des Grauens. Rilke hat das mal gesagt.«

»Macarena ist anders.« Jingo war sich seiner Sache sehr sicher. »Glaubst du, ich würde meine Zukunft für eine lausige Story verspielen?«

»Nicht für eine lausige Story«, parierte Wiesner, »aber für eine halbe Million Euro. Du hättest ausgesorgt, alter Junge.«

Jingo setzte sich wieder auf seinen Stuhl. Er war ganz blass im Gesicht.

»Niemand«, sagte er dann, »niemand zahlt so viel Geld für eine Story.«

»Wenn wir es richtig anstellen, vielleicht noch mehr.« Obwohl sie im Durchzug saßen und die Abendluft wirklich kühl war, stand Wiesner der Schweiß auf der Stirn. »Noch was: Falls du mir hilfst, diesen Fall aufzuklären, bist du ein Held! Dann musst du deiner Doña nicht mehr vorspringen und diese Qualle von Kommissar, dein geliebter Schwiegerpapa, wird sein Maul halten müssen.«

»Ah, hier hast du dich versteckt!«

Als Macarena in den Raum wirbelte, trug sie ein schwarzes Taftkleid mit Spitzen und eine anthrazitfarbene Damastseidenschärpe. Sie war hochgewachsen, und wenn sie hohe Hacken trug, sah sie auf Jingo herab. Langes, schwarzes Haar umrahmte ein schmales Gesicht. Wie immer betonte ein regelrechtes Ohrgehänge ihre markanten Backenknochen und schickte kleine Lichter zu den malvenfarbenen Lidschatten, die ihr einen andauernden Schlafzimmerblick verliehen.

Sie erschien Wiesner wie eine süße, in der Wärme gereifte

Frucht, und als sie so in Jingos Arme sank und ihn küsste, verspürte er einen Anflug von Neid.

»Jetzt verstehe ich auch, warum er es vorhin so eilig hatte«, sagte Wiesner, nachdem er sich gleich zweimal vorgestellt hatte. »Ich wäre auch wie ein Henker gefahren.«

»Wir treffen uns öfters in der Bodega«, sagte Macarena. »Der Laden ist zwar schäbig, aber wir haben wenigstens unsere Ruhe.«

»Vor ihrem Vater«, fügte Jingo hinzu. »Am liebsten würde er mich einbuchten, in eine Drecktonne, und die da draußen irgendwo über dem Meer ausklinken.«

»Du hättest es verdient«, sagte Macarena. Und zu Wieser: »Dieser Mann hier ist nie da, wenn man ihn braucht.«

»Ich muss Geld verdienen, Süße.«

»Nicht heute Abend.«

Wiesner machte ein Gesicht, als ob er verstehen würde.

»Ich mache mich mal auf den Heimweg«, sagte er dann. »Wir beide«, er fixierte Jingo genau, »wir beide sprechen uns noch. Wir sollten nichts anbrennen lassen, verstehst du, was ich meine?«

»Das klingt ja so, als ob ihr was ausgeheckt hättet.«

Macarena schien zu wissen, was Wiesner meinte, denn sie drehte sich um und deutete auf das Foto.

»Ein unheimliches Bild, oder? Als ob dieser Felsen die Männer belauern würde. Jedes Mal wenn ich dieses Bild länger betrachte, dann denke ich, es ist alles nur Einbildung. Was glauben Sie, ist es ein Fisch oder ein Fels?«

15

Noch sah es so aus, als würde es eine laue Frühlingsnacht werden. Das Meer glänzte geheimnisvoll unter einem milchigen Mondschein, der auch hinter geschlossenen Augen fortflackerte. Susanne hatte den Eindruck, als wolle der Mond die Abwesenheit der Sonne wiedergutmachen und zeigen, dass auch er in der Lage war, die Stimmung zu heben.

Schon beim ersten Anzeichen einer Wetterbesserung hatte sie ein luftiges Kleid übergeworfen und ihr langes Haar zu zwei offenen Zöpfen zusammengebunden. Die Pumps mit den goldenen Riemchen sahen aufregend aus, aber innerlich war sie so ruhig wie das Windlicht auf ihrem Tisch.

Jeder Mensch hat das Recht, sich gegen eine Person des anderen Geschlechts von seiner besten Seite darzustellen. Der gute Sigmund Freud hatte das angeblich mal einem Vertrauten geflüstert. Susanne freute sich jedenfalls auf den Abend mit Vinzent. Sie saß an der offenen Fensterseite des Hotel-Restaurants und lauschte mit halbem Ohr einem Flamenco-Spieler, der sich schon eine Weile im Foyer produzierte. Bisher hatten ihn weder Geld noch gute Worte zum Schweigen gebracht.

»Na, das nenne ich eine frisierte Herausforderung.«

Sie witterte den Duft eines einfachen, klassischen Rasierwassers erst, als er hinter ihr stand.

»Ach, Herr Born, haben Sie sich endlich von der Arbeit losreißen können?«

Ihr fiel auf, dass er sich nicht umgezogen hatte, aber die staubigen Straßenklamotten standen ihm gut.

»Hast du schon bestellt – Liebling?«

»Nein, aber schon eine Weile mit dem Saltimbocca geliebäugelt.«

»Später«, sagte er und zog sie mit sanfter Gewalt auf die Beine. »Ich habe eine Überraschung für dich.«

»Muss das jetzt sein?«

Sie folgte ihm, weil sie nicht kaputt machen wollte, was am Telefon zwischen ihnen ins Lot gekommen war.

Draußen, auf dem Parkplatz, öffnete er den Kofferraum des Sportwagens und präsentierte ihr den gelben Schwimmkörper.

»Es ist nicht gerade ein Seestern oder eine romantische Flaschenpost, aber ich denke, dieser *Kürbis* gehört deinem Verein. Da steht was von Alfred-Wegener-Institut, Bremerhaven.« Und mit einem Augenzwinkern fügte er noch hinzu: »Gibt es Finderlohn?«

»Fünfzig Cent.« Susanne warf einen sehnsüchtigen Blick zurück zum Hotel. »All unsere Meeresseismografen sind mit solchen Auftriebskörpern bestückt. Es kann vorkommen, dass einer beim Verladen verloren geht.«

»Ich habe ihn nicht am Hafen gefunden«, – Vinzent lehnte sich mit verschränkten Armen zurück –, »sondern oben in den Bergen, in der Nähe von einem abgelegenen Blockhaus. Mein Klient und sein Bruder haben da scheinbar bis zu ihrem Verschwinden gehaust.«

Susanne drehte den Schaumzylinder hin und her. Trotz der schlechten Beleuchtung konnte sie eine verwaschene Schrift lesen. »OBS-III. Der Seismograf, der nicht sendet.« Für einen Moment hatte sie den Eindruck, jemand habe ihr einen kalten

Strahl in den Nacken gegossen. »Hier steht noch was … 5, Strich 140. Nein, das ist unmöglich …«

»Was ist unmöglich?«

Sie antwortete ihm erst, als sie wieder am Tisch saßen und mit Prosecco auf ihren ersten Tag anstießen.

»Der Seismometer, von dem dein Mitbringsel stammt, wurde Anfang Januar von meinen spanischen Kollegen installiert. Leider scheint das Modem defekt, es gibt keinen Pieps von sich. Professor Gomez vermutet einen Konstruktionsfehler. Der Auftriebskörper, den du gefunden hast, sollte sich jedenfalls in einer Tiefe von 200 Metern vor der südwestlichen Küste befinden und nicht an Land.«

»Vor der südwestlichen Küste? So, so …« Vinzent hatte sich ein Weißbrot mit rotem Mojo geschmiert. »Dann ist das gelbe Ding wohl in die Berge geflogen. Du weißt ja, es gibt hier UFOs, die nehmen gerne mal einen Anhalter mit.«

Susanne konnte in Vinzents Grinsen nicht einstimmen.

»Du verstehst nicht … Die handschriftliche Markierung bedeutet, dass dieser Auftriebskörper bereits *eingesetzt* wurde! Er ist nicht von einem Transporter gefallen.«

»Ja, ja, verstehe. Könnte das Ding von selbst aufgestiegen sein?«

»Nein, irgendwas ist hier faul.« Susanne begann auf ihrer Serviette zu kritzeln. »Sieh mal, ein OBS besteht aus verschiedenen Komponenten, die auf einem Geräteträger montiert sind: Speichereinheit, Stromversorgung, Releaser, Blitzer, Sender und Auftriebskörper. Letztere sorgen dafür, dass das gesamte System wieder geborgen werden kann. Sie tragen die gesamte sensorische Apparatur zurück zur Oberfläche.«

»Vielleicht ist genau das geschehen.«

»Warte mal …« Susanne hatte längst kombiniert, aber noch

immer weigerte sie sich, der Tatsache ins Auge zu sehen: »Du denkst, diese vermissten Taucher hätten OBS-III demontiert?«

»Bei Nacht und Nebel.« Vinzent prostete ihr zu. »Es würde erklären, wie dieses Auftriebsdingsda in die Berge gekommen ist …«

»Nicht nur das!« In ihrer Aufregung verschüttete Susanne ihren Prosecco.

»Es würde auch erklären, warum die GPS-Boje von OBS-III nicht funktioniert. Was nicht da ist, kann nicht senden. Mein Gott …«

Das Abenteuer der Forschung begann leider oft schon an Land, in einem Hafen, wo sich teure wissenschaftliche Geräte in Luft auflösten. Ausrüstung- und Laborcontainer wurden von Diebesbanden rücksichtslos geplündert. Doch einen Seismografen von zweihundert Meter Länge zu stehlen? Susannes Blick wanderte hinaus aufs offene Meer.

»Ist das nicht lebensgefährlich?«

»Kein Problem für zwei versierte *Technical Divers*.« Vinzent gab dem Ober ein Zeichen. »Und was riskiert man nicht alles, wenn die Kohle nur stimmt. Tja, Frau Doktor, wie es aussieht, arbeiten wir beide am selben Fall.«

»Nein danke, ich habe schon genug Ärger als Hals.« Susanne musste an den nervigen Gomez Carrasco denken. »Morgen Früh werde ich mit der *Esperanza* zu der Stelle fahren, wo OBS-III sein sollte, und wenn sich dort nichts mehr findet, ist es ein Fall für die Polizei.«

»Die werden wohl kaum einen Zusammenhang sehen.«

»Aber dieser Schwimmkörper …«

»Hör zu.« Vinzent zog ein Gesicht, als hätte er plötzlich etwas Saueres im Mund. »Digger und sein Bruder sind nicht auf eigene Rechnung getaucht.«

»Und warum nicht?«

»Weil Digger pleite war. Selbst die letzte Versicherungsprämie hatte er sich von einem Kredithai geborgt.«

»Na schön, nehmen wir nur mal an, du hast recht. Was habe ich mit der Sache zu tun?«

»Du?« Vinzent schenkte Susanne einen nachdenklichen Blick. »Zwei Kriminelle sabotieren dein Projekt – und du fragst mich, was du damit zu tun hast?« Er griff eher unabsichtlich nach ihrer Hand. »Wenn du zur Polizei gehst, könnte das die Hintermänner des Coups warnen.«

»Welche Hintermänner?«

»Aber, Süße …« Es war ihm so rausgerutscht, und er war selbst einen Moment sprachlos, »'tschuldigung. Ich meine, Susanne, es ist doch klar, dass Digger diese Geräte verticken wollte. Vielleicht hat er das immer noch vor.«

»Du meinst, er lebt noch?«

»Ich kann es nicht ausschließen. Und du auch nicht.«

Susanne schluckte.

»Denk doch mal nach …« Vinzent hielt noch immer ihre Hand. »Irgendjemand demontiert eure Geräte. Vielleicht gehörte Digger zu einer ganzen Gruppe von Tauchern. Und wer sollte die daran hindern, weitere Seismografen zu stehlen?«

»Nur eine Frage …« Susanne zog ihre Hand langsam zurück. »Warum mischst du dich in meine Angelegenheiten?«

»Wer? Ich?« Vinzent legte seine Stirn in Falten. »Ich habe mich noch nie irgendwo eingemischt. Ist nicht mein Stil.«

Doch insgeheim fragte er sich selbst, warum er es immer wieder tat – seine Nase in Dinge zu stecken, die ihn nichts angingen. Früher hatte er einmal gedacht, es sei Abenteuerlust, inzwischen wusste er es besser: Es war Dummheit, pure Dummheit – nicht hundert Prozent, aber wenigstens achtzig, so wie dieser österreichische Stroh-Rum, den er einmal getrunken hatte. Doch das konnte er ihr unmöglich sagen.

»Ich will nur sicher sein, dass Digger sich nicht heimlich ins Fäustchen lacht, nachdem ich wieder abgereist bin.« Vinzent warf einen Blick auf die Uhr.

»Im Ernst: Wenn wir zusammenarbeiten, schlagen wir zwei Fliegen mit einer Klappe. Ich lege einem Versicherungsschwindler das Handwerk, und du weißt mit Bestimmtheit, dass deine Seismografen anstandslos funktionieren.«

Der Ober kam Susanne dazwischen, und Vinzent ließ die Rechnung auf sein Zimmer schreiben.

»Gehen wir«, sagte er dann.

»Wohin?«

»Das wirst du schon sehen.«

»Aber ich habe noch gar nichts gegessen«, protestierte Susanne.

»Später«, sagte Vinzent, »ich habe nämlich noch eine Überraschung für dich!«

»Noch eine?« Susanne langte noch einmal vorsichtshalber in den Brotkorb. »Was habe ich dir bloß getan?«

»Das nenne ich einen gründlich verdorbenen Abend. Hätten wir nicht nach dem Essen losfahren können?«

Während Susanne im Handschuhfach nach etwas Essbarem stöberte, öffnete Vinzent das Verdeck. Leise Musik begleitete ihren Weg in die Cumbre Nueva.

»Ich dachte, wir sollten die Wetterlage nutzen«, sagte Vinzent nach einiger Zeit. Es schien ihn nicht zu stören, dass Susanne schmollte. »Außerdem konnte ich die Verabredung nicht mehr absagen.«

»Oh, du hattest *noch* eine Verabredung?« Es ärgerte sie, denn sie kannte ihn noch nicht lange genug, um zu wissen, dass seine

Geheimnistuerei in kleinen Dingen ebenso zu seinem Charakter gehörte wie die peinliche Offenheit, mit der er die ernsten Angelegenheiten besprach.

»Bitte, Susanne. Mein Chef erwartet in 48 Stunden einen ersten Rapport. Also muss ich jeder Spur nachgehen.«

Obwohl sie leicht angesäuert war, dass er sie um ihr Saltimbocca gebracht hatte, genoss Susanne den Fahrtwind in ihrem Haar. In Vinzents Gegenwart kam sie sich vor wie ein Bond-Girl, abenteuerlich, verwegen, sexy. Im weichen Licht des Mondes kurvten sie die Serpentinen hinauf in die Berge. Je höher sie kamen, umso besser war die Aussicht aufs Meer. Das Wasser schien den Himmel und das erste blinkende Gewinkel der Sternbilder widerzuspiegeln. Auch der Strand war gut zu sehen und die vorgelagerten Felseninseln Roques de Don Pedro.

Hinter einem flachen Neubau, den Reisebusse umlagerten, ging es rechts hoch in Richtung *Refugio de El Pilar*.

»Okay, kommen wir endlich zum mysteriösen Teil des Abends.« Vinzent hielt nach Wegweisern Ausschau. »Halt dich fest: In wenigen Minuten wirst du einen außergewöhnlichen Mann kennenlernen.«

»Du meinst den Ufologen?«

»Genau den!«

»Ist das die Überraschung?« Susanne fragte sich einen Moment, ob Vinzent wirklich für eine Versicherung arbeitete, oder ob er nur ein Triebtäter war, der eine besonders dreiste Masche drauf hatte. »Und wegen so einem *Spinner* hast du mich hierher verschleppt?«

»Ob er ein Spinner ist, wird sich zeigen. Seit Wochen beobachtet er Lichter im Wasser. Und jetzt rat mal, wo?« Vinzent wartete nicht ab, bis sie antwortete. »An der südwestlichen Küste. Hast du schon mal Taucherlampen unter Wasser gesehen?«

Susanne nickte leicht irritiert.

»Ich wusste es«, sagte Vinzent. »Dann kannst du die Lichter wenigstens einwandfrei identifizieren.«

Er verlangsamte das Tempo, denn der holprige, mit zahllosen Schlaglöchern gepflasterte Forstweg wäre selbst für einen Wagen mit Vierradantrieb eine Herausforderung gewesen.

»Wenn wir Glück haben, werden wir unsere Freunde bei einem neuen Tauchgang überraschen.«

»Du bist wirklich hartnäckig.«

»Das ist nun mal mein Job. He, sieh mal, da vorne!«

Aus einer Haltebucht blendete ein klappriger Ford Transit die Lichthupe auf.

Die Fahrertür öffnete sich, und Perlmutter wälzte sich etwas umständlich nach draußen. Links hielt er einen Taco, rechts eine Stabtaschenlampe.

»Dachte schon, Sie hätten gekniffen«, maulte er zur Begrüßung. »Sie sind 'ne halbe Stunde zu spät.« Als er Susanne sah, zeigte er ein dümmliches Grinsen. »Oh, verstehe, eine Anhalterin.«

»Das ist Doktor Susanne Brecht.« Vinzent half Susanne beim Aussteigen.

»Meeresgeologin vom Alfred-Wegener-Institut.«

»Es … es ist mir eine Ehre.« Perlmutter wischte sich die fettigen Finger an seinem Hosenbein ab. »Sie sind die erste Wissenschaftlerin, die ich zum Aussichtspunkt führe.«

»Ich bin gerührt.« Susanne starrte auf den Taco in seiner Hand.

»Sagen Sie …« Perlmutter musterte sie einmal von Kopf bis Fuß. »Ich will nicht unhöflich sein, aber haben Sie was mit diesen Eierköpfen zu tun, die hier vor unserer Küste ihr Unwesen treiben? Seismografisches Frühwarnsystem. Dass ich nicht lache!

Die bringen den ganzen Rhythmus der Insel durcheinander! Alles! Wir brauchen hier keine GPS-Bojen, die mit Satelliten kommunizieren, wir haben hier schon genug *Action*, wenn Sie wissen, was ich meine!«

»Frau Doktor Brecht«, – Vinzent deutete mit zwei Fingern auf Susanne –, »leitet das Projekt ...«

»Oh, so ist das.« Perlmutter nahm Vinzent kurz mal zur Seite. »Also, wenn ich spitzfindig wäre, würde ich sagen, das Fräulein hat einen Geheimauftrag.«

»Und der wäre?«

»Den unterseeischen Flugverkehr stören.«

16

Der Geruch von ranzigem Petroleum hing in der Luft, als die korpulente Frau sich nackt auszog und dann, von zwei jungen Männern gestützt, langsam ins Meer watete. Der Strand lag hinter ihr wie eine schwere Schuld, an die sie sich nicht mehr erinnern konnte. Der Menschenklumpen auf dem Gestade stimmte ein monotones Raunen an, das mit dem Geräusch der Brandung verschmolz. Rechts und links von ihr wurden hölzerne Flöße mit frisch geschlachteten Tieren gewässert – Kühe, Schweine, Lämmer, die bunten Blumengirlanden wirkten wie eine makabre Gewürzmischung. Die Flöße wurden an groben Stricken von jungen, kräftigen Männern gezogen. Sie gingen mit sicheren Schritten, denn sie waren schon oft zum Tor der Dunkeln Auen gepilgert.

Rosita Levante, die Frau des Comisario, kannte den magischen Ort seit ihrer Kindheit: Schon ihre Mutter war eine den *Rocas* geweihte *Harimaguada* gewesen. Auch nach der Geburt ihrer Tochter blieb das Band mit der Tiefe bestehen.

Die mit Seegrasbüscheln verzierte Schuppenmaske, die sie trug, war leicht und nicht mit denen der *Magos* und *Brujas* zu vergleichen, aber sie schränkte ihre Sicht zunehmend ein.

Andererseits gab es wenig zu sehen: Das nächtliche Meer gähnte ihr wie das Rund einer erloschenen Riesenbühne entgegen. Die salzfeuchte Kühle drang selbst durch die Sehschlitze ein.

Geh weiter … Sie entnahm diese Weisung dem Glucksen des Meeres.

Kalte Böen streiften ihren Körper, doch es kümmerte sie wenig, denn die starke Medizin der *Bruja del mar* hatte sie künstlich erhitzt. Sie dampfte.

Willenlos gab sie sich dem Dunkel hin, dem schwarzen, halbflüssigen Glas, das sie wie mit saugenden Polypenarmen zu umstricken begann – dieser geheimnisvollen Nacht, in der etwas Wildes, Dämonisches aus der See in ihr aufsteigen würde.

Tagsüber war sie eine stille, duldsame Frau, die ein zurückgezogenes Leben führte und den Haushalt versorgte. Sie war schon jenseits der vierzig, ein Alter, in der die Schicht unter der Haut auszutrocknen beginnt und diese langsam aber sicher verwelkt. All ihre heimlichen Wünsche und Sehnsüchte hatte sie auf ihre Tochter Macarena übertragen, und obwohl Levante sie oft genug als »alte Schlampe« tituliert und verprügelt hatte, hatte sie weitergemacht, still, duldsam und opferbereit. Niemals hatte sie Levante ihr betrübtes Wesen gezeigt, niemals ihr Los beklagt. Noch weniger hatte sie ihm erzählt, dass sie Guanchenblut in sich hatte, er hätte sie auf der Stelle verstoßen.

Sie schlotterte plötzlich, als hätte schon der bloße Gedanke an ihren Mann eine so feste Masse wie einen Eisblock unter ihre Füße gezaubert. Der größte Teil ihres Lebens war in leiser Fröhlichkeit verflossen, so wie ein Baum, der am Rande der Straße in voller Blüte steht und alles hört und sieht – und doch schweigt. Nur ihre Augen bekamen manchmal einen trüben, glasigen Ausdruck, als ob es in ihr dämmerte.

Dann ging sie wie eine Marionette umher, die nur von unsichtbaren Schnüren in Bewegung gehalten wurde. Einige von ihnen waren gerissen oder verknotet, und dieses innere Gewirr wieder zu lösen, schafften nur die Priester ihrer Gemeinde.

Manchmal wünschte sie sich, dass sie wie andere Menschen ruhig in der Geborgenheit ihrer Familie sitzen und mit freundlichen Gedanken auf ihre Vergangenheit zurückblicken könnte. Aber das konnte sie nicht, noch nicht.

Sie ging weiter, ihre Füße versanken immer tiefer im Sand. Auch die Flößer kämpften um ihr Gleichgewicht.

Als das Wasser ihre Hüfte erreichte, traten Rositas Begleiter zurück. Sie reichten ihr ein Pulverhorn und entfernten den gewachsten Korken. Ein merkwürdiger Geruch wie von Kampfer stieg ihr in die Nase. Rosita fröstelte, aber es gelang ihr, auch diesen Reflex zu ignorieren. Die Flöße mit den geschlachteten Tieren trieben wie in Zeitlupe an ihr vorbei.

»Bist du bereit?«, fragte einer der Männer mit Grabesstimme. Sein Kopf steckte unter einer mit Sägezahnmustern verzierten Plastiktüte. Die Gucklöcher waren schlecht ausgeschnitten, und alles machte einen improvisierten Eindruck.

Rosita nickte nur, und die Männer zogen sich gemessenen Schrittes zurück.

»Schlafe, du mächtiger Drache des Meeres!« Erst jetzt merkte Rosita, wie trocken ihr Mund war. Das Wasser umlauerte sie wie ein Raubtier, leckte, wenn sie es am wenigsten erwartete, nach ihren Achseln.

Yn ge tu y ge sy San mim tu chu
Gehe schlafen, du Fürst der Fressenden Felsen …
Traumwandele in den dunklen Auen deines ewigen Reiches …
Dragón … Große fischschwänzige Mutter, ich beschwöre dich …
Devomnodentis – Sei geehrt, Gott der Tiefe …
Hüte dein felsiges Haus …

Für einen Ausstehenden klang das, was Rosita von sich gab, wie ein Pfeifkonzert, doch alle am Ufer verstanden El Silbo und nickten.

Über der See zog ein leichter Nebeldunst auf. Eine feine Schwade strich dicht an Rosita vorbei. Es gluckste und gurgelte plötzlich um sie herum, vor ihr, an der Oberfläche, entdeckte sie kleine Strudel, und doch hatte sie keine Angst.

Nur einmal drehte sie den Kopf. Ein Teil der Gemeinde kauerte knieend am Strand, die anderen lagen auf dem Rücken, die Arme von sich gebreitet, als ob sie die Sterne umarmen wollten. Oder den riesigen Holzstoß, den sie später entfachen würden, falls Rosita zurückkäme … lebend.

Lass die Ströme rückwärts fließen …
Mach, dass der Wind seinen Atem verliert …
Die Sonne ihren Lauf einhält …
Der Mond sein Licht verlöscht …
Auf dass die Nacht unendlich werde wie dein Tag in der Tiefe …

In der Dunkelheit glaubte Rosita, die Silhouetten einer Klippe zu erkennen, die ihren Zickzackrand in schroffer Urzeitlichkeit emporreckte. Das schwarze Lavagestein war kaum vom Meer zu unterscheiden, doch Rositas Augen erkannten darin eine furchtbare Fratze. Die Flöße trieben darauf zu.

Ihr rechter Fuß trat plötzlich ins Nichts, und sie ahnte, dass sie nun die Stelle erreicht hatte: Vor ihr ging es fast senkrecht in die Tiefe, hundert, vielleicht tausend Meter. Die Guanchen nannten es »die saugende Tiefe«.

Rosita erinnerte sich dunkel, dass sie als Kind einmal miterlebt hatte, wie an dieser Stelle eine Jungfrau verschwand. Zum Glück hatte sie die Balance halten können.

Lichtlos dehnte sich der Ozean aus.

Schlafe, du Fürst der Fressenden Felsen …

Eine tief atmende Woge rollte ihr plötzlich gegen den Leib. Rosita sah nicht nur das phosphoreszierende Licht unter Wasser, sie fühlte auch die Gegenwart eines lebenden Wesens. Etwas war da vor ihr, sie spürte die enorme Wasserverdrängung. Eine weitere Welle, und die Flöße schaukelten wie wild.

Rosita musste handeln. *Das Pulverhorn, schnell …* Wie ein Sämann auf dem Feld begann sie die Arme zu schwenken. Wo das weißliche Pulver das Wasser berührte, verwandelte es sich in brodelndes Selters und gefrorene Sahne, Rosita sah, wie es sich ausbreitete und einen regelrechten Kreis um sie zog.

Sie drückte das leere Horn an ihre Brüste und berührte das kleine Silberkreuz, das sie immer um den Hals trug und das sie noch nie im Stich gelassen hatte.

Dann drehte sie sich um und watete langsam zurück. Die Sekunden vergingen. Gleich Herzschlägen tickten sie dahin. Aus der Tiefe schienen merkwürdige, völlig undefinierbare Töne zu dringen. Sie verwandelten die Gestalten am Ufer in graue Gespenster mit deformierten Schädeln, Klabautermänner, vor deren Anblick sich Rositas Haare sträubten. Mit zusammengebissenen Zähnen ging sie weiter, erstarrt, bewegungslos, nur ihre Hand tastete wieder nach dem kleinen Kreuz. Viele Guanchen waren gläubige Katholiken, die im Christentum nur eine Erweiterung ihrer alten Naturreligion sahen.

Hinter ihr hörte sie plötzlich ein berstendes Geräusch. Es klang, als hätte das Meer eines der Flöße auf die Klippen geworfen. Rosita zitterte, denn noch immer jagten ihr diese tief rollenden Wogen in den Rücken, überholten sie, versuchten ihr den Weg abzuschneiden. Mehrere Priester eilten ihr vom Ufer entgegen, sie riefen ihr etwas zu, etwas Warnendes, aber sie konnte nichts verstehen, lief nur weiter, auch als das Wasser ihr kaum noch bis zu den Knöcheln reichte.

Als sie strauchelte, fiel sie einem von ihnen genau in die Arme.

»Und?«, fragte er leise.

Es war der Alonso, der Barrakuda, und er hüllte Rosita in ein dickes Frotteehandtuch.

»Er war da«, sagte sie nur.

»Dann ist der *dragón del agua* also aufgestiegen.« Der Alte schlug heftig seine Hand gegen die linke Brustseite, als ob er einen Herzanfall hätte. »Das Orakel von Taganana hat also die Wahrheit gesprochen. Wir müssen das Ritual noch heute einleiten.«

Die zwei Männer, die Rosita ins Meer begleitet hatten, kamen heran.

Eine wettergegerbte Hand reichte ihr ein Glas mit heißem Meskal, sie griff danach, konnte es kaum halten. Der untere Teil ihres Körpers war noch immer eiskalt, der obere brannte im Fieber. Zwischen beiden Hälften schien kein Zusammenhang zu bestehen.

»Sandro hat vom Strand aus das Meer abgeleuchtet«, hechelte einer. »Die Flöße sind verschwunden.«

»Dann hat er das Opfer genommen«, sagte Alonso.

Die Flut schwoll weiter heran über den regenzerfurchten Sand und glättete alles mit einem silbernen Tuch.

Alonso geleitete Rosita zu einem Platz in den Dünen.

»Ich wünschte, wir könnten mit diesen Ausländern reden«, sagte der Barrakuda.

Die Priester der Guanchen verstanden sich als Bewahrer der natürlichen Ordnung. Seit Jahrtausenden kontrollierten sie das Gleichgewicht aus vulkanischer Aktivität und den Meeresströmungen, die unablässig an La Palmas Küsten nagten.

»Sie haben noch nie verstanden«, sagte Rosita, »denn sie sind blind.«

»Ja, das sind sie: Blind gegen das große Gesetz des Meeres und blind gegen die Gesetze von Mutter Natur.« Rosita drehte den Kopf und erkannte Ondina, die letzte *Hechicera.* Sie wollte sich erheben, aber die Alte legte ihr nur die Hand auf die Schulter.

»Wie wenige sind in der Lage, diese Stimme zu hören, was, meine kleine Rosita? Leider besitzen die Menschen schon genug Geistesmacht, um furchtbare Fehler zu begehen. Unrast und Wirrnis sind die Früchte dieser Saat. Sie quälen die Natur. Fehler um Fehler bauen sie in die lebendigen Organismen ein – und wundern sich dann, wenn aus jedem Irrtum neue Irrtümer erwachsen.«

»So sind die Menschen«, sagte Rosita. Sie hatte sich schon halbwegs angezogen.

»Ich muss los«, sagte sie dann.

»Wie? Die Zeremonie hat noch gar nicht begonnen.«

»Tut mir leid, es geht nicht anders.« Rosita schlüpfte in ihren Mantel. »Mein Mann darf von diesem Treffen nichts erfahren.«

»Oh ja, der gesetzestreue Comisario.« Purer Hohn sprach aus der Stimme der Alten. »Er hatte nie den Mut, sich dem Kraftstrom der Wahrheit anzuvertrauen, dem Unendlichen, das darauf besteht, aus uns lebendige Wahrheiten und keine Missgeburten der Lüge zu machen.«

Sie gab Rosita einen Kuss auf die Stirn.

»Nun geh schon«, sagte sie. Und kichernd: »Der *dragón del agua* hat dich zu uns zurückgeschickt, Mädchen. Dann wird er dich auch jetzt nicht vermissen.«

Der Satz klang Rosita noch in den Ohren, als sie den Wagen in die Almendro-Straße ausrollen ließ. Es war eine Straße mit Holzhäusern, so eng nebeneinander gebaut, dass sie sich gegenseitig zu stützen schienen. Die Blüten der Mandelbäume, nach denen die Straße genannt wurde, hatten unter Wind und Wetter gelitten. Wie Schnee bedeckten sie den Rasen vor Rositas Haus bis hin zur Schwelle. Nummer 29, wo sie wohnte, verbarg sein Alter unter einem frischen Anstrich von grellrosa Farbe, den sie Jingo und Macarena verdankte.

Auch die dorisch geschnitzten, von Efeu umrankten Säulen und das weiße Geländer der Veranda hatten dabei etwas abbekommen; die Renovierung war in großer Eile geschehen, tagsüber, wenn ihr Mann »gesetzlose Elemente« verfolgte.

Im Schlafzimmer zog sie sich aus und schlüpfte neben ihm unter die Decke.

Er roch nach Alkohol, und sie versuchte ihn nicht zu berühren.

»Wo kommst du jetzt her?«, brummte er.

»Von Macarena.«

»Und wie geht's meiner *chica*?« Seine Augen öffneten sich plötzlich in fiebrigen Glanz. »Dieser Hundesohn war doch nicht bei ihr, oder«?

»Nein«, sagte Rosita. »Sie war ganz allein. Nur mit ihrer Mutter. Sie ist ja fast noch ein Kind. Ich habe ihr beim Bügeln geholfen. Sie trägt ja jetzt diese wundervollen Kostüme.«

»Ja, ja, schon gut.« Levante drehte sich um, wie ein Wal rollte er auf den Bauch und ließ dabei einen Wind fahren.

»Muttertier«, sagte er noch.

17

»Na, schön, dann woll'n wir mal ...« Nachdem Perlmutter Vinzent um »fünffuffzig pro Nase« erleichtert hatte, legte er die Marschroute fest. Der bewaldete Berg wirkte wie eine riesige Pyramide.

»Wir gehen unterhalb des Pico Birigoyo vorbei und steigen dann zum Montana Los Cahacos auf. In einer Dreiviertelstunde sind wir oben.«

»Ich kann's kaum erwarten«, flötete Susanne mit gespielter Erwartung. »Stellen Sie sich vor, ich habe noch nie ein UFO gesehen.«

»Dann wird's aber Zeit«, sagte Perlmutter. Aus dem Köcher auf seinem Rücken lugte ein gewaltiges Fernrohr. »Leute gibt's ...«

Der Weg führte durch dichtes Unterholz. Die grünen Bärte der Flechten, die von den Kiefern hingen, streiften wie wachsige Spinnweben über Susannes Gesicht.

Trotz der Dunkelheit war es nicht allzu schwer, dem Alten zu folgen, seine Fahne roch man auch gegen den Wind. Aber da war noch etwas anderes – ferne wummernde Laute, ein undefinierbarer Singsang, Pfiffe.

»Hörst du das?« Vinzent blieb einen Moment stehen.

»Vielleicht eine andere Gruppe«, sagte Susanne, »andere Opfer, die sich im Tross eines Touristenfängers hier raufquälen müssen.«

Die Anhöhe bestand nicht aus festem Felsen, sondern einem Gemisch aus Lavagestein, Schlackenasche und Schlamm, was das Gehen auf losem Kies zu einem Kinderspiel machte.

»Fräulein, mich wundert gar nichts mehr.« Während des Anstiegs grummelte Perlmutter unentwegt vor sich hin. »Ihre Kollegen versenken da draußen tonnenschweres Gerät, sie wühlen den Seeboden auf, und dann wundert sich einer wie Herr Born, wenn da draußen plötzlich zwei Taucher verschwinden. Ich meine, alles hat seine Grenzen.«

»Ich auch«, knurrte Susanne. »Sagen Sie mir lieber, was das für Steinmännchen sind?«

»Wo?«

»Na, hier überall ...«

Der Strahl der Taschenlampe erfasste kleine Haufen aus weißem Tuffgestein, die – unter Farnen und überhängenden Zweigen hindurchschimmernd – den Weg säumten.

»Komisch, die waren letzte Woche noch nicht hier.«

»Richtig unheimlich«, sagte Susanne.

»Ach, was.« Perlmutter versetzte dem nächsten Haufen einen lockeren Tritt. »Die alternativen Rucksacktouristen denken, sie würden so den alten Guanchen eine Ehre erweisen.« Er schnaubte verächtlich. »Waren Sie schon einmal im Barranco de Las Angustias? Da gibt es mittlerweile mehr Steinmännchen als Bäume im Wald. Warum können die Leute die Natur nicht einfach Natur sein lassen?«

Zu seinem Ärger begann es auch noch zu regnen. Über den Himmel zogen graue Wolken, der Mond lag plötzlich hinter einem flatternden Vorhang, der immer dichter und dreieckiger wurde.

»Eine Wasserhose!«, rief Perlmutter. »Und was für eine! Haben Sie so was schon mal gesehen?«

»Nein, aber ich liebe unvorhergesehene Naturkatastrophen!«, rief Susanne zurück. »Einfach phantastisch!« Und leise an Vinzents Adresse: »Das war unsere letzte gemeinsame Nachtwanderung.«

»Ich hoffe nicht«, sagte Vinzent.

Der Regen, der jetzt in dicken Tropfen herunterprasselte, hatte den Waldweg in eine schlammige Piste verwandelt.

»Soll ich dich tragen?«

»Untersteh dich!« Sie zog ihre Pumps aus und stapfte zornig voran.

Als sie die Aussichtsstelle erreichten, war Susanne bis auf die Haut durchnässt. Perlmutter machte es sich auf einem Felsvorsprung bequem.

Beide Ellenbogen in eine Pfütze gestützt, spähte er durch das Okular des Refraktors. Es war wirklich der ideale Platz, um die Küste zu beobachten.

Auf Kilometerlänge konnte man das Entstehen einer einzelnen Welle beobachten; wie sie langsam von Norden her anschwoll und dann nach Süden hinunter einzustürzen begann. Und während ganz weit unten, an der Landzunge von Punta Banco, die erste Welle noch lebte, erhob sich oben, nordwärts, schon wieder die nächste, und rollte drohend, schwarz gehöhlt, gegen das Ufer. Hätte es nicht einen Hauch von Nachthimmel und die Positionslichter der Bojen gegeben, es wäre eine schauderhafte Landschaft gewesen.

»Und jetzt?«, fragte Susanne, der ein feines Rinnsal vom Nacken zu den Kreuzgrübchen lief. »Haben sich die kleinen grünen Männchen versteckt?«

»Abwarten …« Perlmutter genehmigte sich einen Schluck aus dem Flachmann. »Es ist das Wetter, Fräulein. Ich denke, unsere

Freunde drehen ein paar Warteschleifen, bis sich die See wieder beruhigt hat.« Er hob den Kopf und zwinkerte ihr wohlwollend zu.

»Jetzt mal Hand aufs Herz«, sagte Vinzent. »Wie oft haben Sie diese Lichter gesehen?«

»Wie oft? Na ja …« Perlmutter machte ein Gesicht, als würde er überlegen. »Das habe ich Ihnen doch schon erzählt.«

»Sie meinen die Blitze?«

»Genau.« Der Alte nuckelte wieder an seiner Flasche. »Danach waren es andere Lichter. Mehr wie ein Leuchten. Es tauchte auf und verschwand. Da draußen vor Tazacorte.«

»Darf ich mal?« Vinzent drückte sein Auge an die lange Röhre. Er spürte, dass Susannes Geduld erschöpft war, und fixierte den Küstenstreifen mit den blinkenden Bojen.

»Und – Liebling?« Susanne konnte es nicht lassen zu sticheln. »Dürfen wir uns auf eine *Begegnung der dritten Art* freuen?«

»Äh, Fräulein …« Perlmutter kratzte sich geräuschvoll am Kinn. »Ich habe da draußen wirklich Lichter gesehen. Sie glitten unter der Wasseroberfläche dahin. blitzschnell, verstehen Sie? Normalerweise sieht man sie nur weiter draußen, aber seit ein paar Wochen, da sind sie fast bis ans Ufer gekommen.«

»Das Phänomen des Meeresleuchtens ist hinlänglich bekannt«, konterte Susanne. »Ich habe solche Blitze in der Wedellsee und vor Grönland gesehen.«

»Wen wundert's?«, schnappte Perlmutter. »Ein Katzensprung für die UFOs.«

Während Susanne und der Alte weiterstritten, beobachtete Vinzent den Küstenstreifen zwischen Puerto Naos und Punta del Hombre. Da sich der Mond nur noch gelegentlich wie ein mehlig dampfendes Licht zeigte, wirkte das Meer wie ein tintenschwarzes Nichts mit einer rasiermesserscharfen Horizontlinie.

»Tja, Fehlanzeige.« Auch Vinzent stand das Wasser in den Schuhen. »Ich würde sagen, wir haben genug gesehen.«

Er wollte das Fernrohr gerade absetzen, als etwas vor ihm aufflammte.

Erschrocken hob er den Kopf: Das Licht war auch mit bloßem Auge zu sehen, ein heller, weißglühender Punkt.

»Was ist los?« Susanne richtete sich auf, denn wegen der kauernden Haltung waren ihre Beine eingeschlafen.

»Ich glaube, ich habe etwas gesehen.«

Es war ein riesiger Holzstoß, der da am Strand in Flammen aufging, und während Vinzent noch die Tiefenschärfe des Fernrohrs adjustierte, erkannte er Bewegungen und dann eine Horde unförmiger Gestalten. Sie watschelten an der Gezeitenlinie entlang und bildeten dann einen Kreis um das Feuer. Manche hielten lange Paddeln, andere hölzerne Kandelaber mit Kerzen, die sie jetzt am Feuer entzündeten. Je mehr sich der Lichtkreis ausweitete, umso mehr albtraumhafte Einzelheiten ließen sich erkennen: Die meisten waren nackt, oder mit Seetang behangen, und alle trugen sie diese monströsen Schädelmasken, deren wulstige Lippen und blinden Glubschaugen die Maskierten in dämonische Fischwesen verwandelten.

»Und?« Perlmutter zog das Fernrohr zu sich herüber. »Sie sind da, richtig?«

Einen Moment wurde er still.

»Heiliger Strohsack. Alles was recht ist! Mir ist ja schon einiges über den Weg gelaufen – taoistische Wandervögel, bekiffte Pilzsammler von der Freien Waldorfschule San Miguel und halbnackte Hippiemädels von Mutter Fittkaus Sekte – aber was zum Teufel ist das?«

Susanne stieß ihn beiseite. Was immer sie sagen wollte, die Worte blieben ihr regelrecht im Hals stecken.

Eine Vierergruppe schleppte nun riesige Muschelhörner heran. Sie waren so schwer, dass mehrere Träger sie abstützen mussten. Dann, auf ein Zeichen hin, stießen die Männer ins Horn.

»Wahnsinn«, quakte Perlmutter. Die tiefen Vibrationen lösten scheinbar in den umliegenden Ortschaften Alarmanlagen aus.

»Was um Himmels willen hat das zu bedeuten?«

»Keine Ahnung.« Der Ufologe war sichtlich schockiert. »Ich schwöre Ihnen, ich habe so etwas noch nie zuvor auf La Palma gesehen! Diese Masken, wie aus dem Guanchen-Museum.«

»He, ich sehe da drüben Lichter!«, fiel Vinzent dazwischen, »In den Bergen ist ja einiges los.«

»Hast du eben *in den Bergen* gesagt?« Mit einem Ruck schwenkte Susanne den Sternengucker nach rechts, dann nach links. Das Metall schabte über den Fels.

»He, passen Sie doch auf«, schnappte Perlmutter.

»Oh, mein Gott«, stieß sie mit gedämpfter Stimme hervor. »Überall in den Bergen sind Feuer.«

»Was?«, keuchte der Alte.

Susanne zog Vinzent mit Kraft auf die Beine. »Lass uns verschwinden.«

»Ja, ist denn alle Welt verrückt geworden ...« Perlmutter warf einen letzten Blick durch sein Fernrohr. »Die können uns doch gar nicht sehen, die sind meilenweit von uns entfernt.«

Er stockte. Auf den Flanken der vulkanischen Berge über ihnen leuchteten jetzt die Lichter in Ketten auf, sie zogen in vergrößerten Abständen die Hügel hinunter, bis sie wie vom Himmel gefallene Sterne aussahen, Sternschnuppen aus einer anderen Welt.

»Sie kommen! Sie kommen!« Blinde Panik sprach aus der Stimme des Alten.

Mit einem gekonnten Griff hatte Vinzent Susanne gepackt. Mit Leichtigkeit hob er sie in die Höhe.

»Bitte protestiere später!«, sagte er nur.

Auf ihrem ungeordneten Rückzug wurden sie noch von Perlmutter überrollt.

Mitsamt Fernrohr kugelte er an ihnen vorbei. Trotz der vermeintlich prekären Situation musste Susanne lachen.

»He, wir sind in Lebensgefahr und du lachst?«

»Obwohl es ein Reinfall war, muss ich dir eines lassen. Es war ein ganz bezaubernder Abend.«

Vinzent hatte das Verdeck des Wagens kaum geschlossen, da vergrub sie ihre Finger in sein nasses Haar und zog ihn zu sich heran. Er begann sie mit der Zunge zu liebkosen, und sie zuckte jedes Mal zusammen, als hätte sie einen kleinen Stromschlag erhalten.

»Du … Sollten wir nicht losfahren?«

Seine Lippen verschmolzen wieder mit ihren.

»Wir sollten … unbedingt sogar …« Während sich ihre Zungen wie wild duellierten, musste sich Susanne eingestehen, dass sie nie zuvor von einem Mann in eine solche Erregung getrieben worden war. Der Puls in ihrer Kehle galoppierte wie ein fliehendes Pferd.

Endlich brach sie den Kuss ab und sah ihn an. Seine Augen waren wie tiefe Seen, und einen Moment glaubte sie kopfüber hineinspringen zu müssen.

»Schon komisch«, sagte er, während er den Motor startete.

»Was?«

»Als ich hier ankam, da hatte ich nichts. Gar nichts. Nur einen Auftrag, den keiner wollte: Jetzt ist alles anders.«

»So. Was denn?«

»Jetzt gibt es dich.«

Susanne wollte ihn wieder küssen, aber eine Hand klopfte in diesem Moment an die Scheibe. Es war Perlmutter. Von seiner Schirmmütze triefte es wie ein laufender Wasserhahn.

»Mein Wagen springt nicht an, Kinder! Und am Pico habe ich auch so eine Lichterkette gesehen.«

»Das sind bloß UFOs im Formationsflug«, sagte Susanne, »kein Grund zur Beunruhigung.«

»Also, Fräulein!«

»Steigen Sie ein«, sagte Vinzent.

»Taxometer läuft«, fügte Susanne hinzu.

»Die hat ja Haare auf den Zähnen!«, knurrte Perlmutter. Wieselflink hechtete er auf die Rückbank, und schon fuhren sie los.

18

Wiesner wohnte am Ortseingang von Puntagorda, in einem erdfarbenen zweistöckigen Bungalow, dem Standardmodell, das sich hundertfach in den palmerischen Vororten findet. Der heftige Regen hatte die Straßen teilweise überströmt oder Erdrutsche ausgelöst, die den Inselverkehr behinderten. Es gab daher Umleitungen, Abschnitte der *carreteras nacionales* waren gesperrt, und Wiesner brauchte fast zwei Stunden, um mit dem Bus von Garafía nach Hause zu kommen. Puntagorda war ein stilles Örtchen, noch unverseucht von der Touristenpest, und Wiesner bewohnte hier eine Zweizimmerwohnung, Parterre. Schon mehrfach hatten Diebe versucht, seine Bude zu knacken, doch die Vettel, die über ihm hauste, seine Vermieterin, war mit ihrem Geschrei zuverlässiger als jeder Alarm. Scheinbar hatte Doña Querida diesmal gepennt, oder der niederprasselnde Regen hatte den Einbrechern die perfekte akustische Deckung geliefert: Wiesners Tür sah aus, als wäre sie mit Hammerschlägen attackiert worden. Das angeschlagene Holz war mit merkwürdigen Kreidezeichen bedeckt, eine Mischung aus Gaunerzinken und Kritzeleien, die einen Kundigen vielleicht an runenmagische Sigillen erinnert hätten. Am schlimmsten sah der Türrahmen aus; er strotzte förmlich von Gräten und halbverwesten Fischköpfen, die dort auf langen, rostigen Nägeln steckten.

Der Anblick traf Wiesner wie ein Schock. Einen Moment glaubte er, der Meskal aus der Bodega wäre ihm zu Kopfe gestiegen, doch es kam schlimmer. Als er sich der Tür bis auf einen Schritt genähert hatte, hörte er ein Geräusch – ganz leise nur, wie das Knistern von Zellophan … Wie ein Kind, das tastend nach dem Lichtschalter sucht, bevor es den Keller betritt, schaltete er das Außenlicht ein.

In den Ascheresten auf der Fußmatte wimmelte es von Kakerlaken und Tausendfüßlern, die sich noch immer an einer undefinierbaren Masse labten. Mehre bunte Kerzenstummel wiesen darauf hin, dass es sich nicht um einen Anschlag junger Vandalen, sondern um die Überreste eines Rituals handelte.

Mit einem großen Schritt stieg Wiesner über die unappetitliche Bescherung hinweg. Das Schloss sah zum Glück unversehrt aus, doch der Türknauf war mit Eingeweiden verschmiert. Er zuckte angewidert zurück.

»So eine Schweinerei …« Während er seine Hand abwischte, schoss ihm das Blut mit jäher, heißer Welle ins Gesicht. Er musste an die jungen Burschen denken, die ihn angerempelt hatten, und malte sich in Sekunden aus, was passiert war.

»Dieser Jingo ist kein Märchenonkel, sondern ein Schlitzohr! Wahrscheinlich hat er mir ein paar Kumpels auf den Hals geschickt, um seiner Story Nachdruck zu verleihen. Fressende Felsen! Huh! Ich mach mir fast in die Hosen!«

Er riss das Fenster auf und holte einmal tief Luft. Draußen auf dem Meer leuchtete einsam das Topplicht eines Frachters.

»Und du, mein Junge, solltest schnellstens auf den Boden der Tatsachen zurückkommen. Es geht um zwei vermisste Taucher, keine Monsterfische. Wenn es hier so ein Biest gäbe, dann hättest du davon längst im *National Geographic* gelesen. Irgendjemand hätte dir die Story vor der Nase weggeschnappt.«

Im selben Moment glaubte er Nebelhörner zu hören, und Sekunden später antwortete die Alarmanlage eines Wagens. Das subsonische Dröhnen schien aus den Bergen zu kommen, nicht vom Meer. Es schwoll an und verebbte dann, wie es gekommen war.

Was geht auf dieser Insel bloß vor?, dachte Wiesner. Manchmal war es nicht zum Aushalten, besonders wenn es zu Stromausfällen kam.

Das halbvolle Glas Wasser auf seinem Schreibtisch vibrierte noch immer, und die ausgelösten Alarmanlagen bildeten eine ferne, aber beunruhigende Kakophonie.

Wiesner schloss das Fenster. Ein paar Mal spielte er mit dem Gedanken, Jingo anzurufen, doch dann entschied er sich für einen kleinen Gute-Nacht-Joint und hörte seinen Anrufbeantworter ab. Die einzige Nachricht stammte von Ronchetto, dem Chef vom Dienst der Tageszeitung *La Palma*:

»He, Knipser. Hier hat eine Beamtin der *Policía Local* angerufen. Ein gewisser Vinzent Born will dich sprechen. Er sucht im Auftrag einer Versicherung nach den beiden verschwundenen Tauchern.« Es folgte eine Telefonnummer. »Mal unter uns, Markus: Ist der Fall nicht längst abgeschlossen? Oder recherchierst du mal wieder auf eigene Faust? Du brütest doch nicht wieder eine Sensationsstory aus? So wie damals, als du den Inselpräsidenten als wüsten Bauspekulanten anprangern wolltest?«

Dumme Frage, dachte Wiesner. Er war immer hinter einer Sensationsstory her, denn auf ein Meeresbeben oder einen Ausbruch des Volcán de Teneguía konnte er nicht mehr warten.

Er überlegte, ob er diesen Vinzent Born gleich anrufen sollte, aber dann, nach einem Blick auf die Uhr, verwarf er den Gedanken und ging stattdessen zum Kühlschrank. Völlig automatisch knackte er sich eine Dose Sardinen. Fast jede Nacht verdrückte er so eine Konserve, der Ballast in seinem Magen machte ihn müde.

Doch diesmal ließ der Schlaf auf sich warten – nicht nur, weil es draußen auf der Straße noch immer den einen oder anderen Fehlalarm gab. Es war die Story, die große spektakuläre Entdeckung, die er noch immer nicht für wahr haben wollte und die ihm unablässig durch den Kopf ging. Vielleicht war es auch nur der Geruch von verfaultem Fisch, der ihn störte. Mürrisch stand er auf und steckte den Kopf aus der Tür. *Mist!* Die Krabbeltiere auf seinem Abtreter waren noch immer am knabbern. Es graute Wiesner schon jetzt vor der Aufräumaktion.

Jemand will dich einschüchtern ... Nur warum? Irgendjemand hatte ihn und Jingo in der Bodega belauscht, vielleicht dieser Junge. Hatte er nicht lange mit dem Wirt getuschelt?

Hinter Wiesners Stirn formten sich immer neue Kombinationen. Mal waren es die Komplizen der vermissten Taucher, die ihm einen Denkzettel verpassen wollten, mal ein paar abergläubische Kumpane von Jingo, die fürchteten, ihr Mythos von den Fressenden Felsen könnte sich als Ammenmärchen entpuppen.

Wiesner nahm seine Kamera und betrachtete die Bilder, die er in der Bodega gemacht hatte. Obwohl der LCD-Schirm kaum größer als eine Streichholzschachtel war, glaubte er die Form des Fisches jetzt deutlich zu sehen. Dass es sich bei dem alten Original-Schwarzweißabzug um eine Fotomontage handeln konnte, schloss er aus. *Sieben Meter*, dachte Wiesner. *So ein Fisch lässt sich nicht übersehen.*

Andererseits war das Meer noch nicht restlos erforscht. Selbst wenn die meisten Seeungeheuer aus Olaus Magnus berühmter ›Carta Marina‹ längst entzaubert waren, die Kryptozoologie hatte noch immer zu tun:

Im April 1997, als Wiesner gerade sein Praktikum absolvierte, gab es in der Redaktion nur ein Gesprächsthema: The *Bloop* – ein vibrierendes Geräusch, das Abhörspezialisten der US-Navy vor der südamerikanischen Küste geortet hatten. Selbst in einer Entfernung von 4800 Kilometern registrierten Hydrophone die schier unglaubliche Schallintensität. Ursprung des Lautes konnte nur – nach Meinung eines Expertenstabs – »ein lebendes Wesen« sein, »viel größer als ein Blauwal«. Man musste also, und auch das war damals in den Gazetten zu lesen, »von einer noch unbekannten Spezies« ausgehen. Manche Wissenschaftler tippten auf einen Riesenkraken wie *Architeuthis*, Fans des legendären Schriftstellers H.P. Lovecraft schlichtweg auf den Großen Cthulhu.

Doch was immer den *Bloop* ausgelöst hatte, das Wesen blieb ein Geheimnis des Meeres. Nicht zuletzt vermuteten Forscher noch immer zehn Millionen unbekannte Arten in den Tiefen des Ozeans. Rund 39 Prozent der Erdoberfläche lag viertausend Meter und mehr unter Wasser. Selbst unbemannte Sonden hatten nur wenig Licht ins Dunkel gebracht. Ganz selten war es zu einer derartig spektakulären Begegnung gekommen wie 1989, als in tausend Meter Tiefe ein Albinohai vor laufender Kamera einen Köder verschluckte.

Auch der *Fangzahn* genannte Fisch war ein Beispiel, wie zähnestarrend es in der Tiefe zuging. Allerdings war der kaum größer als eine der Sardinen auf Wiesners Brot.

»Es wird dir nichts anderes übrig bleiben, als der Sache auf den Grund zu gehen.«

Im alten Griechenland hätte ein junger Held vielleicht das Orakel von Delphi befragt – Wiesner, ein Kind seiner Zeit, entschied sich zu vorgerückter Stunde, zu *googeln*. Er hatte gute Erfahrungen mit der allwissenden Maschine gemacht. Selbst den vermissten Tauchern war er so auf die Schliche gekommen, denn

Digger hatte zu Lebzeiten so manches Forum besucht, um an Informationen zu kommen.

Anglerfische mit Leuchtorganen

Die Suchmaschine überschüttete ihn augenblicklich mit einem Wust an Information.

»Die Anglerfische (*Antennariidae*) bilden die artenreichste Gruppe von Tiefseefischen.

Elf Familien mit über hundert Arten leben in den *Mesopelagial* und *Bathypelagial* genannten Bereichen des Meeres. Der Ichthyologe unterscheidet Rutenangler, Doppelangler, Peitschennasenangler, Teufelsangler, Schwarzangler, gezähnte Seeteufel und Wolffallenangler. Man nimmt an, dass noch längst nicht alle Arten entdeckt sind.«

»Auf der Effizienzskala räuberischer Fische rangieren die Anglerfische noch vor den Haien, da sie mit einem minimalen Energieaufwand ihre Beute schlagen.«

»Wie Anakondas und andere Riesenschlangen verfügen Tiefsee-Anglerfische über einen elastischen Magen, der es ihnen erlaubt, Beutetiere zu schlucken, die größer und schwerer sind als sie selbst.«

»Au Backe …« Das Röntgenfoto eines Anglerfischs, der gerade eine stattliche Barbe verschluckt hatte, sprach Bände.

»Viele Arten sind klassische Lauerräuber. Ihre Jagdstrategie könnte man Angriffsmimikry nennen. Da sie in der Lage sind, ihre Färbung und Zeichnung zu verändern, verschmelzen sie mimetisch mit ihrer Umgebung. Für ihre Beute sind sie wie unsichtbar.

Erst kürzlich wurde ein Schwarzer Anglerfisch auf den Philippinen inmitten einer Seeigelkolonie entdeckt.«

Chamäleons des Meeres, dachte Wiesner, *so sollten sie diese heimtückischen Biester nennen. Dass so was frei rumschwimmen darf! Da lob ich mir die Haie mit ihrem Warndreieck auf dem Rücken!*

»Ein leuchtender Köder lockt die Beute direkt vor das Maul: Klappt der Unterkiefer dann blitzartig auf, entsteht ein enormer Unterdruck im Rachenraum. Die Beute wird eingesaugt und verschluckt. Das überhängende Maul des sogenannten Wolffallenanglers platziert den leuchtenden Köder sogar direkt unter der Gaumenplatte. Die spitzen und nach innen gebogenen Zähne schließen sich dann quasi hinter der neugierigen Beute.«

»Raffiniert«, sagte Wiesner. Er hatte inzwischen einen neuen Joint angeraucht und die Zeit völlig vergessen. Die Aufnahmen, die er sah, schienen eher aus dem Reich der Fabelwesen zu stammen. Manche Tiefseeangler waren wie mit Leuchtdioden besetzt, andere schienen nur aus verkrusteten, falltürartigen Mäulern zu bestehen. *Melanocetus johnsoni*, der Bucklige Anglerfisch, schwenkte einen phosphoreszierenden Hautlappen wie eine Schiffslaterne vor seinem Schlund.

»In der Evolutionsgeschichte der Fische nehmen Anglerfische aufgrund gewisser Tetrapodenmerkmale eine Sonderstellung ein. Viele Arten gebrauchen ihre Brustflossen, um sich im Kreuzgang an ihre Beute anzuschleichen.

Die Analogie zwischen der Unterwasserbewegung von Anglerfischen und echten Tetrapoden stützt Eatons Hypothese, dass die Fähigkeit zu laufen im Wasser erworben wurde.«

»Was?« Wiesner hatte sich verschluckt und kämpfte mit einem kleinen Hustenanfall. »Die Biester konnten an Land?«

Der Mythos von den Fressenden Felsen erschien ihm plötzlich in einem anderen Licht. War es möglich, dass in den schroffen Abgründen vor der Küste größere Artgenossen hausten – Ur-Anglerfische vielleicht, die dort unbehelligt den Vormarsch der Evolution überlebt hatten? Die Aktivitäten im Zusammenhang mit der Installation des Frühwarnsystems hatten die Tiere vielleicht aus der Tiefe gelockt. Die beiden Taucher waren für die hoch entwickelten Jäger wie leichte Beute.

Wiesner lehnte sich langsam zurück. Die Anglerfische kamen ihm immer unheimlicher vor. Bilder fossiler Funde aus einem Handbuch für Paläoichthyologie ließen ahnen, welche Kaliber sich einst in den Meeren des Mesozoikums getummelt hatten. Wie groß so ein Tier sein konnte, belegten fossile Panzerfische aus dem Oberdevon. Die in Cleveland Shale gefundenen Überreste von *Dunkleosteus terrelli* ließen auf ein Monstrum von sechs bis zehn Metern Länge schließen. Sein extrem gepanzerter Schädel verfügte über monströse Kiefer aus scharfen Knochenplatten. Kein Wunder, dass diese Kreaturen in der Systematik als *Dinichthyidae* – Schreckliche Fische – getauft wurden, selbst wenn der Name wohl besser zu den Anglern gepasst hätte.

Doch während die jurasische Spezies noch Tonnen auf die Waagschale brachten, wogen ihre Nachkommen im Durchschnitt nur fünf bis zehn Kilo.

Ausnahmen bestätigen natürlich die Regel, dachte Wiesner.

Am 9. Oktober 2003 hatten drei Fischer an der spanischen

Nordostküste einen spektakulären Fang gemacht. Ein fast fünfundvierzig Kilo schwerer und etwa ein Meter siebzig großer Anglerfisch ging den Männern ins Netz, das größte je gefangene Exemplar.

Petri Heil, dachte Wiesner. Im Internet fand sich sogar noch ein Foto der Crew. Das schwarzbraune Tier wirkte kaum kleiner als seine Fänger.

Absurd, dachte Wiesner. *Winzlinge und Giganten* ... Selbst die Größe dieser Fische hatte etwas Ungreifbares. Mit einem mulmigen Gefühl im Bauch las er weiter:

»Die Weibchen der Rutenangler sind die Giganten unter den Tiefseeanglern.

Sie erreichen in unseren Breiten eine Länge von bis zu anderthalb Metern und wiegen dann zwischen zehn und fünfzehn Kilo. Die Männchen sind wesentlich kleiner. Der Unterschied ist manchmal so groß, dass sie noch Mitte des 20. Jahrhunderts für verschiedene Arten gehalten wurden.«

»Bei der Paarung verbeißt sich das Männchen in das weibliche Tier; seine Kiefer bilden sich zurück, die Haut der beiden verschmilzt.

Das viel kleinere Männchen wird nur noch über den Blutkreislauf des Weibchens versorgt. Abgesehen von der Kiemenatmung verlieren all seine Organe ihre Funktion.

Es wurden Weibchen des Dreiwarzen-Seeteufels gefunden, die ihre ehemaligen Geschlechtspartner wie Parasiten mit sich herumtrugen. Diese lösten sich erst im Tod.«

»Das nenne ich wahre Romantik!«, ulkte Wiesner, um sich selbst Mut zu machen. »Jede Warze ein Männchen!«

Mit glühenden Schläfen sprang er auf und trat an sein Fenster: Ein schwaches Rosarot überzog den östlichen Horizont. Fächerförmige Lichtstreifen, die wie ein Wasserfall aus seidig flimmernden Spektraltönen den glatten, blaugrauen Rücken der See erwärmten. Der Anblick machte Wiesner irgendwie Mut.

»Es gibt nur zwei Möglichkeiten, mein Freund. Schlag dir die Sache aus dem Kopf oder finde diesen verdammten Fisch und werde reich und berühmt ...«

Wer, ich? Sein mattes Spiegelbild schien buchstäblich zu erbleichen. *Wenn du den Helden spielen willst, bitte, – ich bleibe hier ...*

»Und ich bin kein Feigling! Ich werde mir diese Chance nicht entgehen lassen.«

Noch immer leicht berauscht, schnappte er sich einen Müllsack, zog sich Handschuhe an und begann mit den Aufräumarbeiten vor seiner Tür.

»Ab heute herrscht hier die totale Mobilmachung!«

»Sind Sie das, Herr Wiesner?«

»Doña Querida, haben Sie mich erschreckt!«

Es war tatsächlich seine Vermieterin. Im Nachthemd und auf goldkäfergelben Pantoletten. In ihren Fäusten hielt sie eine stattliche Baseballkeule. Sie musterte ihn von Kopf bis Fuß aus blutdurchschossenen Augen.

»Ja, was machen Sie denn da?«

»Aufräumen. Ich glaube, ein paar Kinder wollten mir einen Schabernack spielen.«

»Ein paar Kinder, so so.« Seine Antwort nahm sie mit einem kleinen Zucken ihrer rechten Schulter zur Kenntnis wie eine Stute, die kurz mit dem Schweif schlägt, weil sie sich an irgendetwas erinnert. Langsam stieg sie die Stufen herab.

»Waren das die Drogenfreunde von Ihnen?« Argwöhnisch inspizierte sie seine Tür.

»Welche Drogenfreunde, *Señora?*«

»Ach, hören Sie auf.« Der Faltenkranz um ihren Mund zog sich einmal spöttisch zusammen. »Ich weiß, dass Sie kiffen – ich rieche es jede Nacht. Ich muss das Fenster bei mir öffnen, sonst würde ich förmlich ersticken.«

»Wenn das so ist.«

»Und Selbstgespräche führen Sie auch!«

»Ich bin Junggeselle, Doña Querida.«

»Oh, mein Herz!« Sie täuschte einen kleinen Schwächeanfall vor.

»Ist es ernst? Soll ich Sie ins Krankenhaus fahren?«

»Unterstehen Sie sich.« Wie viele alten Leute lebte Doña Querida noch immer in vergangenen Zeiten: Das Hospital in Santa Cruz war ein Vorhof zur Hölle. Man ging dort nur hin, um sich Legionellen zu holen und qualvoll zu sterben.

Sie blickte immer wieder verstohlen zu seiner Tür.

»Das ist ein Fischmaul«, sagte sie dann.

»Was bitte?«

Ihre zittrigen Hände zeichneten die Kreide nach.

»Ja, das sind Zähne, sehen Sie das nicht? Große Zähne ...«

»Wo?«, fragte Wiesner. *Natürlich sah er die Zähne, schon beim Reinkommen hatte er sie gesehen.* Mit einem nassen Tuch wischte er darüber hinweg.

Sie sah ihn nachdenklich an.

»Haben Sie Ärger mit einem Einheimischen?«

»Nein.« Wiesner zuckte die Achseln. »Ich habe alles unter Kontrolle, *Señora*, gehen Sie wieder ins Bett.«

»Sie verheimlichen mir was, junger Mann. Na ja, was soll's?«

Sie ließ die Keule sinken und gähnte einmal mit einer beängstigenden Intensität.

»Haben Sie das auch gehört? Mitten in der Nacht, dieses

Dröhnen. Und überall haben die Sirenen geheult. Glauben Sie, es wird wieder einen Vulkanausbruch geben?«

»Vulkanausbruch?« Wiesner hätte beinahe gelacht. »Wie um alles in der Welt kommen Sie auf die Idee?«

»Weil es schon einmal so begonnen hat«, sagte sie mit Bestimmtheit. »1971, als der Tenguía ausbrach, da war es genau so. Schon Wochen vorher spielten alle möglichen elektrischen Dinge verrückt. Es ist, als ob die Natur einen warnen wollte, verstehen Sie?« Sie zog die Aufschläge ihres Morgenmantels zusammen. »Die ganze Insel befindet sich seit Wochen im Aufruhr, spüren Sie das nicht?«

Wiesner zuckte die Achseln.

»Das Wetter spielt ein bisschen verrückt.«

»Nicht nur das Wetter.« Der Faltenkranz im ihren Mund zuckte verächtlich.

»Die Insel schüttelt sich, junger Mann. All das Ungeziefer, das sich hier eingenistet hat, wird verschwinden. Und dann die Ausländer, die den Meeresgrund vor unserer Insel aufwühlen. – Ein Frühwarnsystem? Ich frage Sie, was wollen diese Leute erreichen? Man kann keine *Sintflut* verhindern. Wenn das menschliche Ungeziefer auf der Insel überhandnimmt, dann schüttelt sie sich. Es ist ein natürlicher Reflex, verstehen Sie?«

»Ja, so ungefähr.«

»Dann tun Sie was«, krächzte sie. »*Caramba!* Sie arbeiten doch bei der Zeitung! Schreiben Sie, dass diese Unruhestifter von hier verschwinden sollen. Und diese korrupten Schwindler, die sich hier die höchsten Ämter zuschanzen, können Sie gleich mitnehmen. Wie viele Leute müssen noch verschwinden, bevor die merken, dass sie hier unerwünscht sind?«

Wiesner glaubte einen unerklärlichen Hass in ihrer Stimme zu hören.

»Gute Nacht, Doña Querida.«

Sie winkte nur ab und begann schwerfällig die Treppenstufen hinaufzusteigen.

19

»Sehr geehrter Herr Direktor, werter Kollege,
wie ich Ihnen bereits am Montag telefonisch mitgeteilt habe, gab es bei der Installation von OBS-III im Planquadrat 7 der möglichen Abbruchkante erhebliche Schwierigkeiten. Der Untergrund gleicht eher einer Geröllhalde mit einem Gefälle von fast 90 Grad. Das vulkanische Gestein ist hier äußerst porös, unsere Bohrgeräte stießen immer wieder auf große, mit warmem Wasser gefüllte Lakunen, die offenbar zu einem kilometerlangen, unterseeischen Höhlensystem gehören. Seismische Untersuchungen ergaben, dass der besagte Küstenabschnitt bis zur Südspitze unterhöhlt ist. Gesteinsproben (Tuffgestein) konnten auf ein Alter von 30 Millionen Jahren zurückdatiert werden. Durch einige unvermeidliche Sprengungen wurde dieses in sich geschlossene Öko-System wieder mit dem Weltmeer verbunden und dürfte in den nächsten Jahren zu einer regelrechten Attraktion für Meeresbiologen werden. Eine Gefährdung der neuen marinen Schutzzone zwischen Charco Verde und Punta Gruesa schließe ich aus. Wohl wurde nach Öffnung des Höhlensystems ein plötzliches Aufkommen von Tiefseeasseln bemerkt.
Ein Meeresforscher der Universiät Las Palmas de Gran Canaria berichtete mir von erstaunlich großen Exemplaren.
Ich selbst habe vor einigen Monaten einen Tauchgang unternommen und dabei den Einstieg zu einer domartigen Höhle entdeckt, gegen die sich »Chac Moll« in New Mexico – eine der spektaku-

lärsten Unterwasserhöhlen der Welt – wie eine Bauernkapelle gegen die Semperoper ausnehmen dürfte.
Vielleicht möchten Sie oder Ihr Institut an der Erschließung dieser unterseeischen Höhlenwelt partizipieren?
Um die Sache kurz zu machen: Ich gehe nicht davon aus, dass die uns zur Verfügung stehenden EU-Mittel ausreichen werden, um die Implementierung weiterer Ozeanbodenseismometer vorzunehmen. Die Betriebsphase steht daher vorerst in den Sternen. Ich bitte Sie daher um neue Anweisungen ...«

– Aus dem Schreiben von Dr. Gomez Carrasco,
Instituto Oceanografico de La Palma an das AWI-Bremerhaven

Der Kurzwellen-Wetterbericht des Nationalen Wetteramts beunruhigte vor allem Segler, die zwischen den Kanarischen Inseln in südwestlicher Richtung kreuzten. Ein Sturmtief, das von Neufundland aus nach Europa zog, hatte das sonst so stabile Azorenhoch nach England geschoben. Infolgedessen bildete sich in den frühen Morgenstunden auf 40°Nord, 20°West ein gewaltiges Tief, das mit seinem Frontensystem die üblichen östlichen Passatwinde störte. Segler, die Kurs auf die Karibik genommen hatten, mussten mit starkem Gegenwind rechnen. Auch Susanne an Bord der *Esperanza* hatte mit dem unsteten Geschaukel zu kämpfen. Sie fühlte sich unkonzentriert, aber glücklich, denn Vinzent war letzte Nacht unermüdlich gewesen; wohlig erinnerte sie sich an die Pfade seiner Küsse zwischen ihren Brüsten, über ihren Bauch hinunter und wieder zurück und wie sie sich unter ihrer eigenen Berührung zu winden begann. Ihrem Temperament überlassen, waren sie auf dem Boden gelandet. Je unbequemer die Unterlage, desto besser. Auch die Farbe des Teppichs war ihr dann gleich.

Während sie den Container betrat, zog die Erinnerung an ihr, schleppte sie fort in eine andere Welt, in der sie Vinzents gespannte Muskeln, glatt und kühl wie Seide, zwischen ihren Schenkeln fühlte, den harten Druck, und wie sie sich, als er in sie drang, wunderbar weitete und ihn mit ihrer Wärme umschloss. Ihre Beine um seinen Hals gelegt, nahm er sie dann mit einer anschwellenden Gewalt, bis ihre Fersen auf seinen Schultern trommelten.

Sie hörte erst auf zu schreien, als irgendwer nebenan plötzlich an die Wand des Hotelzimmers hämmerte …

Etwas polterte dumpf von draußen an den Container und brachte sie zurück in die Gegenwart. Es war Diego, der junge Sonar-Offizier, der sie schüchtern aus der Ferne bewunderte. Scheinbar war er über seine eigenen Füße gestolpert.

»Sorry, *Señora*, ich wollte Sie nicht erschrecken …«

»Ist ja nichts passiert.«

»*Sí.* Ich freue mich auf den Einsatz«, sagte er noch.

Obwohl der Steuermann hervorragend manövrierte, war es fast unmöglich, das Schiff zwischen den anrollenden Wellenbergen zu halten.

Gelegentlich prasselten Hagelschauer gegen die Luken und verursachten an Deck kleine, unangenehme Rutschpartien. Auch Gomez hatte sich einmal auf den Hintern gesetzt und klagte seitdem über ein schmerzendes Steißbein.

»Und ich dachte, Sie wären ein Mann«, ulkte Susanne, als er einmal den Kopf hereinsteckte. Es machte ihr Spaß, den Spieß einmal umzudrehen.

»Also, *Señora … No me jodas!* Lassen Sie mich in Ruhe!« Während Gomez in die Kantine hinkte, um Kaffee zu machen, warf sie einen Blick auf die Seekarte. OBS-VI, den Seismografen, den

Proteus installieren würde, lag nur anderthalb Seemeilen von OBS-III entfernt. Und sie hatte schon einen Plan …

Die Wässerung von *Proteus* verlief, trotz kabbeliger See, ohne Schwierigkeiten. Die Funktionstüchtigkeit des Roboters war nicht eingeschränkt, und die gesamte Operation verlief über einen Zeitraum von zweieinhalb Stunden wie am Schnürchen.

Gomez wich nicht von ihrer Seite. Entweder ahnte er, was sie vorhatte, oder er interessierte sich tatsächlich für die Fernsteuerung.

»Kompliment«, sagte er einmal, »Sie verstehen es wirklich, mit diesem Ding umzugehen. Wir liegen wirklich gut in der Zeit.«

Zeit, die ich bald nutzen werde, dachte Susanne.

Nach dem Mittagessen – einer dickflüssigen Kugelfischblasensuppe – beschloss Susanne Gomez aus der Reserve zu locken. Sie griff in ihren Seesack und warf ihm den Schwimmkörper zu.

»He! Wollen Sie mit mir Ball spielen – jetzt, wo ich gehandicapt bin?«

»Aber wo denken Sie hin.« Susanne versuchte einen möglichst entspannten Eindruck zu machen. »Ich dachte nur, Sie müssten das wissen. Ein Bekannter von mir hat diesen Schwimmkörper gestern in den Bergen gefunden.«

»Ein Bekannter von Ihnen?«

»Nun, um ehrlich zu sein, es war mein Freund. Er begleitet mich häufig auf meinen Dienstreisen. Das ist doch heutzutage normal.«

»Sicher, normal.« Gomez grinste schmierig, als ob sie eine Anspielung gemacht hätte. »Ich verspreche Ihnen, es bleibt unter uns. Ich verstehe jetzt auch, warum Sie so kratzbürstig sind.«

»Ach, was Sie nicht alles verstehen.« Sie verschränkte ihre Hände hinter dem Kopf. »Nun, was sagen Sie zu dem Fund? Man kann die Aufschrift noch lesen. Sogar ein Stück Stahlseil hängt noch dran.«

»Es ist ein Auftriebskörper. Na und?«

»Sehen Sie noch mal hin.«

Gomez beugte sich vor, sein Zeigefinger fuhr über die Stelle mit der fast verwaschenen Schrift.

»OBS-III … 5, Strich 140. Aber, das ist doch nicht möglich …« Er hielt inne und starrte hinüber zum Vorderdeck. »Wo zum Teufel hat Ihr Bekannter das her?«

»Er hat es hinter einem Blockhaus gefunden, oberhalb von Villa de Mazo. Die beiden vermissten Taucher hatten da ihr Quartier aufgeschlagen.«

Gomez wurde blass. Keine der Mienen, die er normalerweise aufsetzen konnte, schien mehr zu passen.

»*Madre de Dios,* das ist ungeheuerlich. Haben Sie dafür eine Erklärung?«

»Nein, aber eine Vermutung«, fuhr Susanne fort, als die Röte aus seinem Gesicht gewichen war.

»Und die wäre?«

»Wir haben einen Seismometer verloren.«

Gomez schluckte. Ein Hagelschauer prasselte in diesem Moment gegen die Scheiben.

»Verloren … Wie kommen Sie auf so eine Idee?«

»Weil sich dieser Schwimmkörper bereits im Einsatz befand. Die Markierung, ist das nicht Ihre Schrift, Professor Gomez?«

Sie hatte nur geblufft, aber ihr Gegenüber wurde leichenblass.

»Das, was Sie andeuten, ist unmöglich«, sagte er dann. »Total unmöglich.«

Seine Kiefer arbeiteten heftig. »Das wäre eine Katastrophe,

ein Skandal. Für Ihr Institut, meine ich! Wenn sich herausstellen sollte, dass Ihre Ingenieure einen Konstruktionsfehler gemacht haben.«

»Ausgeschlossen«, fiel Susanne dazwischen. »Wissen Sie, was ich denke?«

Sie merkte die Spannung, unter der er stand, aber sie hatte beschlossen, ganze Arbeit zu leisten. »Diese beiden vermissten Taucher haben OBS-III demontiert. Der ganze Seismometer wurde zerlegt, aus dem Wasser gefischt, in dieser Blockhütte zwischengelagert und dann abtransportiert.«

»Absurd.«

»Wieso? Wollen Sie bestreiten, dass es im Fernen Osten einen Schwarzmarkt für *Hightech* gibt? Manche Länder sind bettelarm, andere machen es sich unnötig schwer. All die Regulierungen, Regierungslizenzen und Handelsschranken. Je komplizierter die Auflagen, um neue Technik zu importieren, desto begehrter wird sie vor Ort. Vor allem in den Entwicklungsländern.«

»Sie haben sich ja richtig schlau gemacht«, sagte Gomez. »Interessante Hypothese.« Er lachte gequält. »Susanne, ich bitte Sie … Bleiben Sie auf dem Teppich. Wollen Sie wirklich aus einer kleinen technischen Panne eine Räuberpistole machen?«

»Es gibt keine andere Erklärung.« Sie sagte es mit einer unnatürlichen Ruhe und Überlegenheit. »OBS-III wurde gestohlen. Nennen Sie es weibliche Intuition.«

Gomez verkniff sich diesmal das Lachen. Es war bitter für ihn, nichts mehr zu sagen zu haben, keinen Einwand, nicht mehr ein einziges, kleines Wort. Unvermittelt warf er ihr den Schwimmkörper zu.

»Okay, Boss-Lady. Was sollen wir also Ihrer Meinung nach tun?«

»Wir sehen nach.«

»Wie?«

»Wir liegen heute gut in der Zeit. Sagen Sie dem Kapitän, er soll Kurs auf OBS-III nehmen.«

Gomez zog die Augenbrauen hoch und schüttelte langsam und entschieden den Kopf, aber nicht, um Susanne abzuraten, sondern um anzudeuten, dass er es ganz ihr überlasse.

»Wie Sie wollen, *Señorita*. Aber glauben Sie mir, damit ist keinem geholfen.«

»Wieso eigentlich nicht?«

»Ganz einfach. Wenn Sie recht haben, dann ist das Team hier, gelinde gesagt, demoralisiert. Haben Sie unrecht, dann wird es an Ihrem Institut hängenbleiben.«

»Das Risiko gehe ich ein«, sagte Susanne.

»Wie Sie wollen«, sagte Gomez. »Dann spreche ich gleich mit dem Capitán.«

Es klang wie das Grollen eines fernen Gewitters.

20

In der *Bodega Puente* gab es keine Siesta, es wurde dort jederzeit getrunken, solange man Geld dazu hatte, und oft war das Geschäft am Vormittag ebenso gut wie am Abend, manchmal sogar noch lebhafter, denn der Geruch nach vergammelten Tapas, der um die Mittagszeit in der Luft hing, verstärkte die Qualen des Katzenjammers noch und verlockte besonders die örtlichen Schluckspechte, erneut dem Meskal zuzusprechen.

Auch Vinzent bemerkte den Geruch schon beim Eintreten und die schmutzige Schürze des Wirts, aber er war viel zu neugierig auf die Begegnung mit Markus Wiesner.

Der saß bereits in einer rückwärtigen Nische am anderen Ende des Raums und winkte ihm zu wie einem alten Bekannten.

»Was für ein gottverlassenes Nest«, sagte Vinzent. Er hatte sich mehrfach auf irgendwelchen Umgehungsstraßen verfahren. »Ich hätte mich lieber mit Ihnen in Los Llanos getroffen …«

»Willkommen in der Wirklichkeit«, sagte Wiesner. »Das hier ist das echte La Palma – dreckig und ziemlich unzivilisiert. Der Rest ist nur Tünche für die Touristen.«

Er schüttete einen Haufen braunen Zucker in seinen Kaffee und begann hektisch zu rühren. »So, ich hörte von meinen Chef, Sie wollten mich sprechen? Ich habe allerdings nicht viel Zeit.«

»Oh, ich habe nur ein paar Fragen an Sie.« Vinzent sah sich

um, aber niemand des zahlreichen Personals schien geneigt, seine Bestellung entgegenzunehmen.

»Sie haben im Fall der verschwundenen Taucher ermittelt.«

»Richtig«, sagte Wiesner. »Waren die beiden Klienten von Ihnen?«

»Nur einer«, sagte Vinzent. Er zog sein Notizbuch aus seiner Tasche.

»Kennen Sie einen Tauchlehrer namens Jingo Jimenzey?«

»Klar kenne ich den«, sagte Wiesner. »Das hier ist seine Stammkneipe!«

»Diese Räuberhöhle?«

»Ach, das sieht nur so aus. Der Meskal ist vom Feinsten.«

Vinzent schüttelte dankend den Kopf. »Dieser Jimenzey scheint nicht sehr gesprächig zu sein.«

»Ach ja?«

»Ich habe ein paar Mal versucht, ihn zu erreichen. Er ruft nie zurück.«

»Kein Wunder. Die Tauchschule ist geschlossen, denn sein Boot wurde von einem schwachköpfigen Bullen beschlagnahmt.«

»Sie meinen Comisario Emilio Levante …«

»Genau den.« Wiesner musste grinsen. »Er hasst Jingo aus persönlichen Gründen.«

»Und die wären?«

»Jimenzey ist Guanche. Und er hat ein Verhältnis mit Levantes Tochter.«

»Interessant«, sagte Vinzent. »Levante glaubt, mein Klient hätte mit diesem Boot Drogen geschmuggelt. Seine Auftraggeber hätten ihn liquidiert.«

»Lachhaft«, sagte Wiesner.

»*Sí?*« Eine Kellnerin hatte Vinzent endlich bemerkt. Sie

gab die Bestellung an den Wirt weiter, der überhaupt nicht reagierte, nicht einmal mit der Schürze unter den Zapfhähnen wischte.

»Merkwürdiger Laden«, sagte Vinzent. »Soll das heißen, Sie glauben, dass die beiden noch leben?«

»He, hören Sie auf mit diesen rhetorischen Fragen. Was wollen Sie, Mann?«

»Die Frage war nicht rhetorisch gemeint.«

»Es klang aber so …«

»Und wenn.« Vinzent kratzte sich am Kinn. »Es ist doch meine Sache, wie ich die Frage gestellt habe. Also: Glauben Sie, dass die beiden noch leben?«

Wiesner holte einmal tief Luft.

»Nein. Ich gehe davon aus, dass die beiden eines natürlichen Todes gestorben sind. Eines sehr natürlichen Todes sogar.«

Vinzent schnappte sich einen Zahnstocher. »Na, wer sagt's denn. Keine UFOs, keine Außerirdischen, das ist doch schon mal was. Sie denken also, Digger und sein Bruder hätten sozusagen ins … *ins Wasser gebissen*?«

Wiesner nickte. »Ich würde sagen, das ist mehr als wahrscheinlich.«

»Taucher sterben nicht einfach so …«

»Stimmt.« Der junge Fotoreporter verschränkte die Arme. »Die beiden starben eines gewaltsamen Todes.«

»Wie? Haben Sie nicht gerade gesagt …«

»Natürliche Ursachen«, Wiesner kam Vinzent zuvor, »sind Ursachen eines natürlichen Todes. Verstehen Sie?«

Vinzent überlegte. Irgendetwas hielt dieser Knabe vor ihm zurück.

»Können Sie noch deutlicher werden?«

»Wieso sollte ich?«, fragte Wiesner. »Ich bin Reporter, Herr

Born. Ich recherchiere auf eigene Rechnung, Sie können nicht erwarten, dass ich Ihnen meine Informationen auf einem Silbertablett präsentiere. Wer sagt mir, dass Sie die Story nicht hinter meinem Rücken verkaufen?«

»Mich interessiert nur, was Sie über den Tod von Digger Görtz wissen. Also, tun Sie mir einen Gefallen?«

»Ich kenne Sie kaum zehn Minuten, und Sie bitten mich um einen Gefallen?«

»Vielleicht tun Sie uns beide einen Gefallen.« Vinzent warf einen Blick aus dem Fenster. »Denken Sie mal nach …«

»Verdächtigen Sie mich?« Wiesner musste lachen. »Ich hatte mit diesen Tauchern nichts, aber auch gar nichts zu tun.«

»Was meinen Sie dann mit natürlichen Ursachen?«

»Wie ich es sage.« Auch Wiesner war ein elender Starrkopf.

»Mein Chef wird mir das nicht einfach so abnehmen«, sagte Vinzent.

»Ist nicht mein Problem«, sagte Wiesner.

»Noch nicht«, sagte Vinzent. Und leise: »Ich hoffe wirklich, dass Sie da nicht mit drinhängen.«

»Ich hänge nirgends mit drin!«, zischte Wiesner. »Ich habe Ihnen alles gesagt, was ich weiß.«

»Nur was Sie unter einem natürlichen Tod verstehen, das haben Sie mir noch immer verschwiegen.«

Wiesner leistete sich einen theatralischen Augenaufschlag, eine schlechte Angewohnheit, die er sich von seiner Mutter abgeguckt hatte.

»Sie haben einen widerwärtigen Job«, sagte er dann. »Hat Ihnen das schon mal jemand gesagt?«

»Meine Ex-Frau«, sagte Vinzent. »Jetzt spannen Sie mich nicht länger auf die Folter …«

Wiesner faltete die Hände.

»Ihre verschwundenen Freunde sind da draußen an ein höheres Glied der Nahrungskette geraten.«

Vinzent überlegte einen Moment.

»Wollen Sie damit sagen, Digger und sein Bruder wurden gefressen? Von einem Hai? Einem Seeungeheuer? Sie nehmen mich auf den Arm!«

Wiesner grinste nur. Offensichtlich weidete er sich an Vinzents Ungläubigkeit.

»Ein großer Fisch ist kein Ungeheuer, Herr Born, sondern einfach nur ein großer Fisch. Je größer er ist, umso wahrscheinlicher ist es, dass auch Menschen auf seinem Speiseplan landen. Wenn meine Vermutung richtig ist, dann handelt es sich um einen Tiefseefisch, einen äußerst geschickten Jäger, und er ist sehr territorial.«

Vinzent wusste einen Moment nicht, was er sagen sollte. Dieser Wiesner musste ihn für einen ausgemachten Dämlack halten, es gab einfach keinen anderen Grund, ihm dieses Märchen aufzutischen. Schön, es gab noch viele ungelöste Geheimnisse im Meer, Jacques Cousteau war zu früh gestorben, um sie alle lösen zu können.

»Und wieso hat man dann noch nie etwas von diesen Viechern gehört?«

Obwohl Vinzent mehr als misstrauisch war, spielte er auf Zeit.

»Ganz einfach: Weil sich unser natürlicher Lebensraum nicht mit ihrem überschneidet. Die beiden vermissten Taucher sind in ihr Jagdrevier eingedrungen, und diesen Fehler haben sie mit dem Leben bezahlt.«

»Können Sie das, was Sie sagen auch beweisen?«

»Das werde ich, Herr Born, schon bald. Sie werden es in der Zeitung lesen.«

Er wollte gehen, aber Vinzent legte ihm eine Hand auf die Schulter.

»Sie glauben doch nicht im Ernst, dass ich Ihnen das abnehme, oder? Warum sagen Sie mir nicht, was Sie wirklich wissen?«

»Wollen Sie ihn sehen?«

»Wen?«

»Den Fisch.« Wiesner stand abrupt auf und steuerte das Hinterzimmer an. Es wirkte tagsüber noch mehr wie eine Abstellkammer.

Dort vor dem Schwarzweißfoto von Jingos Großvater und dem Felsen baute er sich breitbeinig auf.

»Was sehen Sie, Herr Ermittler?« Halb nachdenklich, halb aggressiv stemmte er eine Hand in die Hüfte. »Was ist das? Was denken Sie?«

Vinzent ließ sich Zeit, die Aufnahme zu studieren. »Drei junge Fischer am Strand.«

»Am Strand? Ist das alles? Sehen Sie sich den Hintergrund an!«

»Sie meinen diesen Felsen …«

»Ja, genau den!«

»Was soll daran so besonderes sein? Ein stinknormaler Brocken Gestein …«

Wiesner beobachtete Vinzents Reaktion.

»Dacht ich's mir.«

»Was dachten Sie sich?« Vinzent merkte, dass der Reporter Katz und Maus mit ihm spielte. »Jetzt reden Sie schon!«

»Dass Sie eine natürliche Ursache nicht erkennen, wenn Sie sie sehen.«

Er hatte plötzlich eine Idee.

»He, Salvador«, rief er durch die leere Bodega. »Ja, du, *amigo,* ich rede mit dir.« Und als der Wirt den Kopf endlich drehte:

»*El Delantal,* hast du mal eben eine Minute für einen guten Kunden?«

»*Sí, Señor?*«

Seine Schürze wie einen Schild hochhebend kam der Wirt auf ihn zu.

Wiesner legte ihm einen Arm um die Schulter.

»Ein sehr interessantes Foto«, sagte er leise. »Mein Freund hier – *Señor* Born – hat es gerade andächtig bewundert.«

»Ach, ist doch nichts«, sagte der Wirt und wedelte mit seiner Schürze wie nach einer lästigen Fliege. »Erinnerungen. Nichts weiter.«

»Sicher, Erinnerungen.« Wiesner ließ nicht locker. »Der nette blonde Knabe da, der links neben Platana-Joe steht ... Das bist doch du, Salvador – oder hab ich recht?«

Der Wirt nickte verlegen. »Altes Foto«, sagte er.

»Altes Foto, so so ...« Er machte eine kleine Pause, dann beugte er sich ganz dicht an Salvadors Ohr »Er kann ihn nicht sehen.«

»Wen, *Señor?*« Das gütige Lächeln des Wirtes wirkte wie eine grausige Grimasse.

»Den Felsen natürlich.«

Ein paar Rucksacktouristen – deutsche Plumpsäcke in den mittleren Jahren – betraten in diesem Moment die Bar; sie verbreiteten einen wohltuenden Hauch von Normalität.

»Kundschaft«, sagte der Wirt. »*Perdón* ...«

»Wie du willst«, sagte Wiesner, »dann muss ich dem Herrn wohl von den *Rocas carnivoras* erzählen.«

Von allem möglichen Reaktionen, die Wiesner erwartet hatte, traf ihn Salvodors Reaktion am schlimmsten: Sein schwammiger Blick wurde für eine Sekunde glasklar, und er schüttelte den jungen Mann ab wie ein lästiges Tier.

»Das bringt Unglück, *Señor*«, sagte er in akzentfreiem Deutsch, »man spricht diesen Namen nicht aus.«

»Aber du hast ihn doch gesehen.« Wiesner gab noch immer nicht auf.

»Platana-Joe – Jingos Großvater hatte das gestrandete Monstrum gefunden, oder etwa nicht?« Sein irres Lachen schallte durch den Raum. »Hast du es berührt, Salvador? Glaubst du, man kann es töten?«

Die rechte Hand des Wirts zuckte, erwischte einen Schürzenzipfel und wischte sich über die Stirn. Er schien mit einer inneren Erregung zu kämpfen.

»Lass es raus, Salvador. Warum erzählst du Herrn Born nicht die alte Guanchen-Legende? Damit Herr Born weiß, was ihr Inselbewohner unter natürlichen *Ursachen* versteht. Oder sollte ich *Urtiere* sagen?«

Der Wirt gab keine Antwort. Stattdessen packte er Wiesner an der Gurgel und schüttelte ihn in einem gemeinen, in tausend Kneipengefechten erprobten Würgegriff. Wie eine eiserne Zange schlossen sich seine Finger um den Hals des jungen Reporters.

»Du dummer, dummer Junge! Du weißt gar nichts.«

Es entstand ein heftiges Gerangel, das damit endete, dass Wiesner dem Alten einen Tiefschlag verpasste.

Salvadors Augen schienen aus ihren Höhlen zu platzen. Mit einer heiser klingenden Stimme begann er irgendwelche Namen zu schreien, und schon wimmelte es von Personal. Selbst der Koch – ein hässliches Tranchiermesser in der Hand – sauste mit einem Sprung aus der Schwingtür zur Küche. Es schien der Auftakt zu einem Gemetzel zu sein, denn im Nu waren die beiden Deutschen von einem halben Dutzend junger Männer umringt, die meisten von ihnen blond und hellhäutig wie der Wirt.

»Jetzt sehen Sie sich die Bande an.« Wiesner rieb sich noch immer die Kehle.

»Sie wissen alle Bescheid. So ist es doch, Salvador, was, alte Schnapsdrossel?«

»Raus«, sagte der Wirt. Und an Vinzents Adresse: »Sie auch.«

»Aber ich habe doch gar nichts mit der Sache zu tun.«

»Und ob Sie das haben, *Señor!*«

Aus einer Nische trat Arnoldo Quebracho, der junge Streifenpolizist, der sich auf Levantes Geheiß seit Tagen an Vinzents Fersen geheftet hatte. Er war nicht der Größte, aber die Art, wie er sich bewegte, ließ darauf schließen, dass er täglich trainierte. Breitbeinig wie ein Bierkutscher oder der späte John Wayne baute er sich auf.

»Sie sind ein Unruhestifter.« Sein Gesicht verriet eine ernste Kränkung, denn er hatte noch nicht vergessen, dass Vinzent ihn vor ein paar Tagen abgehängt hatte. Mit gesenktem Blick präsentierte er seine Hundemarke, sagte ein paar leise, aber bestimmte Worte auf Spanisch, und die Messer und Flaschen verschwanden so schnell, wie sie erschienen waren.

»Besten Dank«, sagte Vinzent.

»Joder!«, fauchte der Zwerg. Aus dem Stand versetzte er Vinzent einen Tritt vor die Brust. Entweder hatte er zu viele Kung-Fu-Filme gesehen oder der Auftritt diente als Kompensation seiner Größe.

Vinzent taumelte ein paar Schritte zurück, aber er hielt sich zurück.

»Merk dir eins, *Bobo:* Schnüffler wie du leben auf dieser Insel gefährlich. Lass dich hier nie wieder sehen.« Er drehte sich um und gab den Guanchen ein Zeichen: *»Echad al tipo éste en la calle!* – Setzt diesen Kerl vor die Tür!«

Vinzent war noch nie aus einer Kneipe geflogen. Jetzt – während er sich aufrappelte und seine Kleider abklopfte – wusste er, es war eine ziemlich unangenehme Erfahrung. Vor allem im Regen.

Zudem waren die Reifen seines Wagens zerstochen, und dieser Wiesner war in Windeseile auf seinem Fahrrad getürmt.

Was jetzt? Er fragte sich, ob er die Polizei rufen sollte, aber die hatte ihn ja gerade auf ziemlich grobe Weise ermahnt.

»Ich werde mich bei Levante beschweren!« Seine Hand wanderte in seine Gesäßtasche, aber da war nichts: Auch sein Handy war verschwunden – Entweder hatte er es bei seinem überstürzten Abgang verloren, oder die Männer, die ihn gepackt hatten, waren nicht nur versierte Schläger, sondern noch bessere Langfinger. Er dachte gerade daran, zurückzugehen, als er bemerkte, dass er beobachtet wurde: Ein paar Typen aus der Bar waren ihm unauffällig gefolgt …

Sie hielten Abstand, lungerten zwischen den Häusern herum und beobachteten ihn. Der Kampfzwerg war nicht unter ihnen. »*Muchas gracias,* ihr Wichser!« Vinzent zeigte mit beiden Händen auf seinen Wagen. »Ihr könnt mich mal!« Im Kofferraum fand er zwar einen Ersatzreifen, aber der Wagenheber war hin.

»Wenn es dick kommt, kommt alles auf einmal.« Es goss jetzt heftiger, und die öffentliche Telefonzelle kam ihm gerade gelegen. Er trat ein, obwohl sie roch, als würde sie eher für Notdürfte benutzt. Mit angehaltenem Atem suchte er nach Münzen in seiner Tasche. Dann wählte er eine Nummer.

21

»Er wollte mir Angst einjagen, der kleine Flipnik. Dabei hat er sich unfreiwillig verraten. Ich denke, der Fall ist klar: Digger und sein Bruder mussten sterben, weil sie zu viel wussten.«

»Mein lieber Sherlock, ich kann Sie nur sehr schlecht verstehen.«

Vinzents Stimme klang wie in einem Windkanal, aber Susanne war froh, überhaupt etwas von ihm zu hören. »Was hast du eben gesagt?«

Er schwieg einen Moment.

»Hab ich dir heute schon gesagt, dass ich dich liebe?«

Susanne errötete, denn sie spürte, wie ihre steifen Brustwarzen gegen den sanft fallenden Stoff ihres T-Shirts strichen.

»Nein, aber ich liebe dich auch«, sagte sie leise, wohl wissend, dass *Proteus* mithören konnte.

»Können wir bitte sachlich bleiben?«, sagte sie dann.

»Aber gerne: Hast du den Professor schon mit meinem Fund konfrontiert?«

»Ja, und er ist ziemlich aus dem Häuschen.« Sie warf einen nervösen Blick nach draußen. Der Sprühregen hatte sich unmerklich zu einer Sintflut gesteigert und peitschte das Wasser zu weißer Gischt auf.

»Vielleicht gehören sie alle zu einer Bande. Wiesner verkehrt in der Stammkneipe von diesem Tauchlehrer.«

»Dessen Boot beschlagnahmt wurde.«

»Genau. Jeder hat hier irgendwas zu verbergen oder spielt ein doppeltes Spiel.« Vinzents Stimme driftete wieder weg. »Levante liegt mit seiner Vermutung gar nicht so verkehrt. Wahrscheinlich sind die Leichen noch immer da unten, nicht weit von deiner Boje entfernt. Wenn sie vom Boot aus liquidiert wurden, hatten sie keine Zeit mehr, ihre Gasflaschen abzunehmen. Eine zusätzliche Kugel in die Tarierungsweste, und es ging auf Nimmerwiedersehen abwärts.«

Susanne überlegte. »Warum sollte sie jemand erschießen? Ihr Auftrag war noch nicht erledigt.«

»Vielleicht wollten Sie mehr Geld, weiß der Henker … Ich denke, im organisierten Verbrechen geht es auch nicht anders zu als in einem mittelständischen deutschen Betrieb. Wenn da heutzutage einer mehr Geld will, wird er auch auf der Stelle gefeuert.« Es klang so, als spräche er aus Erfahrung. »Auf jeden Fall scheint es mir die plausibelste Lösung zu sein.

»Hast du vorhin gesagt, er habe versucht, dir Angst einzujagen?«

»Ja.« Vinzent lachte.

»Er erzählte was von einem menschenfressenden Fisch.«

»Bitte?« Susanne fühlte sich plötzlich wie elektrisiert. »Ein Fisch?«

»Ja, irgendein prähistorisches Vieh. Angeblich wissen die Ureinwohner der Insel Bescheid. Er hat mir noch ein Foto gezeigt, aber ich konnte darauf nichts erkennen.«

»Wieso?«

»He, vergiss es, Süße, dieser Fisch existiert ebenso wenig wie das Neuseeland-Monster oder dieses Dingsda in Loch Ness.«

»Das wurde auch mal vom Quastenflosser behauptet. Erst vor ein paar Jahren wurde einer entdeckt, den man lange Zeit ins Reich der Kryptozoologie zählte: Big Mouth.«

»Big Mouth?«

»Hm Hm. Er heißt so, weil er eine verdammt große Klappe hat.«

Die Verbindung drohte einen Moment abzureißen.

»Susanne, alles was recht ist. Wir sind hier nicht im Amazonas, sondern auf einer stinknormalen Touristeninsel. Jedes Jahr kommen hier Hunderttausende her, um Ferien zu machen.«

»Kann schon sein, aber diese Insel des doppelten Bodens hat einen urzeitlichen Charakter. Die *Dragos* zum Beispiel sind keine Bäume, sondern urzeitliche Lilien. Eigentlich dürfte es diese Pflanzen gar nicht mehr geben. Doch hier gibt es noch ganze Wälder davon.«

»Was haben Drachenbäume mit Monsterfischen zu tun?«

»Der Drago ist ein lebendes Fossil ... Die Gattung starb nachweislich vor drei Millionen Jahren aus. Nur hier, auf den Kanarischen Inseln, konnten sie aus irgendeinem Grund überleben. Was für einen Teil der urzeitlichen Flora gilt, könnte auch für die Fauna gelten. Manchmal bleibt an irgendeinem Ort auf dieser Welt aus irgendeinem Grund die Zeit stehen. Selbst die Eiszeit konnte den hier beheimateten Dragos nichts anhaben.«

»Für eine brottrockene Meeresgeologin hast du eine Menge Fantasie.« Sie konnte hören, dass er ihr nicht glaubte. »Selbst wenn deine These erklären würde, warum hier manchmal Leute verschwinden, es ist nicht ... nicht realistisch ...«

»Wieso?« Susanne starrte nach draußen auf das regengepeitschte Deck. »Nur weil eine Art bisher noch nicht in den Naturkundebüchern steht, kann man nicht ausschließen, dass es sie gibt.«

Jemand räusperte sich hinter ihr, und erst jetzt bemerkte sie den Kapitän.

»Ich muss Schluss machen, wir sprechen uns später.«

»Das wird schwierig«, sagte er, aber da hatte sie schon aufgelegt.

»Sind wir schon da?«, fragte sie forsch.

»Äh, nicht ganz …« Die Haltung von Capitán Linares entsprach der eines Mannes, der sich schwer tat, jemandem eine unangenehme Sache näherzubringen.

»Wir haben leider eine Sturmwarnung erhalten.« Er reichte ihr ein Faxpapier.

»Und?«

»Ich habe deshalb Anweisung gegeben, zurück in den Hafen zu fahren. Wir sollten nichts riskieren. Bei dem Wellengang könnte die Boje mit unserem Schiff kollidieren.«

»Wenn sie noch da ist, die kleine böse Boje.«

»Wie meinen Sie das, *Señora?*«

»Wie ich gesagt habe.« Sie hielt den Kapitän – im Unterschied zu Gomez – für vertrauenswürdig. »Ich habe gute Gründe anzunehmen, dass OBS-III von Kriminellen demontiert wurde …«

»Aber das ist unmöglich.«

»Nein, ist es nicht … Selbst Professor Gomez konnte die Möglichkeit nicht von der Hand weisen … Hat er Ihnen wirklich kein Wort gesagt?«

Der Kapitän schüttelte mit Büßermine den Kopf.

»Er sagte nur, Sie wüssten wieder mal alles besser.«

Susanne überlegte einen Moment. »Manchmal stimmt das sogar. Aber hier an Bord haben Sie das Sagen. Also fahren wir zurück.«

»Nicht traurig sein.« Sie hatte gerade alle Systeme heruntergefahren, als Gomez mit einer Tasse Kaffee auftauchte. »Wir werden dieser Sache gemeinsam auf den Grund gehen, das verspreche ich Ihnen. Wer weiß, vielleicht haben Sie ja recht.«

»Ganz sicher sogar«, erwiderte Susanne.

»Und nachtragend sind Sie auch.« Unvermittelt reichte ihr Gomez einen vornehmen, gefütterten Umschlag.

»Was soll das sein? Eine Liebeserklärung?«

»Nein, eine Einladung.« Gomez versuchte einen möglichst würdevollen Eindruck zu machen. »Unser Bürgermeister wird einen Empfang geben, in der *Casa Rosada.* Sie sind sein Ehrengast.«

»Wie komme ich zu der Ehre?«

Gomez schenkte ihr einen schmachtenden Blick.

»Wir sind zwar nicht immer einer Meinung, aber ich habe mir erlaubt, ein bisschen die Werbetrommel für Sie zu rühren. Die Art, wie Sie arbeiten, hat mich beeindruckt. Ich würde das Missverständnis zwischen uns gern aus der Welt schaffen. Da wir beide Nichtraucher sind, kann ich Ihnen keine Friedenspfeife anbieten, aber meine Hand.«

Susanne zögerte noch einen Moment, doch dann schlug sie ein.

»Frieden?«

»Frieden«, bekräftigte Gomez.

Zurück in ihrem Hotel entschied sich Susanne, nicht zum *Instituto Oceanografico* zu fahren, sondern einmal die Insel allein zu erkunden. Sie brauchte Zeit für sich – um das zu verarbeiten, was sie für Vinzent empfand.

Das Wetter hatte sich schlagartig gebessert. Die Wolken trieben wie im Zeitraffer auseinander, und die glasigen Wogen spiegelten zeitweise einen fast wolkenlosen Himmel. Selbst Fernandez hatte im Hafen lange den Kopf geschüttelt und dann von einem großen Durcheinander der Hochdruckgebiete genuschelt.

Wie eine Schlafwandlerin folgte sie dem Verlauf der gepflegten Palmenalleen. Den Grundton einer Stadt, ihre Schwingungszahl, erfährt man immer erst, wenn man ihren Asphalt beschreitet, ihre Mauern berührt und den Winkelzügen ihrer Straßen folgt. Erst dann ist man wirklich *geerdet*.

Es war überall verdächtig ruhig, nur in einem kleinen Park hatte ein großer Hund seine Besitzerin in einen Springbrunnen gezerrt und versuchte, den Wasserstrahl immer wieder zu beißen. Vielleicht war es auch seine Art zu trinken, denn die distinguierte Dame, die mehrmals ins Wasser plumpste, winkte ab, als sei nichts geschehen. Susanne empfand die Insel plötzlich als sehr angenehm.

Während sie weiterschlenderte, fiel ihr auf, wie schläfrig und sexy sie sich fühlte. Die Akkorde, die Vinzent ihrem Körper entlockt hatte, klangen scheinbar immer noch nach. Auf der Fahrt hatte sie noch ein paar Mal versucht, ihn zu erreichen, aber er antwortete nicht. Da sie hoffte, er würde sie doch noch zur Abendgesellschaft begleiten, hinterließ sie eine Nachricht für ihn im Hotel.

Ihr zweitgrößtes Problem war, dass sie nichts zum Anziehen hatte. Was sie in den Auslagen sah – all die Eitelkeiten, mit denen Frauen ihre Zeit vergeuden –, langweilte sie. Sie zwang sich, gelegentlich stehen zu bleiben, doch ihre Füße führten sie wie auf magischem Weg zurück zur Küstenstraße. Es wehte noch immer ein frischer, manchmal fast frostiger Wind, doch Susanne atmete auf. Den Blick aufs Meer gerichtet, folgte sie eine Zeit lang der Uferpromenade. Über einen Zwischenstopp in einem Straßencafé gelangte sie fast ohne es zu bemerken zu den Kais.

Wie überall auf der Insel war auch hier der Alltag wegen des Wetters erstarrt.

Mischfarben wie verbrauchtes Schmieröl stockte das Wasser rundum, es war das, was die Eskimos »Wasser der Zivilisation« nannten.

Die Arbeit an den Docks ruhte, die Fähren und Frachter lagen still vor Anker, es herrschte eine fast bedrückende Ruhe und Schläfrigkeit. Nur gelegentlich zeigte sich ein von Wind und Wetter gebräunter Matrose an Deck und machte ein verschnupftes Gesicht. Oder ein uniformierter Hafenlotse huschte zwischen den Schiffsrümpfen hindurch.

Die Sonne brach in diesem Moment durch die Wolkendecke, sie vergoldete die Ladekräne, kletterte zaghaft die Aufbauten der Schiffe empor – irrlichterte über die metallenen Ankerketten und zwang Susanne fast, die Augen zu schließen.

Na, bitte, es geht doch, dachte Susanne. Ihr wurde schlagartig warm.

Zwischen den Kreuzfahrtschiffen lag auch ein heruntergekommener indonesischer Frachter vor Anker. Die *Star of India* hatte sicher schon bessere Tage gesehen; zwischen all den schnieken in Weiß strahlenden Kreuzern wirkte sie wie ein schmutziges Stück Treibgut.

An Bord stand ein einzelner Mann und telefonierte. Was er sagte, konnte sie nicht verstehen, aber seiner Gebärdensprache zufolge schien er Probleme zu haben. Aus irgendeinem Grund kam es zwischen ihnen zu Augenkontakt, und sie merkte, dass er mitten im Satz stockte – als ob er sie erkannt hätte.

Vielleicht ist es ein Kollege von Gomez, dachte sie noch. Aber jetzt wollte sie nicht mehr an die Arbeit denken und all die Probleme. Eine heitere Ruhe erfüllte sie, der Wunsch sich ein paar Stunden treiben zu lassen, unbeschwert wie eine Urlauberin.

Sie hatte schon die Treppe zur Promenade erreicht, als sie einen skurrilen Laden bemerkte. BRUJA DEL MAR: MAGIA NEGRA Y MAGIA BLANCA. Ein süßlicher Geruch hing in der Luft, denn der Laden grenzte an die Lagerhallen einer einheimischen Bananen-Spedition.

Schwarze und weiße Magie, dachte Susanne. *Ob da was dran ist?*

Obwohl das Schaufenster auf den ersten Blick nicht anders aussah als das Schaufenster eines typischen Souvenirladens, bemerkte Susanne ein paar Schnitzereien und Basteleien aus Stein: schwarze, glatt geschliffene, fugenlose Kiesel waren zu niedlichen »Steinfischen« verklebt. Ihre Augen waren grün schillernde Glasperlen.

Schon als sie eintrat, schlug ihr der Atem des Moders entgegen, der dunkle Duft des Schimmels und anderer im Zustand der Verwesung befindlicher Stoffe.

»Buenos días«, rief Susanne, doch niemand antwortete. Sie schloß die Tür hinter sich und sah sich neugierig um.

Der Laden der *Bruja* war eine einzige große Unordnung. Susanne hatte etwas Ähnliches einmal in St. Louis gesehen, ein auf Voodookult spezialisiertes Geschäft, in dem man kleine Wachspuppen kaufen konnte und Liebestränke und Amulette zur Totenbeschwörung.

Weiß Gott, wann sie hier das letzte Mal gekehrt hatten. In den Ecken des Lehmbodens erkannte sie kleine Abfall- und Scherbenhaufen, die wohl schon längere Zeit da vor sich hin gammelten. Die bis unter die niedrige Decke gezogenen Regale waren mit krude beschrifteten Schachteln vollgestopft. Susanne erschien es wie ein riesiges Register aller bekannten herbstlichen Farben, wie nach Schichten gestapelt, von oben nach unten wie Treppenstufen einer Farboktave des Brauns abfallend über alle

Sepiatöne und Rostnuancen in die raschelnden Schatten einer staubigen Gruft. Die Glasgefäße auf dem Tresen wirkten dagegen wie bunte Perlen. Manche enthielten beschriftete *aguitas* – Hexentränklein und Zauberabsud. Andere waren mit farbigen Pulvern gefüllt, fast konnte man glauben, sie stammten aus einem modernen Farbengeschäft.

»Sie wünschen, *Señora?*«

Susanne wirbelte herum. Durch das Staubgeflimmer in dem Bündel schräg einfallender Sonnenstrahlen erkannte sie eine Frau im mittleren Alter. Trotz ihres korpulenten Baus hatte sie noch immer ein hübsches Mädchengesicht, mit grünen, alles durchdringenden Augen. In der Hand hielt sie ein altertümliches, mit Flüssigkeit gefülltes Einwegglas. Susanne glaubte in der fleckigen Masse, den Kopf einer Muräne zu erkennen.

»Oh, Verzeihung …«

»Sehen Sie sich ruhig um. Ich bin sicher, Sie werden etwas Passendes finden.«

»Gracias.« Susanne schlenderte einmal quer durch den Raum.

»Ein interessantes Geschäft haben Sie hier.«

»Oh, es gehört mir nicht. Ich helfe hier nur gelegentlich aus.«

Die Frau musterte sie eindringlich.

»Kennen wir uns?«, fragte Susanne, die diesen Blick nicht einzuordnen wusste.

»Ja, ich kenne Sie, *Señora*. Sie arbeiten auf dem Forschungsschiff, richtig?«

Susanne staunte nicht schlecht.

»Woher … ich meine, woher wissen Sie das?«

»Ich bin Rosita Levante, die Frau des Comisarios. Mein Mann lässt Sie schon eine Weile beschatten. Ihre Fotos liegen bei uns zu

Hause auf dem Frühstückstisch herum. Deshalb habe ich Sie gleich wiedererkannt ...«

»Wirklich erstaunlich ...«

»Nein, Routine.« Rosita schlenderte zum Fenster. »Sehen Sie diesen Burschen da drüben? Den mit den Gangsterfilm-Fransen und der Kamera?«

Sie wies auf den Vespa-Fahrer, der lässig an der Mole lehnte. »Sein Name ist Quebracho. Sobald Sie an Land sind, lässt er Sie nicht aus den Augen.«

»Wie schmeichelhaft ...« Susanne wusste nicht, was sie sagen sollte.

»Oh, alle wichtigen Leute werden auf dieser Insel beschattet.« Es klang fast tröstlich, wie Rosita das sagte. Sie ging hinter den Tresen. »Wir Einheimische nennen La Palma nicht umsonst die doppelbödige Insel. Manche sagen auch, sie wäre die *isla de doblez* – die Insel der Doppelzüngigkeit. Sie sollten immer vorsichtig sein.«

»Wieso?« Susanne beobachtete noch immer Quebracho. »Wieso? Was hätte ich zu befürchten?«

»Ich rede nicht von diesem Polizisten, *Señora*. Ich meine, Sie sollten da draußen auf dem Meer vorsichtig sein. Das Meer ist wütend, weil seine Tiefe aufgewühlt wurde. Dann kommen manchmal Dinge nach oben, die noch mehr Unheil anrichten.«

»Wie meinen Sie das?«

Sie drehte sich um und erschrak, denn anstelle von Rosita stand eine uralte Vettel hinter dem Tresen. Sie hatte einen viereckigen, verwachsenen Körper und das Gesicht einer Backpflaume. Wie durch ein Kugelgelenk verbunden, saß dieser braune Kopf direkt auf den Schultern. Sie stellte das Glas mit der eingelegten Muräne auf den Tresen und schlurfte langsam heran.

»Wo … wo ist die Frau des Comisarios hin?«

Die *Hechicera* zuckte mürrisch die Achseln.

»Ich habe Sie nicht verstanden, *Señora.*« Aus der bunt geblümten Kittelschürze einer Putzfrau hingen die lederfaltigen Arme einer Mumie.

»Was haben Sie eben gesagt?«

»Ach, nichts …« Aus Verlegenheit zeigte Susanne auf die kleinen Skulpturen in der Auslage. »Diese Steinfische sind gut gelungen.«

»Anglerfische, *Señora.* Sie sind ein Wahrzeichen dieser Insel.« Es war eine ausgesprochen unangenehme Stimme, hoch und quietschend wie Angeln einer ungeölten Hühnerstalltür. Dazu plapperte sie in einem Tempo, das einem Maschinengewehr alle Ehre gemacht hätte.

»Wieso Wahrzeichen?«

»Weil wir den Fischen viel verdanken. Sehr viel. Sie haben die Insel seit Jahrtausenden beschützt und uns vor den Vulkanen gewarnt. Heute beschützen sie die Seeleute vor Guayote.«

»Vor was?«

»Vor dem Teufel, *Señora.*«

»Genau, was ich brauche …« Ohne sich nach dem Preis erkundigt zu haben, reichte sie der Alten den größten der Steinfische.

»Dieser Fisch ist nicht zu verkaufen, *Señora.*«

»Schade.«

»Nicht an Sie jedenfalls.« Es klang irgendwie gar nicht mehr nett. »Schämen Sie sich eigentlich nicht?«

»Ich? Wieso?«

»Sie Scheinheilige!« Der Faltenkranz um die Lippen der Alten begann sich zu kräuseln. »*Rocas carnivoras … Rocas comen como un buitre …* Es ist alles Ihre Schuld.«

Susanne hoffte noch immer, die nette Frau des Kommissars würde wieder auftauchen, aber Rosita blieb wie vom Erdboden verschwunden.

»Hören Sie, ich bin hier, um zu helfen. Wenn es ein Meerbeben geben sollte, dann …«

»Was dann, hm?« Die Alte kam langsam auf sie zu. »Nimmt das Ungeziefer auf dieser Insel überhand, dann schüttelt sie sich eben ein bisschen, und alles ist wieder in Ordnung. So war es immer, *Señora.* Was geht Sie das überhaupt an? Wir werden schon alleine mit unseren Problemen fertig.« Der Finger der Alten stach plötzlich wie ein Zeigestock in die Luft. »Und jetzt machen Sie, dass Sie hier rauskommen! Und lassen Sie sich hier nie wieder sehen!«

»Schade«, sagte Susanne, »ich hätte diesen Fisch gerne gekauft.«

Sie hatte kaum den Laden verlassen, da öffneten sich die Wolken und ließen einen regelrechten Wasserfall herabstürzen. Die Regenmassen wogten vom Meer heran, fegten gegen die Kaimauern, rissen Blätter der Palmen ab, rauschten wie kalter Guss auf ein paar eilig rennende Passanten. Auch Quebracho suchte das Weite.

Ach, La Palma, dachte Susanne, *Isla cruel …*

22

»Tut mir leid, aber ich werde nicht mitkommen.«

Vielleicht war es nicht die vornehme englische Art, seinem Tauchpartner einen Rückzieher mitten im gläsernen Tunnel eines Haifischbeckens beizubringen, aber Jingo hielt es einfach nicht länger aus.

»Was … was hast du eben gesagt?«, fragte Wiesner.

Er hatte den Ärger mit dem Versicherungsschnüffler schon verdrängt, und Jingos Ansage erschien ihm schlimmer als eine kalte Dusche.

Um die Mittagszeit waren beide Männer mit dem Fährboot nach Teneriffa gegondelt, zum Barrakuda-Tauchcenter an der Playa Paraíso, um sich mit Trimix-Tanks und anderen nötigen Gasgemischen einzudecken.

Nach einer elenden Schlepperei hatten sie sich »verbilligte Freikarten« für den Loro Parque, den Zoo von Puerto de la Cruz andrehen lassen, denn Wiesner war fest entschlossen, ein Becken mit den Stein- und Anglerfischen zu finden, bislang ohne Erfolg.

»Du willst also aussteigen!« Wiesner schlug mit der Stirn gegen die Glaswand, dass einer der Weißspitzen-Riffhaie förmlich zusammenzuckte. »Ist dir klar, dass ich ein Bankdarlehen aufnehmen musste, um unsere Ausrüstung zu finanzieren?«

»Tut mir leid«, sagte Jingo.

»Sag's doch, du hast die Hosen gestrichen voll!«

»Nein, aber ich habe schon genug Ärger am Hals. Heute Morgen habe ich eine Vorladung bekommen. Die *Policía* hat Spuren von Koks an Bord der *Santa Anna* gefunden, und jetzt wollen sie von mir eine Erklärung …«

»Verdammt …« Wiesner schnipste ein paar Mal mit den Fingern. »Dafür darfst du dich bei deinem zukünftigen Schwiegerpapa bedanken.«

»Ich weiß! Das brauchst du mir nicht noch einzureiben, mein Freund.« Er hielt inne, um eine Familie mit Kindern passieren zu lassen.

»Tu, was du nicht lassen kannst«, sagte er dann. »Ich bin draußen.«

Wiesner begriff plötzlich, dass Jingo ernst machte.

»Hör zu, Alter, ich kann es nicht ohne dich durchziehen.«

»Hast du nicht was von einem dritten Mann erzählt?«

Wiesner begann plötzlich hysterisch zu lachen. »Er hat noch weniger Ahnung von diesen Gasgemischen als ich.«

»Ach, du findest schon einen.«

Wiesner blickte auf. Ein Rochen sauste über ihre Köpfe hinweg.

»Es ist Macarena, richtig?«

»Lass meine Frau aus dem Spiel«, sagte Jingo.

»Jetzt denk doch mal nach, wieso willst du dir ein Vermögen durch die Lappen gehen lassen. Sagtest du nicht, du hättest Schulden.«

Jingo presste seine Fäuste an die Schläfen.

»Meine Schulden sind real, doch für das, was du sagst, gibt es keine Beweise.«

»Großartig!«, zischte Wiesner. »Erst zeigst du mir dieses Bild von diesem riesigen Fisch.«

»Was für ein Fisch?«, zischte Jingo. »Auf dem Foto stehen drei

Fischer vor einem Felsen. Was *du* darin gesehen hast, lag vielleicht am Meskal.« Er rieb sich noch immer die Schläfen. »Na, schön … Nehmen wir einmal an, da unten hätten ein paar urzeitliche Anglerfische überlebt, wieso kommen diese Viecher ausgerechnet dann hoch, wenn da draußen vor der Küste ein Forschungsschiff kreuzt?«

Er blickte auf, als hätte er sich selbst die Antwort gegeben.

»Ich werde trotzdem nicht mitkommen.«

»Warte …« Wiesner entnahm seinem Rucksack ein kleines Notizbuch.

»Gib mir 'ne Chance, ja?« Er begann hastig zu blättern und zeigte Jingo einen Ausdruck des Fotos aus der Bodega. Darüber legte er eine Folie, auf der er grob die Kontur des Felsens nachgezeichnet hatte.

»Was soll das?«

»Siehst du das nicht? Ich habe den Umriss des Felsens mit den Konturen von heutigen Anglerfischen verglichen. – Sieh her …« Er wedelte mit einem zweiten Ausdruck. »Bei dem Foto handelt es sich um das Präparat eines Teufelanglers … Ein *Linophryne lucifer*. Angeblich leben diese Biester im Nordatlantik in Tiefen bis zu 600 Metern. Die Kontur ist deckungsgleich.«

Das Foto hatte es wirklich in sich, Jingo musste beim Anblick des Kopfes an einen Horrorfilm denken.

»Ein Glück, dass es eine Größenangabe gibt«, sagte er dann. »Ganze dreiundzwanzigkommafünf Zentimeter – so lang wie eine Makrele! Ich glaube, ich habe so ein Ding schon mal auf dem Fischmarkt in Tazacorte gesehen. Mit diesem Fisch kannst du beim örtlichen Anglerverein Eindruck machen, aber nicht beim *National Geographic*.«

Wiesner ließ sein Ringbuch sinken, einige lose Blätter fielen lautlos zu Boden.

»Und wenn sich die Skala nun verändert hätte – im Laufe von Jahrmillionen?«

»Ist immer wieder vorgekommen. Die Eidechse ist ein Nachkomme der Dinosaurier, ebenso wie die Vögel. Selbst der größte Vogel ist nichts gegen einen Tyrannosaurus. Mammuts, Säbelzahntiger, Urhaie, Krokodile, Spinnen, Libellen – anhand von Fossilien können wir sagen, dass die meisten Tiere vor der letzten Eiszeit um ein Vielfaches größer waren als ihre heutigen Erben …«

»Netter Vortrag, aber ich lebe in der Gegenwart, Freund. Wenn ich meinen Arsch riskiere, dann muss es mir etwas bringen.«

»Schön, bleiben wir in der Gegenwart. Vor der japanischen Küste wurden erst vor ein paar Jahren Krabben von einer Größe von drei Metern entdeckt.«

»Das wird mich nicht von meinem Entschluss abbringen.«

»Glaubst du?«

Jingo drehte sich um. Aus den Augenwinkeln sah er noch, wie Wiesner ein Blatt Papier zückte.

»Wenn du jetzt gehst, wirfst du eine viertel Million aus dem Fenster.«

Jingo verlangsamte seinen Schritt. Es sah aus, als zögen ihn unsichtbare Fäden zurück.

»Cojones …«

»Ja, die wirst du brauchen …« Wiesner hielt ihm den Wisch unter die Nase.

»Ich habe dem *National Geographic* gestern eine exklusive Fotostory verkauft! Sie sind bereit, eine halbe Million Euro zu bezahlen! Das macht zweihundertfünfzigtausend für jeden. Damit wärst du auf einen Schlag ein gemachter Mann! Hab ich zu viel versprochen?«

Jingo hatte mit Tränen zu kämpfen.

»Ihr verdammten *civilisatos* mit euren verdammten Moneten.« Die Durchsage, der Zoo schließe in zehn Minuten, kam Jingo gerade recht. »Trotzdem, ich werde nicht tauchen.«

Er drehte sich um und ging gemessenen Schritten davon. Dass ihm der Reporter noch immer folgte, war ihm gleich. Ein paar Säle hatten sie schon durchquert, als Wiesner noch einmal das Wort an ihn richtete.

»He, Mann, sind sie nicht niedlich?«

Jingo drehte sich auf der Stelle um. »Hast du was gesagt?«

»Wir haben sie gefunden!« Wiesner stand – den Ausdruck eines Zehnjährigen im Gesicht – vor einem riesigen, dunklen Aquarium. Über den mit silbernen, grünen und braunen Algen bedeckten Felsen huschten Lichtreflexe hin und her, als hätte man lebende Sonnenstrahlen hier eingefangen.

»Toll, ein leeres Aquarium. Sieht aus, als hätten die Fische schon Feierabend gemacht.«

Und dann sah Jingo die Augen – erst ein paar, dann zwei, drei, vier – zuletzt, schien es ihm, als wären es Hunderte, die ihn anstarrten.

»Mimikry«, sagte Wiesner. »Die Tarnfarben der meisten Angler sind dermaßen perfekt, dass es unmöglich ist, sie in ihrem Lebensraum zu erkennen.«

Obwohl Jingo auf der Insel aufgewachsen war, hatte er Anglerfische so gut wie nie *in vivo* gesehen. Selbst beim Tauchen waren sie ihm nie untergekommen, ihre Tarnung war eben perfekt, und selbst hier, in einem künstlich angelegten Habitat, schienen sie mit ihm Verstecken zu spielen.

»Bilde ich mir das nur ein oder haben die vorne wirklich so eine Art Leuchte?«

»Die Meeresbiologen nennen es Köderattrappe …« Wiesner

trat dicht an Jingo heran. »Der Leuchtstoff – Luciferin genannt – wird unter Verwendung von Sauerstoff und chemischer Energie oxidiert. Bei dem Prozess wird Licht, aber kaum Wärme, freigesetzt. Andere Angler beheimaten phosphoreszierende Bakterien. Das Fachwort ist – glaube ich – Bioluminizenz. Diese Angelruten können sehr kunstvoll sein. Barteln, Tastfäden, Lichtröhren, manche haben sogar eine Art Lid zum Abdecken wie eine Schiffslaterne.«

»Du kennst dich ja aus.«

»Ich denke, es kann nicht schaden, wenn *wir* wissen, was auf uns zukommt.

Ein Lauerjäger, der das perfekte Mimikry beherrscht. Ein Chamäleon des Meeres. Oh, sieh mal da, in der Spalte. Das muss ein *Cryptopsaras* sein. Seine Angelrute sitzt in einer Art Furche. So kann er sie je nach Bedarf verlängern und damit die Beute in Reichweite dirigieren. Ich sage dir, Alter, ein Wunderwerk organischer Technologie ist diese Rute. Dein Schwanz ist im Vergleich dazu geradezu primitiv – wie ein Regenschirm im Vergleich mit einer Satellitenschüssel. Na ja, so ähnlich jedenfalls.«

»Krasser Vergleich«, sagte Jingo.

»Findest du?« Wenn Wiesner auch tagsüber rauchte, überforderte er manchmal seine Umgebung, aber diesmal fühlte er sich im Recht.

»Sieh mal, die Spitze kann sich drehen und sowohl einen Blitz erzeugen als auch als Minischeinwerfer dienen. Sogar abschalten lässt sie sich.« Er machte eine Pause, vielleicht ahnte er bereits, dass er gewonnen hatte. »Kannst du dir vorstellen, was die Zeitschriften über unsere Entdeckung schreiben werden?«

Jingo drückte seinen Kopf an die kühle Scheibe.

»Schön, gibt es sonst noch etwas, was ich über die Viecher wissen sollte?«

»Heißt das, du bist wieder im Boot?«

»Ja. Du gibst doch sonst keine Ruhe …«

»Ich wusste es!« Wiesner klopfte Jingo freundschaftlich auf den Rücken. »Ich wusste, ich kann mich auf dich verlassen.« Er machte eine kurze Pause.

»Das Wichtigste, was du über Anglerfische wissen musst, ist Folgendes: Die Weibchen sind in der Regel zehn Mal so groß wie die Männchen.«

»Warum ist das so wichtig?«

Wiesner blinzelte mitleidig über den Rand seiner Brille.

»Weil wir nur hoffen können, dass der Fisch, den dein Großvater damals fand, *kein* Männchen war.« Er beobachtete den Schimmer der Erkenntnis in Jingos Augen. »Wenn das Männchen schon die Größe eines Walfängers hätte, dann müsste sie ein Gigant sein, größer noch als ein Blauwal, viel größer.«

»Und wenn sie es ist?« Jingo starrte in die Augen der Steine. »Da unten in der Tiefe könnte ein Fisch so groß wie ein Flugzeugträger herumschwimmen, und niemand wüsste davon. Die Legende der Fressenden Felsen besagt, die Königin trage die ganze Insel auf ihrem Rücken.«

Wiesner schluckte.

»Wenn das stimmt, alter Junge, dann landen wir nicht in der *Hall of Fame* des *National Geographic*, sondern im Maul eines Fischs.«

23

Der Abend brach eben an und das Wetter war besonders abscheulich.

Dunkle Wolken türmten sich drohend über der Cumbre auf und sorgten dafür, dass die Farben der Insel verblassten. Die helle Glut der Sonne verlosch allmählich wie der Schein einer Kerze: Eine schwarze Schutthalde mit etwas Wildwuchs, mehr blieb von der Insel des Ewigen Frühlings nicht übrig. Im Gegensatz zu den meisten Stürmen, die vom afrikanischen Festland heranfegten, brachte dieser allerdings Regen.

Auf dem Weg zum Haus des Bürgermeisters wurde Susanne von einem eisigen Guss überrascht. Mit nassem Haar schlich sie zur Garderobe. Sie hasste Empfänge, vor allem spießige Aufwartungen; sie konnte sich nicht entsinnen, jemals so viele Bücklinge und Knickse von Provinzschönheiten gesehen zu haben.

Nachdem sie ihren Mantel an der Garderobe abgelegt hatte, betrat sie den Festsaal. Jeder Winkel war von sublimer Festlichkeit erfüllt – den strahlenden Wandleuchten bis zu den Hibiskusarrangements rund um das frisch polierte Parkett, von der weißen Joppe der Kellner bis zu den Kolonnen von Sektgläsern, die sich als blendende Lichtkaskaden in den weißen Holztäfelungen widerspiegelten. Wahrhaft begnadete Architekten hatten das Rathaus entworfen, und die Leute kamen aus dem Staunen nicht raus.

Wegen der zweifelhaften Witterung war die Terrasse fast leer, der Wintergarten schien dagegen aus allen Nähten zu platzen.

Zwischen tropischen Gewächsen bemerkte Susanne den dicken Comisario, er war ja auch kaum zu übersehen, unauffällig musterte er die Gäste, in seiner Miene rührte sich nichts. Nur ein gewiefter Menschenkenner hätte vielleicht einen hämisch lächelnden Zug in den Triften und Schründen dieses Gesichts ausmachen können. Als überzeugter Nationalist hatte er hier eigentlich nichts verloren, aber es war nicht der einzige faule Kompromiss, den Levante in seinem Leben eingegangen war. Er begrüßte kurz seine Frau, die in diesem Moment in Begleitung ihrer bildhübschen Tochter Macarena auftauchte. Kein anderer als Arnoldo Quebracho geleitete beide Damen zu einem extra reservierten Tisch. Rosita nickte Susanne mit naiver Herzlichkeit zu. Quebracho musterte sie dagegen mit eisiger Feindseligkeit.

Drei Tische weiter exponierte sich der Bürgermeister vor einigen Herren in schlecht sitzenden Uniformen. Seine goldene Schärpe war nicht zu übersehen.

Er war hager und groß, hatte breite Schultern und ein flaches, dunkles Gesicht, das im Zusammenspiel mit dem schwarzen Schläfenhaar eine fast unwirkliche Harmoniegrenze bildete – ein enorm finsteres, nackt zerklüftetes Gesicht. Susanne musste an ein eingetretenes Kellerfenster denken.

Nur wenn er lächelte, zuckten seine Augen zusammen, als hätte ihn ein Blitzlicht geblendet. Die diktatorische Gebärde, mit der er dem ganzen Saal die Stirnfläche bot, schrie jedenfalls danach, in Erz gegossen zu werden. Gleich daneben, lasziv an einen hohen geschnitzten Stuhl gelehnt, die eiskalte Schönheit seiner wohl zweiten Frau, die vom Alter her auch als Tochter durchgegangen wäre. Strasssteine hingen wie brüllende Lichtkleckse an ihren Ohren und verstärkten noch den Eindruck einer puppenhaften Erscheinung. Dabei war sie Kubanerin und stolz, die Frau eines Mannes zu sein, der auf alles eine Antwort wusste, auch wenn sie manchmal falsch sein mochte.

Catalina bewunderte den Schneid, mit der diese Antworten vorgebracht wurden, und das machte sie in ihren Augen mindestens zehnmal so wertvoll wie die richtigen.

Eine reizende Gesellschaft, dachte Susanne. Einen Moment lang wünschte sie sich weit weg, an Bord der *Polarstern*, Richtung Grönland oder Antarktis, ganz gleich wohin, nur weg von diesen sogenannten besseren Kreisen.

Nachdem sie sich einen Rotwein und ein paar Tapas geangelt hatte, trat sie an eines der Panoramafenster und blickte hinaus auf die Stadt. Noch war es nicht Nacht unter dem fleckigen Himmel, aber es brannten schon überall Lichter. Die dicht bewachsenen Vulkanberge leuchteten in den Strahlen der untergehenden Sonne, und in den Niederungen krochen tiefschwarze Schatten.

»Ah, Frau Doktor Brecht, ich freue mich, dass Sie es geschafft haben.«

Dass er sich angeschlichen hatte, war mehr als wahrscheinlich, denn Rodriguez Vargas war ein aalglatter Bursche, ganz anders als ›Bärbeißer‹ Gomez. Seine Gravitas war nicht mit der von Levante zu vergleichen, er wirkte steif, doch wenn er sich bewegte, so hatte man den Eindruck, dass seine innere Maschinerie noch gut instand war.

Sein Benehmen war natürlich von der Prämisse bestimmt, ob Leute, mit denen er zu tun hatte, bereits alt genug waren, um zu wählen. Dann legte er sich mächtig ins Zeug und spielte das übliche Theater.

Aber er machte das so geschickt und abwechslungsreich, dass es unmöglich war zu merken, worum es ihm eigentlich ging.

»Doktor Gomez hat mir schon viel von Ihnen erzählt.«

»Das freut mich«, sagte Susannne.

»Sie werden natürlich an meinem Tisch sitzen«, sagte Vargas. »Bezeichnen Sie sich als mein Ehrengast.«

Seine Freundlichkeit konnte durchaus bestrickend sein; er vermochte seine Gäste zu bezaubern, und er wollte bezaubern.

Vargas liebte die Exklusivität. Es hieß, er sei 1975 mit den Fremdenlegionären der Kolonie Spanisch-Sahara nach Fuerteventura gekommen. Es hieß auch, er sei an der Ermordung des damaligen Inselpräsidenten beteiligt gewesen, doch wie so oft im Geschäft mit der Macht, fanden sich später keine Zeugen, die gegen ihn aussagen wollten. Statt ins Gefängnis zu wandern, wurde er politisch für die Sozialisten aktiv und machte später in der *Partido Popular* eine steile Karriere.

»Oh, darf ich vorstellen, Catalina – meine Frau. Sie kommt gerade von ihrem … ähem … Nagellacktraining.«

Aus seinem Windschatten trat die schöne Leiche. Ihr Gesicht war wirklich so ebenmäßig, dass es einem Angst werden konnte. Nur ihr Mund zeigte Anzeichen einer frühen Verblühtheit, die durch Botox ausgestopft worden war.

Ihr Lächeln hatte nicht die geringste Bedeutung. Susanne schätzte, es gehörte zu ihrer Morgentoilette – so wie der Lippenstift. Und abends wusch sie beides wieder weg und legte sich schlafen.

»Sie haben es sicher nicht leicht, *Señora*. Als Assistentin von Professor Gomez machen Sie sicher was mit. Er soll ja sehr anspruchsvoll sein.« Der Widerspruch zwischen der honigsüßen Stimme und der Totenmaske erinnerte Susanne noch mehr an die Hässlichkeit der zivilisierten Welt.

»Sie meinen im Bett?« Susanne lächelte freundlich. »Das wissen Sie wahrscheinlich besser als ich.«

»*Perdón?*« Catalinas Mund war plötzlich eine geschlossene Blende.

»Was ... Was erlauben Sie sich?«

»Aber, Lina, wer austeilt, muss auch einstecken können.« Vargas hauchte ihr einen kleinen Kuss in den Nacken. Und an Susanne gerichtet: »Unterschätzen Sie Catalina nicht. Sie ist die Tochter eines Generals. Wenn es hart auf hart geht, kann sie ganz schön unangenehm werden.«

»Ich bin gewarnt«, sagte Susanne.

Eine Völkerwanderung zu den Tischen hatte eingesetzt. Aus dem Wintergarten wogte ein lautloses Gedränge in den Saal.

»Na, dann woll'n wir mal«, sagte Vargas. Catalina rechts, Susanne links, betrat er wie ein Sonnenkönig den Saal.

Susanne vermisste Vinzent. Sie hatte mehrmals versucht, ihn zu erreichen, aber es gab mal wieder keinen Empfang. Wahrscheinlich lag es an dem aufziehenden Sturm. Entfesselt wüteten die Gewalten inzwischen draußen im Park.

Das Tageslicht war einem düsteren Zwielicht gewichen. Die Wipfel der Palmen schüttelten sich und wurden zu Knäueln grüner, sich windender Schlangen.

Ohrenbetäubende Donnerschläge vereinigten sich schließlich zu einem ununterbrochenen Grollen, während wild zuckende Blitze die Wolkendecke durchglühten.

»Champagner?«

Als sie aufblickte, reichte ihr Gomez ein Glas.

»Auf unser Baby«, sagte er und nahm neben ihr Platz. Das Weltuntergangswetter schien ihn nicht weiter zu stören.

»Noch ist es nicht in trockenen Tüchern«, sagte Susanne.

»Aber bald.« Gomez nickte ihr wohlwollend zu.

Er warf einen Blick aus dem Fenster.

»Tja, so ein Hundewetter war früher selten. Der Klimawandel

geht auch an uns nicht ganz spurlos vorbei. Das verdammte Ozonloch, die globale Erwärmung. Das Meer vor unseren Küsten ist nicht mehr dasselbe. Aber im Vergleich mit anderen Ländern haben wir es noch relativ gut. Die Indonesier sitzen so richtig in der Tinte.« Er schmunzelte einen Moment vor sich hin.

»Die Tsunami-Bedrohung ist an der indisch-australischen Platte am schlimmsten, doch ausgerechnet da sind die Regierungen pleite oder das Schicksal der Massen ist ihnen egal. Manchmal denke ich, bei der Bevölkerungsdichte nehmen sie es in Kauf, dass jährlich ein paar Hunderttausend ersaufen.« Und mit nachdenklichem Gesicht: »Haben Sie schon mal bemerkt, dass es immer nur die Ärmsten der Armen gewischt? Der liebe Gott meint es nicht gut mit denen, die seiner Hilfe bedürfen. Er war schon immer auf der Seite der Starken …«

Susanne nickte gequält. Eine riesige, silberne Platte mit Meeresfrüchtesalat landete in diesem Moment wie eine Fliegende Untertasse vor ihr auf dem Tisch.

»Guten Appetit!«, sagte sie, streckte den Teller vor und ließ sich von Gomez auftun.

Wie erwartet, waren die Gespräche am Tisch des Bürgermeisters äußerst ermüdend. Die illustre Runde langweilte Susanne mit liebenswerten Anekdoten aus ihrem Inseldasein. Besonders Gomez begann nach dem dritten Glas Champagner von seinen kleinen Heldentaten auf hoher See zu erzählen, er betauche Höhlen an der kaum erforschten Westküste. Er sah nüchtern und respektabel aus für einen Mann, der keines von beiden war.

»So, werte Kollegin, wie gefällt es Ihnen auf unserer kleinen, gemütlichen Insel?«

Susanne war so sehr in Gedanken versunken gewesen, dass sie erst jetzt merkte, dass sie gemeint war.

»Nun, ja, das Wetter ist bestimmt nicht jedermanns Sache …«

»*Ésto lloviznardo* … Es nieselt doch nur, aber wenn die Sonne erst mal scheint, dann werden Sie wünschen, dass Sie nie wieder abreisen müssten.«

Susanne nickte höflich.

»Könnten Sie sich vorstellen, hier zu arbeiten – am Institut?« Zu ihrer Überraschung hatte ihr der Bürgermeister diese Frage gestellt. »Der Professor hat mich von Ihrer Kompetenz überzeugt. Sehen Sie, eine Frau mit Ihren Erfahrungen wäre eine Bereicherung für die Kanarischen Inseln. Es gibt hier viel für eine Meeresgeologin zu tun.«

»Und das wäre?«

»Jetzt tun Sie doch nicht so.« Sein Grinsen war unverfroren. »Die Katastrophen-Industrie ist ein Milliarden-Euro-Geschäft. Alle möglichen Wissenschaftsfabriken und Hersteller von Auslaufmodellen füttern seit Jahren die Presse mit neuen Horrorprognosen über Desaster, die wahrscheinlich niemals eintreffen werden.« Er fasste sie abschätzend ins Auge. »Wir wollen nichts weiter als ein kleines Stück vom Kuchen. Solange die Tsunami-Hysterie noch anhält, können wir aus der geologisch instabilen Westseite der Cumbre ordentlich Kapital schlagen. Aus der gegenwärtigen Faktenlage ließe sich einiges konstruieren.«

Susanne räusperte sich. Die Unbekümmertheit, mit der Gomez sie ins Vertrauen zog, beunruhigte sie mehr als ihr recht war.

»Tja, ich weiß das Angebot wirklich zu schätzen, aber ich denke, Sie überschätzen meinen Einfluss gewaltig.«

»Im Gegenteil.« Vargas beugte sich vor. »Oh, lassen Sie mich raten: Sie wissen nicht, ob Sie mit unserer Mentalität klarkommen werden?« Seine Augen funkelten zu Catalina hinüber. »Der Palmero ist in seiner Arbeit gleich hart wie in seinem Vergnügen.

Auch die Moral ist hart. Sie will den Kampf ums Dasein, und wir führen ihn auf dieser Insel nach den Regeln des *Lucha libre* – des Freistilringens. Alles ist erlaubt, was zählt, sind allein die Resultate. Können Sie sich vorstellen, wie viel Freiraum Sie als Wissenschaftlerin hätten?«

»Sicher mehr als mir lieb ist.«

Gomez lachte auf. »Ich glaube, ich weiß, wie Sie sich fühlen.«

»Wie denn?«

Der alte Macho blinzelte einmal in die Runde.

»Sie haben das Gefühl, in einem Haifischbecken zu schwimmen, richtig?«

Die Bemerkung lähmte die Lachmuskeln der anwesenden Herren.

»Sie haben Angst, aus gutem Grund – doch nur, weil sie den Ehrenkodex der Haie nicht kennen.«

»Von Ihnen«, – Susanne zwang sich zu einem süßlichen Lächeln –, »könnte ich diesen Kodex sicherlich lernen. Besten Dank.«

Gomez zog ein beleidigtes Gesicht. Erst der Bürgermeister brachte wieder alles ins Lot.

»Sehen Sie, *Señora*, es gibt hier auf La Palma nicht mehr betrügerische Absichten als anderswo auf der Welt. Wir alle wollen nur überleben. Aber *richtig!*«, fügte er noch schmunzelnd hinzu. Es sah aus, als ob er einen Toast ausbringen wollte, doch Lärm aus dem Wintergarten kam ihm zuvor. Ein Windstoß hatte eine der Flügeltüren aufgedrückt. Dabei kippte eine Yuccapalme von ihrem Sockel, und ein paar Gläser gingen zu Bruch. Zum Glück reagierte das Personal schnell und beherzt, sodass eine Panik unter den Gästen erst gar nicht ausbrechen konnte. »Es weht draußen ein Lüftchen«, seufzte Levante. »Was ist mir dieses Klima manchmal zuwider.«

Ein langer Blitz zuckte über den Himmel und tauchte alles in ein bläuliches Licht.

Während einer Gesprächspause erwähnte Susanne zwanglos den verschwundenen Seismografen. Sie schilderte alles mit großer Eindringlichkeit, und es wurde plötzlich ganz still.

»Wie, verschwunden?«, fragte Vargas. Er wechselte einen Blick mit Gomez und nippte an seinem Wasser. »So ein Gerät kann nicht einfach verschwinden.«

»Das steht auch noch immer nicht fest …«

»Bei allem Respekt, Doktor Gomez …« Susanne holte einmal tief Luft. »Einer der Auftriebskörper wurde in einer Blockhütte am anderen Ende der Insel entdeckt. Unsere Seismografen können zwar einiges, aber fliegen können sie nicht.«

»Das überrascht mich«, sagte Gomez, »Deutsche können doch immer alles.«

»Das dachte ich auch.« Levante rülpste. »Alles und besser!«

Susanne wäre am liebsten der ganzen Runde ins Gesicht gesprungen, aber sie hielt sich in Zaum.

»Für mich gibt es nur eine logische Erklärung: Der Seismograf wurde demontiert. Und genau das werden wir morgen überprüfen.«

Gomez nickte abwägend. »Wenn das Wetter mitspielt, man weiß ja nie …«

»Meistens spielt es nicht mit«, sagte Levante. Alle kicherten verhalten, nur Vargas lachte. Es war eine stereotype Folge von Koloraturen, die vielleicht besser zu einem Lachsack gepasst hätten, schnarrend, metallisch und heiser zugleich.

»Emilio, mein Freund, wussten Sie von dem Vorfall?«, fragte er dann.

Der Comisario schüttelte mit gespieltem Bedauern den Kopf.

»Ich höre das jetzt zum ersten Mal«, sagte er. Obwohl er ein vollendeter Lügner war, hatte er Schwierigkeiten, Susanne in die Augen zu sehen.

»Warum haben Sie mich nicht unterrichtet, *Señora?*«

»Ich dachte, ich überlasse das Doktor Gomez.«

Es entstand wieder eine peinliche Stille.

»Kann es sein – und bitte verstehen Sie das nur als eine unschuldige Frage –, dass dieser Ermittler – Vinzent Born – mit der Sache zu tun hat?« Levantes' Augen schienen sie zu durchdringen. »Nein, Sie brauchen nicht zu antworten, aber ich darf Ihnen eines verraten: Seitdem er sich auf der Insel herumtreibt, scheint er auf eine Menge Zehen getreten zu sein. Quebracho sagte mir vorhin, ihr Freund habe in einem Lokal in Garafía eine Schlägerei angezettelt.«

»Vielleicht können Sie ihm einmal gut zureden.« Vargas hatte den Ball elegant aufgenommen. »*Señor* Born scheint sich da in eine Sache verrannt zu haben. Wer weiß, wo er diesen Schwimmkörper gefunden hat? – In den Bergen, der *Tierra fría?* Um ehrlich zu sein, das halte ich für ausgeschlossen.«

Gomez nickte.

»Sie sind Wissenschaftlerin, meine Liebe, gebrauchen Sie Ihren Verstand. Am Strand ließe sich der Fund noch erklären, doch in den Bergen?«

»Vielleicht ...« Susanne pickte in ihrem Meeresfrüchtesalat. »Vielleicht wurde der Seismograf demontiert ... von diesen Tauchern, die spurlos verschwunden sind.«

»Ist das Ihre Theorie«, fragte Levante mit einer kaum hörbaren Stimme, »oder die von *Señor* Born?«

Susanne beschloss, das Thema fallen zu lassen, was Levante nicht ungelegen kam.

Sie beobachtete ihn, wie er routiniert das Nachtischbüfett plünderte.

Wie ein Tippelbruder, dachte sie noch, der nach vierzehntägiger Wanderung den Weg in eine offene Speisekammer gefunden hat. Manche kriegen einfach den Schnabel nicht voll.

Inzwischen war es halb zwei. Susanne machte sich langsam Sorgen, denn Vinzents Nummer war tot.

Ob ihm etwas zugestoßen ist? Die Gruppe um Vargas hielt sich abseits und gab ein peinliches Stilleben ab. Gomez nagte ungeduldig an seiner Unterlippe. Er hatte gerade versucht, etwas zu erklären, aber Vargas ließ ihn einfach abblitzen, das heißt, er zuckte immer wieder mit den Schultern, als ob es ihm völlig egal wäre, was der andere sagte.

Levante stand vor einem der hohen Spiegel, massierte seine fleischige Nase und beobachtete mit einem gewissen Wohlwollen, wie sich die Menge der *buena gente* zerstreute. Auch Susanne wurde von diesem Blick immer wieder gestreift, als ob er sie ermuntern wollte, endlich zu gehen.

»Und – haben Sie sich gut amüsiert?«

Susanne erschrak, als sie Catalinas Stimme so dicht hinter sich hörte. Sie sah noch immer so makellos aus, nur unter ihrer Nase klebten ein paar Kaviarperlen und entstellten unfreiwillig die Maske der Perfektion.

»Ich würde sagen, es war ein reizender Abend.«

»Reizend, so so …« Catalina lächelte von oben herab. »Dann hat man Ihnen auch eine neue Stellung angeboten, nehme ich an?«

Susanne nickte.

»Gehaltsverdopplung?«

»Wie bitte?«

»Oh, entschuldigen Sie, ich wollte nicht indiskret sein. Aber die junge Dame, die Professor Gomez letztes Jahr assistierte, hat auch ordentlich in die Kasse gelangt.«

»Welche Dame?«

»Die Italienerin. Vom«, – ihre Stimme klang nach dem falschen Pathos der Operette, »Nationalen Institut für Geophysik und Vulkanologie in Rom. Sie war auch Meeresgeologin wie Sie. Eine Frau Doktor Ambretta Soundso, sehr gescheit. Wir nannten sie immer nur Brett – das Brett von Professor Gomez, um genau zu sein. Ihr Kopf war etwas zu lang und ihre Brüste etwas zu klein …« Sie brach ab, als ob sie schon zu weit gegangen wäre. »Sie wurde jedenfalls fürstlich belohnt. Warum sie dann doch wieder zurückgefahren ist, nach Rom, meine ich – weiß der Teufel …«

»Da könnte ich mir einige Gründe vorstellen«, sagte Susanne. »Vielleicht hat sie Sie eines Tages ohne Schminke gesehen. – Sie entschuldigen mich?«

24

Felsheiligtümer gibt es im hügeligen Umland von Garafía genug. Sie sind weniger monumental als der Roque Idafe, die Felssäule in der Caldera, die den alten Guanchen als Göttersitz galt und den sie, den Chroniken zufolge, mit Milch, Fett und den Eingeweiden geopferter Tiere beschmierten. Tanausús letztes Lager befand sich in Sichtweite dieses Berges, von hier aus leitete er den letzten Widerstand gegen die spanischen Invasoren.

Garafías heilige Steine sind nicht von monolithischem Schnitt, sie gleichen eher flachen, verwitterten Platten, man kann sie nicht vom Wegesrand sehen, denn sie liegen meist hinter hohem Dickicht verborgen. Ein Zeichen für einen kultischen Opferplatz ist in der Regel ein großes Halbrund aus Felsklötzen oder »Nischenwänden«, die zum Aufbewahren von Opfergaben dienten.

Nur eine einzige großporige, verwitterte Platte trägt in flachem Relief das Zeichen der Fressenden Felsen. Sie ist alt – älter noch als die Höhle von Tajodeque – und liegt mitten in einem schwer zugänglichen Wald. Aus den typischen Wellenkreisen – die manchmal an die Fingerabdrücke eines Riesen erinnern – formt sich am unteren Rand ein Trichter aus zwei scharf gezackten Schrägen, die an Sägezähne erinnern. Darüber – petroglyphenhaft vereinfacht – erkennt man menschliche Figuren auf einer Art Plattform. Ob es sich bei dieser Darstellung um eine Opferszene handelt, ist unter Experten, aber auch unter den Nachkommen der Guanchen, bis heute umstritten.

Trotz der Sturmwarnung hatte sich Jingo den steilen Weg hinauf durch den nebligen Wald und seine knarrenden Kiefern gemacht. Ein leichter Nieselregen wehte ihm ins Gesicht, aber er war innerlich zu aufgewühlt, um sich über die Witterung aufzuregen.

Der Abend war nicht ganz so gelaufen, wie er es sich erhofft hatte. Auf der Terrasse des Restaurants *La Gaviota*, an der Seepromenade, hatte er Macarena eine Kopie des Vertrages präsentiert: »Sollten wir diesen Fisch morgen vor die Kamera bekommen, dann wirst du nächste Woche einen reichen Mann heiraten. Die Hälfte, also zweihundertfünfzigtausend Mücken, sind für mich drin. Damit wäre ich meine Schulden auf einen Schlag los, und wir könnten uns etwas aufbauen.«

Er hatte ihr angeboten, den Text in Ruhe zu lesen, vielleicht hatte er insgeheim gehofft, sie würde sich in die klein gedruckten Passagen verbeißen und ihn einen Glücksritter nennen, aber sie sah ihn nur mit Augen voller Traurigkeit an.

»Du glaubst, du hast einen großen Fisch an der Angel, mein kleiner Jingo. Pass bloß auf, dass er dich nicht frisst.«

»Ha, das ist wirklich gut«, sagte Jingo. Das Windlicht auf dem Tisch flackerte unruhig.

»Macarena, mir ist klar, dass der Tauchgang kein Kinderspiel wird. Aber es ist unsere Chance ...«

»Welche Chance?«, fragte sie wie entgeistert. »Dein Leben aufs Spiel zu setzen? So viel Geld brauchen wir nicht.«

»Aber, Süße, der Schuldenberg, auf dem ich sitze, wird jeden Tag größer! Die Tauchschule läuft nicht, und dein Vater hält mein Boot unter Verschluss!«

»Na und? Andere haben auch Schulden und müssen deshalb noch lange nicht mit einem verrückten Deutschen nach einem Seeungeheuer tauchen.«

»Was redest du denn da?« Hinter den Balustraden funkelten die beleuchteten Schwimmbecken wie grüne Raubtieraugen zu Jingo herüber. »Es ist nicht einmal gesagt, dass wir dieses Vieh finden.«

»Das ist auch nicht nötig«, sagte Macarena leise, »denn es wird dich finden. Wenn du da unten bist, musst du nur warten, und es wird kommen.«

»Woher zum Teufel willst du das wissen?«

Als sie den Kopf hob und ihn ansah, hatte sie Augen wie Backpflaumen, die in heißem Wasser aufgequollen waren.

»Meine Mutter hat mir früher oft von diesen Dingen erzählt. Die alten Fischer nannten sie die Dämonen des Meeres. Aus gutem Grund, wie ich meine. Man muss schon wahnsinnig sein, um nach ihnen zu tauchen.«

»Ganz gleich was passiert, ich verspreche dir, dass ich zurückkommen werde!«

Als Jingo den heiligen Felsen erreicht hatte, flüsterte er noch einmal das Gelübde, das er Macarena vor Stunden gegeben hatte. Völlig aufgewühlt presste er seine glühenden Schläfen an das regennasse Gestein.

»Abora, bitte, wenn es dich gibt, steh mir einmal bei … Nur einmal. Und dann verspreche ich dir, werde ich dich nie mehr belästigen, nie mehr, ich schwöre es dir … Ich werde auch allein klarkommen.«

Zwischen dem Knarren der Bäumen hörte er ein leises, wehmütiges Pfeifen …

El Silbo? Es konnte nicht sein …

Eine blauweiße Narbe zerriss in diesem Moment den nächtlichen Himmel, und ein dumpfes Grollen schlug wie der Knall einer Peitsche über Jingo zusammen.

Nach dem Blitz war die Luft dunkler und schrecklicher als zuvor, aber Jingo konnte die Gestalt noch immer in aller Deutlichkeit sehen: Es war ein Mann, der da mit steifen Schritten auf ihn zustakste. Auf seinen bloßen, mit Schmucknarben verzierten Schultern thronte eine monströs wirkende Fischmaske. Langsam hob er die Hand mit dem knorrigen Stock und stach ein Loch in die Luft.

»Was soll das werden?«, brüllte Jingo. »Eine Einmannprozession? Soll ich mir jetzt vor Angst in die Hosen machen?«

»Das wäre vielleicht gar nicht so schlecht … Selbst wenn das Blut des Großen Tanausú in deinen Adern fließt, der Lohn der Angst ist manchmal das Leben, das man behält.«

Mit fahrigen Bewegungen setzte der Mann die klobige Maske ab. Es war Alonso, der alte Apotheker, und er wirkte restlos erschöpft.

»Der Berg ist zwar nicht höher geworden, aber ich bin nicht mehr der Jüngste. Was für ein Aufstieg!« Er packte Jingo am Arm und zog ihn unter einen überhängenden Fels.

»Du hast deine Augen und Ohren wohl auch überall.« Jingo riss sich ärgerlich los.

»Nein, Mencey, aber ich hatte Macarenas Mutter an der Strippe, und Junge, Junge, hat die mir das Ohr vollgejammert.«

»Ach Quatsch, niemand wusste, dass ich hierherkommen würde.«

»Nun, ich an deiner Stelle, wäre hierhergekommen.« Er lächelte traurig. »Es ist schön zu sehen, dass dir unsere alten Bräuche doch etwas bedeuten.«

»Hör auf, Alonso …« Jingo starrte ihn feindselig an. Er hatte nicht vergessen, dass sie vor Tagen im Streit auseinandergegangen waren. »Gehst du zum Karneval oder willst du mich auch vor den Meeresdämonen warnen?«

»Nein, aber vor einem verdammt großen Fisch.« Alonso legte Jingo eine Hand auf die Schulter.

»Du hast ja recht, Mencey«, sagte er, »unsere Gemeinde muss sich der neuen Zeit stellen. Aber du weißt ja, wie stur sie sind. Sie hängen ihren alten Geschichten nach. Diese alberne Maske«, er nutzte sie als Schemel, »ist mir ein guter Regenschutz, das ist alles.«

Es klang ehrlich, wie er das sagte, und Jingo setzte sich neben ihn auf die Erde.

»Sag mir, Alonso, hast du jemals einen Fressenden Felsen gesehen?«

»Na ja …« Alonso rieb sich den Nacken. »Normalerweise liegt zwischen uns Menschen und diesen Fischen ein tiefer Abgrund von Zeit. Doch wenn sie nach oben kommen, ist unten in der Tiefe etwas nicht mehr in Ordnung. Schon mein Großvater nannte sie die Vorboten eines Vulkanausbruchs.

In den alten Legenden werden sie auch einfach nur *Drachenfische* genannt. Zu einer Zeit, als die Erde noch jung war und die Vulkane ihre Glut in den Himmel spuckten, da kamen sie noch an die Strände, um sich im seichten Wasser zu häuten.«

»Zu häuten?«

»Oh, ja … Vielleicht hat es mit dem verminderten Druck hier oben zu tun, denn es heißt, die Drachen blähten sich auf, zersprengten ihre Schuppenpanzer in tausend Stücke. Aus jeder Schuppe wuchs dann ein Drachenbaum.«

»Eine schöne Märchenstunde«, fiel ihm Jingo ins Wort. »Aber mich interessiert nur, ob es sie gibt.«

»Ja, es gibt sie«, sagte Alonso. »Abora muss gute Gründe gehabt haben, um so etwas zu erschaffen, ein Wesen, halb Fisch, halb Gestein.«

»So etwas gibt es nicht …«

»Und ob! Ich habe einen von ihnen berührt.« Der Alte zuckte einmal schaudernd zusammen. »Mit dieser Hand …«

»Ach, Nonsens …«

»Nein, es ist die Wahrheit. Auf dem Foto in der Bodega sind drei junge Männer zu sehen: Dein Großvater, Salvador und …«, – es sah kurz aus, als ob er Luft schöpfen müsste – »… und ich.«

Der Regen versiegte allmählich, die Wolken schwammen davon, sodass der blanke Himmel mit kalten, kleinen Stecknadelköpfen übersät war. Dann erstarb auch die Brise, und man hörte nur noch das Tropfen und Rieseln des Wassers, das aus Borken und Zweigen rann, von Blatt zu Blatt tropfte und zwischen den Felsen versickerte. Jingo brauchte eine Zeit lang, um das Geständnis des Apothekers zu verdauen.

»Du hast diesen Fisch also mit eigenen Augen gesehen?«

Alonso nickte. »Nicht nur das. Wir waren jung und furchtlos, na ja, manche würden vielleicht sagen, wir waren jung und dumm wie Bohnenstroh. In dieser Nacht als Platana-Joe den Fisch fand, da ist noch etwas passiert.«

»Ich weiß, die Behörden haben ihn verschwinden lassen.«

»Nein, nicht die Behörden. Wir waren es.« Obwohl es dem Anschein nach eine unangenehme Geschichte war, stahl sich ein Grinsen in Alonsos Gesicht.

»Dein Großvater, dieser verrückte Kerl, hatte die Idee. Er glaubte, er könne mit dem Fisch ein Vermögen verdienen. Nur deshalb klingelte er uns mitten in der Nacht aus den Federn. Salvadors Vater war Bauunternehmer, und mein alter Herr hatte Ahnung von der Taxidermie. Er sollte den Fisch so präparieren, dass man ihn ausstellen konnte. Dein Großvater war ja einer von uns, er kannte die Legende von den Fressenden Felsen und wusste, sein Fund war durchaus mit der Entdeckung eines toten Yeti oder einer gestrandeten Seeschlange zu vergleichen. Also ließ Salvadors Vater den Fisch auf einen Bootsanhänger verladen. Das Ding wog gut und gern ein paar Tonnen. Eigentlich hätten wir einen Tieflader gebraucht, aber es war ein paar Jahre nach Ende des Zweiten Weltkriegs und alles, was wir auf der Insel hatten, waren Anhänger, um Boote zu transportieren. Mit dem Bagger hievten wir das Biest schließlich auf einen Bootsanhänger. Wir dachten erst, die Achsen würden brechen, aber es ging. Dein Großvater und ich turnten inzwischen auf dem Fisch herum, um ihn unter einer alten Segelplane zu verpacken. Jedesmal wenn ich dieses Ding zufällig berührte, lief es mir kalt über den Rücken. Es fühlte sich nicht an wie die Haut von einem lebenden Wesen, eher wie Basalt, rau und kalt. Wie alle Fische hatte es Schuppen, doch sie waren dick wie Dachziegel. Am schlimmsten waren diese Albino-Augen. Sie waren milchig trüb und schienen durch eine Lidhaut geschützt. Während wir auf dem Monster herumkletterten und seine klauenartigen Flossen verschnürten, musste ich daran denken, wie furchtbar es sein muss, diesem Fisch im Wasser zu begegnen. Es war einfach fremdartig … wie etwas aus einer anderen Welt. Ich glaube, wir waren alle froh, als der Jeep von Salvadors Vater endlich losfuhr und dieses Ding in der Ferne verschwand.«

Jingo schluckte. »Und dann?«

»Tja, darüber gehen die Meinungen auseinander …« Alonso erhob sich und lockerte seine Streichholzbeine. »Mein Vater hatte in der Zwischenzeit eine leere Zisterne in seinem Garten mit Formaldehyd aufgefüllt und wartete auf die Ankunft des Wagens. Im Morgengrauen rief er uns an, er war verwirrt, denn Salvadors Vater war noch immer nicht aufgetaucht. Er riet uns, die Polizei einzuschalten, und das taten wir, ich meine, was blieb uns anderes übrig. Der verbogene Bootsanhänger wurde schon ein paar Stunden später gefunden. Der Jeep lag ganz in der Nähe – im seichten Wasser am Strand, völlig zusammengepresst, als käme er aus der Schrottpresse. Tiefe Schleifspuren im Sand begründeten den Verdacht, dass dieses Ding den Wagen zum Ufer geschleppt hatte. Es gab keine Reifenspuren, nur eine riesige Blutlache. Den Polizeibericht hättest du lesen sollen – ein Meisterwerk analytischer Blendung, nur um keine Touristen zu verschrecken.«

»Was ist mit Salvadors Vater passiert?«

»Er war noch im Wagen, als sie ihn fanden«, sagte Alonso, »allerdings in einem ähnlichen Zustand wie sein Gefährt. – Er war Brei, verstehst du? Salvador und Platana-Joe haben nie wieder über diese Sache gesprochen, nie wieder.«

»Und warum erzählst du mir das?« Jingo hatte sich ebenfalls aufgerafft.

»Weil du ganz offensichtlich den Traum deines Großvaters träumst. Ich möchte nicht, dass sich diese Geschichte wiederholt. Und dass es noch mehr Opfer gibt.«

»Jetzt klingst du wie Macarena«, sagte Jingo.

»Sie meint es nur gut«, sagte Alonso. »Ihre Mutter ist in unserer Gemeinde. Sie ist dir wahrscheinlich noch nie aufgefallen, aber sie ist eine *Harimaguada.*«

»Soll das heißen, Macarena ist eine …?«

»Ja, das ist sie«, sagte Alonso, »zumindest zur Hälfte …«

»Aber sie hat mir nie von ihrer Mutter erzählt …«

»Daran siehst du, wie ernst die Mutter ihr Schweigegelübde nimmt. Um ehrlich zu sein, keiner von uns hängt seine Herkunft an die große Glocke, denn man ist uns hier noch immer feindlich gesinnt.«

Auf dem Rückweg bemerkten sie eine dünne Rauchwolke über der Cumbre Vieja. In dem silbrigen Mondlicht wirkte es wie aufsteigender, sich leicht kräuselnder Zigarettenrauch.

»Es hat schon begonnen«, sagte Alonso. »Die Elemente sind in Aufruhr. Ob es wieder einen Vulkanausbruch gibt? So wie damals?«

In dieser Nacht ereignete sich vor der Westküste La Palmas ein Seebeben, kaum mehr als ein kurzer, heftiger Stoß, doch Jingo, der gerade eingeschlafen war, fühlte die Bewegung in seinem Inneren und schreckte auf.

Ein paar Sekunden lag er im Dunkeln und versuchte seine Atemnot zu bekämpfen, dann sprang er mit rasendem Herzen aus seinem Bett und taumelte zu dem großen Fenster, das zur Seeseite zeigte: Nichts, flache Dünung, ein bisschen Regen, nichts weiter zu sehen.

Dieser Alte und seine Geschichte, dachte Jingo.

Im Grunde war es ein Strandhaus, in dem er wohnte, denn es lag auf einem mit Schlickresten bedeckten Sandbuckel, der bei Flut fast völlig vom Meer verschluckt wurde. Ein paar Holzlatten führten direkt zur Anlegestelle, und dort lag normalerweise sein Boot vor Anker. Jetzt dümpelte dort nur eine Jolle.

Während sich Jingo umdrehte und reckte, raste eine haushohe Welle über Punta de Fuencaliente hinweg. Der Wellenberg wanderte dann weiter in nordwestlicher Richtung. Auf seinem Weg die dunkle Küste entlang wurde er von einem Kreuzfahrtschiff ausgemacht. Dem wachhabenden Navigationsoffizier erschien es, als ob er Zeuge einer Raumkrümmung werde.

Die Welle erreichte genau in diesem Moment den Hafen von Puerto Naos. Sie hob Schiffe, Bojen und alles, was am Kai vertäut lag, hoch und schleuderte es mit entsetzlicher Wucht in die Straßen.

Im Halbschlaf hörte Jingo das ferne Aufheulen der Sirenen.

Das ist doch zum Verrücktwerden, dachte er noch, da hörte er schon ein berstendes, sich immer weiter hoch schaukelndes Geräusch, als ob zwei Züge direkt vor seiner Haustür zusammengestoßen wären und sich jetzt ineinander verkeilten. Die Sirenen erstarben in einem alles verschlingenden Rauschen: Es klang wie ein gewaltiger Wasserrohrbruch, und Jingo schlüpfte in seine Schuhe.

Diablo, nicht mal in Ruhe schlafen kann man auf dieser beschissenen Insel …

Als er sich wieder zum Fenster drehte, war die riesige Wasserwalze nur noch anderthalb Meter von der Scheibe entfernt: In diesem Moment schien die Zeit stehen zu bleiben. Jingo betrachtete die Millionen winziger beweglicher Gipfel, mit denen die Oberfläche gesprenkelt war und über denen Abermillionen Tröpfchen schwebten, festgehalten für die Ewigkeit. Lächelnd öffnete er das Fenster und streckte seine Hand aus, um die gigantische, senkrecht vor ihm stehende Wassermasse zu berühren, er roch den schlechten Atem des Ozeans, fühlte die eisige, straff gespannte Haut des Elements, das diesen Planeten beherrschte: Ein dunkler Schatten vergrößerte sich plötzlich in der Wasserwand, etwas schoss blitzartig heran, und Jingo starrte in riesige, mondsteinfarbene Augen … Er schlug die Hände vor dem Gesicht zusammen. Dann, als sich die Zeit nicht länger dehnen ließ, als das Wasser seine Lungen schlagartig ausfüllte, als es seinen Körper blitzartig gegen die Decke schleuderte, erwachte er mit einem gellenden Schrei auf den Lippen und strampelte sich wie wild in seine Hose.

Halb vier, dachte er noch. *Mist, die Nacht ist im Eimer …*

Diesmal war es kein Traum, draußen heulten echte Sirenen, es tobte ein Sturm, und während Jingo hinüber zum Ufer sah, wo sich grüne Wellenberge türmten, hatte er zum ersten Mal den Aufstand der Natur deutlich vor Augen.

25

Die Toilette lag im Erdgeschoss, hinter dem Vestibül, am Ende eines etwas schummerig beleuchteten, verwinkelten Gangs. Susanne hatte sich nur kurz frisch machen wollen, jetzt fand sie sich plötzlich am Ende eines Korridors wieder. Sackgasse. Lauter Türen, rechts, links, ein unerforschliches Labyrinth, in dem es ein Kinderspiel war, sich zu verlieren.

Kurz entschlossen trat sie durch eine Tür und sah sich in dem gedämpften Licht eines vornehmen Büro-Wohnraums um. Durch das breite, viereckige Fenster stäubte das Mondlicht und überzog die Flaggen hinter dem Schreibtisch mit einem bläulichen Schimmer. Ein schwerer Bucharateppich füllte das Zimmer bis an das Brokatpaneel seiner Wände aus, und ein moschusartiges Aroma lag in der Luft.

Interessant, das Büro des Herrn Bürgermeisters. Das ganze Mobilar war in Palisander gehalten und hatte mit Sicherheit ein Vermögen gekostet.

Eine Sammlung kitschig gerahmter Familienfotos präsentierte den Vargas-Clan von seiner lieblichsten Seite. Rechts davon an der Wand protzte eine Scheinbibliothek, alles fingierte Bücher, Leder und Goldpressung. Sie ließen sich wie Schuber öffnen und waren randvoll mit Verträgen gefüllt.

Susanne ging langsam zum Schreibtisch. In der polierten Platte spiegelte ein Chronometer sein silbernes Gesicht. Stumm und mit hypnotischer Beständigkeit tickte er laut vor sich hin.

So eine Gelegenheit kommt nicht alle Tage, dachte Susanne.

Auf der schweinsledernen Schreibunterlage lag ein Stapel fein säuberlich geordneter Papiere. Das oberste Dokument war ein Frachtbrief. Susanne bemerkte es nur, weil ihr der Name *Star of India* inzwischen geläufig war. Unter den Kürzeln der Frachtposten konnte sie sich allerdings nicht viel vorstellen. Sie blätterte weiter, suchte die Angaben für die Zollbehörden. Natürlich verstand sie nur Bahnhof. Sie war imstande, ein Küchenspanisch zu radebrechen, doch damit waren ihre Kenntnisse auch schon erschöpft. Dennoch glaubte sie ein wichtiges Stück des Puzzles gefunden zu haben, das noch nicht ganz, aber so halb passte.

Gerade wollte sie die Schreibtischschublade öffnen, als sie draußen vom Gang her laute Schritte hörte. Blitzschnell eilte sie zur Balkontür, öffnete sie, doch es war schon zu spät, und sie hatte gerade noch Zeit, hinter eine Seite des Vorhangs zu schlüpfen.

Zunächst betrat der Bürgermeister den Raum, dann Gomez, Levante, Quebracho und der indonesische Reeder. Er hatte den elastischsten Schritt von allen und ließ sich als Erster in den roten Ledersessel am Tischende fallen. Da Levante jedoch der Meinung war, dass dieser Vargas von Amts wegen zustand, forderte man ihn auf, woanders Platz zu nehmen, bis der Seemann es dann ohne jede liebenswürdige Anwandlung tat. Susanne hätte am liebsten gelacht.

Was die anderen anbelangte, so herrschte eine äußerst gespannte Atmosphäre. Sie konnten sich gegenseitig nicht riechen, das war allzu deutlich, aber alle Gedanken beschäftigten sich mit dem Problem, dass sie hierher geführt hatte: Susanne.

Gomez machte mit seinen Augen die Runde.

»Sie hat nicht angebissen«, sagte er in einem ungewöhnlich mild klingenden Spanisch.

»Sie ist nur vorsichtig«, meinte Vargas.

»Trotzdem – wenn wir nicht aufpassen, werden wir wegen einer kleinen Torpedotorte aus Bremerhaven auffliegen.«

»Was sollte auffliegen?«, seufzte Vargas. »Selbst wenn die kühle *Señora* dahinterkommen sollte, dass sich ihre reizenden Seismografen in Luft aufgelöst haben, würde das kaum ausreichen, um uns etwas anzuhängen. Die einzigen Männer, die gegen uns aussagen könnten, sind tot, und unser indonesischer Freund hier sitzt ebenso tief in der Scheiße wie wir. Also wird er die Klappe halten.«

»Trotzdem wird die Sache allmählich unangenehm.« Gomez lief unruhig hin und her. »Sollte diese überkandidelte Zicke morgen herausfinden, dass wir schon zwei Seismometer demontiert haben, wird sie das Projekt mit Sicherheit stoppen.«

Der Indonesier nuschelte etwas auf Englisch dazwischen, aber Levante klopfte ihm beruhigend auf die Schulter.

»Ach was … Die Deutschen können es sich nicht leisten, ein Renommierprojekt einzustampfen«, platzte Vargas heraus. »Also, bitte, mach nicht die Pferde scheu. Nur weil das Täubchen einen anderen vögelt.«

Er griff in seine Brusttasche und schob sich einen Stumpen, dick wie eine Salatgurke, zwischen die Lippen. »Sehen wir die Sache einmal positiv: Die *Star of India* wird in 48 Stunden ablegen und alle Beweise mitnehmen. Und wir sind jeder um 250 000 Euro reicher … Das nenne ich überleben, *Caballeros*, aber richtig!«

»Noch ist es nicht soweit«, sagte Gomez mit gepresster Stimme. »Wenn diese Ziege nicht Verdacht geschöpft hätte, würde sie nicht so penetrant hinter mir her schnüffeln.«

»Sie schnüffelt nicht hinter dir her, so gern du das vielleicht hättest.« Vargas fletschte ein schimpansenhaftes Grinsen.

»Und dieser Ermittler?«

»Hat andere Sorgen. Sag du's ihm, Emilio.«

Der Leguan nickte kaum merklich.

»Seit seiner Ankunft lasse ich ihn von Quebracho, einem meiner besten Männer, beschatten.«

Quebracho verneigte sich unmerklich.

»Der Deutsche hat bisher nichts in Erfahrung gebracht.« Quebracho spuckte die Worte förmlich aus. »Und das wird er auch in Zukunft nicht.«

»Aber es ist doch kein Zufall, dass er und diese Zicke im selben Hotel wohnen.«

»Und sie tauschen sich aus«, zischte Gomez. »Ich hab es mit eigenen Ohren gehört.«

»Oh, wusste gar nicht, dass du auch an Zimmertüren lauschst«, sagte Levante.

»Mein lieber Comisario, du scheinst nicht begriffen zu haben, dass auch dein Arsch hängen wird.«

»Nicht so hoch wie deiner, Gomez.«

Vargas trat an eines der Fenster. Aus dieser Perspektive wirkten die grünen Rasenflächen des Gartens so makellos gepflegt wie in einem Fußballstadion.

Nur an den Palmen jenseits der Mauer konnte er sehen, dass sich der Sturm noch nicht ausgetobt hatte.

»*Caballeros*, wir werden uns doch nicht streiten?« Vargas lächelte schlau. Der kleine Wortwechsel zwischen seinen Komplizen hatte seine Laune gehoben. »Ich mache mir nicht die geringsten Sorgen. Sollte es jemals rauskommen, werde ich vor Gericht die Vorwürfe in aller Schärfe zurückweisen, eine schnelle und rückhaltlose Aufklärung fordern und die Behörden bei ihren Untersuchungen unterstützen. Ich bin sicher, Quebracho wird im Handumdrehen ein paar Schuldige unter den lateinamerikanischen Einwandern finden.«

»*No problema.*« Quebracho grinste diabolisch. »Wie viele hätten Sie denn gerne?«

Vargas ließ wieder sein kaskadenhaftes Lachen vernehmen. »Die Einstellung lob ich mir! Wir haben alle Trümpfe in der Hand! Ein Prozess wäre übrigens kostenlose Werbung für die palmerische Sache. Wir wollen nichts, als eine Forderung der Vereinten Nationen erfüllen. Es geht um die Sicherheit von Hunderttausenden von Europäern. Und Sicherheit war schon immer teuer. – *Salud!* Auf uns Wohltäter!«, fügte er noch schmunzelnd hinzu.

Er prostete seinem indonesischen Gast zu, der – obwohl er nichts verstanden hatte – äußerst lässig zurückprostete.

Susanne hatte genug gehört. Lautlos schlüpfte sie durch den Spalt in der Balkontür. Draußen presste sie sich ganz eng gegen die Sandsteinmauer und hielt den Atem an. Den Frachtbrief in der rechten Hand, robbte sie über die Terrasse, wobei ihr freche Böen immer wieder unter den Rock fuhren. Sie ärgerte sich, dass sie kein Kleid in dunklen Farben gewählt hatte, sondern ein weißes.

Wie sie so bäuchlings über das feuchte Gras kroch, leuchtete sie wohl von Weitem wie der Einstieg zu einer Waschmittelhölle.

Sie hörte plötzlich etwas; um sie herum im Gras knisterte und glitt es von Insektenbeinen. Eine stattliche Spinne flitzte knapp vor ihrer Nase vorbei, dicht gefolgt von einem einheimischen Gecko. Im Fieber der Jagd hatte er Susanne gar nicht bemerkt, jetzt schien sein Inneres durch die halb durchsichtige Haut aufzuleuchten.

»Geh deiner Wege, aber geh«, murmelte Susanne.

Trotzdem war sie heilfroh, als sie endlich die Eukalyptussträucher erreichte. Einen Moment kauerte sie dort und schöpfte

Atem. Obgleich ihr der Schweiß auf der Stirn stand, zitterte sie vor Kälte.

Was jetzt? Das schmiedeeiserne Tor machte einen verschlossenen, höchst abweisenden Eindruck. Auch die mit Schlingpflanzen bewachsene Mauer war in Sichtweite. Sie war recht hoch, es würde eine schmutzige Kletterei geben, aber da sie ohnehin schon wie ein begossener Pudel aussah, konnte sie ihrem schönen Kleid auch den Rest geben.

Die Büsche gaben ihr Deckung, als sie aufstand und mit zielsicheren Schritten auf die Mauer zulief.

»Halt! Wer ist da?«

Der Strahl einer Taschenlampe hatte sie erfasst, und sie hielt automatisch die Hand mit dem Frachtbrief vor ihr Gesicht, um nicht geblendet zu werden.

Einem Impuls folgend tauchte sie zwischen die Bäume.

»Stehen bleiben, *Señora!* Was tun Sie hier?«

Quebracho kam langsam auf sie zu. »Ich habe Sie etwas gefragt.«

Die Büsche wurden plötzlich lebendig, und etwas wirbelte ihn von den Beinen.

Es war ein extrem harter Fußfeger. Bevor Quebracho wieder aufspringen konnte, traf ihn eine schnörkellos geschlagene Faustrückhand genau auf die Schläfe. Noch während sich Vinzent über ihn beugte, gingen die Lichter für Quebracho aus.

»Okay, Mister Bond, wo haben Sie das gelernt?«, fragte Susanne.

»In einem Kellerraum des Studentenhilfswerks«, flüsterte Vinzent. »Bei Alan Tong.« Er küsste sie erst, dann zog er sie mit sich in die Dämmerung unter den Bäumen.

»Musste das eben sein?«, fragte sie.

»Sagen wir mal, ich hatte mit dem Herrn noch eine Rechnung offen.«

»Dann stimmt es also …«

»Was?« Zwischen den Bäumen umhertapsend, suchte Vinzent eine geeignete Stelle, um über die Mauer zu klettern. Die Mauer war ein Geckoparadies, überall huschte es unter den Blättern der Ranken.

»Das mit der Schlägerei in Garafía.«

»Ach, das war nur ein bisschen Geplänkel.« Er lehnte sich an die epiphytenbewachsene Mauer und verschränkte beide Hände zur Baumleiter. »Schnell, nur weg hier, bevor der Kampfzwerg wieder zu sich kommt.«

»Da soll ich rauf …?«

»Das Tor vorne ist verschlossen und das hier ist der einzige Ausweg.«

»Mach keinen Unsinn«, sagte sie noch.

»Ich und Unsinn? Was denkst du von mir?«, fragte Vinzent. »Habe ich je den Eindruck gemacht, als gehörte ich zu der Sorte von Irren, die von einem Baukran springen, nur um ihr Rückgrat krachen zu hören? Gut, ich habe es ein paar Mal getan, aber was tut das zur Sache? Los, jetzt mach schon!«

Wie sie es über die drei Meter hohe Mauer geschafft hatte, ohne sich die Knochen zu brechen, das würde Susanne für immer ein Rätsel bleiben.

Vinzent warf sie förmlich nach oben, und der Flug endete in einer dichten Buchshecke. Dann bekam sie einen ihrer Schuhe auf den Kopf und eine Sekunde später landete Vinzent neben ihr im Gesträuch.

»Voilà.« Er reichte ihr den anderen Schuh.

»Na schön, ich nehme alles zurück«, sagte sie und küsste ihn zärtlich auf den Mund. »Du bist fast Superman. Aber eben nur fast.«

Auf der Rückfahrt berichtete sie ihm von der geselligen Runde und las ihm aus dem Frachtbrief der *Star of India* vor. Vinzent hörte nur mit einem Ohr zu, sein Spanisch war ebenfalls nicht das Beste, und die vielen Äste, die der Sturm auf die Straße geweht hatte, machten die Fahrt eher zu einem Hindernisrennen. Ein ganzer Löschzug der kanarischen Feuerwehr nahm ihnen einmal die Vorfahrt, es herrschte Ausnahmezustand auf den Straßen, und sie waren heilfroh, als sie endlich das »Sol Elite«-Hotel in Puerto Naos erreichten.

Schon als sie die Lobby betraten, schwante Susanne, dass sie sich gerade eine Menge Ärger eingehandelt hatten.

»Vargas wird seinen Frachtbrief schmerzlich vermissen«, sagte sie. »Und dieser Kampfzwerg im Garten ...«

»... hat uns gesehen«, vollendete Vinzent den Satz. »Was werden die bösen Buben jetzt tun?«

»Keine Ahnung.«

Sie steuerten eine offene Aufzugskabine an, als Susanne plötzlich abrupt stehen blieb.

»Ich hab's«, sagte sie.

»Was?«

»Ich weiß, was wir tun werden. Warte einen Moment auf mich in der Bar.«

Zehn nach drei: Kleine runde Rauchwölkchen entschwebten langsam den sie formenden Lippen, reihten sich zu leicht gewellten Ringen und zerflossen vor dem silbrig schimmernden Hintergrund der verspiegelten Theke.

Vinzent musste feststellen, dass er soeben wieder mit dem Rauchen begonnen hatte.

Was für eine unglaubliche Geschichte, dachte er. *Doch was soll's: Die Welt ist alles, was der Schadensfall ist. Ein Verbrecher handelt im Grunde wie ein Versicherungsnehmer: Er wägt die Risiken ab und vertraut darauf, das es gut gehen wird. Manche haben Pech, andere kommen durch.*

Er rauchte bedächtig weiter und beobachtete das Schauspiel an der Rezeption:

Susanne palaverte noch immer mit Rezeptionsschnecke. Das Phlegma der Concierge wirkte selbst aus dieser Entfernung ansteckend. Endlich setzte sie sich in Bewegung, und Susanne drehte sich um und zeigte zwei abstehende Daumen.

Wenig später rutschte sie neben ihm auf den Hocker.

»Was sollte das jetzt?«, fragte Vinzent.

»Nun … Die nette Concierge hat den Frachtbrief der *Star of India* soeben ans AWI gefaxt. Die Kollegen werden sich um eine Probeübersetzung kümmern. Ich bin gespannt.«

»Verstehe«, sagte Vinzent. Er drückte ihr ein Glas Scotch in die Hand und nötigte sie fast, mit ihm anzustoßen. »Selbst wenn sie uns abknallen sollten, der Gerechtigkeit werden sie nicht entkommen.«

»Abknallen?«, fragte Susanne.

»Irgendwas müssen sie sich einfallen lassen, oder nicht? Für die ehrenwerte Gesellschaft steht viel auf dem Spiel.« Vinzent beobachtete den Keeper, der mit verschränkten Armen auf dem Tresen schlief.

»Soll heißen?«

»Die Jagd ist eröffnet.« Er angelte sich die Flasche und goss noch einmal nach.

»Ich glaube, es wird Zeit, dass wir einmal ein *Worst-case*-Szenario durchspielen. Was du heute Abend gehört hast, bedeutet, dass alle unter einer Decke stecken. Alle sind in diesen Schwindel verstrickt, und dieser Frachtbrief in deiner Hand liefert die ganze Bande ans Messer. Wenn sich bewahrheiten soll, dass die hier Geräte verticken, die – von der EU finanziert – den Schutz der Bevölkerung gewährleisten sollen, dann werden sie alle in den Knast wandern, und dazu haben die sicher keine Lust. Es bleibt ihnen also nur übrig, zu kämpfen.«

»Lucha libre«, sagte Susanne. »Freistilringen. Der Bürgermeister hat es selbst gesagt.« Die ganze Tragweite ihrer Handlung war ihr erst jetzt zu Bewusstsein gekommen. »Aber das heißt doch, wir sind unseres Lebens nicht mehr sicher! Wir müssen weg! Sofort.«

Während sie noch sprach, bebte auf einmal der Tresen. Die Erschütterung war kaum spürbar, doch der Flüssigkeitsspiegel in ihren Gläsern zuckte einmal zusammen.

»Hast du das eben gemerkt?«, fragte Vinzent. Auch der Barkeeper war plötzlich hellwach und warf einen Blick in die Lobby. Ein Hoteldiener erwiderte seinen Blick und rückte sich mit einer Verlegenheitsgeste das Käppi zurecht.

»Ja, hab ich.«

»War das ein Erdbeben?«

Die Insel schüttelt sich, dachte Susanne.

»Ich denke, es war nur ein Auftakt«, sagte sie nur.

26

Der Sturm hatte sich gelegt, er pfiff und jaulte nicht mehr um die Häuser. Die weiße Gischt an der Uferlinie war verschwunden, dafür rauschte und gurgelte es von fern in den Sielen.

Der Morgen nach dem Beben begann mit einer unheimlichen Entdeckung: Pio, der Leuchtturmwärter vom Punta Cumplida, hatte das Etwas am Strand zuerst ausgemacht und sofort die Polizei alarmiert.

Mit Taschenlampen wieselten ein Dutzend Männer die rutschigen Hänge hinunter.

Sie konnten sich nicht verlaufen, denn ein Schwarm Seevögel kreiste über dem Ort. Keiner sagte ein Wort, nur in der Ferne knatterte und rumorte es in den Büschen. Lange Lichtstreifen in den Dünen zeigten den Polizisten den Weg einer anderen sich nähernden Meute. Die Bewohner einer illegalen Siedlung waren ebenfalls aufmerksam geworden: Junge Strandräuber in verdreckten Klamotten jagten auf ihren ebenso verdreckten Cross-Maschinen heran, in der Hoffnung, irgendetwas abstauben zu können. Wie deformierte Kängurus – manchmal auch wie unter dem Einfluss verminderter Schwerkraft – dotzten sie über die Sandbuckel.

Der Erste hatte schon den dunklen Körper in der Nehrung erreicht.

»Es ist ein Wal!«, brüllte eine Stimme herauf. »Ein Wal!«

»*Caramba!*« Auf den letzten paar Metern hatte sich Comisario

Levante ein paar Mal unfreiwillig gesetzt. An seinem Hintern klebte sandiger Schlamm. Mürrisch wies er seine Männer an, die jugendlichen Rabauken zu verscheuchen.

»Jetzt fehlt mir nur noch dieser Wiesner zu meinem Glück«, brummelte er. Im Lichte der Stabtaschenlampen besah er sich zum ersten Mal die Bescherung: Das tonnenschwere Tier sah aus, als wäre es bäuchlings über ein gutes Dutzend riesiger Rasierklingen gerutscht. Gedärme und zerfetztes Gewebe tropften auf den schwarzen Sand und stanken zum Himmel. Levante hielt sich ein Taschentuch vor die Nase, aber es half fast nichts.

»Was für eine Schweinerei!«

Er hatte für diese Verletzungen keine Erklärung, obwohl er nicht zum ersten Mal tote Wale auf seiner Insel inspizierte. Auch andere Inseln hatten mit diesem Problem zu kämpfen. An den Küsten Lanzarotes und Fuerteventuras waren im September 2002 nach einem Flottenmanöver der USA gleich vierzehn Schnabelwale gestrandet. Experten vermuteten damals, dass extrem niedrige und extrem intensive Frequenzen die Meeressänger in Panik versetzten – die Tiere tauchten zu schnell auf und starben an einer Druckdifferenzkrankheit, die sich durchaus mit einem Taucherkollaps vergleichen ließ.

Frankreich und die USA bestritten jahrelang die schädlichen Nebenwirkungen ihrer Sonargeräte. Erst nach einer Massenstrandung im Sommer 2004 verabschiedete das EU-Parlament die längst überfällige Resolution.

Der Madrider Verteidigungsminister entschied sogar, Seemanöver zu verbieten, doch jeder wusste, dass noch immer amerikanische U-Boote vor der West-Sahara kreuzten, und die würden auch weiterhin nicht auf den Einsatz ihrer LFAS-Ortungsgeräte verzichten.

»Warum bringt die Technik uns immer nur Ärger ein? Für jedes gelöste Problem nimmt man zehn neue in Kauf.«

Levante lehnte an einem halbwegs trockenen Felsen und klopfte sich den Sand aus den Ärmeln.

Er hatte eine unruhige Nacht hinter sich, was im Grunde genommen die Untertreibung des Jahres war, denn gleich nach der Entdeckung des K.o.-geschlagenen Quebrachos hatte der Bürgermeister Zetermordio geschrien. Levante hatte nie geglaubt, dass ein vornehmer, distinguierter *Caballero* über einen derartig unflätigen Wortschatz verfügen könnte. Ein Blick auf seinen Schreibtisch hatte genügt, um ihn in Wutgeheul ausbrechen zu lassen: »Das feine Pärchen hat sich den Frachtbrief geschnappt! Jetzt wissen sie Bescheid …«

Wen er mit »feinem Pärchen« meinte, war dem Leguan klar, nur worüber sie Bescheid wissen mochten und warum das so dramatisch war, ging ihm zunächst nicht auf. Die Ausklarierung der *Star of India* war beschlossene Sache, in weniger als zwölf Stunden würde sie Santa Cruz de la Palma in Richtung Kap der guten Hoffnung verlassen. Wer würde das Schiff außerhalb der spanischen Hoheitsgewässer aufbringen können und mit welcher Begründung? Wieso verlor alle Welt plötzlich die Nerven?

»Comisario, Comisario!«

Ein junger Streifenhampel – seit drei Wochen im Dienst – taumelte in sein Sichtfeld und lüpfte mit einer krampfartigen Handbewegung die Mütze.

»Clandestinos. Unterhalb von Francesses, der Strand liegt voller Leichen … Ein Boot ist wohl im Unwetter gekentert.«

»Alle tot, sagst du? Verdammte *Moros*!« Levante kicherte irre. Er gehörte zu den Spaniern, die die unschönen Vorfälle von Lynchjustiz aus El Eijdo für durchaus gerechtfertigt hielten.

»Das ist gut, wenn uns die Natur mal etwas Arbeit abnimmt. Ich meine, wenn sie tot sind, verursachen sie keine Schreibarbeit. Ruf den Leichenbeschauer an. Noch was?«

Der Frischling zauberte eine Liste aus seinem Ärmel.

»Der Sturm hat eine Kirche abgedeckt.«

»Hervorragend! Endlich hat es mal einen Pfaffen erwischt.«

»Eine Strandbar wurde zerstört.«

»Und wenn! Die Leute saufen eh viel zu viel …«

»Drei UFO-Sichtungen.«

»Drei? Sagtest du eben drei?« Levante rieb sich die Augen, als ob er sich die Sehnerven ausreiben wollte. »Geben diese Knalltüten denn niemals Ruhe? *Oye chico*, notier dir die Namen von diesen Deppen, ich meine, von denen, die angerufen haben, und dann erstattest du gegen jeden Strafanzeige. Jawohl, Strafanzeige, das Maß ist voll!«

Er reckte seinen Hals, denn die Jugendlichen auf ihren Crossrädern waren noch immer am Knattern.

»Lesen Sie weiter, Comisario.«

»Ja, ja.« Levante wurde plötzlich ganz still. »Ein Erdbeben? Ist das sicher?«

»*Sí*. 2,3 auf der Richterskala, so wurde es uns jedenfalls gemeldet …«

»Ich habe nichts bemerkt«, sagte Levante.

»Ich auch nicht«, sagte der Hampel. »Mein Hund hat aber angeschlagen. Tiere sind empfindlicher als Menschen.«

»*Joder* …« Levante las weiter. »Der Rohbau vom Vargas-Hotel an der Playa de las Vinagreras wurde beschädigt. Ist das sicher?«

Der uniformierte Hampel nickte mechanisch.

»Ein Wachmann rief uns gegen Mitternacht an. Ich glaube«, – brüllte er über den Lärm der Crossmaschinen –, »das wird dem Bürgermeister gar nicht gefallen! Und der Baubehörde …«

»Cojones!« Levante stand abrupt auf, zog seinen Revolver und ballerte ein paar Mal in die Luft.

»Verschwindet!«, brüllte er. »Oder muss ich euch erst eure Opossum-Ärsche aufreißen?«

Er lachte irre, als die Crossmaschinen wie ein Schwarm Hornissen abschwirrten. Wenigstens sie respektierten ihn noch.

Doch dann blinzelte er müde vor sich hin.

»Wo zum Teufel steckt nur Quebracho? Ich dachte, er wäre mit uns mitgekommen?«

Niemand wusste darauf etwas zu sagen, und Levante setzte sich schließlich neben den toten Wal und starrte trübsinnig vor sich hin.

Allmählich wurde es Tag. Das Ufer von Barlovente wurde zu einem matten Leuchtstreifen, der im Rhythmus der auf- und abschwellenden Flut hin und her schaukelte, doch das Wetterloch im Osten füllte sich schon wieder mit dunklem Gewölk. Es war nicht dunkler als die Schatten unter Levantes Augen.

Quebracho war in diesen Sekunden am anderen Ende der Insel auf einem Berg, der Puerto Naos und den Hotelkomplex überblickte.

Seit den frühen Morgenstunden lag er hier auf der Lauer, wobei er seinen Gleitschirm sorgfältig ausbreitete und die Fangschnüre immer wieder liebevoll aufdröselte. Während er gelegentlich seinen Unterkiefer nach Schlangenart hin und her bewegte, spähte er angespannt durch sein Fernglas.

Vor dem Hotel hielten Taxis, aber er kannte ja Vinzents Wagen, und der stand auf dem Parkplatz.

Er war froh, dass Vargas ihm den Auftrag erteilt hatte, »der blonden Hündin und ihrem Schnüffler« eine Lektion zu erteilen, denn er hatte selbst mit Rachegedanken gespielt. Nie hatte ihn jemand ungestraft geschlagen, der Letzte, der das versuchte – ein Feldwebel – hatte das mit seinem Leben bezahlt.

Quebracho war der Sohn eines lateinamerikanischen Criollo, eines »Oberländers« und verarmten Großgrundbesitzers, der sich als reinblütiger Nachfahre der Konquistadoren verstand. Daher vielleicht seine ausgeprägte grausame Ader und sein aberwitziger Stolz. Dass ein Gringo ihn niedergeschlagen hatte, war schlimm genug, doch dass es ausgerechnet Levante war, der ihn weckte, ging ihm immer noch nach. Obwohl er sich nichts hatte anmerken lassen, fühlte er sich zutiefst gedemütigt.

Nur widerwillig hatte er zugegeben, dass es wahrscheinlich der »Deutsche« war, der ihn überrumpelt hatte. Bei der zweiten Person – der Frau – war er sich erst nicht sicher, doch Vargas hatte das weiße Kleid sofort wiedererkannt.

»Es wäre nicht schlecht, wenn diesen Personen etwas zustoßen würde.«

Der Zeitpunkt eines Unfalls war nicht schlecht gewählt. Letzte Nacht – im Sturm – waren Menschen ums Leben gekommen, entwurzelte Bäume lagen noch immer kreuz und quer über den Fahrbahnen, und die üblichen Erdrutsche rissen wahre Fallgruben in den Asphalt.

Er blickte wieder durch seinen Feldstecher und erschrak, als er sah, wie seine Zielpersonen in das Auto stiegen. Die Frau hatte ihr Haar unter einem Kopftuch verborgen, der Mann verstaute zwei Taschen im Kofferraum und sprang dann in den Wagen.

Quebracho schichtete einmal seine in die Stirn gekämmten Fransen hin und her, setzte den Helm auf und rannte dann den Abhang hinunter. Schon nach zwanzig Metern spürte er, wie der Wind die Stoffröhren der Schirmkappe aufblähte: Er warf sich mit Schwung in die Tragegurte und hob augenblicklich ab.

Die erste Sekunde war ein erhabenes Gefühl, wie ein Adler

schraubte er sich in die Höhe … Fast jedes zweites Wochenende übte er das Küstensoaring zwischen Puerto Naos und Fuencaliente. Die Jahreszeit war ideal, wenn die Mandelbäume blühten, blies ein kräftiger Wind … Selbst Gleitflüge vom Roque de los Muchachos waren dann drin … Er warf einen besorgten Blick zur Cumbre Vieja: Der Kratergipfel war wie mit einem rosa leuchtenden Nebel verhangen, doch Quebracho hatte momentan andere Sorgen, als sich mit unerklärlichen Naturphänomenen aufzuhalten …

Allmählich näherte er sich dem roten Flitzer. Er war schnell und wendig, aber Quebrachos Vorteil war der Überblick. Die Höhe erlaubte es ihm, Abkürzungen zu erkennen, das war vor allem bei Serpentinen sehr nützlich …

In seinen alten Armeetagen hätte Quebracho die Sache eleganter gelöst.

Er hätte einen biegsamen Halm um den entsicherten Bolzen der Granate geflochten und den Sprengkörper unter den Vordersitz des Wagens gelegt.

Durch das Rütteln und Schütteln auf den holprigen Straßen hätte sich das Band aus Stroh allmählich gelöst. Der Wagen wäre dann irgendwann völlig unerwartet explodiert.

Leider hatte er diesmal keine Zeit, der ruhigen Hand des Schicksals ihren Lauf zu lassen, es musste schnell gehen … Und von seinem Gleitschirm aus konnte Quebracho sehen, dass es Vinzent ebenso eilig hatte.

Während er sich mit seinem Schirm langsam hinunterschraubte, tastete er bereits nach der Granate in seiner Tasche. Sie war eine Erinnerung an seine Dienstzeit, ein Andenken an Afghanistan, ein kleines Souvenir, wie es viele Soldaten – in weiser Voraussicht auf härtere Tage als Zivilist – mitgehen ließen …

Die meisten Jungs, die er kannte, hatten was mitgehen lassen; man konnte ja nie wissen, wie die Dinge liefen, und das eine oder andere Gerät konnte einem mal zum Vorteil gereichen. Quebracho schob seinen Finger in den Abzugsring, es musste schnell gehen, war der Ring draußen, gab es kein Zurück mehr – »keine zweite Chance« – und das war in diesem Fall genau der Druck, den er brauchte.

Er empfand den Verlauf der Serpentinen als gegenläufige Bewegungen zu den Kreisen, die er drehte; etwas Hypnotisierendes ging davon aus, wie zwei Schlangen, die einander umkreisten, doch nur eine bereit zum tödlichen Biss.

Ob sie ihn gesehen hatten? Sie fuhren mit geschlossenem Verdeck, aber das wollte nichts heißen.

Einmal, vor einem Tunnel, glaubte er fast, der Moment sei gekommen, doch dann erwischte er eine Flaute, und der Roadster schoss einfach vorbei.

Jetzt war alles eine Frage des Timings: Als der Wagen in die Nadelkehre bog, kam ihm Quebracho genau aus der tief stehenden Sonne entgegen. Er löste den Bolzen, ließ die Granate fallen und riss dann den Paragleiter nach oben. Obwohl er fünfzig, sechzig Meter über der Straße war, hörte er die Granate auf dem Asphalt aufkommen. Sie kullerte und hüpfte die Straße hinunter, genau dem roten Flitzer entgegen. Dann blieb sie liegen.

Mierda … Quebracho verrenkte sich den Hals, es musste ein tiefes Schlagloch sein.

Ein alter Bananenlaster heizte in diesem Moment um die Kurve. Zwei Sekunden später rollte er über das Schlagloch und wurde regelrecht in die Luft geschleudert.

Quebracho stieß ein wildes Triumphgeheul aus, als er sah, wie der brennende Laster den roten Smart in die Leitplanken fegte. Dann sauste die Flunder einfach ins Nichts …

Mission accomplished.

Quebracho fühlte ein warmes Gefühl in seiner Brust. Genugtuung … Der schmerzende Unterkiefer war vergessen, und selbst der Himmel wirkte irgendwie rosiger. Einer sentimentalen Laune nachgebend, schwebte er hinunter zum Strand und drehte aus Übermut noch eine Runde über dem Meer. Früher, als er noch seine Wochenenden im Fliegercamp verbrachte, hatte er manchmal das Wellenritzen geübt, eine Art Tiefflug über die Oberfläche, wobei man versuchen musste, die Kämme der Wellen mit der Fußspitze zu berühren. Es war riskant und aufregend, aber für einen Morgen hatte Quebracho schon genug Nervenkitzel gehabt. Er hielt es überhaupt für eine gute Idee, den Rest des Tages blauzumachen. Sein Chef oder der Bürgermeister persönlich würden ihn sicher vom bedauerlichen Tod des netten Pärchens unterrichten. Der Wind frischte noch einmal auf, genau was der Paragleiter in diesem Moment brauchte.

Quebracho visierte eine schwarzsandige Bucht an, und manövrierte mit den Gurtzügen so, dass er zwischen zwei vorgelagerten Felsinseln hindurchschweben würde. Der menschenleere Strand war die perfekte Landebahn.

Es war ein anderes, eher harmloses Spielchen, und das Aufregende daran war die Nähe zu den weiß-gischtigen Strudeln, die um die Flanken der Basaltblöcke spielten.

Irgendetwas stimmte nicht. Während der Gleitschirm wenige Meter über dem ersten Felsenriff hinwegrauschte, bemerkte Quebracho vor sich eine Bewegung in der Landschaft. Es war so, als habe das Panorama für eine Sekunde gezuckt.

Madonna, la roca se ha movido a hora mismo …

Nervös rieb er sich die Augen, als er es in aller Deutlichkeit sah. Halb überspült von der Brandung richtete sich ein riesiger, schwarzer Felsbrocken auf.

Der Anblick war so erschreckend, dass Quebracho für einen Moment vergaß, die Steuerleine zu ziehen …

Im Gleitflug sauste er weiter, über die merkwürdige Erscheinung hinweg. Der schwarze Koloss sprang in diesem Moment wie ein Frosch aus dem Wasser, ein riesiger Schlund blähte sich nach allen vier Himmelsrichtungen auf und eine Sekunde später war der kleine Mann am Gleitschirm verschwunden.

Nur seine Schirmkappe trudelte – mit ihren langen abgerissenen Fangleinen schlenkernd – einer Qualle der Lüfte gleich auf den Sand.

27

»Ist das der Kahn?« Schon als Jingo die *SC Atlantis* von Weitem sah, kamen ihm wieder Bedenken. »Der ist ja noch schlimmer, als ich ihn in Erinnerung hatte.«

»Tja, wir können nicht wählerisch sein.« Wiesner zog geräuschvoll an seiner Tüte. Schon während der Fahrt hatte er sich eingenebelt, in der Hoffnung, sich zu beruhigen. »Außerdem geht es um den Mann.«

»Du sagst es.« Jingo wies auf die in Ölhaut verpackte Gestalt. »Willst du dem dein Leben anvertrauen?«

»He, was soll schon passieren.« Wiesner warf den Rest des Joints aus dem Fenster. »Morgen um diese Zeit sind wir gemachte Leute.«

»Oder tot«, sagte Jingo. Das Meer schlief noch, es war viertel nach fünf.

Das Indigoblau der Wellen wirkte noch dunkler als sonst, kompakter, öliger und sprungbereit.

Sie hatten inzwischen den Pier erreicht, und Perlmutter kam ihnen entgegen.

»Ihr Jungs seid nicht gerade pünktlich«, merkte er an.

»Stimmt.« Wiesner knuffte ihm in die Schulter. »Was sagt der Wetterbericht?«

»Nichts, was einen Seemann erschüttern könnte«, sagte Perlmutter. »Der Sturm ist vorbei, das gute alte Azorenhoch im Anmarsch.«

»Hast du das gehört, Jingo? Petrus steht schon mal auf unserer Seite.«

Nachdem sie sich dicke Handschuhe angezogen hatten, begannen sie, die *Atlantis* zu beladen – Pressluftflaschen, Trimix-Tanks, Seilrollen, Maßleinen, eine sogar von 300 Metern Länge, Blinklichter, Tauchcomputer und eine erstklassige Unterwasserkamera.

Wiesner hatte wirklich an alles gedacht, sogar eine Sackkarre hatte er organisiert.

»Ich hoffe, ihr Jungs wisst, was ihr tut.« Perlmutter saß auf dem Bootshaus und genoss den Sonnenaufgang. Die Kletterpartie des alten Feuerballs hatte begonnen. Blutrot stieg er aus dem Meer und verschluckte den bleichen Halbmond am dunstigen Firmament.

»Nee, ich meine es im Ernst. Ist das nicht ein bisschen viel Aufwand, um die Gebeine von zwei abgenippelten Tauchern zu bergen?«

»Nicht, wenn sich damit Jingos Unschuld beweisen lässt«, sagte Wiesner.

Er schenkte Jingo einen warnenden Blick, denn er hatte Perlmutter über die wahren Gründe ihres Tauchgangs getäuscht.

»Du weißt ja, Levante will ihn wegen Drogenschmuggel drankriegen.«

»Ist das so?«, echote der Alte.

»Ja, das hat er gesagt«, sagte Jingo.

»Hast du die beiden umgelegt, Jingo?«

»Ich? Du spinnst wohl!« Jingo wollte noch etwas ausholen, aber Wiesner verpasste ihm im Vorbeigehen einen Rippenstoß. »He, bleib cool, Mann. Du siehst aus, als ob du was verheimlichen würdest.«

»Mir bricht gleich das Kreuz ab!«, ächzte Jingo. »Sich stundenlang zu bücken und wieder aufzurichten, geht in die Knochen …«

»Bald hast du's geschafft, *homey.*« Wiesner warf ihm eine Tauchboje zu.

Dann, barfuß und mit hochgekrempelten Hosenbeinen, federte er über die Gangway.

»Aye, Skipper, wir können ablegen.«

Sie hatten kaum zwanzig Minuten gebraucht, um die blinkende GPS-Boje vor der Küste zu erreichen. Es war tatsächlich die Stelle, an der die Brüder Görtz getaucht und nie wiedergekehrt waren.

Mit dem Schwenkkran klinkte Perlmutter das Tauchseil mit dem Eisengewicht aus.

»Huh, wie das abgeht.« Während Wiesner mit dem Alten noch herumblödelte, begann Jingo mit der Miene eines Todgeweihten in seinen Kaltwasseranzug zu steigen. Er musste an Macarena in ihrem weißen Hochzeitskleid denken, seine wilde, dunkle Blume mit ihren vollen saftigen Lippen.

»He, Rubberman …«

Als Jingo den Kopf drehte, schwirrte der lange Pfeil mit Schmackes vorbei und bohrte sich in die Kajütentür.

»Hier, das wollte ich euch noch mitgeben für den Fall des Falles.«

Perlmutter kam ihm mit einer monströsen Harpune und einem Köcher entgegen. Der Pfeil, den er jetzt einspannte, hatte eine breite, kegelförmige Spitze.

»Ist das nicht so ein …?«

»Explosivgeschoss«, bestätigte der Alte. »TNT. Ich weiß, die Dinger sind heutzutage verboten, aber besser als eine Harpune mit Gummiabzug.«

»Ich hoffe, dass ich sie nicht brauchen werde«, sagte Jingo.

»Wer weiß?«, sagte Perlmutter. »Wenn da unten zwei Leichen vergammeln, dann kann es sein, dass ihr Haie antrefft. Wenn es richtig ungemütlich wird, ist so eine Harpune die beste Lebensversicherung, die es gibt.«

»Stimmt.« Auch Wiesner hatte eine gemein aussehende Harpune dabei, wie sie von Australiern zur Abwehr von Haien benutzt wurde. Er wusste, dass man für Harpunen dieser Art in Spanien eine Jagdlizenz brauchte, doch in grenzüberschreitenden Situationen waren Gesetze nicht mehr als leicht entbehrlicher Ballast. »Ich würde keinem Fisch empfehlen, in meine Nähe zu kommen.«

»Ach Jungs«, Perlmutter räusperte sich, »da wär' noch was.« Er hielt Jingo eine Art versiegelte Blechbüchse unter die Nase.

»Wie ihr beide wisst, habe ich meine eigenen Gründe zu glauben, dass die beiden Taucher noch leben. Ich kenne die Insel lange genug, um zu wissen, dass es hier nicht immer mit rechten Dingen zugeht.«

»Okay!« Wiesners Nerven lagen schon lange blank. »Was soll das sein – eine Bombe?«

»Ein Unterwassersender«, lautete die Antwort. »Ich war mal Elektroingenieur und kenne mich ein bisschen mit den Dingern aus ...« Er hielt Wiesner die Dose direkt vor die Nase. »Dieser Kleine sendet auf einem Frequenzbereich von bis zu 100 Kilohertz. Reichweite etwa anderthalb Kilometer, rundum. Es gibt einen voreingestellten Abstrahlimpuls ...« Er legte einen plastikverkleideten Kippschalter um und zeigte auf ein winziges Display. »Kontakt. Siehst du? Die Impulse werden elektronisch chiffriert.«

»Wow, ist ja der Hammer.« Wiesner nickte gespielt anerkennend. »Nur, was soll ich damit?«

»Ihr könntet mir einen Gefallen tun«, sagte Perlmutter. Er

warf einen Blick auf die Uhr. »Ich werde einen ganzen Tag hier auf dem Boot rumsitzen und mich langweilen. Das tue ich euch zuliebe, also solltet ihr in der Zwischenzeit da unten rein zufällig irgendwas Außergewöhnliches sehen, eine Lichterscheinung zum Beispiel, dann …«

»Warten Sie mal, Sie meinen doch nicht etwa ein UFO?« Wiesner griff wütend nach dem Gehäuse des Senders. »Glauben Sie im Ernst, ich würde das auch noch mitschleppen? Wiegt ja nichts! Wollen Sie wissen, was ich mit diesem Ding mache …«

Er holte aus, aber Jingo fiel ihm noch rechtzeitig in den Arm.

»Gib schon her.« Er hatte keine Lust auf großes Gezeter und verstaute den Sender in der Balgtasche seines Tauchjacketts. »Nur eine Frage, Herr Perlmutter, was versprechen Sie sich wirklich von dem Signal?«

»Na schön.« Der Alte zeigte auf ein Gerät im Steuerhaus. »Ich kann das Signal auf den Meter genau orten, und mir die Stelle auf der Seekarte ansehen, verstehen Sie, was das für die Atlantis-Forschung bedeutet?«

»Der Glaube ist des Menschen Himmelsreich«, seufzte Wiesner. »Los, bringen wir's hinter uns.«

Als sie die Anzüge übergestreift, die verschiedenen Apparate angeschlossen, Blinksignale und Handzeichen verabredet hatten, nahm Jingo eine letzte, gründliche Inspektion vor.

»Jetzt mach schon«, quengelte Wiesner. An seinem Gürtel hingen statt Bleigewichte schwere Ersatzakkus für seine Kamera. »Wir brauchen nur eine Aufnahme von dem Vieh – und das war's: Bingo!«

Er schaffte es, mit seinem Tauchpartner zu fäusteln, aber Jingo wirkte immer zerknirschter. Ehe sie ihre Masken aufsetzten, gab er Wiesner noch einen Rat: »Halt dich in meiner Nähe auf, sonst könnte es sein, dass wir uns aus den Augen verlieren oder ein Zeichen übersehen. Atme langsam und tief.«

»Verstanden.«

»Gut. Beim Auftauchen wirst du dich genau an die Deko-Zeiten halten, sonst landest du in einer Druckkammer vom hiesigen Krankenhaus.«

»Okay. Und wie lange werden wir zum Auftauchen brauchen?«

»Über den Daumen gepeilt etwa acht Stunden. – Noch weitere Fragen? – Dann kann's losgehen!«

Er beugte sich über Bord und zeigte auf die vor sich hin dümpelnde Tauchboje.

»Wir werden entlang dieser Lotleine absteigen. In Abständen von fünf Metern befinden sich Knoten, all zehn Meter steht auf einem Stück Ducktape die Wassertiefe. Durch Festhalten an der Leine …«

»He, Mann, ich mach das nicht zum ersten Mal …« Wiesner setzte sich auf die Bordkante. »Ich bin im Zeichen des Wassermanns geboren. Es ist mein Element, Buddy.«

Er klemmte das Mundstück des Atemschlauchs fest zwischen die Zähne, schob die Maske übers Gesicht und stieß hinterrücks nach unten ins Meer.

Es war schon ein Unterschied, im Schwimmbad eine Maske auszublasen und mit der Tarierungsweste zu spielen oder hier im *Navy Seal* ins Wasser zu springen. Wiesner hatte Schwierigkeiten zu tarieren und brauchte sofort Jingos Hilfe.

Alles okay? Da sie keinen Sprechfunk hatten, formte Wiesner das altbekannte Taucherzeichen für ALLES ROGER, das einzige, das er noch kannte.

Ganz ruhig, dachte er. *Das machst du mit links …*

Ein paar Sekunden hing er in einem pulverigen Sonnenlicht, dessen schräg einfallende Strahlen das Wasser zu filtern schienen. Jingo hatte die Tauchleine schon erreicht und gab ihm das Zeichen zu folgen.

Los, Junge, der Money-Shot schwimmt irgendwo da unten herum.

Mit angespanntem Rücken setzte er die Schwimmflossen in Bewegung, wobei er den Kopf langsam von einer Seite zur anderen drehte, um eine Gefahr rechtzeitig zu entdecken.

Welche Gefahr?

Fröstelnd ließ er sich tiefer in das Tintenblau sinken, bis sein Tiefenmesser die Zehn-Meter-Marke anzeigte. Er blickte zum schattenhaften Rumpf der *SC Atlantis* hinauf. Gerade schwamm ein gut zwei Meter langer Barrakuda unter dem Kiel entlang.

Hm. Vielleicht sollte ich mir die Sache noch mal gut überlegen.

Mit zusammengekniffenen Augen verfolgte Wiesner den Pfeilhecht mit der Hundeschnauze, bis er in der Ferne verschwunden war.

Der Abstieg war in Wiesners Fall von merkwürdigen Geschmäckern begleitet, vielleicht lag es an dem Marihuana, das er geraucht hatte. Bei zwanzig Metern glaubte er, Mandeln zu riechen. Noch immer sandte die Sonne ihre breit gefächerten Lichtspaghetti zu ihm herab.

Bei siebzig Metern spürte er den metallischen Beigeschmack von komprimiertem Stickstoff im Mund und hätte ausspucken können.

Von der *SC Atlantis* war nichts mehr zu sehen, aber er wusste, dass sie da über ihm war, und das war gut so.

Es ging abwärts, immer tiefer. Bizarre Felstürme und Zacken dämmerten zu ihnen herauf, doch sie wirkten wie Scherenschnitte vor schwarzem Samt, und woran es lag, dass sie sich überhaupt abzeichneten, war schwer zu sagen. Vielleicht lag es an den Wolken schimmernden Planktons. Wiesner hatte auch andere Sorgen. Die schweren Trimix-Tanks, an deren Ventile Jingo gelegentlich schraubte, besorgten ihm immer wieder eine unangenehme Schlagseite.

Ihre Ausrüstung war weniger handlich als die der beiden Wracktaucher, sie wirkten eher wie schwer bepackte, schwebende Lastesel.

Der Druck steigerte sich stetig und rasch, jede dreißig Zentimeter Abstieg übten etwa ein halbes Pfund auf einen Quadratzentimeter der Körperoberfläche aus. Abgesehen von einer unerklärlichen Euphorie, spürte Wiesner keine physischen Reaktionen. Nur die Bewegungen fielen ihm plötzlich so schwer, als sei er in Aspik eingegossen. Das Wasser wirkte dickflüssig wie Gelee. Trotzdem empfand er keinen Schmerz, weder in den Gelenken noch im Nacken. Das menschliche Körpergewebe ist ja nahezu druckfest und in der Lage – an Land – einen atmosphärischen Druck von mehreren Tonnen zu ertragen. Die Fische, die man im Marianengraben gefunden hat, widerstehen dem Druck von einer Tonne pro Quadratzentimeter ihres Körpers. Wäre der Druck das einzige Problem des Menschen beim Tauchen, er könnte wohl völlig ungeschützt auf wenigstens fünfhundert Meter hinab.

Wiesner hatte an zweihundert Metern mehr als genug.

Die Zone der gemäßigten Wassertemperatur lag längst hinter ihnen, und Jingo schaltete als Erster seine Tauchlampe ein. Ein blendender Strahl hing plötzlich vor Wiesner im Wasser und vollführte einen Kreis.

Wiesner musste unwillkürlich an Perlmutter denken, der das Licht vielleicht sehen konnte. Fast hätte er loslachen wollen, und ein zusätzlicher Juckreiz in seiner Nase trieb ihn fast dazu, sich die Maske vom Gesicht zur reißen.

In einer Tiefe von hundert Metern keine allzu gute Idee.

Obwohl jenseits des Strahls nur noch Finsternis gähnte, war die Tauchleine prima zu sehen. Selbst die Knoten waren noch gut zu erkennen.

Hundert Meter … hundertzwanzig …

Wiesner fühlte sich wie ein Mann im Kognakrausch, der einen Aufzug nach unten nahm.

Völlige Dunkelheit umgab ihn plötzlich, tiefste Schwärze. Es war ein fremdes, beängstigendes Gefühl, in dieses Nichts abzutauchen, wo es keine Richtung mehr gab, keine Form, keine Bewegung. Die Euphorie wich einer gewissen Beklemmung und dem schrecklichen Gefühl, von diesem Schwarz völlig verschluckt zu werden.

Zum Glück war da noch die Tauchleine. Jedes Mal, wenn ihn die Angst übermannte, streckte er die Hand danach aus. Ja, der Nylonzwirn bot ihm auch psychischen Halt, aber er spürte die Spannung, unter der er stand.

Trotz eingeschalteter Lampe kam er sich vor wie ein Blinder, so eine Art wahnsinniger Pars-Athlet, oder ein Narr, der den Ärmelkanal durchschwamm.

Nur die Leuchtziffern auf seinem Tauchcomputer stoben manchmal wie flirrende Lebenspunkte in sein Blickfeld, ein Gruß aus der Welt über ihm, der ihn hoffen ließ, dass die Schwärze um ihn herum nicht für immer war.

Jingo, wo war Jingo? Er beobachtete ihn, das war gut, von Zeit zu Zeit machte er Blinkzeichen, und Wiesner signalisierte ALLES ROGER zurück.

Endlich hatten sie die Hundertachtzig-Metermarke erreicht. Die Meerestiefe trat an dieser Stelle durch ein gut sichtbares, steil abfallendes Felsgezack dramatisch in Erscheinung: Wie die unterseeischen *Drei Zinnen* wirkten die schwarzen Riesen auf ihn. Sie verloren sich schattenhaft in den unterweltlichen Dimensionen. Der letzte Lichtschimmer war jetzt in eine merkwürdige nebulöse Dunkelheit übergegangen, und doch entdeckte Wiesner mühelos das Eisengewicht, das am Ende der Lotleine hing.

Etwa zwei Meter darunter erkannte er Grund.

Nachdem sie sich ihrer verbrauchten Flaschen entledigt hatten, befestigte Jingo ein Blinklicht am Ende der Leine. In dem Laden auf Teneriffa hatte es noch wie eine Supernova geblitzt, jetzt flimmerte es kraftlos vor sich hin wie ein bläuliches Irrlicht.

Parallel schwammen sie eine Felskante entlang. Die Vorstellung, dass es dort noch tiefer hinabging – vielleicht gleich ein paar tausend Meter –, trieb Wiesner einen Schauder über den Rücken. Er hoffte inständig, er würde keinem höheren Glied der Nahrungskette begegnen, er hasste Haie und hatte schon einige an Bord von Fischerbooten gesehen. Auf den Speisekarten der kanarischen Restaurants wurden sie als Karbonadefisch oder Seeaal geführt und wie jeder andere Fisch mit Mojo und in Salzwasser gekochten Kartoffeln serviert. Die Menschen ekelten sich bei dem Gedanken, einen Hai zu verzehren, vielleicht war es die Angst, eine indirekte Form von Kannibalismus zu begehen. Dass selbst kleine Blauhaie Menschen angriffen, war hinlänglich bekannt, aber auch Tiger- und Weißhaie hatte man schon vor La Palmas Küste gesichtet.

Wiesner fühlte unauffällig nach seinem Puls, er fror und

fragte sich, ob es etwas mit den Barbituraten zu tun hatte, die er vor Stunden geschluckt hatte.

Riesige zerfurchte Lavafelsen drängten sich von allen Seiten in sein Sichtfeld.

Gewaltige Gasblasen in dem einst flüssigen Gestein hatten hier finstere, ausladende Kavernen gebildet.

Wiesner sah sich gelegentlich um, wo das bläuliche Licht in der Finsternis pulste. Ganz kurz nur – so hatte er den Eindruck – wurde es von etwas verdeckt.

Die Luft in seinen Lungen war inzwischen wie Eis.

Wie lange mochten Sie jetzt hier schon herumgondeln?

Es war ein langer Weg durch bleigraue, schwammige Dunkelheit. Steigungen, Senkungen, aber keine Hindernisse, an denen er sich stoßen konnte.

Wiesners Arme, Schultern und Rücken wurden allmählich gefühllos. Schwerelos, transparent: Wie vor einem inneren Röntgenauge erschienen ihm sein eigenes Skelett, die Muskeln, Sehnen, Adern und das Nervengeflecht – ein einziges Gewirr von Fäden und Fasern – und die Lungenflügel natürlich, die kräftig pumpten und ihn wie einen Vogel über dem Abgrund hielten.

Es war ein milder Tiefenrausch, Wiesner glaubt es zumindest, aber noch hielt er es aus, denn alles, was er zu tun hatte, war, im richtigen Moment auf den Auslöser zu drücken. Seine klammen Finger tasteten nach seiner Kamera, sie war noch da, *ready to roll.*

Mannomann, dachte Wiesner. Vor sich auf einer Felsspalte erkannte er eine Rolex Sea-Dweller 4000 und es war genau 8 Uhr und 9 Minuten. Die Datumsanzeige war nicht zu übersehen und schien durch das exponierte Saphirglas noch größer zu sein.

Auch in über 700 Meter Tiefe hätte diese Anzeige noch einwandfrei funktioniert, Wiesners Hirn prozessierte wie wahnsinnig Informationen, nur um eine einzige Information nicht zu verarbeiten: Die Rolex hing an einem menschlichen Unterarm – der fein säuberlich durchtrennte Knochen war deutlich zu sehen.

Er sah sich nach seinem Tauchpartner um, aber der schwamm seelenruhig weiter und leuchtete in diesem Moment eine Felswand entlang. Selbst in seinem Zustand war Wiesner noch klar genug im Kopf, um die Entdeckung für sich zu behalten.

Schade um die Rolex, dachte er noch. Aber er wollte es nicht riskieren, sich zu bücken und so Jingos Aufmerksamkeit auf sich zu ziehen. Trotzdem hatte er das Gefühl, dass er bereits beobachtet wurde.

Er würde es nicht verstehen, dachte Wiesner. *Er ist ein palmerisches Weichei, das hier auf seinem Sandberg alt werden will. Mit seiner spanischen Schnecke und einem Stall voller Kinder.*

Das Gefühl, beobachtet zu werden, wurde mit jeder Sekunde stärker, aber es war nicht nur das, es war ihm, als spüre er den Atem des Meeres.

In Panik leuchtete er einmal um sich, aber die Felslandschaft erschien ihm wie massive, modellierte Betonblöcke.

Wieder dieses Gefühl, als hätte ihn ein sanfter Atem gestreift.

Er hielt inne und glaubte etwas schimmern zu sehen – ein mattes Licht ohne lokalisierbare Quelle.

Er drehte den Kopf hin und her, schließlich betrachtete er den felsigen Grund unter sich: Winzige Partikel stiegen kurzzeitig auf und sanken wieder zu Boden.

Das Spiel wiederholte sich; durch eine Welle oder Strömung konnte dieses Aufwirbeln niemals entstanden sein.

Sand atmet nicht, dachte Wiesner. Er kniff sich in die Hand, denn er fürchtete einen Moment lang, des Wahnsinns leichte Beute geworden zu sein.

Und dann sah er die Kontur. Es war merkwürdig, dass er sie nicht gleich bemerkt hatte.

Bingo, dachte er noch. Er stellte die Bewegung seiner Schwimmflossen ein, hob die Kamera und fokussierte die Erscheinung genauer. Es war wie auf dem Bild in der Bodega, mit bloßem Auge kaum zu sehen, doch im Sucher einer Kamera fast überdeutlich: da, unter ihm, war ein Fisch. Es war kein Fels, auch keine vom Glas der Taucherbrille verursachte optische Täuschung. Wie weit er über dem Tier schwebte, wusste er nicht. Er hoffte inständig, dass es zehn, fünfzehn, zwanzig Meter waren. Aber das hätte bedeutet, dass dieser Fisch unter ihm größer war als der, den Platana-Joe damals gefunden hatte, gut und gerne doppelt so groß.

Verdammt, dachte Wiesner.

Jingos Lampe war nur noch ein diffuser Fleck in der Ferne. Da Wiesner nichts signalisiert hatte, war er einfach weitergeschwommen.

Der Fisch rührte sich nicht, vielleicht hatte er ihn noch gar nicht bemerkt. Wo waren die Augen? Der diffuse Fleck vor ihm wurde plötzlich heller, was bedeutete, dass Jingo sich umsah. Wiesner betätigte den Impulsschalter seiner Lampe: Kurz – kurz – kurz – lang – lang – lang – kurz – kurz – kurz ... Fast frohlockend registrierte er, wie das Licht größer wurde, und endlich atmete er aus.

Als er unter sich sah, hatte der Fisch sich bewegt, nicht viel, nur vielleicht ein paar Zentimeter ...

Jingo war inzwischen in Sichtweite, und Wiesner gab ihm ein eindringliches Zeichen, Abstand zu halten. Während er rechts die Kamera hielt, deutete er mit der freien Hand energisch nach unten.

Schrecken spiegelte sich in Jingos Gesicht, der Schock des Nichtverstehens.

Er ließ ein paar Mal die Taschenlampe aufblitzen: Signalcode: *Ich verstehe dich nicht …*

Wiesners Augen schienen aus ihren Höhlen zu quellen.

Er ist unter mir, Mann … UNTER MIR!!!

Ein paar Mal ging es so hin und her, dann hatte der Guanche begriffen.

Seine verzweifelten Gesten ließen erkennen, wie sehr er von einem namenlosen Grauen gepackt war; obgleich nicht das geringste Geräusch an Wiesners Ohren drang, glaubte er Entsetzensschreie zu hören.

Cool it, Jingo, ich habe alles unter Kontrolle. Jetzt kommt der Money-Shot, der Schuss, der uns reich machen wird, und dann nichts wie weg.

Vielleicht wäre alles anders gekommen, wenn Wiesner nicht versehentlich den Motorauslöser seiner Kamera betätigt hätte. Die Blitze waren grell, und selbst Jingo hielt die Hand vor Augen. Der große Fisch zuckte plötzlich zusammen, auf seinen klauenartigen Brustflossen richtete er sich auf. Die Langsamkeit seiner Bewegung gemahnte an einen Tiger, der zum Sprung ansetzt: Erst jetzt erkannte Wiesner, wie groß der Fisch wirklich war und wie nahe er bereits über dem riesigen Maul schwebte … Ein armdicker Fühler schwenkte zu ihm herauf, der Lockköder wedelte vor seinem Gesicht, wischte über seine Brille und hinterließ dort schleimige Schlieren, die die Sicht trübten.

Von einer Panikattacke erfasst, ließ Wiesner seine Kamera fallen und griff nach dem Harpunengewehr. Ein Zittern ging durch das krustenstarrende Wesen, die Unterlippe schob sich einen halben Meter vor und entblößte eine Reihe bleicher, dolchartiger Hauer, gegen die sich die Stoßzähne eines Elefanten wie Zahnstocher ausgenommen hätten.

Wiesners Tarierungsweste hielt ihn noch immer auf gleicher Höhe, auch der Fisch bewegte sich nicht.

Was jetzt? Die Handzeichen, die Jingo ihm machte, ihre Bedeutung hatte Wiesner längst vergessen. Er hatte das Gefühl, als würden die Tanks auf seinem Rücken immer schwerer; auf den Schultern fühlte er den wachsenden Druck, etwas schnürte seine Handgelenke zusammen.

Was jetzt?

Jingo hatte zu diesem Zeitpunkt beschlossen, von hinten an Wiesner heranzuschwimmen und ihn aus der Reichweite des Fisches zu ziehen.

Soweit er sehen konnte, versuchte Wiesner, noch eine Aufnahme zu machen.

Er schob sein Harpunengewehr nach unten, verhedderte sich mit dem Arm in den Schläuchen, und dann, versehentlich – oder weil es in seinen kalten Armen immer wieder konvulsivische Zuckungen gab –, krümmte sich sein Zeigefinger um den Abzug. Die komprimierte Pressluft jagte die blanke Stahlspitze aus dem Gerät, der Rückstoß traf Wiesner mit Wucht unter die Achsel.

Wiesner biss in sein Mundstück, denn der schwere Pfeil schlitterte einfach über die gepanzerte Stirn des Fisches hinweg: Kein Kratzer, nichts.

Instinktiv versuchte er Luft in seine Tarierungsweste zu pumpen, er stieg gerade einen Meter nach oben, als sich das Maul des Fischs zu einem riesigen Etwas aufblähte: ein gewaltiger Sog zog Wiesner ruckartig nach unten.

Instinktiv breitete er die Arme und Beine aus, um sich querzustellen, doch es half nichts. Das Maul schnappte nach seinen Beinen, er trat gegen die rauen, wulstigen Lippen, doch ihre schiere Masse war zu groß, sie schoben ihn weg, spielten mit ihm wie mit einem Kronkorken, dann schlürften sie ihn ein.

Wiesner brüllte, ohne dass es ihm bewusst wurde. Mit dem Kolben des Harpunengewehrs schlug er wild um sich, doch ein Biss, und der Stahl knickte ab wie ein Streichholz.

Ein schwarzer Sack stülpte sich von vorn über ihn, das Licht der Lampen, die Lichtreflexe glitten nach hinten weg. Etwas schnappte zu, bewegte ihn hin und her und zerriss ihn. Die Erfahrung, bei lebendigem Leib gefressen zu werden, gehört vielleicht zu den schlimmsten, die wir uns vorstellen, und doch, wenn man sich selbst in der Situation der Mahlzeit befindet, erscheint der Vorgang nur allzu normal. *Er zerkleinert mich*, dachte Wiesner, *und ich muss etwas dagegen tun.* Er strampelte wie wild und schaffte es, sich aus dem halboffenen Maul der Bestie zu kämpfen. Dabei kam er auf dem Rücken zu liegen.

Seine Taucherflasche kratzte über die halb durchsichtigen, rasiermesserscharfen Zähne und verursachten ein Geräusch wie Kreide auf einer Schiefertafel, selbst hier unter Wasser gab es Geräusche.

Ein neuer Sog, und erneut landete Wiesner zwischen den Kiefern.

Er musste an ein riesiges Tellereisen denken, ein barbarisches, mit dreieckigen Zähnen bewehrtes Fanggerät, wie es früher zum Fang von Bären verwendet wurde. Das mentale Bild, das er hatte, erinnerte an ein zum Halbkreis gebogenes Sägeblatt, das – sobald sich der Abzugsbolzen gelöst hatte – erbarmungslos niederfuhr. Etwas löste sich unterhalb seiner Knie von seinem Körper – Wiesner schrie im Inneren dieses Wolfes. Fleischbatzen wirbelten um ihn herum, sein eigenes Fleisch, ein Arm – sein Arm! – wirbelte vorbei.

Aus dem Stumpf quoll es dunkel hervor. Der Tauchcomputer am Handgelenk schien noch intakt. Absurd, doch Wiesner konzentrierte sich auf diese grünschimmernden Zahlen, denn Stellen seines Körpers, die er sich nicht einmal im Traum vorstellen wollte, lagen inzwischen offen. Noch immer hoffte die breiige Masse, die er war, auf einen Ausweg.

Niemand verdient es so zu sterben, dachte er. Dann war da nur noch ein unendlich grausamer Schmerz, der sich durch sein Rückgrat fraß und ihn vollständig lähmte. Eine kühle, nachgiebige Masse schloss sich um ihn, der Fisch hatte ihn endlich verschluckt.

In dem von aufgerührtem Grundschlamm geschwängerten Dunkel sah Jingo nur einen riesigen Schatten. Von Wiesners Blinklicht war nichts mehr zu sehen.

Er gab ein paar Leuchtzeichen – nichts.

Jingo war Profi genug, um zu wissen, dass man unter Wasser immer in Sichtweite blieb. Wiesner hatte das wahrscheinlich vergessen.

Ein Schemen bewegte sich am Rande seines Gesichtsfelds – und schoss im nächsten Moment hoch wie ein doppelstöckiger Bus – auf ihn zu.

Jingo stieß einen gurgelnden Unterwasserschrei aus. Es half angeblich gegen Haie, doch hier zeigte es keine Wirkung. Eine harte Schwanzflosse fegte ihn wie eine Fliegenklatsche hinweg. Jingo hatte keine Zeit mehr, mit der Harpune zu zielen. Er feuerte den sprengstoffgefüllten Pfeil einfach ab – Volltreffer.

Der Bauch des Fisches glühte förmlich auf, doch die Druckwelle der Explosion schleuderte Jingo mit Macht gegen die Felsen. Seine riesigen Flaschen verhinderten das Schlimmste, und doch spürte Jingo ein leichtes Stechen beim Atmen und ahnte die angebrochene Rippe. Sein auf Hochtouren arbeitendes Gehirn erfasste in diesem Moment eine Gestalt – etwas, das er im Ozeanarium auf Teneriffa in kleinerem Maßstab gesehen hatte. Die Silhouette landete vor ihm auf einem Felsen.

Ich sehe dich, und du siehst mich auch. Er glaubte den Blick dieser Kreatur zu erwidern, Augen, die eine weißlich glimmende Kristallschicht bedeckte.

Jingo versuchte flach zu atmen, um möglichst wenig verräterische Blasen zu machen. Auch er bewegte sich nicht.

Wer sich zuerst bewegt, stirbt, dachte er noch.

Alles was Wiesner ihm über die Lauerräuber der Tiefe erzählt hatte, schoss ihm siedendheiß durch den Kopf. Wenn ein Quastenflosser in der Lage war, in einer Sekunde auf hundert Stundenkilometer zu beschleunigen, wie schnell mochte dieser kolossale Fisch sein?

Dass er wie regungslos auf dem Felsen thronte, ja, mit jeder Sekunde mehr mit mit ihm verschmolz, wollte nichts heißen. Selbst das milchig schimmernde Auge war verschwunden.

Jingos Herz raste. Er verlor vorübergehend die Orientierung und versuchte herauszufinden, in welcher Richtung die *SC Atlantis* über ihm lag.

Dass er das Blinklicht des Grundgewichts nicht mehr sah, mochte daran liegen, dass ihm einige Felsen die Sicht versperrten. Mist, seine Luftvorräte gingen allmählich zur Neige, er musste handeln, schnell.

Vielleicht war es der Tiefenrausch, aber er war plötzlich nicht mehr fähig, den Computerkompass zu lesen. In welche Richtung waren sie geschwommen? Südlich, das heißt, die Leitlinie müsste in nördlicher Richtung liegen.

Die Silhouette des Fischs war plötzlich verschwunden, und Jingo wurde von einer neuen Panikattacke geschüttelt.

Er war dabei, all die Sicherheitsregeln zu vergessen, die er Wiesner noch vor Stunden gepredigt hatte. Wie von allen Furien der Tiefe gehetzt, jagte er plötzlich nach oben, der Oberfläche entgegen, wo er tanzende Wellen und goldene Sonnenreflexe wähnte.

Stattdessen knallte er mit dem Kopf gegen einen Überhang und trudelte langsam nach unten … Der Stoß hatte zur Folge, dass ihm die Nase blutete, aber der Stoß hatte ihn auch wieder beruhigt.

Durch das blutbespritzte Glas seiner Brille sah er an seinen im Nichts schwebenden Flossen vorbei und wartete, bis sie in den Grundschlamm eintauchten.

Touchdown.

Plötzlich wurde er von einem derart namenlosen Grauen gepackt, dass ihm die Sinne zu schwinden drohten. Aus der dunklen Suppe reckte sich ihm ein geisterhaft leuchtender Fühler entgegen. Wie ein zerfetztes, radioaktiv schimmerndes Fensterleder wischte es an Jingo vorbei. Der Angler hatte die Explosion überlebt.

Zwei Flossenschläge, und Jingo stieg wieder auf. Unter ihm in der Brühe aus Schlamm und Lavagestein öffneten sich jetzt zwei milchige Augen, die das Restlicht der Tiefe schillernd reflektierten. Sie waren unbeweglich auf Jingo gerichtet, und ihr wesenloser Blick verhieß, es gab keine Gnade. Hätte Jingo nicht sofort reagiert, er wäre wohl eine Sekunde später im Schlund des Monstrums verschwunden. So aber schleuderte er das nutzlose

Harpunengewehr gegen den glasigen Augapfel des Tieres, noch bevor sich der krustige Deckel darüber schließen konnte.

Der ganze Meeresboden schien sich zu heben, Felsgeröll stob mit Wucht auseinander, als der Lauerjäger senkrecht aus seinem Versteck schoss. Die Haut des Fischs, scharf wie eine Feile, schlitzte Jingos Handschuh auf und zog ihm die Haut vom Handrücken ab. Das Salzwasser leckte gierig die Wunde, doch die Kälte betäubte den Schmerz. Auch sein Ellbogen dröhnte, als hätte ihn ein Vorschlaghammer getroffen, und als er ihn inspizierte, entdeckte er einen Felssplitter, der sich wie ein Dolch in seinen Unterarm gebohrt hatte. Wegen des Drucks trat kaum Blut aus, aber es war Jingos geringste Sorge, denn irgendwo um ihn herum war noch immer der fressende Fels.

Er unterdrückte die Panik, einfach loszuschwimmen, und kauerte sich stattdessen in einer Spalte zusammen. Krämpfe schüttelten seinen Körper, während er seinen Unterarm fest an sich presste.

Dann klebte das kochende Blut in seiner Taucherbrille, und er wartete auf die Zähne, die ihn zerreißen würden.

28

Der Schrecken steckte Susanne noch in den Gliedern, als Vinzent den Roadster auf einem Stellplatz am Rande des Piers zum Stehen brachte. Bei der unfreiwilligen Bekanntschaft mit den Leitplanken hatte sich nicht nur die Scheibe auf der Beifahrerseite, sondern auch Susannes Tasche verabschiedet. Schlimm genug, dass sie ein exquisites Reisenecessaire los war, auch der Frachtbrief der *Star of India* war in den Abgrund geflattert.

»Hauptsache, wir leben noch«, hatte sie Vinzent getröstet.

Trotz des Unfalls hatten sie beschlossen, einfach weiterzufahren, denn sie fühlten sich im Fadenkreuz des bislang unsichtbaren Feindes. Die Fast-Kollision mit dem Lastwagen war kein Zufall; schon der Paragleiter hatte Vinzents Argwohn geweckt, doch erst die unerklärliche Explosion bestätigte seinen schlimmsten Verdacht: Man trachtete ihnen nach dem Leben.

An Bord der *Esperanza* waren sie vor weiteren Nachstellungen halbwegs sicher. Gomez – wenn er der Anführer war – würde nichts riskieren, solange er nicht wusste, wo der Frachtbrief war.

Andererseits war er vielleicht auch nur ein kleines Rädchen, das sich, ohne es zu wissen, in der großen Maschine des Verbrechens drehte, und Vinzent schwante, dass der Drahtzieher, der diese Maschine liebevoll wartete, dafür sorgen würde, dass sie auch weiterhin am Laufen blieb.

»*Hola,* da sind ja die beiden Liebesvögel.«

Es war klar, dass Gomez Vinzents Erscheinen an Bord der *Esperanza* auf seine abgeschmackte Art kommentieren würde. Wenn er etwas von dem Anschlag wusste, dann hätte ihm Vinzent am liebsten einen Oscar für herausragendes Laienspiel überreicht. »Der Kapitän hat sich schon Sorgen um Sie gemacht.«

Er zog mit geheuchelter Lässigkeit die Lider ein wenig zusammen. »Das ist sicher der berühmte *Señor* Born.«

»Stimmt«, sagte Vinzent. »Freut mich ihre Bekanntschaft zu machen, Professor, ich habe schon so vieles von Ihnen gehört.«

»Sicher nur Gutes«, sagte Gomez mit einem höhnischen Grinsen. Und an Susannes Adresse: »Er mag ja Ihr Kurschatten sein, meine Liebe, aber das geht doch etwas zu weit. Sind Sie eigentlich noch bei Trost, einen wildfremden Menschen mit an Bord zu bringen? Das hier ist kein Vergnügungsdampfer.«

»Vinzent hat Informationen für Sie«, sagte Susanne, »sehr interessante Informationen. Und da es sowieso unser letzter Tag auf La Palma ist, dachte ich, der Kapitän könnte uns beide am Nachmittag in Santa Cruz am Flughafen absetzen.«

»Informationen, sagen Sie?« Gomez wollte sich vergewissern, dass er richtig gehört hatte. »Was für Informationen?«

»Ich glaube, wir sollten das besser unter vier Augen besprechen.«

»Wie Sie meinen.« Gomez ergriff Vinzents Hand, als sei sie eine besonders widerwärtige Probe aus einem Untersuchungslabor. »Waren Sie schon einmal auf einem Forschungsschiff, *Señor* Born?«

»Nein, ehrlich gesagt nicht.«

»Das dachte ich mir, Sie sehen auch wie eine typische Landratte raus.« Er schmunzelte in seinen Bart. »Na, los, auf was warten Sie? Holen Sie sich eine Schwimmweste aus dem Vorderhaus. Nicht, dass Sie mir noch ersaufen.«

»Aye, Sir.«

Er wartete, bis Vinzent außer Hörweite war, und wandte sich dann erneut an Susanne.

»Haben Sie vorhin gesagt, dass Sie heute Abend abreisen werden? Wieso haben Sie es plötzlich so eilig?«

»Ich habe es nicht eilig, ich habe es satt.« Susanne stieg in den Computer-Container. »Ich werde den letzten Seismografen installieren, damit ist meine Aufgabe erledigt.«

»Und OBS-III?«

»Ihr Problem.«

»Ist das Ihr Ernst?« Gomez überlegte, ob Susanne nur bluffte oder ob ihr der Boden tatsächlich zu heiß wurde. »Was ist mit Ihrem Verdacht?«

Statt zu antworten, begann Susanne die Systeme hochzufahren. Sie hatten im Auto ihren Plan bis ins kleinste Detail besprochen, und so weit lief alles wie am Schnürchen.

»Fragen Sie Vinzent«, sagte sie endlich, »er hat neue Informationen für Sie.«

»Da bin ich aber gespannt«, sagte Gomez mit einem Grinsen. »Ich werde Sie vermissen«, sagte er.

Das Schiff hatte inzwischen abgelegt und schaukelte zum ersten Mal auf einer flachen, von weißen Sahnehäubchen betupften Dünung seewärts.

Während Vinzent Gomez an Deck hinhielt, programmierte Susanne *Proteus'* Kurs auf OBS-III.

»Susanne?«

Sie zuckte unwillkürlich zusammen.

»Was ist los, *Proteus?*«

»Unter den eingegebenen Daten erfolgte bereits im Dezember eine Installation.«

»Ich weiß. Du sollst prüfen, ob die Komponenten noch alle intakt sind.«

»Liegt eine Fehlfunktion vor?«

»Der Seismometer sendet nicht.«

»Ist das sicher?«

»Wir haben es mehrfach probiert. Ohne Erfolg.«

»Heißt das, ich werde eine technische Inspektion durchführen?«

»So ungefähr.«

»Kannst du etwas deutlicher werden?«

»Ich möchte, dass du nachsiehst, ob er noch da ist. Von der Grundverankerung bis zur Boje. Du wirst mit einem extralangen Datenkabel tauchen und alles aufzeichnen.«

»Klingt nach einem Geheimauftrag. Welche Stufe?«

Statt zu antworten tippte Susanne STRENG GEHEIM in die Briefings-Matrize.

Nach einer Sekunde des Schweigens erschien auf dem Monitor das Wort:

Verstanden.

Die *Esperanza* hatte inzwischen ihr Einsatzgebiet erreicht, und *Proteus* wurde an der Leeseite gewassert.

Vinzent und Gomez beobachteten die Aktion vom Vorderschiff.

»So, schießen Sie los.« Der Spanier bot Vinzent einen Zigarillo an.

»Ich war gestern im Hafen von Santa Cruz«, sagte Vinzent. »Wie Sie wissen, ermittle ich gegen einen Wracktaucher: Digger Görtz.«

»Nie gehört.« Gomez gab Vinzent Feuer.

»Dann sagt Ihnen auch der Name *Star of India* nichts?«

Gomez schüttelte bedächtig den Kopf.

»Ein indonesischer Frachter«, sagte Vinzent. »Ich war gestern an Bord.«

»Sie waren an Bord der *Star of India?«* Hinter der gespielten Fassungslosigkeit des Spaniers verbarg sich echte Bestürzung.

»Heimlich natürlich.«

»Wie … wieso?«

»Kennen Sie den Ausdruck: Jemand gab mir einen heißen Tipp?« Vinzent hielt einen Moment inne, als die Drohne abtauchte. »Görtz und sein Bruder waren angeblich an Bord, als die Ware verladen wurde …«

»Welche Ware?«

»Tja, genau das habe ich mich gefragt. Welche Ware könnten die Brüder Görtz wohl für den Kapitän eines indonesischen Frachters haben? Um der Sache auf den Grund zu gehen, habe ich mir das Laderegister einmal näher angesehen.«

»Sie meinen …«

»Genau, die Frachtbriefe. Als ich die Ladung sah, wurde mir einiges klar.«

»Schenken wir uns das Katz-und-Maus-Spiel, Herr Born.« Auch ein Mann mit weniger Temperament hätte vielleicht in diesem Moment die Beherrschung verloren, aber Gomez schaffte es, nicht zu explodieren.

»Jetzt habe ich auch ein paar Informationen für Sie: Es war nicht gerade taktvoll von Ihnen, ins Büro des Bürgermeisters einzubrechen. Doch richtig dumm war, dass Sie – wahrscheinlich mit Beihilfe ihrer Freundin – einen bestimmten Frachtbrief stibitzt haben. Pech für Sie, denn die Polizei wird Sie beide verhaften.«

Vinzent verkniff sich die passende Antwort.

»Wissen Sie, was Ihr Problem ist, Professor?«

»Ich habe keine Probleme«, sagte Gomez wie aus der Pistole geschossen. »Sie dagegen eine Menge.«

»Doch, ein Problem haben Sie: Sie glauben, Sie hätten Humor, aber genau das haben Sie nicht. Sie sind ein langweiliger alter Mann, der sich gerne an Schwächeren vergreift. Das ist nicht unbedingt lustig.«

Gomez' Kopf fuhr herum, um Vinzent mit einem Blick anzusehen, der einen Strohhaufen entflammt hätte.

»Und Sie sind einfach nur ein ungezogener Bengel«, – kurzes, glucksendes Lachen –, »was Susanne an Ihnen findet, weiß der Himmel.«

»Entschuldigen Sie, Professor.« Capitán Linares trat plötzlich an sie heran.

Auf seinen Gummisohlen hörte man ihn immer erst im letzten Moment.

»Unser Sonarmann meldete mir gerade, dass die Drohne von *Señora* Brecht einen Kurs genommen hat, der eigentlich nicht mit den Daten übereinstimmt. Ich mache mir Sorgen, ob die Länge des Kabels ausreichen wird: Der U-Bot ist jetzt fast einen Kilometer von der *Esperanza* entfernt. Wer hat diese neue Route bestimmt?«

Susanne war viel zu beschäftigt, um das Palaver auf dem Hochdeck zu bemerken. Sie saß wie gebannt vor dem Monitor, denn das, was sie vielleicht heimlich noch immer für eine Ausgeburt ihrer Paranoia gehalten hatte, war jetzt Wirklichkeit geworden.

Noch einmal ließ sie *Proteus* um den gesprengten Sockel der Verankerung kreisen. Der Rahmen und alle Komponenten waren verschwunden; jemand hatte ganze Arbeit geleistet.

»Sind Sie verrückt?« Gomez polterte in diesem Moment in den Container.

»Wer hat Ihnen erlaubt, die Route zu ändern?«

Sein Blick fiel auf den Monitor, und er wurde still.

»*Madre de Dios,* was hat das zu bedeuten?«

»Wie es aussieht, hat sich unser Seismometer in Luft aufgelöst«, Susanne versuchte, die Tiefenschärfe von *Proteus* Kameraaugen manuell zu adjustieren. »Oder wie sehen Sie das?«

Gomez machte ein Gesicht wie ein Sonntagsjäger, der – einen Kapitalhirsch im Visier – nicht abdrücken konnte, weil er plötzlich einen Schluckauf bekam. »Trotzdem ist es unverantwortlich, dass sie eigenmächtig und ohne uns zu informieren das AUV auf eine kilometerlange Reise geschickt haben.«

»Ich hatte meine guten Gründe.«

Proteus kreiste noch immer um die kalkig schimmernden Trümmer. Die Bruchstellen waren noch immer frisch, als ob die Brocken erst gestern auseinandergefallen wären.

»Um mich zu belügen?« Endlich verlor Gomez die Beherrschung, das heißt, er war ein dermaßen geschickter Lügner, dass er genau wusste, wann es richtig war, die Zügel schießen zu lassen. »Sie haben mir von Anfang an misstraut! Was wollen Sie eigentlich? Meinen Job? Mein Gehalt? Das Frühwarnsystem ist mein Lebenswerk! Wollen Sie meine Lorbeeren ernten! Bitteschön, Sie sind die Größte! Aber ich lasse mir von Ihnen nicht anhängen, ich hätte mit diesem Sabotage-Akt auch nur das Geringste zu tun.«

Während des Streits hatte Susanne ein Abstandswarnlicht auf dem Monitor bemerkt, eine Sekunde später wurde es schlagartig schwarz. *Proteus*' Nabelschnur zum Mutterschiff war gerissen.

»Das haben Sie jetzt davon!«, krähte Gomez. Er wirkte plötzlich wie euphorisiert. »Ihr kleiner Liebling ist da unten an einer Klippe zerschellt.«

»Unmöglich.« Susanne versuchte aus den letzten übermittelten Daten schlau zu werden. *Proteus* war nicht nur mit Echolot ausgestattet, seine stärksten künstlichen Sinnesorgane waren zwei Sonargeräte, die es ihm erlaubten, die Felsen und den Meeresboden mit Schallwellen abzutasten; der Untergrund-Profiler genannte Hochfrequenz-Sonar drang bis zu zwei Meter ein.

Er hätte jedem Hindernis mit spielerischer Leichtigkeit ausweichen können.

Inzwischen hatte der Roboter auf UKW umgeschaltet. Als sich die Schallprofile auf dem Computermonitor manifestierten, schienen sie sich unaufhörlich zu verformen.

»Das teure Sonar ist beschädigt«, höhnte Gomez. »Tja, du sollst nicht schauen, was die Götter verdecken mit Nacht und Grauen. Ist das nicht ein deutsches Gedicht?« Er bellte ein paar Worte auf Spanisch, und im Nu drängten sich Mitglieder der Crew um den Computer-Container. Alle schnatterten aufgeregt durcheinander.

»Sie hat den U-Bot versenkt! Danke für Ihre Hilfe, gnädige Frau!«

»Können Sie nicht woanders Maulaffen feilhalten?«, fragte Susanne. Noch immer sendete *Proteus* höchst widersprüchliche Daten, er bewegte sich nicht nur auf einem unerklärlichen Zickzackkurs, sondern legte auch eine unerklärliche Geschwindigkeit vor.

»Er ist verloren«, sagte Gomez, »und es ist allein Ihre Schuld.«

Susanne erwiderte nichts.

Während sie immer wieder versuchte, eine Datenposition als Fixpunkt zu markieren, trat ihr der kalte Schweiß auf die Stirn.

Die vage Projektion eines Meeresbodens erinnerte jetzt eher an einen sich stets verformenden Strudel.

»Wenn ich nicht wüsste, dass es unmöglich ist, würde ich sagen, *Proteus* wurde von einem Walfisch verschluckt.«

»Eine weitere fantastische Ausrede.« Gomez betrachtete Susanne aus schmalen, verschmitzt blitzenden Augen, die eine deutliche Geringschätzung ihrer ganzen Person versuchten.

»Machen wir uns nichts vor, Frau Doktor, durch Ihr irrationales Verhalten können wir unsere Mission nicht zu Ende führen. Ich enthebe Sie hiermit – das Einverständnis von Capitán Linares vorausgesetzt – der Projektleitung.«

»Warum halten Sie nicht endlich die Klappe?«, fragte Vinzent.

»Was?« Gomez, in seiner Macho-Ehre verletzt, wirbelte wie von der Tarantel gestochen herum. »Wollen Sir mir den Mund verbieten, Sie schmutziger, kleiner Schnüffler? Noch ein Wort, und ich werfe Sie über Bord.«

»Sie – und wer noch?«

Gomez stürmte vor, aber einige Männer der Crew hielten ihn mit vereinten Kräften zurück.

»Es reicht!« Auch Linares stellte sich Gomez in den Weg. »Durch Geschrei und Gezanke wurde noch nie ein Problem gelöst! Ich bin sicher, die *Señora* wird einen Weg finden, die Drohne zu bergen.«

»Dazu müsste sie die Drohne erst mal wiederfinden!«

»Dann geben wir ihr die Zeit!«

»Aber, diese Frau weiß doch nicht, was sie tut.«

»Doch, das weiß sie.« Susanne drückte den Replay-Knopf des Harddisk-Recorders. »Als Vinzent Born vor ein paar Tagen den Auftriebskörper eines OBS in den Bergen von La Palma fand, hatte ich einen bestimmten Verdacht. Er hat sich leider bestätigt.«

Die letzten Aufnahmen, die *Proteus* gemacht hatte, flimmerten vor der Mannschaft über den Bildschirm.

»Wie Sie sehen, wurde der Seismometer vom Ozeanboden entfernt.«

Ein dumpfes Gemurmel ging durch den Raum, nur Gomez erhob seine Stimme.

»Bravo, jetzt wissen wir alle Bescheid. Doch damit haben Sie noch lange nicht das AUV wiedergefunden! Mit Ihrer unverantwortlichen Aktion haben Sie das gesamte Projekt torpediert.«

Linares erhob sich abrupt. »Die *Señora* hat in bester Absicht gehandelt. Lassen Sie uns nicht die Nerven verlieren.«

»Von mir aus? Nur, wie wollen Sie diese Stecknadel im Heuhaufen finden?«

Linares wies auf den Schirm. »Zum Glück leben wir in einer Zeit, in der es die Technik gibt, um Objekte überall auf der Welt wiederzufinden. Ich werde sofort Kurs auf OBS-III setzen lassen. Von dort kamen die letzten Bilder. Sobald wir wissen, wo der U-Bot steckt, werden wir es heben. Alles Weitere sehen wir dann.« Er verneigte sich kurz und verschwand, seine Korrektheit hinterließ eine wohltuende Atmosphäre.

»Na schön, versuchen Sie Ihr Glück«, raunzte Gomez. Ärgerlich bahnte er sich seinen Weg durch die Menge.

29

Die Zeit existierte nicht in der Tiefe, nichts existierte in dieser Dunkelheit, nur das regelmäßige Strömen der Luft in die Lungen und das Rasseln der Bronchien. Wie lange Jingo in dieser Felsspalte kauerte, hatte er längst vergessen. Dass er noch lebte, war das Einzige, was momentan zählte. Er versuchte vorsichtig, seine Muskeln zu lockern, die Kälte und Erstarrung seines Körpers zu vertreiben.

Irgendwann hielt er es nicht mehr aus und schaltete seine Helmlampe ein.

Der schwarze Sand hatte sich wieder gesetzt, und der Boden wirkte so ruhig wie in einem Aquarium. Ein Blick auf den Tauchcomputer bestätigten seine schlimmsten Befürchtungen: 17 Minuten, nein, 16 Minuten und 59 Sekunden, 16 Minuten und 58 Sekunden. Die erbarmungslos rückwärtsschreitende Zeit zeigte den Rest seines Lebens. Wenn er nicht auftauchte und dabei alle Regeln des Tauchsports außer Acht ließ, dann würde er in 16 Minuten und 55 Sekunden zum letzten Mal Atem holen, es wäre aus.

Der Gedanke war entsetzlich, und seine Nebennieren überschwemmten seinen Körper mit Adrenalin. Sein Gedächtnis war schuld daran, denn Jingo hatte schon einmal in einem »Schneewittchensarg« nächtigen müssen, nachdem er zu schnell aufgetaucht war. Doch diesmal wäre es nicht mit grässlichen Schmerzen getan. Infolge der immensen Druckentlastung würden in seinem Körper Millionen von Zellen und Gefäßen zerplatzen. Sollte er dennoch überleben, wäre er die erste Zeit zumindest ein Pflegefall. Doch alles war besser als hier in dieser Finsternis zu ersticken.

Ächzend glitt er aus seinem Versteck. Er versuchte wieder, seine bretthharten Muskeln zu lockern, aber sie waren wie vereist und daher nicht mehr in der Lage, Kraft zu entwickeln.

Wie eine Seeschildkröte hing er eine Zeit lang über den Felsen.

Ich muss mich orientieren und dann auftauchen.

Im schummrigen Licht erkannte er große Höhlen, die dem oberen Rand des Senkgraben das Aussehen eines verkohlten Goldschwamms verliehen. Sie waren zweifellos vulkanischen Ursprungs, und trotz der Gefahr, in der er sich befand, ließ sich Jingo von dem Anblick verzaubern. Wo seine Lampe in einen der bogenartigen Durchgänge leuchtete, da schwappte das Licht wie eine gleißende Flüssigkeit hin und her. Kavernen dieser Art hatte er nur einmal an der Costa Brava gesehen, obgleich diese hier selbst den Tauchplatz La Vaca der Islas Meda um ein Vielfaches übertraf.

Allmählich bekam er wieder seinen Verstand zusammen und seinen Körper unter Kontrolle. Er schwamm los, ruhig und gleichmäßig bewegten sich seine Beine.

Das Erste was er sah, waren Überreste. Überreste von Wiesners Equipment, das Harpunengewehr, der riesige Trimix-Tank, er wirkte leicht deformiert. Die knallgelbe Farbe war in einer merkwürdigen, weit geschwungenen Sägezahnkurve abgeblättert, das Metall darunter trug tiefe, blinkende Kerben.

Es kostete Jingo einige Mühe, sich dieser Flasche zu nähern, er zuckte mehrfach zurück, blutiges Gewebe und Fetzen der Tarierungseinheit streiften seine Maske. Die Trägergurte wirkten, als hätte sie ein Rasiermesser durchtrennt, doch Schlauch und Atemregler schienen völlig intakt.

Madre de Dios. Ein Blick auf das Finimeter bestätigte Jingos Hoffnung: Der Automat hatte nicht abgeblasen, das Ding war halb voll, er hatte noch genug Luft für zwanzig Minuten.

Das Leben lebt vom Tod, dachte er, während er das Mundstück ausblies und tief Luft holte. *Du bist gerettet, mein Junge.* Er konnte in aller Ruhe zur nächsten Deko-Stufe aufsteigen, selbst die Gaswechsel würde er noch halbwegs hinbekommen. Er freute sich vor allem auf eine Flasche mit dem frischen Sauerstoff, die er an der 10-Meter-Marke der Maßschnur deponiert hatte.

Auch die Deko-Zeiten würde er mehr oder weniger einhalten können, doch jetzt wollte er nur noch hoch, weg aus der Dunkelheit, weg von dem Licht in der Tiefe.

Dass etwas nicht in Ordnung war, merkte Jingo an einer unmerklichen Bewegung des schwarzen Sands, die er durch das Wasser spüren konnte. Es sah am ehesten aus, als würde sich der Boden unter ihm kräuseln. Dann zog ihn ein gewaltige Sogkraft nach unten.

In dem schlammigen Grund erkannte er zwei blinde Augen, groß wie Fußbälle. Als wären sie aus poliertem Mondstein leuchteten sie aus dem Dunkel.

Der Boden klaffte blitzartig auf, in dem Spalt von drei, vier Metern erkannte Jingo ein riesiges Gebiss. Es war vielleicht sein Glück, dass er Wiesners riesige Sauerstofflasche noch nicht an seinem Gurt adjustiert hatte, denn als die Kiefer sich schlossen, stellte sie sich quer, und Jingo wand sich durch die Zahnreihen und wulstigen Lippen der Kreatur wieder ins Freie.

Er hatte zu diesem Zeitpunkt bereits die Orientierung verloren und schwamm einfach vorwärts, nur weg von diesen malmenden, wütend zuschnappenden Kiefern –, oben, unten, es spielte alles keine Rolle mehr, alles war besser als noch einmal von diesen Lippen berührt zu werden und diese toten, wesenlosen Augen des Anglers zu sehen.

Dass er in eine Höhle geschwommen war, merkte er erst, als er über sich blickte und dort bizarr geformte Steine sah. Wie in einer abgesoffenen Geisterbahn sauste er in eine Art Klamm hinunter und gelangte in eine größere unterirdische Kammer, aus der mehrere Ausgänge führten.

Es muss einen Ausweg geben, dachte Jingo. *Es muss …*

Und doch wusste er mit Sicherheit, er saß in der Klemme. Mit jedem Flossenschlag, ja selbst mit seiner Atemluft hatte er Schlamm aufgewirbelt, manövrierte er sich tiefer ins Verderben, und doch strampelte er wie ein Weltmeister vorwärts, noch immer in blinder Panik, denn er fürchtete, der monströse Fisch wäre ihm doch in die Höhle gefolgt. Etwas Hartes streifte seine Flasche, drückte sich an seine Schulter, und Jingo schlug mit aller Kraft dagegen. Er hatte wohl nur kurz eine Wand oder einen Stalagmiten gestreift, doch ein ernster Anflug von Siphonpanik brachte seine Atemzüge wild durcheinander. Das Bild von Macarena am Strand verdrängte zum Glück diesen Gedanken.

In Jingos Rücken war nur noch wallender Schlamm. Die dicken, dreckschwangeren Wolken hatten zumindest einen Vorteil, sie machten Jingo für seinen vermutlichen Verfolger unsichtbar. Irgendwie gelang es ihm, langsamer zu schwimmen, weniger mit den Flossen zu schlagen und die leichte Strömung zu nutzen. Er war der Blindtauchfalle entwischt.

Das Wasser wurde schnell klarer, und Jingo leuchtete die Wände ab nach irgendwelchen Anhaltspunkten, markanten

Stellen, etwas, das er sich merken konnte. Der Fels war porös wie ein riesiger Schwamm. Hinter jeder Öffnung konnte der Ausweg liegen – oder ein weiterer Gang, und ein weiteres Maul.

Eine Höhle betaucht man nie ohne Sicherungsleine. Wie oft hatte er das seinen Schülern verklickert? *Wer in eine Unterwasserhöhle ohne Leinenkompetenz taucht, ist des sicheren Todes. Im Übrigen solltet ihr immer eine Sicherheits- und eine Ausfallsreserve dabeihaben, sonst kann es verdammt eng werden, verdammt eng.*

Und jetzt schwamm er selbst – ohne drei getrennte Atemgeräte – in ein schlammgründiges Labyrinth, von dessen Ausmaß er nicht den blassesten Dunst hatte!

Weder die »Kapelle«, der »Schlafsaal der Rochen«, noch der Tunnelgang von *South Cave Rock* ließen sich mit dieser riesigen Höhle vergleichen. Ihm schwindelte vor der Höhe und den wie Stoßzähnen herabhängenden Stalagmiten.

Der Luftheißhunger, den er verspürte, war echt, denn seine Vorräte gingen allmählich zu Ende. Knappe fünf Minuten, mehr hatte er nicht mehr, um aus der Höhle zu kommen und aufzusteigen. Ein langer Aufenthalt in der Dekompressionskammer war ihm also mehr als gewiss.

Die Temperatur des Wassers begann plötzlich zu steigen, die Höhlenwände verschwanden links und rechts ins Dunkel, als hätte jemand einen Kinovorhang auseinandergezogen. Jingo schwebte über eine Art Abbruchkante hinweg und glaubte fast, er hätte es wieder nach draußen geschafft. Doch der Lichtschein seiner Lampe schaffte es gerade noch zu einer kuppelartigen Decke, aus der krumme, dünne Stalaktiten wie versteinerte Röhrenaale hingen. Diese neue Höhle war wie ein Dom, Jingo konnte ihre Ausmaße nicht abschätzen.

Er leuchtete unter sich und bemerkte auf dem Grund schwefelhaltige Ablagerungen, wahrscheinlich war er irgendwo in der

Nähe eines unterseeischen Vulkans. Der Temperaturanstieg, den er spürte, verdankte er zweifellos warmen, unterseeischen Quellen.

Noch einmal ließ er seinen Blick in die Runde schweifen und vergeudete kostbare Atemluft: Die schwabbeligen Gelkissen, die am Boden klebten, hätte er fast übersehen. Es schienen Hunderte zu sein, und sie erinnerten ihn die Eier von Rochen, nur waren sie eben größer, viel größer als Wachteleier oder Straußeneiner oder Krokodilseier.

Das ungute Gefühl, das sich in ihm einstellte, wurde von einem glasklaren Gedanken verdrängt: *Es ist die Brutkammer, Jingo, du bist in der Brutkammer gelandet.*

Langsam hob er den Kopf, wendete ihn hin und her – und erstarrte. Sein Herzschlag setzte für einen Moment aus, denn im Lichte seiner Lampe hatte er für eine Sekunde etwas gesehen, was nicht wahr sein konnte.

Er brauchte ein paar Sekunden, um seine Atmung wieder zu beruhigen und eine Panikattacke im Keim zu ersticken.

Dann erst, wie in Zeitlupe, hob er den Kopf und betrachtete den riesigen Fisch, der in einiger Entfernung wie ein Jumbojet vor ihm schwebte.

Es ist also wahr, dachte Jingo, *die alten Mythen. Der Mythos vom fressenden Fels war kein Mythos – er war Wirklichkeit. Die Meeresdämonen der Guanchen, sie existierten an diesem Ort in der Tiefe, der nicht dazu bestimmt war, jemals von einem menschlichen Auge gesehen zu werden.*

Seine Schrecksekunde dehnte sich zu einer Schreckewigkeit. Was er sah, musste ein Trugbild sein, eine Erscheinung, wie man sie im Tiefenrausch sieht. Dieser Fisch vor ihm war mindestens zehn Mal so groß wie der, der Wiesner verschluckt hatte. Die an seinem Bauch leuchtenden Karnukel waren zweifellos Schmuckformen, und angesichts der Brut dachte Jingo, dass es sich nicht um einen Riesen, sondern eine Riesin handelte.

Wahrscheinlich war sie von Jingos Erscheinen genauso überrascht, denn ihr Verhalten passte nicht zu der natürlichen Taktik der Angler.

Mutter aller Felsen, dachte Jingo. Er wusste nicht, dass die langen, feinen Fäden an ihren Seiten Neuromasten waren, die Seismografen gleich jede Druck- und Bewegungswelle im Wasser registrierten. Selbst sein Herzschlag entging ihnen nicht.

Der Riesenfisch drehte ab, eine sanfte Druckwelle streifte Jingo, und der schwarzbraune, geschuppte Berg glitt langsam ins Dunkel der Höhle. Jingo wollte schon aufatmen, als er eine heftige Druckwelle spürte. Sie kam zurück!

Wie die Fratze des Teufels schob sich der Kopf aus dem formlosen Dunkel, das Maul schon halb offen, entblößte mehrere Reihen dolchartiger Zähne.

An den Seiten des Monstrums erkannte Jingo die Überreste eines Begatters, halb mit dem Körper des Weibchens verschmolzen wirkte er wie eine Geschwulst mit böse rollenden Augen. Noch völlig im Bann dieses Albtraums dämmerte ihm, dass sein Großvater, der gute alte Platana-Joe, wohl damals nur ein Männchen der Spezies gefunden hatte.

Keine falsche Bewegung. Ohne seinen Blick von dieser Kreatur zu nehmen, streckte Jingo die Arme aus und versuchte rückwärts zu paddeln, zurück zur schützenden Felswand mit ihren Spalten, Klüften und Höhlen.

Wie ein schwimmendes Gebirge schob sich der Fisch auf ihn zu, die wie schwarzes Horn glänzenden Flossen – groß wie von einem Kajütkreuzer – stellten sich ab wie schräg abwärtsragende Segel. Das Maul hielt noch immer Abstand: Sie schien keine Eile zu haben.

Was tut man nicht alles, um nicht den Verstand zu verlieren? Jingo versuchte sich die Form dieser Flossen einzuprägen, mächtige, klauenartige Brustflossen waren das, er sah sie und sah sie doch nicht, denn alles, was in dieser schwammigen Dunkelheit zählte, war sein Abstand zu diesem zähnestarrenden Schlund, dem Fresswerkzeug, das in der Lage war, einen Menschen mit einem Bissen zu teilen. Wobei Jingo bezweifelte, ob das nötig war, denn in diese Klappe hätte wohl ein Mann samt Boot quer reingepasst.

Gähnend, wie ein Tor zum Tode, wuchs das Maul vor ihm.

Wiesner, das wären die Fotos gewesen, dachte Jingo, die *Money-Shots.*

Seine rechte Flosse berührte den Rand der Abbruchkante, über der er vor Minuten geschwebt war, und ohne dass er sich diesen Impuls erklären konnte, riss er sich plötzlich das Atemgerät aus dem Mund und stieß einen langen, schrillen Pfiff aus. Es war ein El Silbo-Wort, und was es bedeutete, wusste er nicht, doch der Fisch zuckte augenblicklich zusammen und drehte ab.

Jingo nutzte die Schrecksekunde und warf sich herum. Zu seinem Entsetzen erkannte er im Gang vor sich eine Bewegung: Das war nicht mehr die Felswand, sondern das Männchen, das ihn lauernd erwartete. In seiner Verzweiflung strampelte Jingo nach oben, er stieß gegen die Decke der Höhle und entdeckte dort einen Felsspalt. Er musste seine Flasche blitzschnell abwerfen, um dort hineinzukommen. Fast beiläufig warf er einen Blick auf die Uhr, noch 56 Sekunden.

Das schaffst du niemals, dachte er noch. Kopfüber stieß er in den Kamin, der kaum breiter war als er selbst. Etwas schrammte gegen den Fels, und ein banger Blick über die Schulter zeigte Jingo das riesige, bleiche Auge des Fischs. Wütend schnappte die Bestie gegen den Fels, das Geräusch der Zähne auf dem Lavagestein klang, als würde ein riesiger Schaufelbagger am Gestein nagen.

Noch 43 Sekunden. Jingos Beine strampelten, sie trieben seinen Körper erbarmungslos aufwärts, 40 Sekunden … 39 … Der Kamin wollte kein Ende nehmen. Jingo dachte nicht mehr an den Fisch, er dachte nur noch an die Möglichkeit, dass sich dieser Spalt weiter verengen könnte: Er würde stecken bleiben und erbärmlich ersticken. Von allen erdenkbaren Todesarten erschien ihm diese Variante am Schlimmsten: Ein mit Wasser gefüllter steinerner Sarg.

Noch immer war kein Ausweg zu sehen. Entsetzen und der Mangel an Luft verzerrten Jingos blaurot angelaufenes Gesicht.

Nicht daran denken, nicht aufgeben. Im Licht der Tauchlampe schimmerten die Wände des Kamins wie grünlich-gebleichtes Gebein.

Dann – fast schlagartig – stoppte die Luftzufuhr. Jingos Lungen verkrampften sich für einen Moment. Die leere Tauchflasche schlug hohl gegen den Fels, riss ihm den Lungenautomaten aus dem Mund: Drei Luftblasen, die letzten, trudelten an ihm vorbei – kostbare Oasen des Lebens, für immer verloren.

Er löste sich blitzschnell aus seiner Tarierungsweste, doch einer inneren Eingebung folgende, fischte er den Sender mit einem Handgriff heraus.

Während die nutzlos gewordene Apparatur langsam versank, legte er alle Kraft ins Schwimmen.

Nicht ausatmen, dachte er. In Panik hob er den Kopf, sah den Luftblasen nach und bemerkte, dass die schimmernde Decke über ihm verschwunden war – er war raus aus dem Spalt, vielleicht sogar im offenen Meer!

Mit schierer Gewalt schraubte er sich nach oben.

Das Wasser war sonderbar klar, nirgends von Schwebestoffen durchsetzt.

Wie viel Luft er noch in seinen Lungen hatte, wusste er nicht, aber halb ohnmächtig schoss er aufwärts.

Seine Lungenflügel schienen zu bersten. Etwas wie Riesenzähne schien ihm für einen Moment den Weg zu versperren, dann hörte der Wasserwiderstand schlagartig auf, und er schoss einen guten halben Meter über die Oberfläche hinaus. Luft, endlich! Die Freude, die er empfand, war unbeschreiblich, und als ob er sich vergewissern wollte, dass ihn Luft in Hülle und Fülle umgab, schnappte er immer wieder, bis er anfing Sterne zu sehen. Hyperventilierend leuchtete er um sich. Seine Freude währte nur kurze Zeit, denn schon während er Luft holte, hatte er die ins Wasser ragenden Stalakmiten bemerkt. Er war ganz offensichtlich in einer mit Luft gefüllten, versiegelten Felskammer gelandet. Über ihm – in kaum abschätzbarer Höhe – wölbte sich erneut eine steinerne Decke. Grausame Farce des Schicksals: Obwohl er für den Moment gerettet war, hatte sich sein unausweichliches Ende nur verzögert. Jingos Luftvorräte waren erschöpft, und die Luft in dieser Felskammer wäre mit Sicherheit in wenigen Tagen verbraucht. Tief Luft zu holen und zurückzuschwimmen kam ebenso wenig in Frage, denn selbst wenn er den Anglerfischen entkommen sollte, es wäre höchst unwahrscheinlich, dass er den Ausweg aus der Höhle rechtzeitig finden würde. Die Erkenntnis seiner auswegslosen Lage lähmte Jingo. Mit letzten Kräften zog er sich auf einen handbreiten Vorsprung im Fels. Er war wohl das erste Lebewesen seit Millionen Jahren in dieser Gruft aus erstarrter Lava, nie zuvor war ein Lichtstrahl in diese Höhle gefallen, und seine Hand mit der Lampe begann allmählich zu zittern.

Das war's, dachte er. Zweimal leuchtete er seine unmittelbare

Umgebung ab, doch die Wände dieser vulkanischen Kaverne wirkten fast so eben, als hätte man sie mit einem Sandstrahl gereinigt. Nirgends zeigte sich auch nur der kleinste Spalt, ganz logisch übrigens, denn da er sich mit Sicherheit noch immer in einer Tiefe von hundert Metern befand, wäre selbst ein Haarriss im Gestein genug gewesen, um die Lakune zu fluten.

Das Wasser selbst erschien ihm unnatürlich sauber. Er kostete es vorsichtig und musste feststellen, dass es Süßwasser war. Wahrscheinlich entsprang hier unten irgendwo eine Quelle.

Ach, Macarena … Vacaguare … Schwere, heiße Tränen stiegen in seine Augen. In Gedanken sah er, wie er sie zum Traualtar führte … Vor der Pfarrkirche Virgen de la Luz in Garafía würde er mit ihr eine Ewigkeit tanzen.

Schade, es war uns leider nicht vergönnt.

Er spürte plötzlich etwas Hartes an seiner Brust: Sein Handy. Er öffnete den Anzug und fummelte es aus der Innentasche seiner Tasche. Ein kleines Briefsymbol blinkte fröhlich in seinem Display. Die SMS hatte ihn unbemerkt an Bord der *SC Atlantis* erreicht, vielleicht nur ein paar Sekunden vor dem furchtbaren Abstieg. Seine klammen Finger waren so kraftlos, dass er die Taste erst im zweiten Anlauf fand.

Die SMS öffnete sich wie üblich mit einem feurigen Flamenco-Akkord, ein Klingelton, der in dieser Umgebung furchtbar fehl am Platz wirkte. Durch die dicken Wasserperlen in seinen Wimpern las er: ++++++++++ Gott beschütze Dich ++++++ Mache mir Sorgen um Dich. Kuss, Macarena ++++++++

In einem Ausbruch verzweifelter Liebe presste er seine Lippen auf das hell leuchtende Display.

»Tut mir leid«, flüsterte er, »aber du hast allen Grund, um dir Sorgen zu machen.« Jingo hatte keine Ahnung von den wissenschaftlichen Grundlagen mobiler Kommunikation, aber er wusste so viel, dass es keine Unterwassertelefonie gab und die Meldung »Kein Empfang« schien das zu bestätigen. Die SMS kam ihm jetzt wie eine Grabinschrift vor.

Nachdem er eine Panikattacke überwunden hatte, beschloss er, das zu tun, was schon andere Menschen in auswegslosen Situation getan hatten – er entschied sich, weiterzuleben. Er hatte noch reichlich Luft, und sein Erschöpfungszustand würde sich mit der Zeit bessern. Der Stickstoffgehalt in seinem Blut würde zwar stetig zunehmen, doch das wäre erst ein Problem, wenn es ans Auftauchen ging. Abgesehen von seinem Handy hatte er noch immer diesen Unterwassersender mit Akku. Den vorprogrammierten Text konnte er nicht ändern, doch durch das schnelle Ein- und Ausschalten des Senders konnte er ein SOS-Signal absetzen. Die Reichweite des Senders betrug angeblich eintausend Meter, und da er sich an einem befahrenen Küstenabschnitt befand, standen die Chancen nicht schlecht, dass selbst Fischerboote das Signal auffangen würden.

Langsam und konzentriert legte er den Kippschalter um und wieder zurück, es war fast wie morsen: • • • – – – • • •

Kon … Kon … Kon … Kontakt … Kontakt … Kontakt … Kon … Kon … Kon …

Jeder halbwegs vernünftige Seemann würde verstehen und die Küstenwache alarmieren. Alles, was er zu tun hatte, war, nicht aufzugeben.

Das harte, metallische Klicken trieb ihm eine Gänsehaut über den Rücken, aber es half alles nichts.

Erneut versuchen? Jingo zählte langsam bis dreißig, dann begann er wieder zu »morsen«. Es würde die nächsten Stunden sein einziger Lebensinhalt sein – das Zucken des rechten Daumens.

30

Schwerfällig kroch der Sekundenzeiger über das Zifferblatt der großen Wanduhr. Die Minuten schienen sich endlos zu dehnen. Selbst ein paar Sonnenstäubchen, die im Licht der Mittagssonne in Susannes Container tanzten, waren wie von einer physikalischen Apathie ergriffen: Sie hingen unbeweglich in der Luft, und Sir Isaac Newton hätte wahrscheinlich einen Anfall bekommen.

Susanne saß auf glühenden Kohlen: Das AWI hatte sich noch nicht gemeldet, und *Proteus* war noch immer außer Kontrolle. Zwar ließ sich seine Position in etwa bestimmen, doch durch die merkwürdigen Tiefensprünge verschwand er immer wieder vom Schirm. Da das Datenkabel gekappt war, gab es keinen Kontakt. Ebenso wenig konnte sie die Drohne einfach auftauchen lassen; *Proteus* hatte keine *Flotations-Tanks*, die man mit Luftdruck regulieren konnte. Bei Ausfall der Propeller oder Hydraulik besorgten zwei Hebesäcke, die sich automatisch mit Pressluft füllten, den Auftrieb. Leider sah es so aus, als seien die Luken verklemmt.

Anhand der Daten, die im 30-Sekunden-Takt einliefen, konnte sie sehen, dass sich *Proteus* noch immer bewegte, schneller und wendiger, als es seine Konstruktion erlaubte. Zudem registrierte die Drohne eine regelmäßige Erschütterung ihrer

Umgebung, kein Seebeben also, sondern ein schwächeres, gleichmäßiges Geräusch. Susannes Computer übersetzte diese Pegelwerte in ein akustisches Signal.

»Klingt wie der Herzschlag von King Kong«, sagte Vinzent. Obwohl er wusste, wie nutzlos er war, kümmerte er sich um Susannes Verpflegung, brachte ihr Kekse und Kaffee aus der Kombüse.

»Es handelt sich jedenfalls um eine einzigartige Signatur«, sagte Susanne.

Sie legte das Geräusch auf die großen Lautsprecher. Wie ein schneller, harter Peitschenschlag fuhr es in die Membrane.

»Mal unter uns Betschwestern – könnte es der Herzschlag eines Fisches sein?«

»Wie kommst du denn da drauf?«

»Na ja, vielleicht hat mir dieser Wiesner doch kein Ammenmärchen erzählt.«

Sie gab keine Antwort, sondern beugte sich über ihren Rechner.

»Na schön. Ich werde mal sehen, was unser Freund Gomez ausgeheckt hat«.

»Ja, tu das.« Susanne drückte seine Hand. »Und danke für das Futter.«

Sie ahnte, wie er sich fühlte, und ärgerte sich gleichzeitig über ihre eigene Hilflosigkeit. Es gab einfach keine logische Erklärung, warum der Tauchroboter plötzlich verrücktspielte. Der enge Computercontainer wirkte wie eine Hallspirale und verlieh der merkwürdigen Schallsignatur einen beängstigende Präsenz.

Könnte es der Herzschlag eines Tieres sein? Vielleicht war *Proteus* im Inneren eines riesigen Fischs? Diese merkwürdigen, sich andauernd verformenden Bilder wären dann nichts weiter als Sonarabstrahlungen der Magenwände.

Die Geschichte dieses jungen Reporters war die einzige plausible Erklärung. Vielleicht hatten sie es nicht nur mit einer kriminellen Bande zu tun, sondern mit etwas, dessen Tragweite sich niemand vorstellen konnte, und das dort unten, bergetief in schwärzester Finsternis, vor sich ging.

In allen Gazetten der Welt fanden sich alljährlich Berichte, worin Fischer oder Seefahrer behaupteten, sie hätten auf hoher See ein »außergewöhnliches Riesentier« oder gar »ein Seeungeheuer« gesichtet. In der Regel werden Meldungen dieser Art von seriösen Wissenschaftlern negiert, es sei denn, es gelingt den Augenzeugen auch ein spektakulärer Fang. Am Alfred-Wegener-Institut war das nicht anders, es zählten nur Fakten. Die Kryptozoologie wurde belächelt, und doch gab es jedes Jahr neue Meldungen von hoher See. Im Grunde fing alles mit der Korvette *Daedalus* an, die im Frühjahr 1848 zwischen dem Kap der Guten Hoffnung und der Insel St. Helena den Weg einer schätzungsweise dreißig Meter langen, »schlangenähnlichen Kreatur« kreuzte. Sieben unabhängige Augenzeugen – gestandene Seemänner, Offiziere, darunter auch der ehrwürdige Kapitän McQuhae –, hatten den dienstlichen Bericht an Ihre Majestät und die britische Admiralität unterschrieben.

Auch die Sichtung eines mutmaßlichen Mosasaurus durch den U-Boot-Kommandanten Freiherr von Forstner fand 1918 weltweit Beachtung. Als sechzehn Jahre später der Kadaver eines krokodilähnlichen Wesens an der Küste von Cherbourg entdeckt wurde, stimmte selbst die Länge von annährend acht Metern mit den fossilen Resten der urzeitlichen Meerechse überein.

Stellt man die Häufung solcher Sichtungen und die Ähnlichkeit mit vermeintlich ausgestorbenen Tieren zusammen, liegt der Schluss nahe, dass manch ein fehlendes Glied im Stammbaum der Arten noch immer entdeckt werden könnte – und zwar in quicklebendiger Form. Es bedurfte noch vieler mutiger Pioniere, um jenen mysteriösen Lebensraum, der zwei Drittel des Planeten bedeckt – das Wasser –, zu erobern. Die kartografische Erfassung besagte nicht mehr als das Flurbuch eines undurchdringlichen Waldes, das Meer war das letzte verwunschene Reich, und selbst der nüchterne Hans Haas postulierte in seinen Werken die Existenz noch unbekannter Giganten der Tiefsee.

Der Abenteurer und Bahnbrecher der Sportangelei F.A. Mitchell Hedges ging noch weiter. Bei seinen Forschungen im Karibischen Ozean nach – so wörtlich – »Ungeheuern, die einen Vergleich mit Tieren vergangener Erdzeitalter aushalten konnten«, erlegte der Brite Haie jeder Fraktion, Meereskrokodile und monströse Sägefische mit Längen von bis zu neun Metern.

Nur einmal im Jahre 1920 – bei Manzanillo vor der mittelamerikanischen Küste – hatte er *etwas noch Größeres* an der Angel. Mitchell wörtlich: »Ich fischte damals mit einem sehr großen Haken, der durch eine dicke Stahlkette mit einem Manilahanfseil verbunden war. Irgendein Tier in der Tiefe verschlang den Köder und schwamm langsam seewärts, aber mit geradezu überwältigender Stärke, sodass das Seil ablief und einfach durchriss, als das Ende erreicht war. Seit dieser Zeit wusste ich, dass in den sieben Ozeanen Ungeheuer leben, von denen die Wissenschaft nichts weiß.«

Mitchells Theorie stützte sich auf dabei auf seine bescheidenen paläontologischen Kenntnisse.

»Während der mesozoischen Periode«, schrieb er, »hatten Fische und Reptilien groteske und riesenhafte Formen; Ungeheuer von furchtbarem Aussehen und ungeheueren Kräften bevölkerten die Erde. Im Ozean lebten noch erstaunlichere Kolosse, und in seiner Tiefe begaben sich Schrecknisse, gegen die die drückendsten Albträume zur Bedeutungslosigkeit verblassen.«

Das Ticken des Faxgerätes riss Susanne aus ihren Gedanken: Es hatte immer ihre Nerven beruhigt, zumindest wenn sie alleine in ihrem Container saß, denn es signalisierte ihr, dass die Kollegen in Bremerhaven sie noch nicht vergessen hatten.

Mit banger Erwartung beobachtete sie, wie sich das Papier von der Rolle abdrehte.

Nun mach schon …

Das Telefon klingelte in diesem Moment, doch es war nicht der erlösende Anruf vom AWI, sondern ein aufgekratzt klingender Mitarbeiter des *Instituto Tecnolólogico,* der sie über ein leichtes Erdbeben in der Größenordnung 2,3 informierte.

»Das Epizentrum des Bebens liegt allerdings vor der Küste, ich dachte, Sie sollten das wissen.«

»Gracias.« Sie hörte nur mit einem Ohr zu, denn noch während das Fax vor sich hin tickerte, hatte sie die ersten Zeilen gelesen: Die Übersetzung des Frachtbriefs lies keinen Zweifel daran aufkommen: Sollte der Cumbre in den nächsten Stunden ausbrechen, sie wären alle geliefert, denn das gesamte Frühwarnsystem lag fein säuberlich demontiert im Laderaum des indonesischen Frachters! Und nicht nur das – ein quasi doppelter Satz aller Komponenten verwies auf einen anderen Lieferanten: Italien. Das AWI hatte daher Interpol verständigt und Susanne die sofortige Rückkehr empfohlen. Wörtlich: »Riskieren Sie nichts.«

»Sind Sie noch da, *Señora?*«

»Ja, ja.« Susannes Gedanken rasten hin und her. »Wir haben zurzeit ein kleines Problem, aber wir arbeiten dran.«

Schon auf dem Weg zur Brücke, den sie in einer wahren Rekordzeit zurückgelegte, hörte sie Gomez' Gezeter.

»Capitán, ich appelliere an Ihre Vernunft. Lassen Sie uns diese riskante Aktion abbrechen! Selbst wenn diese Brecht ihre heilige Drohne aufspüren sollte – was ein Ding der Unmöglichkeit ist –, werden wir die Abschlussmontage nicht fortsetzen können.«

Als Susanne den Raum betrat, wurde es mucksmäuschenstill.

»Warum haben Sie es mir nicht gleich gesagt?«

»Was, Kindchen?« Gomez zog eine andachtsvolle Mine.

»Dass Sie schon mal ein Frühwarnsystem hatten ... und ein Dutzend Beiprogramme!«

»Ich weiß nicht, wovon Sie reden.«

Susanne drückte dem Kapitän das Fax in die Hand.

»Das Nationale Institut für Geophysik und Vulkanologie in Rom hatte hier schon letztes Jahr ein komplettes Frühwarnsystem installiert. Die Kollegen waren mehr als überrascht zu hören, was wir hier tun. Wozu brauchen Sie noch unsere Seismometer? Die Südwestseite der Insel ist geradezu mit Sensoren gespickt.«

Gomez kratzte sich im Nacken.

»Ich glaube, ich schulde Ihnen eine Erklärung«, sagte er dann.

»Das ist die Untertreibung des Jahres«, sagte Vinzent, der ebenfalls die Brücke betrat.

»Hören Sie ...« Für einen Moment sah es so aus, als habe Gomez wieder seine Fassung gewonnen, doch dann machte er eine Handbewegung, als wolle er eine lästige Fliege verscheuchen.

»Na, schön, Sie haben gewonnen.« Er sackte in sich zusammen. »Es hat hier letztes Jahr einen bedauerlichen Vorfall gegeben, und selbst jetzt ist es mir peinlich, darüber zu sprechen ...«

»Tun Sie sich keinen Zwang an«, sagte Vinzent. »Ich denke, wir wissen ohnehin alle Bescheid.«

»Halten Sie den Mund, Sie großer Lümmel!« Gomez schaffte es, eine Art Nervenkollaps vorzutäuschen – verletzter Stolz und moralische Entrüstung sprachen aus seinen fahrigen Gebärden. »Sie wissen gar nichts von dieser Insel! Nichts!« Er hielt kurz inne und atmete aus.

»Die italienischen Seismometer wurden gestohlen – so jetzt wissen alle Bescheid! Eine Katastrophe für unsere Insel, verstehen Sie?« Er hielt inne und deutete hinüber zur Küste. »Es geschah genau zu dem Zeitpunkt, als die vulkanische Aktivität der Cumbre sich drastisch erhöhte! Leichte Schwarmbeben wurden registriert, die Zeitungen spielten das natürlich herunter, um die Touristen nicht zu verschrecken: Doch ich wusste Bescheid. Angesichts der prekären Situation brauchten wir so schnell wie möglich Ersatz. Also habe ich ein bisschen geflunkert.«

»Was meinen Sie mit prekärer Situation?«, fragte Susanne.

»Oh, ganz einfach.« Gomez rieb seine Augen, als wolle er sie in seinen Schädel drücken. »Das *Instituto Tecnolólogico y de Energías Renovables*, das seit Jahren die vulkanische Aktivität der Cumbre Vieja überwacht, meldete schon letztes Jahr kleine Beben. Was konnte ich also tun? Die EU über den Diebstahl informieren? Warten, bis irgendwelche Bürokraten in Brüssel den Vorgang untersucht hätten? Wir brauchten dringend Ersatz. Also habe ich gehandelt. Wie sagen die *Americanos* so schön: *Action speaks louder than words.*«

»Und da haben Sie einfach einen neuen Antrag gestellt? Das ist Betrug.«

»Von mir aus ist es das, und ich bin bereit, die Konsequenzen zu tragen. Doch wenn hier morgen fünfhundert Kubikkilometer

Gestein ins Meer fallen sollten, dann hätte ich Hunderttausende auf dem Gewissen. Und das wollte ich nicht.«

»Mir kommen die Tränen«, sagte Vinzent.

»Sie verdächtigen mich nur, weil Sie nicht nachdenken. Was für ein Motiv sollte ich haben?«

»Viel Geld, unter wenigen aufgeteilt.«

»Sie vergessen, ich lebe hier, *Señor* Born. Ich wäre wie alle Palmeros unmittelbar von der Katastrophe betroffen. Das, was Sie mir indirekt unterstellen, wäre Selbstmord!«

»Das ist Schafscheiße, Mann!« Vinzent hatte langsam genug. »Wenn es um Geld geht, treffen Menschen die aberwitzigsten Entscheidungen. Sonst hätten die USA und China schon längst das Kyoto-Protokoll unterzeichnet und würden nicht riskieren, dass der Klimawandel Millionen von Menschen die Existenzgrundlage kostet.«

»Ich bin nicht die USA.«

»Stimmt, das sind Sie nicht! Sondern einfach nur einer, der EU-Gelder schnorrt, ein Subventions-Stricher, der alles abgreift, was er kriegen kann.«

»Entschuldigen Sie, dass ich mich einmische, *Señor* Born.« Linares setzte seine Kapitänsmütze ab und wischte sich den Schweiß von der Stirn. »Ich kann Ihre Enttäuschung verstehen, doch in einem Punkt muss ich dem Professor beipflichten: Sie wissen nichts von der Insel.«

»Ich weiß, sie hat einen doppelten Boden.«

»Alles hat hier einen *doble sentido*, *Señor* Born, die Insel und ihre Menschen.« Linares knautschte seine Mütze. »Der Palmero ist *doppelsinnig*, nicht doppelzüngig wie manche Ausländer behaupten. Sein Charakterzug ist die schillernde Vieldeutigkeit, er vereint Glätte und Gelenkigkeit, raubfischhafte Schnelligkeit der Ureinwohner und undurchsichtige Spiritualität der spanischen

Katholiken. Januskopfig, fromm und böse zugleich, großzügig und nachtragend, schillernd wie eine Ölpfütze und doch nicht flach, sondern ein Opal, unbestimmbar in seinen Farben, weit wie das Meer und doch hart wie Stein. Man weint hier tief ergriffen über die Osterpredigt des Papstes und geht wenig später ins *Burdel* nach Los Llanos und verrät die Lehre, an die man inbrünstig glaubt. Man ereifert sich glühend für Gerechtigkeit, um schon am nächsten Tag das Auto seines Nachbarn zu stehlen. Raubgier und Leutseligkeit gleiten ineinander über wie die Farben des Regenbogens. Dem Denken anderer Nationen mag das befremdend erscheinen, doch hier ist es das Element, in dem die Menschen leben und ihr Brot verdienen. Glauben Sie mir, hätte der Professor den Diebstahl gemeldet, er hätte große Probleme mit den Behörden bekommen.«

»Und wieso?«

»Weil solche Schlagzeilen dem Tourismusgeschäft schaden. Die Prognosen sind ohnehin düster genug, und in diesem Punkt ziehen alle an einem Strang. Die Falschheit der palmerischen Autoritäten liegt bereits in der Zweigesichtigkeit ihrer vermeintlichen Autonomie begründet. Ein paar Provinzfürsten haben die Inseln unter sich aufgeteilt, und wir alle müssen es ertragen, dass die *Caballeros* ihre eigenen Regeln missachten, wenn es ihnen nützt.«

»Gilt das auch, wenn sie sich selbst beklauen und die Hehlerware dann weiterverscherbeln?« Vinzent hatte noch nie davor zurückgeschreckt, im Glashaus mit Steinen zu werfen. »Oh, vielleicht sollten wir wirklich umkehren, Capitán. Ich lade Sie zu einer Schiffsbesichtigung ein. Die *Star of India* liegt an Pier 7 vor Anker, und sie hat eine interessante Ladung an Bord.«

Er begegnete Susannes warnendem Blick; sie hatte noch ein

zweites Fax in der Hand, und er ahnte, dass es nicht mehr nötig war auf den Busch zu klopfen.

»Was für eine Ladung?«, fragte Linares. »Professor?«

Der lachte, ohne eine Miene zu verziehen. »Keine Ahnung.«

»Verstehe. Ich würde in Ihrer Situation auch von nichts wissen.«

Linares wusste, dass Gomez gut daran tat, ihm nicht mehr zu trauen. Kein Wissenschaftler, der sich so aufführte, durfte die Loyalität eines gestandenen Seemanns erwarten. Im Bewusstsein des Kapitäns waren die Würfel gefallen.

31

Als der Leguan im Hafen eintraf, war das Chaos bereits perfekt. Die Polizei hatte fast alle Zufahrtsstraßen und Landungsbrücken gesperrt. In den letzten zwanzig Minuten hatte Levante seinen Dienstausweis öfters gezückt als in zwanzig sauren Dienstjahren zuvor, und er ahnte, dass eine Kacke von geradezu gigantischem Ausmaß am Pier der *Star of India* vor sich hin dampfte.

Das Blaulicht war nicht zu übersehen, ebenso wenig wie die Luxuslimousine von Vargas.

»Ich kam, so schnell ich konnte«, sagte er, als er ausstieg. »Was ist denn los?«

Vargas sah schlecht aus. Es war nicht nur die Sache mit seinem Hotel, das das Beben angenagt hatte, es war mehr.

Nonchalant zog er Levante hinter sich her. Es war die Ruhe eines ausgebrannten Mondkraters, die ihn umgab, eine Art Eiszeit, die alles Leben in seiner Nähe erfror.

»Es sind Dolche in der Luft«, sagte er, wie schon Fouché vor der Erschießung des Herzogs Enghien. »Wir haben hohen Besuch.«

Er nickte unmerklich in Richtung der Polizeiwagen.

»Aus Madrid?«

»Interpol. Ein ganzes Team und Leute vom Zollamt.« Er sprach ganz leise und akzentuiert. »Unsere Freunde haben ganze Arbeit geleistet. Sie haben den Frachtbrief nicht nur gestohlen, sondern gleich nach Bremerhaven gefaxt. Ich habe alles überprüfen lassen, die Concierge des Hotels ist eine alte Bekannte von mir.«

»Mierda grande«, entfuhr es Levante.

»Das können Sie laut sagen. Die Deutschen haben wohl heute Morgen den Alarmknopf gedrückt. Und jetzt haben wir die Bescherung. Alles wird durchsucht, das Laderegister beschlagnahmt.«

»Das nenne ich Pech.« Levante sah sich um. »Sagen Sie, haben Sie zufällig Quebracho gesehen?«

»Nein, aber hatten Sie mir nicht versichert, er sei Ihr bester Mann?«

»Das ist er auch.«

»Stimmt nicht. Denn wenn er das wäre, dann wären die beiden tot und könnten nicht gegen uns aussagen.«

»Wie – aussagen?«

Levante schluckte. Gerade wurde der indonesische Kapitän in Handschellen abgeführt. Als er Vargas und Levante erblickte, begann er zu toben.

»Nicht hinsehen«, sagte Vargas. »Es ist schon schlimm genug, dass der Mann keine Manieren hat. Er ist wie ein Kartenhaus zusammengefallen.«

Levante legte eine Hand an die Stirn; er dachte wirklich nach. Bisher hatten sie es nie nötig gehabt, auch nur einen Finger zu rühren, die angeheuerten Taucher hatten ihnen alles in die Hände gespielt. Jetzt mussten sie den Karren selbst aus der Scheiße ziehen. Und was für ein verfahrener Karren war das.

Zum ersten Mal dämmerte ihm, wie gefährlich dieses Doppelspiel war, das er riskierte, doch fand er es selbst jetzt noch vermessen zu behaupten, es hätte schiefgehen müssen: Nur ein dummer Zufall, der Tod dieser Taucher, griff nun in das ausgeklügelte Getriebe; die *Caballeros* waren in ihr eigenes Räderwerk geraten und drauf und dran zermahlen zu werden.

Der lauthals protestierende Indonesier war endlich auf dem Rücksitz eines Einsatzwagens verfrachtet.

»Aber wir können doch nicht zulassen, dass die ihn mitnehmen.«

»Doch das können wir.« Vargas gähnte einmal und spannte dann seinen Regenschirm auf, denn es hatte wieder zu nieseln begonnen.

»Ich habe den Interpolagenten gesagt, dass ich den Mann noch nie zuvor in meinem Leben gesehen habe. Und Sie auch nicht.«

Levante nickte. »Und der … der Frachtbrief?«

»Ich habe ihn nicht unterzeichnet«, sagte Vargas, »sondern mein alter Gärtner Casiano. Kennen Sie ihn? Manche meinen, er sei – wie soll ich sagen – geistig behindert, doch ich komme gut mit ihm aus. Stellen Sie sich vor, er malt meine Unterschrift unter alles, was ich ihm vorlege.« Er lachte schelmisch. »Für die Interpolypen wird es nach Urkundefälschung aussehen.«

»Und Fingerabdrücke?«

»Ich versichere Ihnen, meine Fingerabdrücke werden diese Schnüffler nicht daran finden.«

Er verstummte, denn ein junger Polizist trat an Levante heran und salutierte.

»Die Agenten haben noch weitere Geräte sichergestellt. Wie es aussieht, hatte die *Star of India* auch Komponenten italienischer Herkunft an Bord.«

»Unerhört«, sagte Vargas.

»Der Hafenmeister lässt fragen, ob wir den Agenten beim Abtransport behilflich sein sollen.«

»Wir … denen helfen?« Levante versuchte sich zu straffen,

aber seine Haltung sackte immer wieder in sich zusammen. Der Ärger der vergangenen Tage hatte die Nerven des ansonsten so kraftstrotzenden Spaniers bis auf die letzten Reserven verbraucht.

»Helfen Sie den Leuten«, kam ihm Vargas zuvor. »Und ausgezeichnete Arbeit, mein Junge.«

Er zog Levante mit sich zu einem Poller.

»Jetzt sind wir am Zug«, sagte er. Es ging eine wahre Polarkälte von ihm aus, seine Augen hatten die Schwärze eisigen Wassers. »Die einzigen Personen, die uns belasten können, sind Frau Doktor Brecht und ihr Freund. Wenn beide aussagen, dass sie den Frachtbrief von meinem Schreibtisch haben, bedeutet das das Ende meiner politischen Karriere.«

Er hielt inne und studierte Levantes ausdrucksloses Gesicht, das die befremdende Gewissenlosigkeit zeigte, mit der er sich von den Ereignissen überraschen ließ, weil er glaubte, seine Rolle als Comisario verliehe ihm eine Art Heiligenschein oder diplomatische Immunität.

»Haben Sie eine Idee?«

»Wie meinen Sie das?«

»Nun – wie können wir unseren Arsch retten?«

»Sie meinen *Ihren* Arsch«, sagte Levante. »Ich habe nichts mit Ihren Geschäften zu tun.«

»Das wird Interpol anders sehen.«

»Wieso?« Hatte er vordem mit viel Temperament verstanden, seiner wabbligen Körperfülle ein gewisses Maß an Würde und Haltung zu geben, so wirkte er jetzt fast armselig und kläglich. Das stattlich aufgeblähte Doppelkinn hing ihm schlapp und mausgrau über dem Kragen.

»Wieso? Sind Sie wirklich so dumm?«

In diesen Momenten bewies Vargas, dass er in der Tat über

die nötigen politischen Instinkte verfügte, ein blindes Erfühlen von Sachverhalten, raubtierhafte Tücke, lauernd, geduldig, bewegungslos wie eine Spinne in ihrem halb zerstörten Netz, und doch noch immer zum Sprung bereit.

»Weil ich gegen Sie aussagen werde. Gegen Sie und Gomez.«

»Das würden Sie?«

»Aber ja. Sie beide haben mich in die Sache reingeritten.«

»Sie machen Witze, oder?«

Vargas packte Levante an seinem Doppelkinn und zog ihn zu sich heran.

»Sehe ich aus wie ein Mann, der Witze macht?«

»Eigentlich nicht.«

»Na, sehen Sie.« Vargas nickte Levante aufmunternd zu. »Sie sind doch nicht etwa überrascht, oder? Mitgefangen, mitgehangen. Außerdem denke ich nicht daran, die Zeche allein zu bezahlen.«

»Ich muss sagen, ich bin enttäuscht«, sagte Levante.

»Unsinn. Merken Sie sich eins, *Amigo*. Erst wenn es um Geld geht, zeigen Menschen ihr wahres Gesicht ... Die Freundschaft hört auf, und es bilden sich räuberische Symbiosen. Oder parasitäre Abhängigkeiten. Ist der Ärger vorbei, blüht die Freundschaft neu auf. So sehe ich das.«

»Wenn Sie meinen ...«

»Ja, das meine ich. Der Mensch ist nun mal ein Geschöpf der Natur, und die kennt bekanntlich mit ihren schwächsten Gliedern kein Erbarmen.«

Er fasste Levante ins Auge.

»Jetzt reißen Sie sich mal am Riemen, Comisario, und hören Sie zu.«

Ein dumpfes Klingeln riss ihn aus seinen Gedanken.

»Ein Anruf«, sagte Vargas, »Sie entschuldigen mich.«

»No problema«, sagte Levante.

Die Rollen waren plötzlich vertauscht, er schien schwach geworden zu sein.

Der Mensch auf seinem Lebensweg gleicht einem wackelnden Gefährt, jeden Moment kann es passieren, dass er ein Rad verliert, und schon liegt er schief auf der Straße der Hilflosen.

Oder er tut so, dachte Levante. Der Leguan spielte auf Zeit.

32

Auf der Brücke bemühte sich Gomez, den Regenschleier mit seinem Blick zu durchdringen. Es war, als würde er durch einen halb durchsichtigen Duschvorhang starren, und das verschwommene Bild passte zu der leisen Stimme des Bürgermeisters, die in sein Ohr nölte. Seine Wortwahl war von der Furcht vor Mithörern geprägt, aber er brauchte die Vorfälle auch nur beiläufig zu erwähnen – Interpol, Beschlagnahmung von Hehlerware, der Kapitän der *Star of India* im Gefängnis.

Es war alles schiefgelaufen, was nur schieflaufen konnte, die Blonde hatte den *Caballeros* die Tour in letzter Sekunde vermasselt.

»Flittchen, verdammtes!« Es ärgerte Gomez zutiefst, dass er es nicht einmal geschafft hatte, sie ins Bett zu bekommen, selbst um diesen natürlichen Wegzoll hatte sie ihn geprellt.

»Was soll ich also tun?«, fiel er dazwischen. »Heute Abend werden sie ein Flugzeug nehmen und einfach verschwinden.«

Das Lachen von Vargas klang ungemein kratzig. »Oh, keine Angst, Sie werden Ihre Lady bald wiedersehen – im Gerichtssaal, wenn sie gegen Sie aussagen wird.«

»Was sollte sie schon aussagen können? Sie hat nichts gegen mich in der Hand. Ich habe keine Ahnung, wie diese Geräte an Bord gelangt sind.«

Jemand stampfte mit blechernem Gepolter die Treppe herauf.

»Da kommt ein Boot, Professor! Ich glaube, es ist was passiert.«

Noch ein Zwischenfall? Gomez warf einen Blick aus der Kajütluke: Der tutende Walfänger, der auf die *Esperanza* zuhielt, erinnerte Gomez an einen von seiner Wichtigkeit überzeugten Pfadfinder, der irgendeine Heldentat ausführen wollte.

»Lass es mal kommen«, murmelte Gomez. Er gestikulierte hitzig, der junge Mann solle verschwinden.

»Ich an Ihrer Stelle würde mir etwas einfallen lassen«, fuhr Vargas fort. »Die Frage wird sicher aufkommen, woher die deutschen Taucher die exakten Positionsdaten der Seismometer hatten. Und wer ihnen das Semtex besorgte, mit dem da unten gesprengt wurde.«

»Wollen Sie mich erpressen?«

»Ich? Verzeihung, aber ich konfrontiere Sie nur mit den Fakten. Außerdem gibt es Fotos von Ihnen und den Brüdern Görtz.«

»Wie bitte?«

»Aber, Professor. Sie wissen doch, wie das hier läuft auf der Insel. Dieser Quebracho ist ein leidenschaftlicher Knipser … Er ist übrigens sang- und klanglos verschwunden. Haben Sie dafür eine Erklärung?«

»Nein«, Gomez stieg das Blut in die Schläfen, »und es interessiert mich auch ehrlich gesagt gar nicht! Sie haben mich beschatten lassen, Sie Aas!«

»Es war Levantes Idee, nicht meine.« Vargas räusperte sich ein paar Mal. »Hören Sie, ich habe ihn gebeten, den Interpol-Leuten nichts von den Fotos zu sagen. Warum noch mehr Staub aufwirbeln? Wenn diese Frau Doktor von einer Aussage absehen würde, dann wäre alles geregelt. Denken Sie einmal gut darüber nach, *Caballero*, Sie haben am meisten zu verlieren.«

»Ich? Wieso ich?«

»Sie erwarten darauf keine Antwort, oder?«

»Und ob!«

Da machte es schon Klick in der Leitung.

Als Gomez an die Reling trat, machte die *SC Atlantis* gerade fest. Gierig sog er die kühle Seeluft ein, sie vertrieb den eitrig-stickigen Geruch der korrupten Welt, die er sich seit Jahren mit Vargas teilte.

Missmutig beobachtete er, wie sich der alte Mann über die Treppe an der Backbordreling nach oben hangelte. Er hatte ein leicht gerötetes Gesicht wie ein Seemann, der einen über den Durst getrunken hatte.

»Wir haben Kontakt hergestellt!«, rief er. Er schüttelte wie ein Wildgewordener alle möglichen Hände. »Kontakt, um zehn Uhr siebenunddreißig! Jetzt müssen die Jungs nur noch auftauchen.«

»Kontakt?«, echote Linares. »Mit wem?«

Perlmutter schob kurz seine Schildkappe zurück und machte dann ein Geräusch, als ob er mit gegen den Gaumen gepresster Zunge ausatmen würden.

»Mit den Außerirdischen natürlich«, sagte er dann. »Die Jungs«, er deutete zu der Tauchboje, »sie hatten mir versprochen, den Sender auszulösen, sobald sie Kontakt machen würden.«

»Soll das ein Witz sein?«, fragte Linares.

»Einen Moment.« Gomez sprang fast die Treppe herab. »Wollen Sie damit sagen, dass sie hier mitten auf dem offenen Meer tauchen?«

»Tja.« Perlmutter dämmerte, dass er vielleicht einen Fehler gemacht hatte.

»Ich habe sie nur gefahren«, sagte er schnell.

»Wen haben Sie gefahren?«

»Na, diesen Reporter. Und einen Tauchlehrer.« Er kniff die Augen zusammen. »Da drüben, sehen Sie diese Boje? Da sind sie runter.«

Gomez trat an ihn heran.

»Amigo«, sagte er leise, »sehen Sie einmal nach links.«

»Da ist noch eine Boje.«

»Richtig«, stieß Gomez hervor, »unsere Boje! Eine GPS-Boje! Hier ist Sperrgebiet, *Amigo*, maritime Schutzzone, Meeresreservat, NO-GO-AREA für einen senilen UFO-Spinner. Haben Sie eine Erlaubnis für diesen Tauchgang? Natürlich nicht! Jeder macht auf dieser Insel, was er will!«

Perlmutter wirkte sichtlich verlegen, aber Vinzent klopfte ihm auf die Schulter.

»He, machen Sie sich nichts draus. Der Professor weiß offensichtlich, wovon er redet. Wonach sind die beiden eigentlich getaucht?«

»Nach diesen verschwundenen Tauchern natürlich.« Perlmutter kratzte sich im Nacken. »Sie kennen ja meine Theorie, Herr Born, aber die beiden wollten davon nichts wissen. Den Boden wollten sie absuchen, nach sterblichen Überresten und so. He, ich hab denen gleich verklickert, dass sie sich vielleicht auf eine böse Überraschung gefasst machen müssen.«

Er warf einen Blick auf die Uhr. »Tja, eigentlich sind sie schon überfällig. Hoffe, es ist nichts passiert.«

»Haben Sie vorhin etwas von einem Unterwassersender gesagt?«, fragte Susanne.

»Ja, wieso?«

Linares hatte sofort kapiert. »Mit unserer Anlage können wir den Sender sofort orten, vorausgesetzt, Sie sind so freundlich und sagen uns die Frequenz.«

Während Perlmutter dem Kapitän zur Sonarzentrale folgte, bat Gomez Susanne zu einem »Unter-vier-Augen-Gespräch unter fairen Kontrahenten«, eine aberwitzige Formulierung, die wohl klarmachen sollte, dass er Vinzent unter keinen Umständen dabeihaben wollte.

»Machen Sie bitte die Tür hinter sich zu.«

»Puh, wollen Sie mich vergasen?«

Für die Messe der *Esperanza*, die der Besatzung auch als Kantine und Krisenraum diente, wurde jeden Tag – einschließlich Sonntag –, eine Menge von ungefähr fünf Litern eines starken Desinfektionsmittels verbraucht, natürlich in unverdünntem Zustand, denn Capitán Linares nahm es bekanntlich genau.

»Ich muss sagen, unser Besucher hat Nerven«, begann Gomez. »Raffiniert! Diese UFO-Nummer setzt einen sofort auf die falsche Fährte. Ein harmloser, alter Narr möchte man meinen, aber er hat es faustdick hinter den Ohren.«

»Worauf wollen Sie hinaus?«

»Na, raten Sie mal?« Etwas wetterleuchtete in Gomez' Augen, das Susanne gar nicht gefiel. »Dieser nette *rentista* und seine beiden Freunde waren hier nicht zum Spaß unterwegs. Kompliment, liebe Susanne. Ohne Ihr außerplanmäßiges Manöver wären wir den Lumpen wohl nicht so schnell auf die Schliche gekommen. Wir wissen jetzt, wer die Seismometer demontiert hat.«

»Und wer wäre das?«

»Zählen Sie einfach mal eins und eins zusammen. Ich weiß, das ist für Frauen nicht leicht, denn Ihre linke Gehirnhälfte will ihnen immer verklickern, dass das Leben nicht so einfach ist, wie es ist.« Gomez hatte den glühenden Blick eines Wolfes, dem es in letzter Sekunde gelungen war, den Kopf aus der Schlinge zu ziehen. »Das Boot der verschwundenen Taucher gehörte diesem

Tauchlehrer Jimenzey. Und es wurde in Sichtweite unserer Boje aufgebracht. Merkwürdigerweise treffen wir heute rein zufällig genau an dieser Stelle einen schrulligen Ufologen auf einem unangemeldeten Tauchgang. Unter Wasser – im Einsatz – derselbe Tauchlehrer und ein sogenannter Reporter! Wenn das kein Zufall ist!«

»Worauf wollen Sie hinaus?«

Gomez schüttelte verärgert den Kopf. »Herr hilf, Frauen und logisches Denken! Wollen Sie wissen, wie ich die Sache sehe?«, fuhr er ungeniert fort. »Wir haben diese Gangster bei der Arbeit gestört. Ich wette mit Ihnen, der Alte hat seine Komplizen über seinen Sender gewarnt. Er konnte ja nicht einfach abhauen und sie im Stich lassen, denn das Auftauchen braucht seine Zeit. So über den Daumen gepeilt acht bis zehn Stunden. Kommt natürlich drauf an, wie lange sie schon unten sind. Also hat uns Herr Perlmutter eine nette, kleine Story aufgetischt.«

»Sind Sie sicher, dass es nicht *Ihre* nette, kleine Story ist, Herr Kollege?«

Susanne griff in die Tasche ihrer Jeansjacke. »Ich habe heute noch ein zweites Fax von meinen Vorgesetzten erhalten. Der Frachtbrief der *Star of India* wurde heute Morgen übersetzt. Hier, lesen Sie: Releaser, Blitz-Sender, Speichermedium, das sind eindeutig Komponenten von einem unserer Seismometer.«

Gomez machte keine Anstalten, nach dem Papier zu greifen. Der Schrecksekunde folgte ein kurzes Auflachen, das plötzlich mittendrin abbrach.

»Das weiß ich doch längst«, sagte er. »Zu Ihrer Information, werte Kollegin: Interpol hat heute Morgen die gesamte Hehlerware im Hafen von Santa Cruz beschlagnahmt. Wir Palmeros sind überglücklich, dass diesen Verbrechern das Handwerk gelegt wurde. Und jetzt haben wir nicht nur die gestohlenen Geräte, sondern auch die Täter gefasst. Ich werde die Küstenwache rufen, damit Sie diesen Perlmutter und seine Crew einbuchten kann.«

»Entschuldigen Sie!«

Das Grinsen auf Gomez' Gesicht löste sich wie Frühnebel auf.

»Ah, Capitán. Was kann ich für Sie tun?«

Wegen seinen Gummisohlen hörte man Linares erst im letzten Moment.

»Die Aussagen von Herrn Perlebach stimmen. Wir haben den Sender in einer Tiefe von 107 Metern lokalisiert.«

»Und? Was ist daran so besonders?«

»Es ist ein SOS«, sagte Linares. »Wir haben die Sekunden zwischen den Intervallen gestoppt. Wie es aussieht, werden die Sendeimpulse manuell ausgelöst. Kommen Sie und sehen Sie selbst.«

Das Sonar-Zentrum der *Esperanza* schien aus allen Nähten zu platzen.

Auch Vinzent starrte auf den Monitor, Susanne streifte im Vorbeigehen seine Hand, aber er zuckte nur zusammen. In den letzten Stunden war Susanne über sich hinaus gewachsen. Sie kam ihm groß vor – *larger than life*, oder war er hier draußen auf See geschrumpft? Vielleicht war es die erste Bewährungsprobe ihrer Liebe – er war in ihrem Revier zu Untätigkeit verbannt und konnte nicht mehr tun, als in diesem Chaos an sie glauben und hoffen, dass alles gut gehen würde.

»Liebes bisschen!« Perlmutter beugte sich sichtlich verlegen über den Schirm. »Ich dachte erst, es wäre ein Wackelkontakt.«

Die Sonar-Anlage dechiffrierte das einkommende Signal in Buchstaben: Kon … Kon … Kon … Kontakt … Kontakt … Kontakt … Kon … Kon … Kon … • • • – – – • • •

»Und?« Mit hochrotem Gesicht trat Gomez in die Runde. Er sah nichts als Ratlosigkeit und Unmut auf den Gesichtern der Männer, Masken von undurchsichtigem Schweigen. »Was ist los?«

Diego, der Erste Sonar-Offizier räusperte sich. »Die beiden Taucher sind inzwischen mehr als zwölf Stunden unter Wasser. Das Signal wurde von Herrn Perlebach bereits vor über sechs Stunden empfangen. Seitdem hat sich der Sender nicht von der Stelle bewegt. Es gibt nur eine Möglichkeit: Wer immer dieses SOS sendet, er sitzt da unten irgendwie fest.«

»Ein Grundsitzer«, ächzte Perlmutter. Es war lange her, dass er sein Patent gemacht hatte, aber das Wort schien zu passen. »Und jetzt?«

Es begann selbst Gomez zu dämmern, dass sich unter der *Esperanza* Grässliches abspielte. Sichtlich ungehalten trat er an eine große Seekarte an der Wand.

»Wir sind ungefähr hier, richtig?« Er zeigte auf eine Stelle, die eine Boje markierte. »Ich habe die Schutzzone schon einmal vor Jahren betaucht. Es gibt da unten jede Menge Gräben und kilometerlange Höhlensysteme. Wer sich darin verirrt, ist verloren. Ich würde vorschlagen, wir alarmieren die Küstenwache und überlassen die Bergung der Leichen den Profis.«

Vinzent starrte auf den Monitor. Wieder formten sich die Wortfragmente zu einem Notrufsignal. Er musste an seinen letzten Apnoetauchgang auf Hawaii denken, den Moment, als sein Partner nicht mehr auftauchte. Das Warten und Hoffen (»He, Jungs, Mike hat soeben den Weltrekord gebrochen …«) und dann die Gewissheit, dass etwas schiefgegangen war (»Lasst mich runter, ich werde ihn finden, es ist nicht zu spät!«). Trotz immenser Erschöpfung hatte Vinzent immer wieder versucht abzutauchen … alles vergebens. Erst als er die Leiche seines Freundes auf der Bahre sah, verließen ihn die Kräfte, und er fiel in einen tiefen, traumlosen Schlaf. Als er erwachte, war er nicht mehr derselbe.

Du bist ein Versager, dachte Vinzent. Insgeheim wünschte er sich, er wäre nie an Bord der *Esperanza* gekommen. Der Monitor reflektierte seine Erscheinung, und Vinzent betrachtete sich mit einer Mischung aus Abscheu und Mitleid: Übel sah er aus – schlapp, eingesunkene Wangen, seine unfrisierten Federn im Wind.

Er bewunderte Susannes Durchhaltevermögen. Sie war als Einzige nicht der Suggestion der Furcht unterlegen und verkündete mit fester Stimme einen Plan.

»Wie weit ist *Proteus* von dem Sender entfernt?«

Diego schaltete auf einen zweiten Schirm. »Er ist immer noch ganz in der Nähe, wo wir ihn verloren haben«, stellte er fest. »Eine halbe Meile entfernt, allerdings knappe fünfzig Meter tiefer.«

Ein virtuelles 3-D-Modell veranschaulichte die Situation.

»Er liegt seit zwanzig Minuten still.«

»Das ist gut.« Susanne stand auf. »Geben Sie mir dreißig Minuten. Dann beginnen wir mit der Rettungsaktion.«

»Rettungsaktion?«, krähte Gomez. »Das ist ein Forschungsschiff, meine Liebe.«

Die Crew setzte sich bereits in Bewegung; niemand hörte ihm mehr zu.

33

Schon draußen auf dem Parkplatz vor dem *Instituto Oceanografico* waren Levante wieder trübsinnige Gedanken gekommen: Weder ein Leguan noch ein Anglerfisch bedurften der Selbsterkenntnis; das in ihnen wirkende Gesetz der Art hindert sie daran, eine Maus oder eine Schlange werden zu wollen.

Nur der Mensch, dieses vielseitigste aller Tiere, strebte stets danach, etwas zu erreichen, was ihm nicht entsprach, oder er versuchte sich vor seiner Bestimmung zu drücken.

Doch auch er ist denselben unwandelbaren Gesetzen unterworfen wie eine Pflanze oder ein Bergkristall. Die Freiheit des Menschen besteht lediglich darin, den einen Weg einzuschlagen oder nicht. Einmal mag er richtig liegen, ein andermal falsch.

Als Levante vor dem Rohbau des »Vargas on the rocks« auftauchte, sah er den Riss, der wie ein schwarzer Blitz die graue Fassade über mehrere Stockwerke durchlief.

Ein paar Bauarbeiter nickten scheu in seine Richtung, als er, einen Umschlag unter dem Arm, auf Vargas zuging.

»Ah, mein treues, altes Schlachtross. Sehen Sie diesen Riss, Comisario? Ist es nicht jammerschade?« Er hatte Levante kommen gehört. »Da tut man alles für die Insel, und so dankt sie es einem.« Er drehte sich um, ein irres Grinsen im Gesicht. »Um ehrlich zu sein, ich glaube, sie will uns abschütteln. Meine alte Haushälterin hat mich immer gewarnt. Die Insel würde sich des menschlichen Ungeziefers erwehren. Aber sie wird uns nicht kleinkriegen!«

Das war die Frage, denn wie oft hatte Vargas früher eigenhändig die klaffenden Risse einer Mauer durch Überkitten und Überstreichen verdeckt und dann den Touris mit großer Geste verkündet, sie könnten sich ruhig schlafen legen, während der Einsturz bereits kurz bevorstand. Den Zeitungen war es verboten, über Baumängel zu schreiben, es galt als Nestbeschmutzung und wurde durch Repressalien geahndet.

Auch die Baustellenwucherungen entlang des Playa de las Vinagreras hatten die Palmeros dem Vargas-Clan zu verdanken. In den letzten fünf Jahren hatte er immer neue Touristen auf die Insel gepumpt, als ob sie Luft wären. Doch auch Luft kann einen geschlossenen Raum zum Platzen bringen, und jede Insel ist so ein Raum, dessen Ausdehnung niemals im richtigen Verhältnis zu den Einwohnern steht. Obwohl die meisten Hotels auf La Palma nie ausgebucht waren, hatte er noch den Bau neuer Unterkünfte gefordert. Vor allem deutsche Makler und Investoren hatten ihn dabei unterstützt, denn Vargas bekam den Rachen noch immer nicht voll.

»Hier.« Levante überreichte Vargas einen Umschlag. »Ich habe den Schreibtisch von Doktor Gomez durchsucht, wie Sie es wünschten.«

Vargas nahm den Umschlag mit einer beiläufigen Handbewegung entgegen.

Er fühlte sich immer beobachtet, und die Nähe der Bauarbeiter war ihm unangenehm.

»Was gefunden?«

»Eine Fotokopie des Frachtbriefs, Kontoauszüge und Korrespondenz.«

»Na bitte.« Vargas begann eine Treppe zu steigen. »Ich wusste, dass Gomez den Frachtbrief kopieren würde. Er ist kein Esel. Ich habe übrigens gerade mit ihm telefoniert.«

»Und?« Levante hasste Treppensteigen, aber er folgte Vargas die roh verputzte Stiege hinauf.

»Nun, ich habe ihm gesagt, was passiert ist. Und dass wir uns alle vor Gericht wiedersehen. Es sei denn«, – er warf einen Blick über die Schulter –, »das Schicksal spielt unseren Widersachern einen Streich.«

Er ging weiter. »Weiß Gott, Levante, ich habe in meinem Leben eine Menge einstecken müssen. Aber diese Geschichte geht mir verdammt an die Nieren. Der Plan war perfekt, wir hatten die Ware und einen Abnehmer. Es war alles fein säuberlich eingefädelt. Wir wären als reiche Männer von dieser Wackelinsel mit ihrem hundsgemeinen Wetter verschwunden. Aber nein, ein Versicherungshansel und eine übergenaue Zicke bringen uns alles durcheinander.«

Er blieb kurz stehen und leuchtete eine Mauer ab. »Wissen Sie, was mich am meisten wurmt? Dass diese Deutschen uns immer einen Schritt voraus waren. In einem Heimspiel, Levante, auf unserem eigenem Torf! Hatte ich Ihnen nicht den Auftrag gegeben, beide rund um die Uhr zu beschatten?«

»Genau das habe ich getan«, protestierte Levante. »Quebracho.«

»Oh, Quebracho!«, fiel Vargas dazwischen. »Wo ist der eigentlich? Der kleine Mistkerl mit seiner Pygmäenfrisur?«

Levante brauchte einen Moment, um Atem zu schöpfen. »Ich werde ihn suchen.«

»Glauben Sie, er hat uns verpfiffen?«

»Nein.«

»Würde er gegen uns aussagen?«

»Nicht Quebracho.«

»Dann hoffe ich mal, dass er nie wieder auftauchen wird.«

Sie waren inzwischen auf dem Dach angelangt. Während Vargas wie aufgedreht hin und her lief, um die Lage von oben zu begutachten, sah Levante hinaus aufs Meer, den entschwindenden Regenschleppen nach.

Auf dem nackten Beton zwischen den obligatorisch aufragenden Moniereisen standen große Pfützen.

»Haben Sie das heute Morgen eigentlich ernst gemeint?«

»Was?«

»Dass es gut wäre, wenn diese beiden Deutschen tot wären.«

»Haben Sie eine bessere Idee?«

Vargas drehte sich um. Sein Geist war im Eisenpanzer der Machtgier erblindet.

»Nein, natürlich haben Sie die nicht.« Er knurrte wie eine angriffslustige Dogge. »Wissen Sie, was meine Frau einmal zu mir gesagt hat – damals, als wir uns das erste Mal sahen? Levante ist ein Schlappschwanz, und ein Schlappschwanz ist genau, was du brauchst, denn ein Schlappschwanz stellt keine Fragen, er ist zu dumm zum Denken.« Er hielt inne. »Ich schwöre Ihnen, das hat Catalina gesagt, genau das.«

Levante zog ein Taschentuch aus seiner Tasche. Es war nicht kalt und doch schien er unnatürlich zu schwitzen.

»Was erwarten Sie also von mir?«

»*Muchacho.* Muss ich Ihnen sagen, wie Sie ihren Job machen müssen? Sie sind der Polizeichef. Nehmen Sie sich ein Boot der Küstenwache und verhaften sie Frau Brecht und Herrn Born. Sind diese Leute nicht in mein Büro eingebrochen? Was brauchen Sie mehr?«

»Die Beweislage ist dennoch sehr dürftig.«

»Wurde der Frachtbrief gestohlen, ja oder nein?«

»Morgen«, sagte Levante. »Warten wir ab, was auf der *Esperanza* passiert.«

Vargas lachte auf. »Auf was warten Sie? Dass ein Wunder geschieht? Rufen Sie Gomez an! Üben Sie Druck auf ihn aus.«

»Nicht jetzt«, jammerte Levante, »nicht kurz vor Feierabend.«

»Was? Sie wagen es, von Feierabend zu sprechen, Sie faules schmehrbäuchiges Aas?« Vargas Empörung war echt. »Unsere Existenz steht auf dem Spiel, und Sie denken an Ihren wohlverdienten Feierabend.«

»Ja, wenn es Ihnen recht ist.«

»*Cojones,* ich sage Ihnen, was mir recht ist.« An Vargas' Zeigefinger, den er nach Schulmeisterart hob, störte eigentlich nur der Ring. »Ich werde mir einen neuen Polizeichef suchen! Ihre Dickfelligkeit geht mir schon lange auf die Nerven.«

»Da kann ich auch nichts dran ändern.« Levante faltete sein Taschentuch kunstvoll zusammen und ließ es in seiner Manteltasche verschwinden.

»Darf ich Sie etwas fragen, Bürgermeister?«

»Fragen Sie.«

»Wenn es geklappt hätte – das Geschäft mit den Indonesiern meine ich –, hätten Sie dann wirklich die Mücke gemacht?«

Die Frage kam völlig unvermittelt, und doch wirkte der Bürgermeister nicht überrascht.

»Ich hätte das Geld investiert«, sagte er leise. »In La Palma! Gottverdammt, es liegt mir nun einmal am Herzen. Das, was ich getan habe, habe ich für meine Insel getan. Und meine Bürger.« Er machte eine pathetische Handbewegung. »Seit Jahren haben wir Buchungsrückgänge zu beklagen. Von den fünfundzwanzigtausend Betten, die es hier gibt, sind nicht mal die Hälfte belegt.«

»Vielleicht liegt es an diesem beschissenen Wetter.«

»Ach was.« Vargas schüttelte energisch den Kopf. »Soll ich Ihnen sagen, woran es liegt? Weil die Leute heute Ansprüche stellen, die wollen Wellness, eine Spielbank und Bars mit Table Dancing und kein *aburrimiento* … Das »Vargas on the Rocks« wäre ein Anfang gewesen.«

Levante blinzelte aus zusammengekniffenen Augen. »Und Sie hätten das den Leuten gegeben?«

»Und Golfplätze«, sagte Vargas. »Und eine *Waterworld*, mit großen gefährlichen Fischen – für die lieben Kleinen, versteht sich.« Er glaubte irgendeinen Hintergedanken Levantes zu wittern und sah sich um.

»Und Sie, Comisario. Reden wir doch einmal von Ihnen: Was hätten Sie mit Ihrem Anteil gemacht? Nein, lassen Sie mich raten: Sie hätten sich irgendwo in Andalusien eine Finca gekauft, als Altersruhesitz, und da hätten Sie dann bis zu Ihrem Tode die Schweine gehütet. So ist es doch, Emilio?«

Levante spürte durchaus den beleidigenden Tonfall, aber er schaffte es noch, gutmütig zu grinsen.

»Was will man mehr, Bürgermeister? Mein Vater war ein Schuhputzer, ich habe es immerhin weiter gebracht. Meine Pension steht kurz bevor, ich mache mir wenig Sorgen. Wir haben ein nettes Häuschen mit ein paar Mandelbäumen vor der Tür. Solange man noch Lust hat *dazusein*, ist es egal, wo man wohnt.«

»So sprach ein guter Verlierer!« Vargas lachte hell auf. »Kein Wunder, mit dieser Einstellung mussten Sie es zu nichts bringen. *Mierda!*« Er trat unvermittelt an den Rand des Flachdachs und spähte hinab. Irgendetwas erregte seine Aufmerksamkeit. »Die Auffahrt hat auch was abbekommen. Ist das ein Riss da unten?«

Levante trat vorsichtig an den Rand des Flachdaches. Unter ihm in dreißig Meter Tiefe drehte sich ein Betonmischer.

»Wo denn?« Levante war von der Sonne geblendet.

»Na, da, Sie Tropf. Haben Sie keine Augen im Kopf?«

Levantes Charakter war wie das Meer, salzig und tief, unermesslich, bald sonnenüberflutet in der Ruhe des südlichen Mittags, bald bis in die Tiefe aufkochend wie ein Orkan.

Als Vargas sich erneut über den Rand beugte, versetzte Levante ihm einen kräftigen Stoß. Die Schwerkraft besorgte den Rest.

Der Schrei war noch nicht verhallt, da hüpfte der Leguan schon leichtfüßig und beschwingt die roh verputzten Stufen hinab.

Ein schreckensbleicher Polier kam ihm auf dem letzten Absatz entgegen.

»*Madre de dios!* Der Bürgermeister.«

»Ich weiß, ich weiß.« Levante eilte an ihm vorbei. »Ich habe ihm noch gewarnt, er solle sich vom Rand des Daches fernhalten, aber er hatte gerade einen weiteren Schaden bemerkt.«

Er bahnte sich seinen Weg durch die Bauarbeiter, die um die verrenkte Leiche des Bürgermeisters herumstanden. Professionell und ohne den Blick in die weit aufgerissenen Augen des Toten zu scheuen, fühlte er den Puls an der Hauptschlagader.

»*Muerto.* Er ist tot.« Mit gesenktem Kopf stand er auf. Einige der Bauarbeiter nahmen ihre Helme ab und bekreuzigten sich. Ihre Anteilnahme war echt.

»Dies ist ein großer Verlust für die Insel«, sagte Levante, »doch wir können es nicht mehr ändern.« Er überlegte einen Moment und zitierte dann Vinzent Born: »Die Welt, meine Freunde, ist alles, was der Schadensfall ist. Hoffen wir mal, dass er eine Lebensversicherung hatte.«

Er räusperte sich und spuckte in den noch immer laufenden Betonmischer.

»Auf sein Lebenswerk, Freunde!«

34

Vielleicht war es der Mann in der Tiefe, die ruhige Beharrlichkeit, mit der er immer wieder sein SOS absetzte, was Susanne so imponierte. Er glaubte an seine Rettung, und dieser Impuls hatte alle an Bord der *Esperanza* elektrisiert.

Während sie den Computer-Container betrat, musste sie an *Proteus* denken, und sie gab ihn ebenso wenig verloren.

»Tut mir leid, dass ich nicht helfen kann.«

Erst jetzt bemerkte sie Vinzent, der – in eine Boostdecke gehüllt – zwischen den Apparaten kauerte. »Ich muss dir verdammt überflüssig vorkommen, was?«

Sie kniete sich neben ihn und drückte seinen Kopf an ihre Schulter.

Durch das Bullauge sah sie, wie die Sonne im Meer versank. Sie tat dies sehr malerisch, die dichte Wolkendecke wirkte wie ein fluoreszierender Goldschleier, vor dem lose Kumulusschäfchen wie rosarote Tupfen aufleuchteten.

»Vinzent.«

»Tut mir leid, Süße, aber es ist wie damals auf Hawaii, als Mike draufging.«

»Du hast mir nie davon erzählt.«

»Warum sollte ich? Ich konnte nur dasitzen und zusehen, dasitzen und zusehen, wie sie die Leiche aus dem Wasser holten.«

Susanne ahnte in diesem Moment, dass Vinzent nicht wirklich wasserscheu war. Sie sah auch, dass er im Geiste die Geschehnisse noch einmal durchlebte. Sein Gesichtausdruck wirkte benommen und traurig.

»He, ich bin auch noch da.«

Er erwiderte den Druck ihrer Finger.

»Wir haben das Richtige getan«, flüsterte sie. »Ohne dich wären wir Gomez nie auf die Schliche gekommen.«

»Ich habe dich in Lebensgefahr gebracht«, sagte Vinzent. »Und jetzt kann ich wieder nur dasitzen und zusehen.«

»Nein, wir sind zusammen.«

»Du verstehst nicht. Die Bande wird sich etwas einfallen lassen, damit wir beide diese Insel nicht mehr lebend verlassen.«

»Nein, Null-Null-Sieben.« Sie packte ihn am Schlafittchen und zerrte ihn auf die Beine. »Sie werden sich jetzt zusammenreißen, *Mister Bond*, und ihre kleine blonde Geheimagentin nicht im Stich lassen. Ich zähle auf dich, hast du verstanden?«

Als Susanne den Krisenraum betrat, erhoben sich die Männer der Crew, die um den Konferenztisch saßen, ganz automatisch. Sie bezeugten damit ihren Respekt vor der Frau, der es gelungen war, eine ungeheuere Schweinerei aufzudecken. Nur Gomez täuschte eine gewisse Geschäftigkeit vor. Zu seinem Missfallen musste er sich eingestehen, dass alle Anwesenden ihre Vorbehalte gegen »die Deutsche« abgelegt hatten. Und noch etwas lag ihm wie ein Stein im Magen: Auch er hatte ein Fax empfangen, indem das AWI ausführliche Informationen über das, was er ein »Schwarmbeben vor der Südwestküste« genannte hatte, forderte. Es war von »Vorspiegelung falscher Tatsachen« die Rede, von Betrug. Zudem müsse er binnen 24 Stunden »sämtliche finanziellen Zuwendungen«, die im Rahmen seines Projekts geflossen waren, offenlegen, »vor allem solche, denen Subventionen, Beihilfen und Stipendien« zugrunde lagen. Während er in Gedanken sämtliche Möglichkeiten durchspielte, die er noch hatte, nahm er Susannes Rede eher widerwillig zur Kenntnis.

»Es gibt eine Chance, den Mann da unten zu finden. Es wird nicht leicht sein, aber wir sollten es versuchen.« Sie hatte gerötete Augen, aber wenn man die angespannten Muskeln ihrer Kiefer sah, war klar, dass sie fest entschlossen war, alles zu wagen.

Wer alles wagt, kann alles verlieren, dachte Gomez. Lag darin vielleicht die letzte Chance, die er hatte?

»Mit diesem Navigationsgerät.« Sie präsentierte der Crew den umgerüsteten Palm VI., der es ihr erlaubte, »auf Augenhöhe« mit *Proteus* zu kommunizieren.

»Es ist wie ein verkleinerter Computercontainer. In einem Umkreis von bis zu achthundert Metern kann ich hiermit alle sensorischen Messungen der Drohne auf einem Mini-Display abrufen. Im Grunde funktioniert es so wie ein Travel-Pilot.«

»Verstehe.« Diego nickte begeistert. »Sie könnten die Unterwassernavigationsanlage der Drohne so kalibrieren, dass sie den Sender in der Höhle ortet und Sie zu ihm führt.«

»Aber das ist Sache der Küstenwache!«, bellte Gomez dazwischen. »Die sollen einen Heli schicken.«

Susanne sah ihm direkt in die Augen. »Und wenn Sie jetzt da unten festsitzen würden, in einem dunklen, kalten Loch. Würden Sie dann dasselbe sagen? Das ist Sache der Küstenwache?«

Kapitän Linares räusperte sich. »Ich glaube, unsere technischen Mittel sind effizienter.«

Vinzent betrat in diesem Moment den Raum. Sein Gesicht war erhitzt, vielleicht hatte er noch immer die Tragödie seines Lebens vor Augen.

»Lassen Sie sich durch meine Anwesenheit nicht stören«, sagte er nur.

Gomez quittierte sein Erscheinen mit einer süffisant wirkenden Verbeugung.

»Okay.« Susanne breitete eine Seekarte aus. »Wir kennen die ungefähre Position der Drohne, und wir kennen die Position des Senders. Sie liegen etwa 120 Meter Luftlinie auseinander.«

»Horizontal oder vertikal?«, merkte Gomez an. »Das ist in dieser Tiefe nicht unriskant.«

»Wir können den Mann nicht aufgeben«, sagte Susanne. Sie sah erst Vinzent an, dann Linares.

»Mit Ihrer Erlaubnis, Capitán, werde ich nach ihm tauchen.«

»Sie werden, was?« Gomez lachte kurz auf. »Ich wusste ja, dass Sie größenwahnsinnig sind, aber das geht zu weit. Wissen Sie, was hundert Meter in einer unterseeischen Höhle bedeuten, gnädige Frau? Haben Sie schon mal das Wort *Siphonpanik* gehört? Können sich vorstellen, was passiert, wenn Sie sich da unten verirren? Gegen diese Höhle ist die Cueva de los Verdes auf Lanzerote ein Klacks.«

»Woher wollen Sie das wissen?«, fragte Linares.

»Weil ich hier selbst schon getaucht bin«, sagte Gomez. »Sie vergessen, wem Sie einige der besten hydrografischen Karten dieser Gegend verdanken. Vor einigen Jahren bin ich hier fast jeden Tag getaucht, allerdings nie tiefer als 90 Meter. Jeder Winkel dieser Küste ist mit riesigen Lavahöhlen unterkellert. Es ist ein einziges Labyrinth.«

»Vielleicht ist das noch das kleinste Problem.« Vinzenz starrte über die dunkelwogende See hinüber zur Insel. »Mein Gott, was ist da los?«

Alle drängelten sich ans Fenster: Über der Cumbre Vieja stieg eine weiße Rauchsäule in den Himmel.

»Ein bisschen Wasserdampf«, sagte Gomez. »Ich habe das schon hundertmal gesehen, und es ist nie was passiert.

»Sie haben noch nicht kapiert«, sagte Vinzent. »Es hängt alles zusammen. Die Insel, die Vulkane, das Wetter und das Meer.«

Gomez starrte ihn unverwandt an.

»Sie sind ja irre«, sagte er dann. »Meschugge!«

Linares räusperte sich. Susanne glaubte in seinem Gesicht lesen zu können, dass er mehr wusste, als er zugeben wollte.

»Tatsache bleibt, dass es unsere Pflicht ist, diesem unglücklichen Menschen in der Tiefe zu helfen. Ich verstehe *Señor* Borns Anmerkung so, dass wir auf alles gefasst sein müssen. Das ist ein vernünftiger Ratschlag.«

Es passierte nicht oft, dass Gomez für jemand anderen als sich selbst Mitleid empfand, und das passte ihm nicht. Es schien ihn zu lähmen.

Er wollte aufspringen und davonlaufen und nicht mehr an dieses SOS denken müssen, diese ganze vertrackte Sache vergessen, den Anruf des Bürgermeisters, Interpol und die verlorene Viertelmillion Euro, die er in Gedanken schon ausgegeben hatte. *Und alles nur wegen einer übergenauen Zicke*, dachte er noch. Hatte er ihr nicht ein großzügiges Angebot gemacht? War er nicht bereit gewesen zu teilen? Nein, er hatte alles richtig gemacht – so wie es sich unter zivilisierten, intelligenten Korrupten gehörte. Doch ihre tumbe, teutonische Rechtschaffenheit hinderte sie daran, die Dinge so zu sehen, wie sie nun einmal sind. Ihr fehlte der Sinn für die Realität, und es war nicht unwahrscheinlich, dass er aufgrund ihrer Aussagen seinen Posten am *Instituto Oceanografico* verlieren würde. Ein anderer Kollege würde an seine Stelle nachrücken und da weitermachen, wo er aufgehört hatte. Die Früchte von seiner, Gomez' Arbeit würden ihm in den Schoß fallen, denn das demontierte Frühwarnsystem würde erneut fachmännisch installiert werden müssen.

»Na schön«, sagte er. »Dann tauchen wir zusammen.« Seine Augen funkelten wild, doch ein Zeichen von Menschlichkeit war für Gomez niemals ein spontaner Akt, sondern stets einer der Berechnung. »Sie machen Ihren Roboter wieder klar, und ich hole diesen Jimenzey aus seiner Höhle. Aber ich kann Ihnen für nichts garantieren.«

»Wie meinen Sie das?«

»Wahrscheinlich ist dem Herrn klar, dass wir ihn anzeigen werden, und ich an seiner Stelle würde versuchen, das Blatt unter Wasser zu wenden.«

Du an seiner Stelle?

Vinzent machte ein Gesicht, als ob er in eine sauere Zitrone gebissen hätte.

»Ich gehe das Risiko ein«, sagte Susanne. »Tut mir leid.«

In Wahrheit war Susanne recht froh, keinen anderen Ausweg zu wissen. Die Logik hatte sich bei ihr zu Wort gemeldet. Sie fühlte sich über das Alter hinaus, wo man alleine oder mit Freunden Abenteuer besteht, und sollte dieser Tauchgang ihr letzter sein, dann hätte es einen guten Zweck gehabt, und das war alles, was sie sich damals nach diesem Erdbeben in San Francisco als elfjähriges Mädchen in den Kopf gesetzt hatte.

Draußen an Deck war es immer noch windig. Gischtschwingen segelten manchmal über die Reling und lösten sich in einer Art Sprühnebel auf.

»Er führt irgendetwas im Schilde.« Vinzent half Susanne beim Anlegen des Tauchanzugs.

»Ich weiß.«

Vinzent und ein Mitglied der Crew halfen ihr, die schweren Trimix-Flaschen zu verteilen.

»Vergiss das Auftauchen nicht. Es wäre schade, wenn wir …«

Er konnte nicht weiter sprechen, denn die Angst um Susanne schnürte ihm die Kehle zusammen.

»Bis gleich«, sagte Susanne.

Da sie spürte, dass sie von den Männern beobachtet wurde, drückte sie nur fest seine Hand.

Ohne zu zögern, setzte sie ihren Helm auf: Eine verblasene, zitternde Tropfenhaut kroch amöbengleich über die Scheibe.

35

Quebracho, mein eisernes Männlein, warum versteckst du dich vor mir?

Die Tatsache, dass der Leguan den Rest des Tages nach seinem besten Jagdhund gesucht hatte, ließ vielleicht ahnen, wie schmerzlich er ihn vermisste. Die Interpolagenten gingen ihm auf die Nerven, sie fragten ihm Löcher in den Bauch, telefonierten hinter ihm her, und für solche lästigen Fälle wäre Quebracho genau der richtige Puffer gewesen, doch ausgerechnet jetzt hatte er sich in Luft aufgelöst.

Nach dem obligatorischen Besuch im Leichenschauhaus, wo er den Papierkram erledigte und einem Gerichtsmediziner den Unfall des Bürgermeisters in dürren Worten schilderte, hatte er sich in seinen Wagen gesetzt und war nach Garafía gefahren. Von der Bodega aus hatte er die Spur Quebrachos bis nach Puerto Naos verfolgt. Zwei kostenlose Flaschen Mescal – vom Wirt selbst abgefüllt – leisteten ihm dabei Gesellschaft. So sehr Levante die Ureinwohner der Insel verachtete, so sehr liebte er dieses Gesöff. Wenn es eine Existenzberechtigung der Guanchen gab, dann lag es in diesem Destillat begründet. Vielleicht hatte auch Quebracho in der Bodega getankt und schlief jetzt irgendwo seinen Rausch aus.

Der Chef der Gleitschirmschule war der Letzte, der ihn gesehen hatte, für Quebrachos Verschwinden hatte auch er keine Erklärung.

»Es gab keinen besseren Flieger«, sagte er noch.

»*Muchas gracias*«, knurrte Levante. Doch zufrieden war er nicht. Er beschloss, noch einmal die Siedlungen und Plantagen oberhalb der Hotelmeile von Puerto Naos zu durchkämmen. Quebracho hatte da öfters mal Strichjungen aufgelesen, vielleicht hatte er dabei die ganz große Liebe entdeckt. Levante wollte das nicht ausschließen, denn er billigte, seit er Quebracho kannte, auch Schwulen ein Gefühlsleben zu.

Stunden später lief er bereits mit seinen eigenen Schweißtropfen um die Wette und hatte doch nichts in Erfahrung gebracht: Bedauern, Achselzucken, Kopfschütteln bis zu ärgerlichem Ausspucken – der Leguan kannte seine Palmeros, und heute gingen sie ihm mal wieder besonders auf die Nerven.

Müde zottelte Levante nach Hause. Über der Cumbre hing dichter Nebel, und er war froh, dass der Tag endlich zu Ende ging. In Gedanken freute er sich jedes Mal auf den tiefen, traumlosen Schlaf. Den Mord, seinen Mord, hatte er völlig vergessen, den kleinen Stoß, den erbärmlichen Schrei, den dumpfen Aufprall auf dem Beton. Hatte er Vargas wirklich berührt oder war es nicht so, wie es in seinem Protokoll stand: »Der Gute beugte sich vor, verlor die Balance und stürzte fünf Stockwerke in die Tiefe. Wie ich später bemerkte, war der Rand des Rohbaus sehr nass. Meine dreißigjährige Berufserfahrung sagt mir, dass er ebenso gut ausgerutscht sein konnte. Es war einfach ein tragischer Unfall.«

Er kicherte in sein Doppelkinn und rieb sich die Stelle, die Vargas am Morgen mit seinen Fingern gequetscht hatte.

»Das hast du jetzt davon«, murmelte er vor sich hin. »Dein Polizeichef wird sich einen neuen Bürgermeister suchen, und du bist nächste Woche schon Fraß für die Würmer. *Marrano* – du Schwein!«

Gomez, dieser willensschwache Schürzenjäger, würde ihm keine Schwierigkeiten machen, es sei denn, er wollte einem Rudel Interpol-Agenten erklären, woher er zwei kriminelle Wracktaucher kannte. Die Fotos lagerten in einem Safe auf der Wache, und Levante hielt sie zu Recht für seinen letzten Trumpf. Und was immer diese Deutsche vor Gericht aussagen würde, es würde nicht ausreichen, um Levante ernstlich zu schaden. Alle hatten mehr Dreck am Stecken als er, er war ein unbescholtener Bürger, ein Vorbild an Rechtschaffenheit.

Er bog in seine Straße ein und hielt einen Moment, um den Anblick der blühenden Mandelbäume zu genießen. Der Sturm hatte sie ein bisschen zerzaust, aber im Großen und Ganzen hatten sie sich prächtig gehalten.

Wie in einem merkwürdigen Traum, in dem sich Tiefenschärfe schlagartig ändert, bemerkte er plötzlich sein Auto – sein Privatfahrzeug, seinen windschiefen klapprigen SEAT, das gute Stück, das auf Gebirgsstraßen immer wie ein asthmatischer Hirtenhund ächzte, es rollte in diesem Moment am Ende der Straße aus seiner Ausfahrt; langsam und mit untertourig laufendem Motor verschwand es in die entgegengesetzte Richtung.

Levante war ein paar Sekunden wie vom Donner gerührt: Selbst aus dieser Entfernung hatte er Rosita erkannt, und ein Blick auf die Uhr sagte ihm, dass es sich nicht für die Frau des Comisario geziemte, sich wie eine streunende Katze davonzustehlen.

Ob sie fremdging? Seine gute alte Ehestute? Der Gedanke erheiterte ihn, während er Gas gab, um die Rücklichter nicht zu verlieren. Nein, das passte nicht zu ihr, mit ihren plumpen Waden und dem gedrungenen Hals.

Er hatte schon vor Jahren einmal mit dem Gedanken gespielt, sich von ihr zu trennen – für immer und ewig, versteht sich, doch auf der Bootstour nach Hierro, zu der er sie überredet hatte, war ihm in letzter Sekunde die Einsicht gekommen, dass ein Mord immer einen persönlichen Vorteil bringen musste, einen konkreten, messbaren Nutzwert, und Rosina nützte ihm lebend mehr, als wenn er sie zu den Fischen geschickt hätte.

Zu seinem größten Erstaunen fuhr sie nicht nach Los Llanos zu ihrer aufsässigen Tochter, sondern in Richtung Punta del Hombre.

Diablo! Levante, der bis dahin widerlich süße Weingummis vor sich hin gelutscht hatte, schwante, seine Theorie vom heimlichen Geliebten könnte höchst realistische Züge annehmen.

Als sie auf einem einsamen Strandparkplatz hielt, hielt er an und löschte das Licht.

Steig schon aus, dachte er, doch sie kam nicht. Levante sah sich kurz um, dann stieg er aus und stiefelte eine Düne hinunter. Mit einer unglaublichen Wendigkeit pirschte er sich näher an den Wagen heran.

Sie war noch immer nicht ausgestiegen, und er fragte sich, was sie so lange in dem Auto trieb. *Vielleicht war sie gar nicht allein?*

Obwohl er Rosita nicht mehr liebte, spürte er, wie ihm der Schweiß ausbrach.

Er wartete noch eine halbe Minute, dann rappelte er sich auf. Mit geduckter Haltung lief er los. Er musste einfach Gewissheit haben. Seine Hand fand den Weg zum Holster wie von selbst.

Vielleicht ist jetzt der richtige Moment, um es hinter sich zu bringen.

Er hatte den Kofferraum schon mit der Hand gestreift, als sich die Wagentür öffnete: Rosita stieg aus. Sie war splitternackt und von Kopf bis Fuß mit merkwürdigen grünlich schimmernden

Zeichen bemalt. Ihr Haar war mit Knochenkämmen hochgesteckt, in ihren Augen flackerte eine Wildheit, die er nie zuvor gesehen hatte. Sie bemerkte ihn erst, als sie die Tür schloss und sich ein Tuch um die Hüften wickelte.

»Rosita«, stammelte er. Selbst zu Hause im Bad oder im Schlafzimmer hatte sie sich ihm in zehn Jahren nicht einmal so – so ohne alles – gezeigt. Es war ihm plötzlich, als ob sie eine andere wäre.

»Was zum Teufel geht hier vor?«, flüsterte er.

Sie trat lächelnd auf ihn zu. Vor der dunklen See wirkte sie wie eine geisterhafte Erscheinung.

»Es tut mir leid, dass du es so erfahren musst«, sagte sie ruhig.

»Was?«

»Du bist mit einer reinblütigen Guanchin verheiratet. Ich wollte es dir schon damals sagen, aber ich konnte einfach nicht. Vielleicht hatte ich immer gehofft, du würdest deinen Hass auf alles Fremde verlieren. Doch das war ein Irrtum.«

»Soll das etwa heißen, du gehörst wirklich zu denen?«

»Ja, Emilio. Es tut mir leid.«

»Und mir erst!« Die Fassungslosigkeit, die Levante in sich fühlte, mündete in einem aufsteigenden Stromstoß siedendheißer Wut. Seine Hand zog den schweren Revolver. »Du hast mich reingelegt!«, schrie er. »All die Jahre hast du mir etwas vorgemacht! *No hay derecho, mujer* – dazu hattest du kein Recht, Weib! Kein Wunder, dass es dir egal ist, wenn sich unsere Tochter mit diesem Tauchlehrer abgibt. Er ist doch auch einer von euch. So, du bringst mich jetzt zu deiner sogenannten Gemeinde, und dann werde ich euch allen eine kleine Lektion erteilen.«

Ein schriller Pfiff ließ Levante herumfahren. Etwas schwirrte von der anderen Seite auf ihn zu, es segelte wie ein Propeller durch die Luft – sah wie ein Boomerang aus.

»*Joder!* Ich werde euch alle…« Die Wurfkeule erwischte Levante mitten im Satz.

Die Waffe entglitt seinen Händen, und der schwarze Sandboden raste schlagartig auf ihn zu. Bevor es finster wurde, erkannte er zahlreiche bloße Füße, die auf ihn zukamen. Dann beugte sich jemand über ihn, Hände drehten ihn auf den Rücken, und er starrte in die fischartige Fratze eines tönernen Götzen.

»Emilio.« Rosita verbarg ihr Gesicht mit beiden Händen.

»Keine Angst, er schläft nur ein Weilchen.« Ondina kniete schon eine Weile neben Levante und fühlte seinen wild galoppierenden Puls. »So betrunken wie er ist, wird er morgen Früh glauben, es war nur ein Rausch.«

Dann – ohne ein weiteres Wort zu verlieren – führte sie ein winziges Bombilla-Röhrchen an ihren Mund und blies ein staubfeines Pulver über den Ohnmächtigen.

»Ich habe ihn markiert«, sagte sie. »Für alle Fälle.«

Sie gab zwei jungen Männern zu verstehen, Levante mit dem Auto nach Hause zu bringen.

»Und zieht ihn richtig aus – habt ihr verstanden? Auch die Schuhe. Und legt ihm eine leere Flasche ans Bett.«

Rosita sah den Männern nach. Dann bückte sie sich und betrachtete das Wurfgerät aus der Nähe.

»Eine merkwürdig geformte Keule«, sagte sie freundlich.

»Es ist ein Knochen«, sagte die Bruja. »Von einem ziemlich großen Fisch«, fügte sie lächelnd hinzu.

Sie nahm Rosita an der Hand und hakte sich bei ihr unter.

»Gehen wir runter zum Strand, Kindchen, das Boot wartet. Es wird Zeit, das Ritual des Drachen zu Ende zu bringen.«

36

Dein schlimmster Feind unter Wasser ist die Panik.
– TIEFSEE-PIONIER ROBERT BALLARD

Schon als Susanne ins Wasser eintauchte, hatte sie mit einer leichten Panikattacke zu kämpfen. Es war ihr, als tauche sie in ein lebendes Wesen, das sie von allen Seiten bedrängte. Es hob und schaukelte sie wie einen Korken, und Susanne ließ schnell Luft aus ihrer Tarierungsweste ab. Zwei Meter unter der Oberfläche war alles ruhig und friedlich. Zeit zum Aufatmen. Wann war sie zum letzten Mal getaucht – körperlich, und nicht in Gestalt von *Proteus?*

Vor Grönland war sie manchmal zum Spaß nach unten getaucht, hatte sich in einer Tiefe von drei Metern auf einen Eisblock gesetzt und wie in Neptuns Tanzsaal gefühlt. Jetzt war es anders: Die Todesangst hockte unter dem Schiffsrumpf der *Esperanza* und glotzte sie mit kältestarren Augen an.

Vinzent, dachte sie. *Die einzige feste Planke auf dem Meer der Angst ist die Liebe.*

Sie hob den Kopf. Der Helm schränkte ihre Sichtverhältnisse ein, aber sie konnte sehen, dass ein ungewöhnlich starkes Glimmleuchten herrschte. In riesigen, wirbelnden Schleiern erzeugten die Noctiluca eine Art unterseeisches Nordlicht unter dem Schiff, der Kiel hatte sich in geschmolzenes, rußgeschwärztes Silber verwandelt.

Etwas berührte sie an der Schulter – Gomez. Er zog sie mit sich und drückte ihr ein Tau in die Hand.

»Halten Sie sich an das Leitseil, dann kann nichts passieren. Es ist Maß- und Sicherheitsleine in einem.«

Obwohl es die Stimme ihres Erzfeindes war, die kristallklar aus der eingebauten Hörgarnitur des Kirby-Morgan-Helms kratzte, spendete die Gegenwart eines anderen Menschen einen unerklärlichen Trost.

»Die Reserveflaschen sind schon unten«, fuhr er fort. »Es sind unsere Rückfahrkarten. Denken Sie immer daran.«

»Sind sie das.« Kalter Schleim sammelte sich in ihrer Kehle.

»Sobald wir unten sind, machen Sie die Drohne wieder startklar. Dann holen wir diesen *Señor* aus der Höhle und steigen gemütlich auf. Ganz gleich in welchem Zustand wir diesen, diesen Verbrecher vorfinden, wir setzen nicht unsere Gesundheit aufs Spiel.« Er wartete, als ob er ihr die Gelegenheit zum Einspruch geben wollte. »Wenn Sie nicht die Nerven verlieren, ist es wie Malen nach Zahlen. Trotzdem sollten Sie sich über eines im Klaren sein: Keine Tauchoperation dieser Art ist jemals planmäßig verlaufen. Machen Sie sich also auf Überraschungen gefasst.«

»Ich liebe Überraschungen.« Susanne wusste, dass Vinzent mithören konnte, und versuchte tapfer zu klingen. »Sagen Sie, Professor«, sie blickte in den grauen Wasserschleier unter sich, dessen Farbe mit der Entfernung immer düsterer wurde, »haben Sie jemals vom Mythos der Fressenden Felsen gehört?«

Die Luftblasen über Gomez' Helm gerieten eine Sekunde ins Stocken.

»Ein Guanchen-Märchen, wieso?«

»Nichts. Ich denke nur, wir sollten uns wirklich auf Überraschungen gefasst machen.«

»Hören Sie …« Gomez schwamm so dicht vor das Fenster ihres Helms, dass sie die Äderchen in seinen Augäpfeln sehen konnte. »Noch können Sie umkehren. Ich mache Ihnen einen Vorschlag: Lassen Sie mich alleine tauchen. Ich werde die Luke mit den Hebesäcken schon irgendwie aufbekommen.«

»Und der Mann in Seenot?«

»Ich werde nach ihm suchen«, sagte Gomez. »Vielleicht hat er Glück.«

»Ich glaube, er braucht mehr als Glück. *Rescue Team* an *Esperanza:* Wir tauchen.«

Sie ließ das Tau zwischen ihren Fingern hindurchgleiten und überließ sich dem Zug aus der Tiefe. Langsam begann sie zu sinken, fünf, zehn, fünfzehn, zwanzig Meter-Markierungszeichen glitten vorbei. Ein schwereloses Gefühl stellte sich ein, wahrscheinlich ausgelöst durch das graue, unwirkliche Licht. Nur zur Sicherheit ließ sie ihre Lampe aufblitzen und erschrak, helles Blau, silberne Reflexe überall um sie herum! Ein ganzer Schwarm Caballas drehte blitzschnell ab, als sie mit den Armen zu rudern begann.

»He, keine Panik, *Señora.*«

Susanne erwiderte nichts, sie wollte es nur hinter sich bringen, und hätte Gomez sie nicht manchmal ermahnt, eine kurze Pause zu machen, sie wäre wohl wie an einer Magnetbahn zum Meeresboden gerauscht. Trotz des Anzugs registrierte sie jede der unterschiedlich temperierten Wasserschichten, die wie Furnierhölzer aufeinander stießen.

»Susanne?«

Sie hatten den ersten Gaswechsel bereits hinter sich, und Gomez' tauchte etwas näher an sie heran.

»Wer hat Ihnen von den *Rocas* erzählt?«

»Die Frau des Kommissars.«

»Oh, die alte Plaudertasche.«

»Sie wollte mich warnen.«

»Vor was?«

»Ich glaube, vor einem großen Fisch.«

»Oh, wenn das alles ist.« Gomez schwenkte seine Harpune. Sie hatte einen fast zwei Meter langen Speer mit explosiver Spitze. Eine Druckluftpatrone verlieh ihr die Durchschlagskraft eines Gewehrs. »Hallo *Esperanza*, wenn ihr Glück habt, werden wir euch frischen Fisch mitbringen. Drückt uns die Daumen!«

Susanne konzentrierte sich auf ihre Atmung.

Die 100-Meter-Markierung glitt geisterhaft schimmernd vorbei.

Erneuter Gaswechsel. Während sie die Kugelhahnventile behutsam umlegte, hielt sie Gomez genau im Auge. Atem anhalten. Aufdrehen. Einatmen. Ausatmen.

Jenseits ihrer Sehweite, in der Tiefenstreuschicht, glaubte sie manchmal merkwürdige leuchtende Flecken zu sehen. Doch sie waren nicht beunruhigender als die roten Glühwürmchen vor ihren Augen oder die wirbelnden Schachbrettmuster. Die unterschiedlichen Gasgemische stellten ihren Kreislauf auf eine harte Belastungsprobe.

Endlich erreichten sie das gigantische Eisengewicht am Ende des Leitseils, das unmerklich hin und her pendelte. Darunter hingen verschiedene Gasflaschen zum *Back-up*.

»196 Meter«, sagte Gomez mit einer wahren Mickey-Mouse-Stimme. »Ich nehme an, das ist auch Ihr Rekord, werte Kollegin.«

»Die Drohne muss hier ganz in der Nähe sein. Ich schlage vor, wir schwimmen parallel in einem Abstand von drei Metern. So verlieren wir uns nicht aus den Augen und haben gute Chancen, Ihren Liebling zu entdecken.«

Unter Susanne war nur noch Schwärze, und sie brauchte einen Moment, um sich zu überwinden, das bleich schimmernde Seil loszulassen.

Sie sank ins Nichts, wurde verschluckt. Wie ein dichter schwarzer Vorhang versperrte es ihre Sicht, und selbst ein Atom-U-Boot, das sich in zwanzig Meter Entfernung befunden hätte, wäre nicht zu erkennen gewesen. Sie musste zugeben, sie hatte sich diese Tauchpartie anders vorgestellt, weniger wie einen Ausflug ins All.

Irgendetwas stieß gegen ihre Schwimmflossen, und sie bemerkte, dass sie den Grund erreicht hatte.

Das unterseeische Gelände löste sich allmählich aus dem schwarzen, flüssigen Nichts: Man sagt, dass nichts so sehr Dantes Inferno entspricht wie die lichtlose Landschaft kahler Felsen, und – Susanne fühlte das in diesem Moment.

Was wir als albtraumhaft empfinden, dachte sie, *ist der Widerhall dessen, was in uns ist. Nicht diese Gesteinsmassen sind zerrissen, wir sind die Zerrissenen, die Abgründe, die wir sehen, ziehen sich durch unsere Herzen.*

In uns ist es leer und dunkel wie in Höhlen, in denen die Angst lauert, zerbröckelnd und verwüstet wie die Ruinen von Pompeji.

»Hallo!« Eine Hand schob sich in ihr Sichtfeld.

»Ist alles mit Ihnen in Ordnung?«

»Danke. Es geht.«

»Wirklich?«

Die Skepsis in seinem Gesicht war unübersehbar.

»Ja, mir geht es blendend.«

Sie hielten genau auf den unterseeischen Ausläufer des erstarrten Vulkankegels zu. Enorme Findlinge ragten vor ihnen auf und zwangen beide immer wieder zu Ausweichmanövern. Es waren glatt geschliffene, zentnerschwere Brocken. Aus der Nähe besaßen sie jedoch eine grobkörnige Struktur.

»Madre de Dios«, meinte Gomez, »das ist der grausigste Ort, an dem ich je war. Wenn ich daran denke, dass meine Wohnung nur ein paar Kilometer Luftlinie von hier entfernt liegt, dann führt wohl kein Weg dran vorbei, dass ich schon bald von hier wegziehen werde.«

»He, da drüben blinkt was.«

Beide löschten automatisch ihre Lampen, um besser sehen zu können.

»Ich erkenne die Sequenz«, sagte Susanne. »Es ist *Proteus*.«

»Wer sagt's denn.« Gomez klopfte ihr auf die Schulter. »Wir haben die Nadel im Heuhaufen auf Anhieb gefunden.«

Das Blinksignal war jetzt deutlich zu sehen.

Sie tauchten ein Stück in den Graben hinein, über Klüfte und Schründe hinweg. Die Lichtkegel ihrer Lampen irrten über erstarrte Stricklava, die sich manchmal wie riesige, versteinerte Mangrovenwurzeln auftürmte oder wie organisches Gewebe Felsklüfte überbrückte.

Manchmal hatte sie den Eindruck, einen Unterwasser-Canyon zu betauchen, aber im Grund war es nur ein Überhang aus Basaltmassen, die wie abgeflachte Pilze wirkten.

Sie entdeckte eine erste Schramme am Gestein. *Proteus* musste sie verursacht haben.

»Da ist er.«

37

Der U-Bot lag nicht weit entfernt inmitten einer gespenstischen Geröllhalde. Sein torpedoförmiger Körper hatte die Form eines Us angenommen. Die Oberfläche hätte nicht schlimmer aussehen können, wäre er einem Haufen aufgebrachter Bauschlosser in die Hände gefallen. Spuren, die nach einem Schwingschleifer aussahen, wechselten sich mit Löchern ab, die nur von einer Spitzhacke stammen konnten. Das Heck mit den verbogenen Stabilisatoren steckte teilweise im Sand.

»Wie erklären Sie sich das?«, fragte sie, und als Gomez keinen Pieps von sich gab, da wusste sie, er würde ihr nicht helfen können, denn er war hier unten auch nur ein Fremder.

»Keine Spekulationen«, sagte er knapp. »Ich sichere die Lage.«

Als sie den Roboter erreichte, war ihr klar, dass sie die zusätzlichen Hebesäcke nicht umsonst mitgebracht hatte. Sie öffnete eine Kontrollklappe am Heck und überprüfte die Pole der Batterie, die die Rettungsmechanik speiste.

Dann schloss sie den Navigator an. Es dauerte ein paar Minuten, bis sie sich in die noch immer laufenden Programme eingecheckt hatte.

Hallo, Susanne. Ich glaube, ich stehe unter Schock.

Als *Proteus* sich meldete – schriftlich meldete – hätte sie fast vergessen zu atmen.

Über die wasserdichte Tastatur schrieb sie: ›Alles wird gut.‹

Das die Frage. Gibt es am AWI eine Abteilung, die sich mit traumatisierten Computern befasst?

Sie tippte: ›Was ist passiert?‹

Um ehrlich zu sein: Ich hatte ein ziemlich unerfreuliches Erlebnis, das ich nicht verarbeiten kann. Meinen letzten Messungen zufolge wurde ich von einem unbekannten Objekt an der Fortsetzung meiner Mission gehindert. Für die zeitweilige Einschränkung meiner Bewegungsfreiheit habe ich keine Erklärung. Ich würde sagen, ich war in einem Hohlraum mit flexiblen Wänden gefangen.

Susanne hatte einen bestimmten Verdacht, aber sie tippte: ›Willst du, dass ich dich als Totalschaden abschreibe?‹

Wenn der Schrottplatz trocken ist, fein. Er schloss den Satz mit einem Smiley ab :–)

Nachdem sie das Unterwassernavigationssystem der Drohne auf die Frequenz des Senders kalibriert hatte, begann sie mit der Untersuchung. Wegen der Schräglage war die Klappe, unter der sich die Hebesäcke verbargen, verklemmt. Andere Klappen hatten dagegen das Abenteuer heil überstanden.

Mit einem schnellen, sicheren Handgriff entfernte sie die Verriegelung der Recorder-Unit und entnahm die winzige, wasserdichte Harddisk, auf der sich die Aufnahmen des demontierten Seismometers befanden. Während Gomez nervös die Gegend ableuchtete, ließ sie den Beweis in ihrer Tasche verschwinden.

»Wie lange brauchen Sie noch?«

»Nicht mehr lange.« Sie spürte, dass er Angst hatte, noch mehr als sie, und irgendwie belustigte sie das.

Über den Navigator versuchte sie die Stabilisierungsflossen der Drohne zu bewegen. Keine Chance. Sie saßen fest, als hätte man sie in einen Schraubstock gespannt. Offenbar hatten sie die Grenzen von *Proteus*' Anpassungsfähigkeit erreicht.

»Nun, sagen Sie schon, können Sie ihn wieder flottmachen, ja oder nein?

»Nein. Aber mit den zusätzlichen Hebesäcken können wir ihn aus dem Sand heben und allmählich aufsteigen.«

»Und dieser … Notruf?«

»Wenn *Proteus'* erste Berechnung stimmen, kommt das Signal etwa 90 Meter über uns aus der Wand.«

»Es ist eine Höhle.« Gomez ließ bereits Luft aus einer Zusatzflasche in den Hebesack strömen. Er lachte einmal auf, als ob er sich Mut machen müsste. »Ha, Ballonfahren unter Wasser – mit Ihnen erlebt man Sachen, *Señora.*«

Als der U-Bot langsam abhob, hielten sie sich an den Schnüren des Hebesacks fest. Sie beschlossen, alles den natürlichen Auftriebskräften zu überlassen, da sie keine Möglichkeit hatten, die ramponierte Drohne zu manövrieren. Gomez zählte – den Blick auf den Tauchcomputer gerichtet – laut vor sich hin. Ging der Aufstieg zu schnell, drückte er einfach mit der Hand Luft aus dem haubenförmigen Ballon. Der U-Bot-Ballon verlangsamte dann sein Tempo oder blieb hängen, bis Gomez wieder etwas Luft zuführte.

Es war ein Geduldsspiel, und es war nervtötend; während die Stunden wie Minuten verstrichen, musste Susanne sich eingestehen, dass sie ihre Kräfte überschätzt hatte. Sie fühlte sich ausgelaugt und am Ende.

Nur ihre Augen hatten sich inzwischen an das Dunkel gewöhnt. Manchmal glaubte sie die erstarrten Flüsse der Urzeit erkennen zu können. Wie geronnene Lavabärte hingen sie den erloschenen Vulkanungeheuern um die tiefschwarzen Rachen. Ein Ende für das Auge gab es in diesem dunklen Reich nicht.

Eine halbe Ewigkeit schwebten sie an steil aufragendem Felsgezack empor. An Säulen, die monumentalen, ineinander verschweißten Orgelpfeifen glichen, vorbei. Aus absoluter Nacht schälten sie sich nur für Sekunden ins Licht der Taucherlampen.

Susanne glaubte, einen allmählichen Temperaturanstieg zu registrieren.

Und dann sahen sie die Höhle: Sie leuchtete noch finsterer als die Umgebung. Der Tiefenmeter zeigte 127 Meter, und laut den Sonar-Messungen von *Proteus* waren sie fast auf gleicher Höhe mit dem Sender.

»Das Tor zur Hölle«, flüsterte Gomez. »Hoffen wir mal, der Teufel ist außer Haus«, fügte er hinzu. »Sind Sie bereit?« Je mehr sie sich dem Eingang näherten, umso häufiger trafen sie auf Felsgeröll und Bimssteine so groß wie Kokosnüsse.

»Denke schon.«

»Gut. Wissen Sie, was ein Höhlenschlag ist?« Gomez entsicherte seine Harpune.

»So ungefähr«, antwortete sie.

»Wie weit ist der Sender von uns entfernt?«

»Sechsundsiebzig Meter. Luftlinie versteht sich.«

»Unter Umständen werden wir uns durch einen Wirrwarr an Gängen zu ihm durchschlängeln müssen. Behalten Sie immer eine Hand an der Leine. Haben Sie mich verstanden?«

Er verknotete eine Tauchleine um *Proteus*' Heck. Die Luft in den Hebesäcken hatten sie reduziert und die Stabilisatoren mit Felsen beschwert.

›*Schwimm nicht weg*‹, tippte Susanne, und er antwortete: *Scherzkeks*.

Gomez stieß sich vorsichtig ab. Obwohl Susanne den Navigator hatte, schwamm er eine Flossenlänge voraus. Um seinen linken Arm geschlungen, zog er die hundertzwanzig Meter lange Leine wie einen Faden hinter sich her. Er schwamm ganz langsam, mit leichten Schlägen, so wenig wie möglich Wasser aufwirbelnd in die Höhle hinein. Obwohl der Scheinwerfer ihnen weit vorausleuchtete, konnte Susanne vor dem schwarzen Basalt kaum etwas erkennen. Seltsame fahl schimmernde Fische schossen hie und da über den Boden. Wo das Licht hinfiel, hinterließ es glitzernde Staubwehen, Billionen phosphoreszierender Lebewesen, die ihre makroskopischen Milchstraßen durch die Weite des Ozeans webten.

Zweiundfünfzig Meter.

»Sind wir noch auf Kurs?«

»Sieht so aus.«

Aus den Hohlraumbildungen, die das Sonar vermittelte, errechnete *Proteus* in Sekundenschnelle ein plastisches Abbild der Umgebung, speicherte dieses und verrechnete sie mit den nächsten. So entstand auf fast organische Weise ein dreidimensionales Modell der Höhle.

Die ersten Schallprofile, die auf Susannes Navigator-Display sichtbar wurden, erinnerten sie an vereinfachte geometrische Netzmodelle früher Atari-Spiele.

Sie entsprachen nur grob dem echten Anblick und abstrahierten die Felswände zu grün schimmernden Gittern und rolltreppenartigen Bändern. Der gewundene, sich immer wieder gabelnde Gang erschien in dem kleinen Display wie eine S-Kurve.

Fünfundvierzig Meter ...

Mit ruhigen Flossenschlägen, die gewöhnlich nur zu Brustschwimmern passen, schwammen sie nebeneinander her. Der Lichtkegel des Handscheinwerfers kroch über eine flache Decke, die an eine Tropfsteinhöhle erinnerte.

Der Boden unter ihnen war mit einem dicken, braunen Grundschlamm bedeckt.

Obwohl sie ruhig und gleichmäßig schwammen, wirbelten sie

doch mehr Lösstoffe auf, als ihnen recht sein konnte. Wie Nebelschleier wehte es hinter ihnen her.

»Sie hatten Unrecht«, sagte Susanne.

»Inwiefern?«

»*Das* hier ist der grausigste Ort.«

Gomez seufzte. »Und er liegt noch näher an meiner Wohnung.«

Auch unter der Decke, die mit dünnen, weißen Stalaktiten gespickt war, hing eine milchige Wasserschicht wie eine niedrige Wolkendecke. Die Ursache konnten nur Mikroorganismen sein, Algen, Keime, Eizellen, Larven, ozeanische Milben, pulsierende Geißeltierchen, Amöben. Manchmal hing diese »Wolkendecke« so tief, dass Susanne mit dem Kopf in die Treibhausbrühe eintauchte. Sie glaubte dann jedesmal Fäulniserreger riechen zu können.

Doch dann fiel der Boden ab, schroff, fast senkrecht, im Licht der Photonenlampen zeigten sich mannsdicke, von Nischen und Buckeln herabhängende Stalagmiten.

War da nicht ein seltsames, lederartigschleifendes Geräusch auf den Felsen?

»Haben Sie das eben gehört?« Susanne merkte, wie das Glas ihres Helms zu beschlagen begann, ein Zeichen, dass sie schwitzte.

»Was?«, fragte Gomez.

»Ich dachte, ich hätte etwas gehört.«

»Sie meinen ein Klopfzeichen oder so?«

Der blendende, kegelförmige Strahl von Gomez' Lampe vollführte champagnerfarbene Kreise auf den Wänden; was außerhalb dieser gleißenden Flecken lag, stürzte übergangslos in tiefste Dunkelheit. Wieder hörte Susanne das raue, lederartige Schleifen.

»Merken Sie, wie warm es hier ist?«

»Das haben Lavahöhlen so an sich«, sagte Gomez. »Ich finde die Badewannentemperatur gar nicht so übel.«

Er zuckte plötzlich heftig zusammen.

»Was ist los?«

Seine Hand, die die Tauchleine hielt, zitterte. »*Algo raro* … merkwürdig.«

»Was ist merkwürdig?«

»Ich hatte das Gefühl, als hätte jemand an der Leine gezogen.« Er hielt die Hand ganz ruhig und zeigte auf das leicht durchhängende Tau, das sich in diesem Moment wieder ruckartig spannte.

Der vehemente Ruck riss Gomez kurz aus dem Lichtkreis; als sein Kopf wieder auftauchte, schienen seine Augen doppelt so groß.

»Irgendwas stimmt hier nicht!«, keuchte er.

Obwohl sie ebenso viel Angst hatte wie Gomez, gelang es Susanne, nach außen hin ruhig zu bleiben.

»Erst den Sender.« sagte Susanne. »Wir kümmern uns später um ihr Problem.«

Gomez lockerte die Wicklung der Leine um seinen Arm. Die Sache war ihm nicht ganz geheuer.

»Es war kein Mensch«, murmelte er, »es war etwas anderes.«

Wenig später sahen sie einen deutlichen roten Schein aus einer Mulde.

Gomez kontrollierte immer wieder das Seil: Die Vorstellung, dass die Leine irgendwo hinter ihnen gerissen sein könnte, war zu entsetzlich.

Vorsichtig tauchten sie über einen Graben hinweg, der Schein aus der Tiefe war zu verlockend, und Susanne konnte nicht anders, als hinabzublicken: Eng eingezwängt in einer schartigen

Kuhle aus Basalt, dehnte und krümmte sich die glimmende Lava wie ein gefangener Wurm. Unmittelbar darüber brodelte das Wasser wie in einem Eierkocher.

Die offensichtliche Gegenwart vulkanischer Aktivitäten machte Susanne nervös. Es war eine Höllenwelt, in die sie da geraten war, und sie ahnte plötzlich, wie dringend La Palma ein Frühwarnsystem brauchte und wie zynisch Männer wie Gomez waren, die in dem Tsunami-Hype nur ein Mittel sahen, um sich ihre Pfründe zu sichern.

Vorsichtig schwammen sie weiter, über mehrere trichterförmige Dolinen hinweg. An den Rändern dieser Vertiefungen brodelten Raucher, deren Gase sich in großen Blasen unter der Decke sammelten.

»Vielleicht hängt unser Mann in so einer Blase«, sagte Susanne.

»Glaube ich nicht«, sagte Gomez. »Die meisten vulkanischen Gase sind giftig.«

Er wirkte noch immer verstört.

»Er sendet doch noch, oder?«

»Ja, das Signal ist klar und deutlich.«

Der Gang gabelte sich vor ihnen, doch das Sonar wies ihnen die richtige Richtung.

»Der Sender ist noch etwa 20 Meter entfernt.«

»Aber es geht hier nicht mehr weiter!«, rief Gomez. »Dieser defekte Kasten von Ihnen hat uns in die Irre geführt.«

»Hat er nicht.« Susannes Lampe erfasste einen Spalt in der Wand.

»*Proteus* hätte diesen Weg nicht angegeben, wenn er für uns nicht passierbar wäre.«

»Ihr Wort in Gottes Ohr!« Gomez wickelte die Tauchleine um einen Bodenzapfen. Dann schulterte er sein Harpunengewehr. »Schön, ich schwimme voraus.«

Es war eine ziemlich enge Klamm, in die sie sich zwängten, und Susanne bekam es zum ersten Mal mit einem klaustrophobischen Anflug zu tun. Das Wasser verwandelte sich in dicken, haferschleimfarbenen Sirup. Vielleicht waren es Ausscheidungsprodukte eines fremden Stoffwechsels, es fühlte sich klebrig und widerlich an. Nur die gelben Flossen von Gomez und die weiße Taucherleine zeigten ihr den Weg, abgesehen davon war es stockdunkel.

Etwas berührte ihren Oberschenkel und zog sich blitzschnell zurück. Dasselbe geschah an ihrem Rücken, an ihrem Po und ihrer Wade – Susanne versuchte sich flach wie eine Scholle zu machen.

Vor ihr machte Gomez ein Handzeichen, das ihr wie ein gutes Vorzeichen schien. Tatsächlich erweiterte sie sich die Klamm ohne Übergang.

Der Raum dahinter wirkte anders als die Lavahöhlen, Susanne erkannte Deckentropfsteine und bräunliche, ockerfarbene Strukturen, die an rhythmisch aufgewachsenen Baumkuchen erinnerten.

»Madre de Dios!«

»Was?« Vor lauter Benommenheit konnte Susanne ihre Augen nicht mehr von der Leuchtfaserleine losreisen.

»Sagen Sie mir, dass ich nicht wahnsinnig bin!« In seiner Panik sprach Gomez mit einer unnatürlich hohen Heliumstimme. *»Lo ve* – sehen Sie das?«

Er deutete auf ein diffuses, schwarzweiß geflecktes Objekt, das sich vor ihnen aus der Finsternis schälte: Eine halbe Kuh – nur der hintere Teil – schwebte wie ein aufgeblähter Ballon unter der Decke. Schlimmer noch, das Aas bewegte sich, drehte sich hin und her, pendelte, zuckte, es war gespenstisch, denn von einer Strömung war nichts zu spüren.

»Lassen Sie uns kehrtmachen. Bitte, ich flehe Sie an!« Gomez' Stimme kippte von einem hysterischen Jaulen ins nächste.

Statt zu antworten, schwamm Susanne näher heran. Für das, was sie sah, hatte sie ebenso wenig eine Erklärung wie Gomez, aber sie griff nach einem Bein des Kadavers und drehte ihn ins Licht ihrer Lampe: Aus einem Gewirr bleicher Eingeweide starrte ihr eine Kreatur wie aus einem Albtraum entgegen. Mit ihren gut sichtbaren Fresswerkzeugen löffelte sie das verwesende Fleisch wie warme Butter. Die blendende Helligkeit schien ihr nichts auszumachen. Nur einmal, als sich Susanne ein stoßhafter Atem entrang, hob das Tier blitzschnell den gepanzerten Kopf.

Nie zuvor hatte Susanne eine Riesenassel der Tiefsee gesehen. Ein französischer Zoologe hatte 1879 zum ersten Mal einen *Bathynomus giganteus* beschrieben. Mit einer Länge von 45 Zentimetern und einem Gewicht von einskommasieben Kilo war die Assel ein ziemlich unappetitliches Beispiel von Tiefseegigantismus. Zwischen zwei langen Antennenpaaren spiegelte sich Susannes Gesicht in den enormen, silbrig glänzenden Augen. Sie würde diese Augen nie mehr vergessen – der kalte, mechanische Blick einer Fressmaschine … Angeblich vertilgten die Krabbeltiere alles, was nicht schneller laufen konnte als sie. Auch Fische in Grundschleppnetzen hatten das schon zu spüren bekommen, denn die Resteverwerter bildeten – wenn nötig – Jagdgemeinschaften. Doch als Allesfresser war ihnen jeder Kadaver willkommen, und die halbe Kuh, die wie ein Gespenst vor Susanne schwebte, schien ihnen vortrefflich zu munden. Ein zweites Tier wühlte sich vor Susanne aus den Gedärmen.

»Keine Panik, Gomez. Für all das gibt es sicher eine natürliche Erklärung.«

»Oh ja, die gibt es!«, schrie Gomez, »Und vermutlich hat sie ein verdammt großes Maul!«

»Schluss jetzt! Reißen Sie sich zusammen. Der Sender des SOS-Signals ist keine zehn Meter von uns entfernt.«

Etwas vom Gewicht eines Rugby-Eis prallte auf ihre Schulter, rutschte ab – und wieselte in einer zeitlupenhaft aufsteigenden Staubwolke davon.

»Schnell! Wir müssen hier raus!« Gomez riss eine Magnesiumfackel aus seiner Weste und zündete sie. »Die Decke!«, schrie er immer wieder. »Es ist Wahnsinn! Sie sind überall!«

Erst jetzt bemerkte Susanne den *lebenden Teppich* über sich, aus dem es Asseln zu regnen begann. Ein Tier landete direkt auf ihrer Sichtscheibe, für einen Augenblick sah sie nur noch ein Gewimmel von rotbraunen Armen und hätte sich fast vor Ekel verschluckt.

Es war bedauerlich, dass sich das Wasser nicht schneller eintrüben wollte – so musste Susanne zusehen, wie die in Panik versetzten Asseln die Wände hinabbrandeten und ihre Beine umspülten. Manche von ihnen sprangen hoch und krallten sich fest. Es kostete Susanne viel Überwindung, die Tiere, die wie Kletten an ihrem Anzug klebten, abzustreifen. Die Biester wirbelten dabei den milchigen Bodensatz auf. Von Gomez war nur noch die Fackel zu sehen. Vielleicht war es die Chance, auf die er gewartet hatte, denn völlig unvermittelt richtete er seine Harpune auf Susanne und schoss.

Der Explosivpfeil traf einen der herabhängenden Zapfen und detonierte mit der Gewalt einer Bombe. Die Überreste der Kuh wurden zerfetzt, Susanne gegen die Felsen geschleudert. Die Druckwelle trieb die Luft aus ihren Lungen und verursachte in ihren Ohren ein Geräusch, bedrohlicher als eine rollende Brandung …

Eine Zeit lang trieb sie durch einen Wirbel aus Eiter, Därmen und rostbraunen Insektenbeinen. Weit weg erkannte sie unscharf etwas Gelbes, Gomez Taucherflossen in rasender Bewegung. Die Magnesiumfackel erlosch.

Er taucht im Dunkeln zurück, dachte sie, *die Leine … er hat ja die Leine!*

Sie wollte ihm nach, doch das Glas ihrer Lampe war zerbrochen, denn als sie den Taster drückte, implodierte die Birne mit einem Blitz. Das Chaos war perfekt.

Einatmen. Ausatmen. Einatmen …

Für lange Zeit war das Einzige, das sie erkennen konnte, der Wust schwebender Teilchen, die an der Sichtscheibe ihrer Maske vorbeiwirbelten wie windgepeitschter Sand. Ihr Gleichgewichtssinn ging dabei verloren. Wo war oben und unten? Rechts und links? Erst die unsanfte Berührung mit einer spitzen Felskante brachte sie wieder auf Kurs.

Einatmen, ausatmen, einatmen … Der Angst folgte die Verzweiflung und dahinter der Drang zu überleben, der die Grenzen von Schmerz und Erschöpfung durchbricht.

Während sie sich an den glitschigen Wänden entlangtastete, über Kanten kaum erhabener als ein zersprungenes Tongefäß, ließ sie ihrer Furcht freien Lauf, ganz gleich ob ihre Äußerungen von Gomez oder der Besatzung der *Esperanza* mitgehört wurden. Dann erinnerte sie sich an Vinzent, der vielleicht durch einen dummen Streich der Kurzwellen mithörte, und zwang sich zu einem Lachen.

»Alles halb so wild, Liebling, Professor Gomez und ich spielen hier unten nur ein bisschen Verstecken.«

Während ihr Herz wie eine Dampframme hämmerte, tastete sie sich weiter die Höhlenwände entlang – jedesmal erschauernd, wenn sie einen Durchbruch oder eine kräftige Strömung verspürte. In Meereshöhlen gab es oft *Wasserschlinger*, die einen Taucher spielend mitreisen konnten. Ohne Sicherungsleine war man in so einem Fall verloren, aber war sie das nicht so oder so? Sie war Gomez in die Falle getappt, Vinzent hatte sie noch gewarnt.

Trotz des eng anliegenden Tauchanzugs fühlte sie, dass der Schweiß in den Poren regelrecht kochte.

»Ich beglückwünsche Sie, Gomez. Das haben Sie großartig eingefädelt.«

Sie versuchte sich nichts anmerken zu lassen, keine Furcht – diesen Triumph würde sie ihm nicht gönnen.

Trotzig sagte sie sich: »He, ich wette mit Ihnen, ich bin früher oben als Sie.«

Endlich, nach einer kleinen Ewigkeit, fand sie den Spalt, durch den sie gekommen waren. Doch ohne Leine war es mehr als tückisch, auf gut Glück zu tauchen: Der Spalt konnte den ganzen Abhang durchziehen, wenn sie Pech hatte, würde sie auf einer Ebene enden, die *Proteus* noch nicht gescannt hatte oder die selbst für sein hochfrequentes Sonar zu tief lag. Damit wäre sie in diesem unterirdischen Labyrinth des palmerischen Minotaurus verloren.

Cool down, Baby. Noch bist du am Leben und das wirst du auch bleiben. Sie hielt den Navigator ganz dicht vor die Sichtscheibe des Helms: Die letzten Scans von *Proteus* waren diffus, wahrscheinlich hatte es mit der Druckwelle zu tun. *Zehn Meter,* dachte sie, *zehn Meter. Er muss hier irgendwo sein, und du wirst nicht eher umdrehen, bis du ihn gefunden hast.*

Doch in dem Albtraum aus aufgewirbeltem Grundschlamm schien es immer unwahrscheinlicher, den Vermissten zu finden.

Sie drehte sich um und freute sich, dass sich das 3-D-Liniengerüst auf dem kleinen Display ebenfalls drehte. In einer Seitentasche ihres Tauchanzugs erfühlte sie eine Magnesiumfackel.

Sie entzündete sie rasch, um die stygische Finsternis zu vertreiben.

Langsam schwamm sie weiter, das Sendesignal wies ihr den Weg.

Fünf Meter. Verdammt, sie müsste ihn sehen können. Das Wasser wurde allmählich klarer, dafür begann sie zu frieren. Ihr Blutkreislauf war kurz davor zu kapitulieren.

Du musst die Angst in den Griff bekommen, dachte sie. Aber die Panik trieb einen stumpfen Keil zwischen die Hemisphären ihres Gehirns. Für einen Moment vergaß sie wieder, wo in diesem *Mare Tenebrarum* oben und unten war, und sie schwenkte die Fackel wild um sich. Zufällig erfasste der Lichtschein die Zacken einiger Felsen. Ihr Blut gefror in diesem Moment, denn sie sah deutlich, dass sich diese Zacken *bewegten*. Es war ein parallel verlaufender Tunnel, und in den bogenartigen Durchbrüchen sah sie nur diesen schwarzgrauen, verkrusteten Rücken, denselben Rücken, der ruhig neben ihr her glitt, als hätte sich ein Unterseeboot neben ihr auf die Lauer gelegt.

Lass es nicht wahr sein. Wie lange mochte dieses Ding so still und leise neben ihr geschwommen sein? Susanne wusste, es war einer Wissenschaftlerin mehr als unwürdig, aber sie machte sich in diesem Moment in die Hosen. Der riesige Anglerfisch war so nahe, dass sie ihn mit der Hand hätte berühren können. Dass sie noch lebte, verdankte sie nur den Lavasäulen und Bodenzapfen, die wie natürliche Gitterstäbe funktionierten.

ZIEL ERREICHT: Trotz der ungeheuren Anspannung schaffte sie es noch immer, dem Navigator zu folgen.

Die beiden Fadenkreuze auf ihrem Display waren jetzt deckungsgleich, doch von dem SOS-Sender war nichts zu sehen.

Ganz allmählich nahm sie die Konturen einer riesigen, tonnenartigen Höhle wahr, die Felswände strebten jäh auseinander und verloren sich zu beiden Seiten im Nichts. Das Licht der Magnesiumfackel reichte kaum aus, die Höhle zu erfassen, in die selbst der Petersdom gepasst hätte.

Auch die *Grotta Gigante* oder die Carlsbader Höhle in Neu-Mexiko waren nichts gegen diese untermeerische Halle: Ohne es zu wissen, hatte sie den Thronsaal der Königin erreicht.

»Gomez, können Sie mich hören?« Trotz der Gefahr, in der sie schwebte, musste sie ihm das noch mit auf den Weg geben. »Es gibt hier unten einen noch fürchterlicheren Ort. Es ist schade, dass Sie nicht hier sind, wirklich schade.«

Von einer instinktiven Furcht gepackt, warf sie einen schnellen Blick über die Schulter: Der schwarze Rücken zwischen den Felssäulen war verschwunden – ein Anblick, der noch viel beunruhigender war.

Es dauerte eine Weile, bis sie sich von dieser Abwesenheit gänzlich losreißen konnte. Dann sah sie die Taucherflaschen und Tarierungsweste. Sie hingen aus einem Spalt in der Decke, in dem sie sich verklemmt hatten.

Mit ein paar Flossenschlägen stieg sie auf und leuchtete in den Spalt.

Die deckungsgleichen Fadenkreuze auf ihrem Display blinkten.

»Er ist genau über mir. Es kann nicht anders sein.«

In der Weste entdeckte sie noch eine Taucherlampe, sie wurde von den Tankakkus gespeist, und als Susanne den Taster drückte, blendete sie voll auf – direkt in die Augen der Königin.

Der riesige Kopf hatte sich Susanne unbemerkt im Dunkeln genähert. Die Magnesiumfackel hatte sie bis jetzt auf Abstand gehalten, doch sie lauerte auf ihre Chance.

Susannes Atem stockte einen Moment, denn sie begriff, dass sie in Lebensgefahr schwebte, zwanzig, höchstens vierzig Meter trennten sie von dem gebirgigen Etwas. Dem Riesenmaul entstiegen große, ölig schillernde Blasen. Der Fühler über der gepanzerten Stirn leuchte in wilder Erregung, doch ganz offensichtlich passte Susanne noch nicht in das Beuteschema des Tieres.

»Keine Angst, ich will dir nichts tun.« Susanne konzentrierte sich, ihrem Zähneklappern Einhalt zu gebieten. »Lass uns so tun, als ob wir uns gegenseitig für einen Traum hielten.«

Der Umriss des Riesenfisches verschwand. Susanne wartete noch einen Moment. Dann leuchtete sie in den Kamin, an dessen Ende sie den verlorenen Taucher vermutete.

38

Als Jingo das Lichtsignal sah, erstarrte sein Finger an dem Kippschalter des Senders. In den letzten Stunden hatte sich nur dieser Körperteil an ihm bewegt.

Selbst Blinzeln hatte er tunlichst vermieden, um nicht unnötig Sauerstoff zu verbrauchen.

Ganz ruhig durchatmen, dachte Jingo. Er versuchte auszublenden, wie prekär seine Lage war – ein blockiertes, motorisches Nervensystem, Pudding in den Gliedern und nur so viel Luft, wie er eben einsaugen konnte. Das Blinken aus der Tiefe trieb ihn zur Eile an.

Das schaffst du mit links, Jingo. Platana-Joe hat es auch gekonnt. Überhaupt, das Tauchen liegt den Guanchen im Blut. Nun mach schon, lass die Leute nicht warten.

Er setzte seine Maske auf und massierte seinen lädierten, blutenden Arm.

Dann tauchte er senkrecht nach unten – dem Licht entgegen, das auch das Licht am Ende des Tunnels sein konnte.

Sie mögen raffinierte Biester sein, dachte er noch, *aber das können sie nicht.* Kein Fisch war in der Lage, Morsezeichen zu geben.

Die Luft wurde ihm allmählich knapp, und er ahnte, dass sich die Höhle, in der er Zuflucht gefunden hatte, mindestens zwanzig Meter über der Brutstätte des Anglers befand. Die Gestalt mit der Lampe war jetzt deutlich zu sehen, es war eindeutig eine Frau, und sie deutete ihm an, sich zu beeilen.

Noch im Spalt reichte sie ihm den Ersatzlungenautomaten, und Jingo holte tief Luft.

Er hatte Susanne noch nie gesehen, aber der Kirby-Morgan-Helm auf ihren Schultern ließ ihn vermuten, dass es sich um eine professionelle Rettungstaucherin handelte. Nachdem der Sauerstoffgehalt in seinem Blut wieder auf ein halbwegs normales Niveau gestiegen war, wagte er sich hinaus.

Danke!

Susanne überlegte kurz: Sie würden synchron schwimmen müssen, sehr schnell, weg vom Thronsaal der Königin …

»Ich heiße Susanne Brecht. Sie sind Jingo Jimenzey?« Obwohl er keine Hörgarnitur hatte wie sie, war ihre Stimme schwach zu hören, und er nickte.

»Wo ist ihr Partner?«

Jingo machte eine Art Halsabschneidergeste.

»Tot? Sind Sie sicher?«

In seiner Panik gelang Jingo ein völlig neues internationales Handzeichen, eine Art zusammenzuckende Klauenhand, die bei den Amazonas-Indianern durchaus bekannt ist: Schnapp, schnapp, Freund wurde gefressen.

»Das tut mir leid. Dann werden wir jetzt gemeinsam diesen Ort verlassen.«

Sie deutete auf das kleine Display. Den Weg von *Proteus* zu Jingo hatte der Computer durch unzählige Sonaraufnahmen zu einer dreidimensionalen Skizze verwandelt. Susanne drückte auf REVERSE DESTINATION – und diesmal zeigte der Navigator den Weg vom Sender zurück zur Basis.

»Es sind hundert Meter, und ich rate Ihnen, verdammt schnell zu schwimmen.«

Jingo nickte manisch. Aus seiner Maske starrte er sie mit weit aufgerissenen Augen an.

»Das brauche ich Ihnen wohl nicht zu sagen.« Sie warf einen Blick in den Thronsaal. »Hier brütet die Finsternis, und sie braucht Futter«, sagte sie leise. »Sind Sie bereit?«

Jingo überlegte. Sein Atemrhythmus pflanzte sich über die Ellenbogen fort in die Schultern, ergoss sich unter das Zwerchfell, lief durch die Lenden abwärts, erfasste Beine und Füße. Versehentlich berührten seine Flossen die leere Taucherflasche. Sie löste sich aus ihrem Halt, rutschte mitsamt der Tarierungsweste aus der Spalte und schwebte langsam zu Boden.

Jingo wollte los, aber Susanne hielt ihn zurück.

»Warten Sie. Nur einen Moment, ich habe so ein Gefühl.« Und dann mit zitternder Stimme: »Halten Sie sich fest.«

Jingo sah seinem trudelnden Equipment noch nach, als kaum fünf Meter unter ihnen der riesige Kopf des Fischs danach schnappte. Wo die Zähne das blanke Metall trafen, verursachten sie ein aberwitziges Geräusch – wie Kreide auf einer Schieferplatte.

»Jetzt!« Als ob sie nie etwas anderes getan hätten, strampelten sie los.

Der blinkende Pfeil vor ihnen auf dem Display war das Einzige, was Susanne halbwegs wahrnahm. Ob der Riesenfisch nach ihnen schnappte, keiner von ihnen hatte den Nerv, den Kopf auch nur für eine Sekunde zu drehen.

Obwohl Susanne die Lage immer wieder peilte, war das Wasser noch immer so trübe, dass sich Tunnel und Gänge nur schemenhaft zeigten. Die Sichtweite lag unter fünf Metern, und Jingo versuchte den Gedanken zu verdrängen, dass sie auch ebenso gut in ein offenes Maul schwimmen konnten.

Freilich waren seine Bewegungen noch immer langsam und ungeschickt wie diejenigen eines Kranken, der zu lange das Bett hüten musste: Wie ein Säugling an der Mutterbrust hielt er das Mundstück zwischen den Zähnen und saugte.

Sie passierten unbehelligt die Speisekammer der Asseln und überquerten den vulkanischen Graben. Einmal verlor Susanne das Bewusstsein, und Jingo merkte es erst, als sie beinahe gegen eine Wand paddelte.

Er stoppte in letzter Sekunde, schüttelte sie wieder, bis sie die Augen aufschlug und schrie. Irgendwie kam er mit dem Atmen durcheinander, glaubte ersticken zu müssen, und spuckte das Mundstück versehentlich aus. Durch die wirbelnden Luftblasen sah er seine und ihre Hände in Panik danach greifen. Ein irrwitziges Handgemenge entstand, bis er eingesehen hatte, dass sie einen Helm trug. Ihre Sauerstoffversorgung war gesichert, er musste sie nicht erwürgen, der Oktopus gehörte ihm. Er blies das Mundstück aus und versuchte wieder seinen Atemrhythmus zu finden.

Susanne warf einen Blick auf das Display des Navigators.

»Dreißig Meter noch«, sagte sie. »Dreißig Meter, und wir haben es geschafft.«

Jingo nickte.

Der Gang vor ihnen war schon mit klarem Meereswasser durchspült, er wirkte friedlich, doch bot er kaum Deckung.

Jingo stieß sie an: Er hatte die weiße Taucherleine von Gomez entdeckt, das abgerissene, zerfaserte Ende wirkte wie eine Blutanemone.

»Er hat es also doch nicht geschafft«, sagte Susanne. Langsam schwammen sie die Taucherleine entlang.

Dass die Leitung der eingebauten Sprech- und Hörgarnitur des Helms noch immer offen war, hatte Susanne nach den furchtbaren Erlebnissen der vergangenen Minute völlig vergessen. Schon als sie sich das erste Mal an Gomez wandte, nach dem Angriff der Tiefsseeasseln, hatte er den Entschluss gefasst, ganze Arbeit zu leisten: Jede anständige Frau wäre in dieser Hölle einfach verreckt. Nicht dieses teutonische Miststück, sie hatte durchgehalten und zu allem Überfluss noch den Mann gerettet, der – zumindest in totem Zustand – einen hervorragenden Sündenbock abgegeben hätte. Nun war er in der Lage, sich zu verteidigen, und nach der Affekthandlung, die Gomez begangen hatte – er vermied, es einen Mordversuch zu nennen –, wäre er der Hauptverdächtige. Seine Karriere wäre zu Ende, unter Umständen würden sie ihn einbuchten.

Es war vielleicht Gomez' Pech, dass er noch immer nicht mit Sicherheit wusste, wer diese Höhle bewohnte. Aus Susannes Gestammel war er nicht klug geworden, ein-, zweimal hatte er sie schon abgeschrieben, doch sie hatte sich immer wieder gefangen …

Er presste sich in eine nischenartige Vertiefung des Gangs und hielt seine Harpune mit beiden Händen umklammert. Die Taucherleine, die er ausgelegt und präpariert hatte, würde sie genau zu ihm locken. Er rechnete sich aus, dass sie beide zu erschöpft waren, um ihm gefährlich zu werden: Die Überraschung des Erstschlags war auf seiner Seite, und wenn er es geschickt anstellte, hätte er beide mit dem ersten Explosivpfeil lebensgefährlich verwundet. Den Rest würde er mit dem Messer besorgen, die Schläuche durchschneiden oder die Schlagadern.

Als er Susannes Stimme in seinem Helm hörte, wusste er, es war endlich so weit: Die Rechnung, die er mit ihr offen hatte, würde endlich beglichen, sein angeknackstes Selbstwertgefühl wäre wieder halbwegs im Lot. Er würde aufsteigen und den tragischen Tod seiner Kollegin in allen Einzelheiten schildern. Dann würde er losheulen und hoffen, dieser Born würde endlich das Maul halten und die Insel mit dem nächsten Flugzeug verlassen.

Ein schwacher Lichtschein kroch über die gegenüberliegende Wand. Sie waren näher, als er gedacht hatte, und Gomez begann langsam zu zählen.

Er war gerade bei drei, als er noch einen schwachen Lichtschein erblickte, der allerdings aus der entgegengesetzten Richtung kam.

Da liegt doch der Ausgang, dachte Gomez. Hatte die *Esperanza* vielleicht Verstärkung geschickt? War es den Männern möglich gewesen, den Sprechfunk mitzuhören? Linares, dieser alte Narr, war zu allem fähig.

Beide Schimmer gewannen allmählich an beängstigender Intensität und verschmolzen dann zu einer einzigartigen Reflektion.

Gomez holte einmal tief Luft: *Was jetzt?*, dachte er. Seine Finger schlossen sich krampfhaft um den Abzug der Druckluftharpune.

Die Taucherleine verlief eindeutig nach rechts. Der Lichtschein an der Wand rührte sich nicht mehr von der Stelle, und das ärgerte Gomez ungemein.

Kopf oder Zahl, dachte er. Die Logik sagte ihm, dass Susanne und der Taucher von rechts kommen mussten.

Bringen wir's hinter uns, dachte er. Sein Raubtierinstinkt hatte ihn übermannt, und er sprang mit schussbereiter Harpune aus seinem Versteck.

Tatsächlich erkannte er Susanne und diesen Taucher, die sich – zu Salzsäulen erstarrt – an die Wand drückten. Das Entsetzen in Susannes Gesicht hatte nichts mit ihm zu, Gomez war das klar, als er den Kopf drehte.

Augenblicklich spürte er eine enorme Wasserverdrängung, als

ob sich ein Ozeanriese auf ihn zu bewegte, und sein Blut erstarrte zu Eis: Eine krustige Masse quoll ihm entgegen, sie schabte über die Wände und schob eine Wolke aus Grundschlamm vor sich her, in der eine Geisterhand eine grünliche Laterne zu schwenken schien. Es war der männliche Angler, und er kam Gomez mit der Geschwindigkeit eines Schnellzugs entgegen. Sein Schuppenkleid fuhr wie eine Tatze über Gomez' Kopf, zerschmetterte seinen Helm und zerfetzte den Luftschlauch. Gomez trudelte ein paar Mal um seine eigene Achse, wobei der Fisch ihn vor sich her schob. Gomez stach mit der Harpune wild um sich, doch es war schwer zu sagen, was er traf.

Der Ansturm des zuschnappenden Kiefers war so gewaltig, dass der Riesenfisch seitlich über die Höhlenwand schrammte. Während sich ganze Felsbrocken aus der Höhlendecke lösten, landete Gomez direkt im Maul der Kreatur, er feuerte seine Harpune noch ab, doch das Geschoss explodierte außerhalb des Fischs, dann senkten sich Zahnreihen – wie hundert gebogene Säbel zu stacheligen Bündeln aneinandergeschweißt –, auf ihn herab. Sie durchtrennten Gomez' Beine in den Kniekehlen, doch noch lebte der Mann und schlug wie ein Berserker um sich. Es war ein aussichtsloser Kampf, den Susanne aus einem schmalen Spalt in der Wand mitverfolgte, und es war unmöglich, etwas zu tun.

Während die messerscharfen Kiefer diesen menschlichen Körper raspelten, quoll es smaragdgrün aus der Kiemenspalte des Monstrums – fast wie Rauch aus einem brennenden Flugzeug.

Susanne hoffte, sie würde nicht den Verstand verlieren.

»Blut ist in dieser Tiefe immer grün«, murmelte sie vor sich hin. Selbst der große Cousteau hatte sich einmal die Hand in einer Tiefe von 45 Metern verletzt und grünes Blut austreten sehen.

»Andererseits«, sie drückte Jingos Kopf an ihre Schulter. »Unterhalb von siebeneinhalb Metern nimmt das Auge nur noch die Hälfte der Farbwerte wahr. Wussten Sie das?«

Jingo erwiderte nichts, er verkehrte schon seit Minuten am Rande der Ohnmacht. Vielleicht ist es das Schlimmste, mit ansehen zu müssen, wie ein anderer unmittelbar vor unseren Augen verzehrt wird.

Der Scheinwerfer auf Gomez' Brust implodierte mit einem Blitz, und eine dicke Blutwolke sammelte sich unter der Höhlendecke, sie schwappte hin und her, als suche Gomez' Leben noch immer einen Ausweg aus dieser Hölle. Die Art, wie seine Arme gegen die malmenden Kiefer ankämpften, sah aus, als würde er Rückenkraulen. Ein Schnappen wie von Pistolenhähnen ließ das aufgestockte Blut regelmäßig aus seinen Poren schießen.

Jingo spürte seinen Körper nicht mehr, er war nur noch ein einziges schreckerstarrtes Auge, das mit morbider Faszination zusehen konnte, wie der Fressende Fels Gomez verschlang, wie das Umsichschlagen schwächer wurde, bis sich schließlich der Kopf vom Rest des Körpers trennte und in den Grundschlamm der Höhle sank. Die seitlich aus dem Maul hängenden Arme erschlafften.

Der riesige Fisch schluckte erneut. Seine Lichtangel peitschte gegen die Felswand und rührte damit dicke Dreckwolken auf, die sich wie ein schmutziger Schleier über Gomez' Grab legten. In dieser Rauchbombe verzog sich der Fisch.

»Jetzt oder nie«, sagte Susanne. Zusammen tauchten sie kopfüber in die grässliche Brühe.

Zehn Meter noch, neun, acht … Das was sie gesehen hatten, reichte aus, um ihre letzten Energiereserven zu mobilisieren. Jingo strampelte wie ein Weltmeister, es war ihm egal, ob sie den Moder des gesamten Atlantiks aufgewirbelt hätten.

Sie tauchten blind, und nur der blinkende Pfeil in dem Gitternetz auf dem winzigen Display wies ihnen den Weg. Wer sich an wen klammerte, war nicht mehr zu sagen. Jingos Kopf zuckte plötzlich hoch: Ein Geräusch hinter ihnen. Es klang wie ein U-Bahn-Zug, der durch einen Felstunnel holperte, und es war der Inbegriff des Grauens. Anhand der Farbverschiebung vor ihren Augen folgerte Susanne, dass ihr Helm entweder mit einem Gemisch aus Blut und Wasser gefüllt war, oder aber der Tiefenrausch hatte sie doch noch auf den letzten Metern erwischt.

Irrwitzige Fischgottheiten tauchten blitzartig vor ihr auf. Die *Brujas* der Guanchen. Stimmen krächzten plötzlich aus ihrem Lautsprechern. Funkverkehr von der *Esperanza!*

Das Ding saß ihnen noch immer auf den Fersen. Halb schwimmend, halb auf seinen krallenartigen Brustflossen watschelnd, zeigte das Biest eine widerwärtige, jeglicher höheren Evolution spottenden Gangart; wie verwachsene Hände wirkten diese Extremitäten, mit schwarzen, glasig glänzenden Gelenkkapseln und braunen Schwimmhäuten zwischen den Spinnenfingern. Jingo würde es später nicht zugeben, aber er schaffte es einmal, kurz den Kopf zu drehen, und das, was er da sah – den gierig aufgerissenen Schlund, der den Felstunnel nach allen Seiten auszufüllen schien –, ließ ihn an der Güte der Schöpfung zweifeln, die der Natur solche Monstrositäten erlaubte.

Dann verschwand der blinkende Pfeil vom Display, und Susanne hätte aufschreien wollen: Der Übergang aus der Höhle ins Freie hatte sich unmerklich vollzogen, doch das hell schimmernde Chassis der Drohne erschien ihr wie eine Ziellinie. Jingo war halb ohnmächtig, aber seine Lippen hingen wie festgeschweißt an dem Octopus.

»Wir sind draußen«, sagte Susanne. Und dann: »*Rescue Team* an *Esperanza*. Dies ist ein Notruf! Wir beginnen soeben den Aufstieg! Bitte bereiten Sie zwei Druckkammern vor. Wir benötigen die Behandlung von Hyperbarmedizinern. Ich wiederhole: Wir beginnen den Aufstieg.«

Sie riss die Taucherleine los, presste Jingos leblose Hände um eine der Flossen, und dann – mit dem Mut der Verzweiflung – trat sie auf den Hebel der Luke, hinter der die Hebesäcke saßen. Die automatischen Druckluftdüsen stotterten sich hoch. Im Nu sprudelte es um sie herum, als hätte jemand eine Flasche Selters geöffnet. Pressluft strömte in die Synthetikseide, und das Heck der Drohne hob sich ruckartig vom Boden. Die Warnblinker erwachten zum Leben. Während die Lampen ihre Lichtdolche in das Dunkel der Tiefe warfen, sah Susanne die blinden Mondsteinaugen zwischen den Felssäulen, die schartigen Lippenwülste, das halb durchsichtige Gebiss des Gottes der Klüfte und Tiefen.

Das Licht hielt ihn auch diesmal auf Abstand, doch sein Anblick raubte ihr die Balance, und sie rutschte über die nach vorn absinkende Schnauze. In ihrer Panik griff sie um sich – ins Leere –, doch Jingo erwischte sie noch in letzter Sekunde am Gurt.

Während des Aufstiegs musste sie an Vinzent denken. Der Gedanke an ihn war wie ein heißer Strom, der das Eis in ihrem Körper schmolz. Schon nach wenigen Metern des Emporsteigens hatte sie sich so glücklich wie eine Luftblase gefühlt, doch jetzt war sie geradezu beflügelt. Nur raus aus der Finsternis, weg von diesem furchtbaren Wesen.

Sie klammerte sich an Jingo, oder war es umgekehrt? Seine Arme hingen wie schwere Gewichte um ihre Schultern, verhinderten, dass sie erneut abrutschte.

Schneller … Aus dem Ersatz-Octopus ließ sie mehr Luft in den Hebesack, um ihren Aufstieg zu beschleunigen.

Unter ihr, aus der Tiefe, drang plötzlich ein lang gezogenes Grollen, und als sie nach unten sah, über die Sauerstoffflasche von Jingo hinweg, sah sie das Leuchten. Es folgte ihnen, und zum ersten Mal konnte sie sich vorstellen, hier unten zu sterben.

Vielleicht wäre es besser gewesen, die Augen geschlossen zu halten und sich dem Fahrstuhlgefühl anzuvertrauen, weiterzuatmen, langsam und gleichmäßig, mit nur einem Gedanken im Kopf, in weniger als einer Minute wieder oben zu sein, doch irgendein perverser Impuls veranlasste Susanne zurückzublicken, zurück in die Tiefe, wo sich der Kopf des Leviathans manifestierte.

39

Die Angstzustände überfielen Vinzent nicht etwa draußen an Deck, wo die dunkle See sie gerechtfertigt hätte, sondern im hell erleuchten Kontrollraum der *Esperanza*. Fast die gesamte Crew war versammelt und schlürfte einen höllisch starken *Café Cortado*, der wie aufgewärmter Firnis roch und genauso schmeckte. Vinzent hielt sich jedenfalls zurück.

Während Susannes Tauchgang hatte er zuhören müssen, wie ihre Stimme immer leiser wurde, leiser und körperloser – als ob die Frau, die er liebte, von der Tiefe absorbiert werden würde. Aufgrund des Wechsels der elektromagnetischen Wellen zwischen Wasser und Luft – alles noch im UKW-Grenzbereich – war sie kaum zu verstehen. Die Pausen, wenn der Empfang gänzlich abriss, waren am schlimmsten. Schließlich, in einer Tiefe von hundert Metern, verstummte der Sprechfunk. Im Einsatzraum herrschte seitdem andächtige Stille. Alle Sonarmessungen liefen ohne Erfolg, und was sich in der Höhle abgespielt hatte, blieb den künstlichen Lauschern der *Esperanza* verborgen.

Etwa fünfundvierzig Minuten später knisterten zum ersten Mal wieder Worte aus den Lautsprechern am Pult: »Die Felsen … erschreckt … helfen …« Es war Susannes Stimme – ihre Worte kreisten wie Karussellpferde in Vinzents Kopf, und es wollte ihm nicht einfallen, wie er dieses Karussell anhalten oder abbremsen konnte.

»*Madre de Dios,* sie steigen auf!«, rief Carlos, der *Teniente,* ein eher nüchterner Mann. »Sie sind auf dem Weg, Capitán!« In dem rundum aufbrausenden Gemurmel ging Susannes Stimme fast unter.

»Es ist immer noch … hinter uns … hinter uns her.«

»Was ist hinter ihr her?«, fragte Vinzent.

»Tja, wenn Sie mich fragen.« Perlmutter, der sich schon eine Zeit lang in Vinzents Windschatten hielt, klopfte ihm vertraulich auf die Schulter.

»Ich würde sagen …«

»Niemand hat Sie gefragt, *Señor.*« Vinzent bemerkte, dass sich der Kapitän im Stillen bekreuzigt hatte. »Beten wir, beten wir, dass sie es schaffen.«

»Wir waren blind.« Diesmal war Susanne so klar zu verstehen, als ob sie mitten im Einsatzraum stünde: »Die Insel, die Vulkane und diese … Fische, sie sind ein in sich geschlossenes … Ökosystem. Ich wüsste nicht, wie man es sonst nennen könnte. Seit Jahrmillionen hat es funktioniert, auch ohne unsere Technologie. Sie waren schon immer hier. Die Menschen sind nur zu Gast.« Ihre Stimme hatte einen befremdenden Klang, als würde sie im Tiefenrausch sprechen oder delirieren. »In unserem Wahn, die Natur zu beherrschen, sind wir, zu weit gegangen – zu weit nach unten. Dabei hätten wir nur … die Natur beobachten müssen. Kommen die Fische nach oben, gibt es unten ein Problem.«

»Hat sie eben was von *Fischen* gesagt?« Das Foto von Platana-Joes maritimem Fund, das Vinzent in der Bodega gesehen hatte, fiel ihm ein. Wie von weit her, glaubte er, Wiesners Stimme zu hören:

»Warum erzählst du dem *Señor* nicht die alte Guanchen-Legende? Damit er weiß, was ihr Inselbewohner unter natürlichen *Ursachen* versteht. Oder sollte ich vielleicht *Urtiere* sagen?«

Völlig außer sich packte er Linares am Arm.

»Ist es wahr?«, fragte er. »Gibt es diese …« Und als er die Augen des Kapitäns sah: »Und Sie haben sie trotzdem tauchen lassen, obwohl Sie wussten …?«

»Niemand weiß etwas Genaues«, presste Linares hervor. »Ich gebe nichts auf dieses Gerede.«

»Herr Born, sehen Sie sich das mal an.« Perlmutter starrte wie gebannt aus dem Fenster. »Ich glaube, wir bekommen Besuch.« Perlmutter hatte den Satz noch nicht zu Ende gebracht, da war er schon von der Crew der *Esperanza* umringt. Die Sichtweite war außerordentlich gut, doch schon von Weitem wirkte das Schiff backbords wie eine mysteriöse Erscheinung, vielleicht wegen der offenen Feuer am Bug. Wenn Vinzent erwartet hatte, die Küstenwache zu sehen, dann trug der Anblick des Thunfischkutters noch mehr zu seiner Unruhe bei. Langsam und mit gedrosselter Maschine steuerte das Boot zwischen der Boje und der *Esperanza* hindurch. Vermutlich lag es daran, dass die Bemannung des Schiffs diese grimmig dreinblickenden Masken trug, dass manche von ihnen bengalische Fackeln schwenkten oder Pulversäcke in die See leerten, aber die Männer um Perlmutter wichen ängstlich zurück.

»Die kommen mir bekannt vor, Herr Born!« Der Atlantisforscher stieß Vinzent in die Seite. »Könnte schwören, das sind die Typen vom Strand.«

»Es sind Guanchen«, sagte Linares. Fassungslosigkeit sprach aus seiner Stimme.

»Sie machen Witze«, sagte Perlmutter. Er wusste zwar, dass es eine Community gab, die die Traditionen ihrer Vorfahren pflegten, doch er hatte noch nie ein Ritual aus der Nähe gesehen.

»Es ist nicht gerade ein Umzug durch die Gemeinde«, sinnierte er weiter.

»Wie Aborigines auf dem Kriegspfad würde ich sagen.«

»Vielleicht haben Sie einen Feiertag«, sagte Diego. Er warf einen Blick auf seinen Sonarmonitor und sprang auf.

»Die Drohne steigt weiter auf! Sie haben soeben die Fünfzig-Meter-Marke passiert.« Er hängte seinen Kopf über das Tischmikrophon: »*Esperanza* an *Rescue Team*. Können Sie mich hören?«

Keine Antwort.

»Druckkammern vorbereiten!«, brüllte Linares. Wie die meisten Forschungsschiffe hatte auch die *Esperanza* zwei Monoplace-Kammern an Bord. Ein verunglückter Taucher konnte so noch auf See unter genau den Druck gesetzt werden, den sein Gewebe brauchte, um die Gasbläschen wieder aufzulösen. Auch die passenden Therapiegase hatte Linares an Bord. Würden Susanne und Jingo rechtzeitig in die Röhre geschoben, wären sie wohl nach ein paar Tagen über dem Berg.

In knapp vierzig Meter Tiefe versuchte Susanne ihre Sinne zusammenzuhalten. Sie verbiss sich, vor Schmerzen zu schreien, denn sie spürte förmlich, wie sich ihre mit Stickstoff gesättigten Blutgefäße ausdehnten. Jede Zelle ihres Körpers dehnte sich aus, wollte platzen.

»Ich werde … wahnsinnig …«

In der Dunkelheit war das grüne Leuchten, das ihnen folgte, noch immer zu sehen.

»Es … gibt … nicht auf.«

Erst jetzt erkannte sie, dass Jingo ohnmächtig war. Der Oktopus schwebte vor seinem Mund, es sah aus, als hätte er aufgehört zu atmen.

»Nicht sterben, hörst du? Sonst war alles umsonst.« Ihre Stimme war deutlich im Kontrollraum der *Esperanza* zu hören. »Zu spät.« Sie brach ab.

»Man kann nicht immer zu spät kommen«, sagte Vinzent.

»Wie meinen Sie das?«, fragte Perlmutter. Es war ihm anzusehen, dass ihn das Drama, das sich unter ihnen abspielte, schwer in Mitleidenschaft zog. »Wenn ich das geahnt hätte, ich schwöre Ihnen, ich hätte die beiden nicht tauchen lassen.«

»Ich bin schon einmal zu spät gekommen«, sagte Vinzent. »Auf Hawaii. Glauben Sie mir, heute bin ich zur richtigen Zeit am richtigen Ort.« Während er sprach, hatte er die Augen geschlossen, und sein Gesicht war der Morgensonne zugewandt. Er machte den Eindruck eines Bergsteigers, der, auf dem Gipfel angekommen, sich dem wärmenden Strahl mit williger Müdigkeit überlässt, um Energie zu tanken.

»Ich glaube, sie ist ohnmächtig geworden«, sagte Diego. »*Raro* … Merkwürdig«, sagte er dann. »Ich empfange noch ein zweites Signal.«

»Was soll das heißen?«, fragte Perlmutter.

Diego drehte sich um. »Da kommt etwas hoch! Etwas Großes … und es ist schnell!«

»Höchste Zeit für mich zu gehen.« Vinzent rappelte sich auf.

Eine ruhige Entschlossenheit strahlte aus seinen Augen, als er die Treppe zum Achterdeck nahm.

Linares stand schon an der Backboardreling und bellte wie wild in ein Megaphon: »*Caramba!* Wenn ihr nicht augenblicklich mit eurer Jolle verschwindet, dann werde ich euch eigenhändig versenken!«

Damit war der qualmende Kutter der Guanchen gemeint, der noch immer behäbig seine Runde drehte.

Vinzent warf einen Blick über Bord. Die Doppelscheinwerfer der Drohne waren bereits zu sehen. Wie zwei Lichtschneisen schienen sie das Wasser zu teilen, doch sie wurden nicht größer, schienen zu verharren.

»Mierda!« In dem allgemeinen Chaos verlor auch der Kapitän seine Fasson.

»Diese Heiden behindern unsere Rettungsaktion. Verschwindet!«, brüllte er wieder. »Das ist ein Befehl!«

Die maskierten Priester gaben sich unbeeindruckt. Das Pulver, das rote *polvo del drago*, das sie noch immer ins Meer schaufelten, hatte sich inzwischen in der Art eines Ölteppichs zwischen der *Esperanza* und dem Ponton verteilt. Darunter leuchtete jetzt ein Regenbogen aus der Tiefe, wahrscheinlich ein Zusammenspiel aus diversen Lichtbrechungen, denn die Scheinwerfer der Drohne hatten sich allmählich in einem Winkel von 45 Grad gehoben.

»Und?« Als Vinzent neben den Kapitän trat, klang seine Stimme unnatürlich gelassen.

»Ich werde vorsichtshalber einen Taucher runterschicken«, sagte Linares. Er vermied es noch immer, Vinzent in die Augen zu sehen. »Glauben Sie mir, ich werde alles tun, um die *Señora* zu retten.«

»Wie lang wird das dauern?«

»Nicht länger als fünf Minuten.«

»Da ist wieder das fremde Signal!«, brüllte Diego aus dem Kontrollraum nach draußen. Verzweifelt drehte er am Frequenzregler.

»Esperanza an *Rescue Team,* hören Sie mich? Sie haben es fast geschafft, *Señora,* halten sie durch.«

Die Stimme des Sonar-Offiziers riss Susanne aus ihrer Ohnmacht.

Schade, dass ich tot bin, dachte sie noch. Sie zwang sich, ihre Augen offenzuhalten, denn wenn sie sie schloss, glaubte sie ihren Hinterkopf von innen zu sehen. Sie wollte etwas sagen, aber ihre Stimmritze brachte nur ein Ächzen hervor.

Ihre Hand streifte gerade den Zwanzig-Meter-Knoten der Tauchleine, da raste etwas mit der Wucht eines Schnellzugs heran. Eine Sekunde später explodierte der Hebesack über ihr, doch sie nahm es nur noch undeutlich wahr.

Aus, dachte sie. *Kein Mensch überlebt so ein Auftauchen.*

Andererseits, vielleicht war sie ja der Typ Mensch, der für das Unmögliche bestimmt war, geboren, Tauchtabellen Lügen zu strafen und die Gesetze der Physik zu widerlegen. Ihre Gedanken verschwammen, sie war bereit loszulassen.

»Haben Sie eben fünf Minuten gesagt?«, fragte Vinzent.

»Ja, vielleicht geht es auch schneller.« Linares feuerte seine Männer auf dem Ponton zur Eile an. »*Pronto,* ihr Hunde! Seid ihr taub?«

Das Meer begann plötzlich zu brodeln, riesige Luftblasen sprudelten nach oben und schaukelten den Ponton hin und her. Die Seilmannschaft schien heillos überfordert, ein Rettungstaucher, der sich gerade in seinen Neoprenanzug strampelte, landete unsanft auf dem Rücken.

Vom Boot der Guanchen kamen in diesem Moment schrille Pfiffe, sie galten nicht dem gefallenen Taucher, sondern dem Ende der Zeremonie.

Yn ge tu y ge sy San mim tu chu
Gehe schlafen, du Fürst der Fressenden Felsen.

Die alte *Bruja della mare* persönlich warf die letzte Handvoll *Polvo* in die rötlich schimmernden Fluten. Dann gab sie dem Steuermann ein unmissverständliches Zeichen.

»Na endlich«, sagte Linares.

»Ich glaube, wir haben ein Problem, Capitán.« Schon als Diegos Kopf in der Luke auftauchte, ahnte Vinzent, dass es schlimm werden würde.

»Die Drohne! Sie beginnt wieder zu sinken! Offenbar hat einer der Hebesäcke den Geist aufgegeben.«

»Unmöglich!«, japste Linares.

»Es gibt keine andere Erklärung!«, schrie Diego.

Zu seiner Verwunderung sah er, wie Vinzent einen Bleigurt vom Boden aufhob.

»Was haben Sie vor, *Señor?* Sie werden doch nicht.«

»Zu spät kommen?« Vinzent schüttelte den Kopf. »Nein, werde ich nicht.«

Mit diesem Satz sprang er über die Reling. Es war lange her, dass er Berührung mit dem Element gehabt hatte, das seinen besten Freund umgebracht hatte, und der Fall kam ihm wie eine kleine Ewigkeit vor.

Der Warnruf des Kapitäns wurde von den gurgelnden Wasserfluten verschluckt. Sich fast schulbuchmäßig um seine eigene Achse drehend, schraubte er sich hinab.

Er hielt die Luft an, so wie damals auf Hawaii, bei seinem letzten Versuch, und hoffte, er würde die Photonenlampen der Drohne trotz des Salzwassers sehen.

Denk an den letzten Tag. Denk an Mikes Gesicht, als sie ihn auf die Bahre legten. Denk an den Sonnenuntergang. Denk an den Leichensack.

Denk an die letzte Nacht im Hotel. Denk an die Schatten der Palmen auf dem schwarzen Sand … Denk an die Urne mit Mikes Asche, die später im Meer verstreut wurde. Denk an die Sonne. – Hatte Mike das nicht immer gesagt?

Denk an die Sonne.

Seine Augennerven hatten das Licht kaum registriert, da ließ er den Bleigurt los. Er war näher, als er gedacht hatte, denn er kollidierte fast mit der Stabilisierungsflosse der Drohne.

Zwei menschliche Silhouetten hingen vor ihm im Wasser. Er erwischte sie schon beim ersten Versuch. Durch die Scheibe ihres Helms erkannte er Susannes leichenhaftes Gesicht: Ihre Augen waren geschlossen. Nur mit Mühe konnte er dem Impuls widerstehen, ihren Namen zu rufen.

Seine erstickende Lunge rang bereits nach Luft, und wie ein Wilder strampelte er los, zwei leblose Gliederpuppen im Arm.

Denk an die Sonne.

Die zeitlupenhaft sinkende Drohne war schon fast verschwunden, als er am Rande seines Sichtfelds ein Leuchten bemerkte. Es bewegte sich, schien die Drohne zu umkreisen.

Was immer auch geschieht, denk an die Sonne.

Jingo kam in diesem Moment wieder zu sich. Sein auf die Brust hängendes Kinn hatte ein Eindringen des Wassers in seine Kehle verhindert. In wilder Panik blies er sein Mundstück aus. Der wachsende Lichtschein mobilisierte auch seine letzten Energiereserven, und er schaffte es, seine Flossen im Takt von Vinzents Kraulschlag zu bewegen. Er stampfte wie eine Maschine das Wasser unter sich weg.

Sekunden später tauchten sie bereits in den Regenbogen aus Pulverpartikeln, die sich langsam ausbreiteten und wie ein Strahlenschild in die Tiefe funkelten.

Das Ritual des Drachen war vollendet, denn das grünliche Leuchten, das ihnen gefolgt war, zog sich zurück.

Ein grollendes Geräusch kündete vom Ende des zweiten Hebesacks, und Vinzent spürte, wie ein Luftmeer nach oben schoss.

Festhalten, signalisierte er Jingo mit den Augen, da explodierte das Meer schon in seinem Gesicht. Es drang halbwegs in seine Atemwege und füllte fast schlagartig seinen Mund. Doch es brachte auch Auftrieb. Von allen Seiten fauchte und brodelte es an ihnen vorbei und trieb sie noch wilder nach oben.

Die Luftbrause war so dicht, dass Vinzent einmal glaubte, er könne mühelos atmen.

Denk an die Sonne.

Als er den Kopf hob, erkannte er den weißen, schlanken Rumpf der *Esperanza*. Er konnte sogar den Schaum der Wellen sehen, die sich an der landwärts gelegenen Seite des Schiffs brachen. Sie waren stark genug, dass man sie auch unter Wasser spüren konnte, und als er den Kopf drehte, begegnete er Susannes Blick. Ihre Lider hingen auf Halbmast, aber sie war bei Bewusstsein. Halb ohnmächtig tastete er nach ihrer Hand, und sie erwiderte seinen Druck. Gemeinsam tauchten sie auf.

Hilfreiche Männer zogen Susanne aus dem Wasser, auch Jingos Körper schwebte an Vinzent vorbei.

»*Señor* Born, *cojonudo!*«, rief eine begeisterte Stimme. »*Éste tiene cojones!*«

Vinzent verstand kein Wort, er hatte Mühe, sich über Wasser zu halten.

Wenigstens hast du sie nach oben gebracht.

Restlos erschöpft, aber immer noch aus eigener Kraft, zog er sich die Jakobsleiter hinauf.

Oben angekommen, plumpste er mit blauen Lippen und hervorquellenden Augen aufs Deck. Er fühlte sich, als habe er Knochen aus Gummi. Jemand zog ihn hoch und drückte ihm auf den Brustkorb, bis er einen Schwall stinkenden Meerwassers erbrach.

»Susanne.«

»Sie ist hier, *Señor.*«

Er wollte ihr den Helm abnehmen, aber zwei Männer kamen ihm zuvor.

»Ist sie …?«

Der Boden des Pontons kam plötzlich näher, und er begriff, dass er zu Boden gestürzt war.

Jemand drehte ihn um, im Gegenlicht erkannte er nur Hände und Männer in weißen Klamotten – dann, für eine ewig lange Sekunde erkannte er Mike.

»Wird … sie … leben?«

»Ja, das wird sie. *No te preocupes.* Machen Sie sich keine Sorgen. Sie haben es geschafft.«

»Mike, bist du das?«

»Nein, ich bin es nur, der nette Onkel Doktor!« Der Hyperbarmediziner der *Esperanza* schnippte mit dem Finger gegen eine aufgezogene Spritze. »Zur Kreislaufstabilisierung«, sagt er nur.

Nach der Injektion drückte er Vinzent eine Sauerstoffmaske auf Mund und Nase. »Und jetzt schön durchatmen. Wir bringen sie alle nach Santa Cruz ins Hospital!«

40

Emilio Levante zog die Backen ein und beobachtete die Wirkung in der trübe spiegelnden Heckscheibe seines Dienstwagens. Er war mit Kopfschmerzen erwacht und dem nagenden Zweifel, ob er letzte Nacht nur geträumt hatte. Rosita, seine Frau – eine verdammte Guanchin?

Damit wäre auch Macarena zur Hälfte *versaut*. Sollte sie diesen Jingo Jimenzey heiraten, dann wäre er der letzte reinblütige Spanier in seiner Familie. Entsetzlich …

Eine frische Briese blies ihm in diesem Moment fast den Hut vom Kopf, und während er schreckhaft ausatmete und seine Backen wieder auf die Kinnlade sackten, watschelte er in die Lobby des »Sol Elite«-Hotels.

Der junge Streifenhampel, der ihm seit Quebrachos Verschwinden den Rücken freihielt, winkte ihm aufmunternd zu.

»*Hola,* Comisario … *Hola!* Ich muss sagen, die Ausstellung ist fantastisch …«

»*Cojones*«, knurrte Levante. Es erschien ihm fast wie die Rache des Bürgermeisters, dass er sich jetzt um bürokratische Kleinigkeiten wie Brandschutzregeln kümmern musste. Der palmerische Hausfrauen-Fotowettbewerb, dessen erlesene Früchte das »Sol Elite« seinen Gäste präsentierte, war zu einem Fall für die örtliche Brandschutzbehörde geworden.

Mit der Anzahl der Briefe, die er mit der senilen Bande gewechselt hatte, hätte er einen Winter lang durchheizen können.

Ganze Leitzordner waren das. Diesmal rechneten sie mit »zu großem Andrang« und hatten ihn kurzerhand alarmiert. Früher hatte sich Vargas um solche »Placebo-Auftritte« gekümmert, jetzt war der Leguan dran.

»Wirklich erstaunlich …« Der Streifenpolizist tänzelte ein paar Schritte vorweg. »All diese UFO-Aufnahmen. Ich beginne diese Insel mit anderen Augen zu sehen.«

Abgesehen von Welpen, Kätzchen und blühenden Hyazinthen, hatten viele Hausfrauen den Himmel über der Cumbre fotografiert. Und immer gab es dabei Wolken, die eben nicht wie Wolken aussahen. Eine der Pappwände trug sogar das Motto: »Wolkenfisch oder UFO?«

»Frechheit«, knurrte Levante. »Notieren Sie sich die Namen aller Einsenderinnen«, befahl er seinem Helfer. »Ich werde dieses Pack abmahnen lassen – alle, wegen Irreführung der Öffentlichkeit.«

Der junge Beamte, der seinen Stift bereits gezückt hatte, zögerte einen Moment. »Aber, Comisario. Bei allem Respekt, diese Hausfrauen wollten sicher nichts Böses.«

»Abmahnen hab ich gesagt!« Eine Kopfnuss vergegenwärtigte dem Beamten seine Position in der polizeilichen Hackordnung. »Besser noch, einlochen!«

In Gedanken war der Leguan längst mit anderen Dingen beschäftigt: Seit der Rückkehr der *Esperanza* war eine Woche vergangen, und das, was Frau Doktor Brecht den Interpolagenten mit typisch deutscher Gründlichkeit diktiert hatte, lag inzwischen auf seinem Schreibtisch. Sie hatte es tatsächlich gewagt, ihn zu belasten, und er konnte nichts dagegen tun, denn dieser Ermittler schlief bei ihr vor der Tür. Doch der Leguan hatte Zeit, und vor Gericht würde Aussage gegen Aussage stehen.

Schon die Nachricht von Gomez' Tod hatte er mit einem lauten Seufzen quittiert: Erleichterung, unendliche Erleichterung – anders ließ sich das Gefühl nicht beschreiben. Vargas und Gomez tot, Quebracho verschwunden, genauso spurlos wie diese Taucher. Levante rechnete nicht damit, dass er zurückkommen würde, um ihn zu belasten. Die Blonde und ihr Beau waren die letzten unsicheren Kandidaten. Nach ihrer Entlassung würde er sie persönlich in ein Flugzeug setzen und hoffen, sie beide nie mehr wiederzusehen.

Dann würde er nach Hause fahren und sich ernsteren Dingen widmen: Die Lösung der familiären Misere hatte Vorrang. Selbst wenn er nur vom Meskal berauscht geträumt hatte, unterbewusst hielt er den Traum für einen Fingerzeig des Schicksals: Trenne dich endlich von dieser Frau. Und genau das würde er tun. Er war ein Mann in den besten Jahren, und diese achtzehnjährige *chica* in seinem Vorzimmer würde ihn für alles entschädigen: *Bang my latina* – rund um die Uhr. Ob sie kochen konnte oder seine Hemden bügeln, war ihm erst mal egal. Sie würde es lernen, so wie Rosita es gelernt hatte, mal auf die sanfte, mal auf die harte Tour.

Rosita … Verdiente sein Plan mit dem Bootsunfall nicht schon längst eine kleine Neuauflage in leicht abgewandelter Form? Denn sollte seine Tochter diesen Tauch-Taugenichts wirklich ehelichen, würde er sie ihrer Mutter nachschicken. Er hatte sich nie von Weibern auf der Nase herumtanzen lassen, und daran würde sich auch auf seine alten Tage nichts ändern.

Resistir y fortificar es vencer, dachte er. *Halte durch, beiße dich fest und du wirst siegen.*

Er liebte diese alten Macho-Sprichwörter. Levante hatte nie aufgegeben, beharrlich war er dem einmal eingeschlagenen Pfad des Unrechts gefolgt, und die Tatsache, dass er sich noch immer auf freiem Fuß befand, gab ihm recht.

»Comisario?«

»Hm?« Als Levante sich umdrehte, standen zwei Knaben in Zivil hinter ihm. Ein junger Mann mit schütterem Haar reichte ihm eine schlappe, feuchtwarme Pfote. »Wer sind Sie?«

»Brauner«, sagte der Mann, »Zielfahnder Ralf Brauner von der Interpol. Sie haben heute Morgen auf meinen Anrufbeantworter gesprochen.«

»Richtig, *Señor* Brauner!« Levante umfasste die Hand und schüttelte sie, als ob er seinem Gegenüber den Arm auskugeln wollte. »Sie können sich gar nicht vorstellen, wie sehr ich mich freue, Sie persönlich kennenzulernen. Wie wär's mit einem Bier, meine Herren?«

Der Interpolagent zog ein pikiertes Gesicht. »Um ehrlich zu sein, wir sind auf dem Weg zum Flughafen. Für uns ist die Sache hier erledigt. Das sichergestellte Diebesgut gehört von Rechts wegen den Kanarischen Inseln. Wir haben hier nichts mehr verloren.«

»Ich danke Ihnen trotzdem für Ihre Hilfe.«

»Danken Sie Frau Doktor Brecht«, sagte Brauner. Er warf einen Blick auf die Uhr. »Worüber wollten Sie heute Morgen so dringend mit mir sprechen?«

»Nun … äh …« Levante schob die Krempe aus seiner Stirn. »Ich bin nur ein einfacher Polizist. Ich will damit sagen, ich verstehe manchmal die Zusammenhänge nicht. Hier geht ja schon eine Zeit lang alles drunter und drüber, aber manches macht mich einfach stutzig. Da beißt sich die Katze in den Schwanz, verstehen Sie?«

»Bitte, Comisario.« Brauner schien sich ernsthaft Sorgen um seinen Flieger zu machen. »Unser Taxi wartet. Kommen Sie bitte zur Sache.«

»Ja, sicher. Es um eine Beobachtung, die ich gemacht habe

und die ich kriminologisch nicht einordnen kann.« Levante holte tief Luft. »Vor ein paar Wochen – auf dem Empfang des Bürgermeisters – da habe ich diese Frau Doktor Brecht das erste Mal gesehen. Ich bemerkte, dass eine gewisse Vertrautheit zwischen ihr und Professor Gomez bestand ... Na ja, sie waren ja Kollegen, arbeiteten an der gleichen Sache ...« Er zog eine Miene, die verdeutlichen sollte, wie peinlich ihm die ganze Angelegenheit war. »Um es kurz zu machen, ich habe beide – wie sagt man – an diesem Abend in flagranti ertappt. Im Büro unseres verstorbenen Bürgermeisters ... genauer, gesagt auf seinem Schreibtisch. Es ist mir wirklich peinlich, aber ich denke, Sie sollten das wissen.«

Brauner und sein Kollege wechselten einen schnellen Blick.

»Wollen Sie damit sagen, Brecht könnte eine Komplizin gewesen sein?«

Levante zuckte die Achseln. »Keine Ahnung, aber merkwürdig ist es schon. Einerseits nennt sie Gomez einen skrupellosen Verbrecher, anderseits ...« Er grinste schmierig. »Oh, ich bin nur ein kleiner Polizeibeamter, aber ich habe mich immer gefragt, wie Gomez das alles durchziehen konnte. Im Alleingang. Ich meine, schon die Organisation der Tauchgänge. Irgendjemand hat ihn gedeckt.«

»Verstehe schon.« Brauner nickte gereizt. Vielleicht ahnte er bereits, dass Levante Susanne nur ihre Aussage heimzahlen wollte. »Geben Sie Ihre Aussage zu Protokoll, Comisario, man weiß ja nie ...«

»Ja, man weiß ja nie«, echote Levante. »Gute Reise!«

Der Interpol-Mann nickte kurz, er zögerte einen Moment – sein Blick zielte plötzlich an Levante vorbei.

»Gutes Foto«, sagte er.

»Bitte?«

»Na, das sind doch Sie auf dem Foto? Oder nicht? Ein wirklich erstklassiges Bild …«

Der Leguan drehte sich langsam um: Es war ihm unverständlich wie er den großen Schwarzweißabzug hatte übersehen können, denn er stach aus der Flut amateurhafter Hochglanzbildchen heraus. Es war ein sauberer Schuss – authentisch und ohne stilistische Schnörkel, und er zeigte Levante an Bord der beschlagnahmten *Santa Anna*. Auch das Tütchen mit Koks, das er damals verstreut hatte, war gut zu sehen. Daneben stand auf einem winzigen Schild und in Schönschreibschrift:

Einsender: M. Wiesner, La Palma, 2007. Titel: »Unser Comisario bei der Arbeit«.

41

Sonnenuntergang, Flamenco-Rhythmus, der Geruch von gegrilltem Fleisch und Holzkohle: Der Tag von Susannes Entlassung aus dem Krankenhaus fiel mit der Hochzeit von Macarena und Jingo zusammen.

Vor der Pfarrkirche Virgen de la Luz in Garafía warf die Sonne durch das Karree der Blätter hellen Flitter und tanzende Goldmünzen auf das Pfaster.

Es wurde gelacht und getanzt und getafelt, Guanchen und Spanier saßen in seltener Eintracht beisammen, die Crew der *Esparanta*, Männer der *Polícia Local*, selbst Perlmutter war mit ein paar befreundeten Atlantis-Forschern erschienen. Zumindest verteilten sie Einladungen zu irgendeiner dubiosen Veranstaltung. Angeblich stand eine Mars-Invasion kurz bevor, es hieß jetzt Vorkehrungen treffen.

Susanne und Vinzent saßen etwas abseits vom Trubel und hielten Händchen. Macarena tauchte gelegentlich auf und schenkte ihnen nach oder brachte irgendwelche Leckereien. Ihre Fürsorge war echt, denn sie wusste, dass sie ihren Ehrengästen Jingos Leben verdankte.

»Was immer ihr wollt, ihr braucht es nur zu sagen.«

»Du bist ein Schatz, Macarena, aber uns geht es gut.« Susanne hatte noch immer das Summen der Dekompressionskammer im Ohr. Sie erinnerte sich an das runde, beschlagene Glasfenster, das sie regelmäßig wischte, um nach Vinzent zu sehen. Manchmal pochte er gegen das Glas, und dann malte sie ein Herz in den Tau. Oder sie schrieb irgendwas spiegelverkehrt, meistens drei Wörter. Mit der Zeit verflogen Benommenheit und Schwindel, das Gefühl, wie benebelt zu sein, löste sich auf, und sie freute sich plötzlich auf das Leben. Ihre Ratio weigerte sich lange anzuerkennen, dass sie glücklich war und dass sie diesen berückenden Zustand Vinzent verdankte. Was sie in der Tiefe gesehen hatte, erschien ihr hier im Licht der untergehenden Sonne wie ein böser Albtraum.

Das Gesicht der Insel hatte sich völlig verändert, der Wind hatte sich schlafen gelegt, der Regen verzogen, selbst die Rauchwolke über der Cumbre hatte sich in Luft aufgelöst. Auch die vulkanische Aktivität hatte sich wieder beruhigt.

Für diesen plötzlichen Wandel hatte sie keine Erklärung, nur die Ahnung, dass es immer noch Dinge gab, die sich beharrlich der Beherrschung durch Technik und Logik entzogen.

»Na, ihr Helden …« Jingo, in einem Aufzug, der auch einem Torero gut gestanden hätte, leistete ihnen Gesellschaft. Er hatte gerade seinen Schwiegervater verabschiedet und war sichtlich erleichtert.

»Ich werde das Tauchen an den Nagel hängen«, sagte er unvermittelt. »Wenn ich an das Meer denke, wird mir kotzübel. Wahrscheinlich werde ich nie wieder einen Fuß ins Wasser setzen.« Er hielt sein Glas hoch, ganz dicht vors Gesicht, sodass die anderen seine Tränen nicht sehen konnten. »Wiesner, dieser arme Teufel, ich wünschte, ich hätte ihn von diesem Wahnsinn abhalten können.«

Er zuckte förmlich zusammen, als Susanne seine Schulter berührte.

»Es ist vorbei«, sagte sie knapp.

»Vorbei? Entschuldige, dass ich lache …« Jingo hatte schon

kräftig gebechert, und ein Löwenlachen fiel ihm nicht sonderlich schwer. Einige Gäste hielten es für ein gutes Zeichen und ließen ihn hochleben. Die Guanchen pfiffen dazwischen, es war ihr altes El Silbo, und diesmal klang es melodisch und schön.

Jingo starrte einen Moment vor sich hin, dann beugte er sich vertraulich zu ihr hinab. »Du hast es auch gesehen, oder?«

»Gute Frage …« Susanne hatte lange auf diesen Moment gewartet. Selbst mit Vinzent hatte sie nicht über das gesprochen, was sie in der Höhle erlebt hatte, schon gar nicht mit ihren Kollegen vom AWI.

»Weißt du«, begann sie, »im Tiefenrausch, da sieht man oft merkwürdige Dinge. Man halluziniert, bildet sich Sachen ein, die es nicht gibt … Das weißt du sicher besser als ich.«

»Genau deshalb frage ich dich.« Jingos Hand mit dem Glas begann zu zittern. »Wir haben beide gesehen, wie dieser Gomez …«

»Ertrank?« Sie nickte. »Ja, das habe ich mit eigenen Augen gesehen.«

»Aber Susanne …«

»Jetzt hör mal zu, Jingo. Seit ich meinen gemütlichen Stahltank verlassen habe, telefoniert die Polizei hinter mir her. Nicht die *Policía Local*, sondern ein ziemlich cleverer Inspektor aus Santa Cruz, der sich sehr für die Umstände, die zum Ableben meines geschätzten Kollegen führten, interessiert.«

»Und – was hast du ihm gesagt?«

»Dass es ein stinknormaler Tauchunfall war. Gomez verlor in einer Unterwasserhöhle die Nerven und starb infolgedessen eines natürlichen Todes. Ich hoffe, du kannst das bezeugen.«

»Ein … Tauchunfall?« Jingos Stimme sank zu einem Flüstern herab. »Soll das heißen, wir tun einfach so, als ob da unten – *nichts* wäre?«

»Wir tun nicht so, *es ist so, wie wir sagen.«* Susanne sah ihm genau in die Augen. »Du willst doch, dass diese Insel so bleibt, wie sie ist, oder? Was hast du davon, wenn du die Pferde scheu machst? *Sie* gehören hierher …«

»He, was flüstert ihr da?«, schmollte die Braut, doch Jingo hob leicht abwehrend die Hand.

»Was du von mir erwartest, ist unmöglich«, sagte er an Susannes Adresse gerichtet, »du wohnst nicht hier. Du musst nicht jeden Morgen hinaus aufs Meer sehen und an *nichts* denken …«

»Dein Großvater hat es auch gekonnt, oder?«

»Aber … sie … sie sind gefährlich!«

»Das sind Haie auch«, sagte Susanne, »und Stachelrochen und Rotfeuerfische und Portugiesische Galeeren. Jedes Jahr sterben Zigtausende am Gift dieser Qualle. Die meisten Meeresbewohner sind gefährlich, und trotzdem sind sie ein nützlicher Bestandteil der Natur. Sieh dich nur um: Hat sich diese Insel nicht sehr zu ihrem Vorteil verändert?«

»Willst du damit sagen«, Jingo suchte nach den richtigen Worten, »dass *sie* aufgeräumt haben?«

»Auf ihre Art haben sie das immer getan.«

»Und trotzdem frage ich mich nach dem Sinn.« Jingo war noch nicht überzeugt. »Nur zu wissen, das ist eine Strafe.«

»Weißt du, was ich aus dieser Sache gelernt habe?« Susanne drückte Vinzents Hand. »Alle Technik der Welt ist nutzlos, wenn sich die Menschen gleichgültig sind. Wir können unsere Verantwortung für uns selbst nicht an Maschinen delegieren. Selbst ein perfektes Frühwarnsystem entbindet uns nicht von der Pflicht, sich um unseren Nächsten zu sorgen. Jeder Mensch zählt, und es ist unsere Aufgabe, einander zu helfen. Euer Überleben wird eines Tages nicht von irgendwelchen Apparaten abhängen, sondern von der Bereitschaft, füreinander zu sterben.«

Sie lehnte sich zurück. »Das habe ich da unten in dieser Höhle gelernt.«

»Lasst mich raten, ihr Geheimniskrämer.« Vinzent zog Susanne zu sich heran. »Ihr redet nicht zufällig von diesem Guanchenmärchen, den *Fressenden Felsen*?« Und mit gespieltem Argwohn: »Habt ihr einen gesehen?«

Sein Blick wanderte von Susanne zu Jingo; das Schweigen machte ihn stutzig.

»Was war eigentlich hinter dir her?«, fragte er.

»Nichts«, sagte Susanne.

»Und wie kam es, dass die Hebesäcke explodiert sind? Dieser Sonaroffizier sagte, er hatte noch ein Objekt auf dem Schirm …«

»Einen Thunfisch vielleicht«, sagte Jingo, »oder einen Wal.«

»Nonsens!«

»*Proteus'* eingebaute Hebesäcke waren beschädigt«, erklärte Susanne.

»Und die Ursache?«

»Kollision mit einer Felswand. So steht es im Inspektionsbericht.«

»Das glaubst du doch selbst nicht.«

»So ist es aber. Nach der Bergung von *Proteus* wurde er von Spezialisten unter die Lupe genommen. Sie sind einstimmig zu diesem Ergebnis gekommen.«

»Hm …« Vinzent machte ein Gesicht, als würde ihm etwas nicht schmecken.

»Könnte schwören, da war noch etwas im Wasser.«

»Lass gut sein«, sagte Jingo. »Du hast deinen Fall gelöst. Mehr als das. Du kannst stolz auf dich sein.«

»Darum geht es jetzt nicht: Da war ein merkwürdiges Leuchten im Wasser.«

»Jetzt klingst du wie dieser Perlmutter«, ulkte Susanne.

»Wie bitte? Warum fragen wir nicht Diego? Frag ihn, was da auf seinem Monitor war.«

»Es war nichts«, sagte Susanne. »Im Übrigen bin ich mir sicher, dass sich im Logbuch des Kapitäns kein Eintrag über die Beobachtung seines Sonaroffiziers findet. Wahrscheinlich hast du dich verhört, Liebling.«

»Das fängt ja gut an«, sagte Vinzent. Er raufte sich die Haare. »Wenn du jetzt schon Geheimnisse vor mir hast, wie wird das erst, wenn wir verheiratet sind?«

»Du musst nicht alles verstehen, Liebling.« Susanne schmiegte sich in seinen Arm. »Und ich auch nicht.«

»Eine gewagte Aussage für eine Wissenschaftlerin«, stichelte Vinzent, »doch mir soll's recht sein. Ihr kennt ja meine Devise: Die Welt ist alles, was der Schadensfall ist. Wir kleinen Versicherungsschnüffler kennen Fälle, die spotten jeder Beschreibung – Schweinereien von höherer Gewalt, wo selbst das Restrisiko noch mal zugeschlägt.« Er stockte einen Moment.

»Sagt mal: Es gibt doch nicht etwa ein Restrisiko, oder? Ich meine, wenn da draußen vor eurer Küste etwas rumschwimmt, das Menschen frisst.«

»Das hat man jetzt davon«, fiel ihm Susanne ins Wort, »wenn man sich in einen kleinen Versicherungsschnüffler verliebt.« Und mit einem verschmitzten Grinsen: »Natürlich gibt es ein Restrisiko, mit oder ohne Frühwarnsystem, denn das größte Risiko, das es gibt, ist noch immer die Geburt. Es ist das Urrisiko und dagegen ist keiner versichtert. Trotzdem, das Leben ist schön.«

Jingo hob in diesem Moment sein Glas und sah in die untergehende, glutrote Sonne.

»Susanne hat recht«, sagte er.»Wir müssen nicht alles verstehen. Was immer es war, was wir gesehen haben, es ist wieder in der Tiefe verschwunden. Unsere Freundschaft dagegen wird bleiben. *A su salud,* meine Freunde, und auf viele schöne Wiedersehen!«

Epilog

Die Strände von La Palma sind schwarz, vor allem bei tief stehender Sonne, wenn das Blau des Meeres absäuft und immer schwärzer wird, so wie auf einem unterbelichteten Foto.

Der Nonnenstrand oder Playa de las Monjas ist nicht nur schwarz, er ist der einzige offizielle Nacktbadestrand auf La Palma. Mitten durch eine Bananenplantage hindurch führt der Weg über ausgesetzte Fußpfade an bröckeligen Steilabstürzen vorbei. An einer roten Flagge, die überall auf der Welt »Absolutes Badeverbot« bedeutet, führt eine vom Wasser angenagte Holztreppe zum Strand.

Oft sind es Pärchen oder junge Familien, die hier zwischen Felswürflingen oder Basaltklötzen kampieren. Über ihnen rollt dann das Felsmassiv in den Sturz, als wolle es jeden Moment überkippen und die Nackedeis für immer begraben. Noch waren es nur ein paar Einheimische, die sich hier in Felsnestern sonnten, doch es war abzusehen, dass die Touristen bald zurückkehren würden.

Nach dem kältesten und niederschlagsreichsten Februar, den die Insel je erlebt hatte, brachte der März endlich den Einzug sommerlicher Temperaturen. Innerhalb einer Woche stieg das Thermometer auf plus zwanzig Grad und kam selbst nachts nur ein paar Striche herunter.

Eine große, kämmende Welle rauschte den Strand hinauf und brachte die Sandkörner ringsum zum Knistern. Macarena lag neben Jingo im Sand und sah hinunter zum Meer, wo ihr Vater – eine Leichenbittermiene im Gesicht – die Uferlinie entlangtrottete. Selbst in Bermudashorts hatte er sich nicht von seinem Hut trennen können. Die Art, wie er auf sein Handy einredete, war fast mitleiderweckend.

»Dann gibt es halt eine Untersuchung, na und? – Ich sage Ihnen doch, diese Ausländer haben mich vorgeführt. Was weiß denn ich, was da draußen passiert ist?«

Die Handflächen gegen die pochenden Schläfen gepresst, stammelte er seinen Sermon herunter. »Ich bin unschuldig, *Señor Abogado,* völlig unschuldig. Ich möchte, dass Sie das den hohen Herren in Madrid sagen …« Er bemerkte, dass Macarena ihn beobachtete, und winkte scheinheilig-verlegen zurück.

»Was ist denn los, mein Herzblatt? Hast du keinen Appetit?«

Rosita sägte sich gerade mit einem Brotmesser ein ordentliches Stück aus der Torte. Unter ihrem rechten Auge schimmerte ein verblasstes Veilchen, aber sie wirkte gelassen und froh. Vier kleine goldene Mokkatassen standen vor ihr auf einer Picknickdecke, vier Teller, vier Kuchengabeln und eine Thermoskanne.

»Ich hatte mir die Versöhnung mit Papa anders vorgestellt«, sagte Macarena.

Ihre Mutter winkte ab. »Nun sei nicht undankbar. Er hat Jingo sein Boot zurückgegeben, und er ist immerhin zu deiner Hochzeit erschienen.«

»Und anschließend hat er dich verprügelt!«

»Ach was, ihm ist nur die Hand ausgerutscht.«

»Und warum setzt er sich nicht zu uns? Haben wir eine ansteckende Krankheit?«

»Du kennst ihn ja. Er muss immer eine Extrawurst haben.«

»Trotzdem.« Macarena konnte noch sturköpfiger sein als ihr Vater.

»Erst will er an diesen Strand, dann macht er einen Aufstand, weil ihm zwei Nackte begegnen! Als ob er das nicht vorher gewusst hätte ...«

Jingo schob seinen Sonnenhut aus der Stirn. Sein Zorn auf Levante war schon lange verflogen. Nur ein Körnchen Mitleid war in seiner Kehle stecken geblieben, und er konnte es weder schlucken noch heraushusten.

»Lass ihn doch«, sagte er. »Der Comisario hat sicher eine Menge Sorgen am Hals. Wenn sie ihm nachweisen können, dass er von Vargas' Machenschaften wusste, könnte es sein, dass er ein paar Jahre hinter schwedischen Gardinen verschwindet.«

»Das wäre ihm vielleicht eine Lehre«, sagte Macarena.

»Nein, das wäre es nicht«, sagte Rosita, »aber die Pension wäre futsch.« Und leise, nur für die Ohren ihrer Tochter bestimmt: »Liebes, es kann sein, dass dein Vater und ich in Zukunft getrennte Wege gehen. Würdest du das schlimm finden?«

»Ihr wollt euch scheiden lassen?«

»So ungefähr. Findest du das schlimm?«

Macarena schüttelte den Kopf.

»Im Gegenteil. Er hat es nicht anders verdient. Schlimm wäre es, wenn es immer so weitergegangen wäre. – Sag mal, weiß er es schon?«

»Noch nicht«, sagte Rosita mit einem merkwürdigen Lächeln, »aber bald, denn ich habe seit Tagen dafür gebetet.«

»Gebetet?«

»Na ja, ich und die alte *Bruja.* Wenn wir im Laden nichts zu tun haben, dann beten wir manchmal zusammen.« Das süße, mit Schokosplittern gesprenkelte Dreieck landete genau in der Mitte des Tellers.

»Emilio!«, rief sie dann. »Kuchen!«

Levante machte ein ärgerliches Gesicht, winkte ab.

»Also, jetzt reicht's …« Jingo richtete sich auf. »Comisario! Ich meine, Emilio, lieber Schwiegerpapa, wir haben diesen köstlichen Kuchen extra für dich reserviert!« Er hob die halbe Torte hoch. »Lass die Geschäfte mal ruhen.«

Levante nickte süßsäuerlich. Es ärgerte ihn, dass er in Hörweite dieses Taugenichts war.

»Tut mir leid«, rief er dann. »Aber das Böse schläft nicht, es ist uns Gesetzeshütern immer voraus.«

»Wie kannst du dir selbst voraus sein?«, rief Jingo. »Kleiner Witz«, fügte er noch vorsichtshalber hinzu.

»No problema«, sagte Levante. »Gebt mir noch fünf Minuten!«

Mürrisch grinsend stampfte er durch den schlammigen, seine Füße umspülenden Sand.

»Hallo, Comisario?« Die Stimme seines Anwalts klang wie Chucky, die Mörderpuppe. »Sind Sie noch dran?«

»Ja, verdammt. Warten Sie, ich geh mal kurz um die Ecke.«

Er manövrierte seine vollschlanke Figur um ein paar Felsen herum, in einen wilderen, weniger frequentierten Abschnitt der Bucht. Die schroffe Linie, die das Felsmassiv mit seinem zerfurchten, mächtigen Rücken bildete, schien die Brandung besonders zu reizen, denn sie donnerte förmlich heran und zerspritzte in schaumigen, undurchsichtigen Wirbeln, bevor sie das Ufer erreichte.

»Was wollten Sie gerade sagen, Comisario?«

»Dass ich reingelegt wurde«, wiederholte Levante. »Dieser verstorbene Paparazzi wollte sich aus irgendeinem Grund an mir rächen, ein Drogenfreund, wussten Sie das? – Ja, ich weiß, wie dieses Foto aussieht, oh ja. – Was? – Das Tütchen mit dem weißen Pulver? – Das hatte ich an Bord gefunden, was glauben Sie denn? Ich musste den Inhalt untersuchen, dabei ging eben etwas daneben. Das kommt öfter vor, als Sie denken. – Und was diese *Señora* gehört haben will, diese Deutsche. *Madre de Dios*, was weiß diese Dame von unserer Lebensart? Sie spricht ja nicht einmal Spanisch. Ihr Freund Gomez war vielleicht ein Gauner, aber das heißt doch nicht, dass die ganze Obrigkeit dieser Insel – vor allem die Behörden – korrupt ist.«

Er hielt inne und wartete auf ein paar tröstende Worte, aber sie kamen nicht.

Stattdessen nur verhaltener Argwohn.

»Tja, es ist bedauerlich, dass *Señor* Vargas nicht mehr zu Ihren Gunsten aussagen kann, aber er muss wohl oder übel von Gomez' krummen Touren gewusst haben. Waren Sie auch auf der Gala in Vargas' Haus?«

»*Señor Abogado«,* Levante schloss die Augen, »ich beschwöre Sie, ich hatte von den Hehlereien des Bürgermeisters nicht die Spur einer Ahnung. Wenn er der Kopf dieser Bande war, hat er mich an der Nase herumgeführt. Wie bitte?« Die Brandung schwoll wieder an.

»Ja, natürlich weiß ich, dass mich seine Frau bei der Interpol angeschwärzt hat, doch beweisen kann sie nichts. Gar nichts!« Er hielt inne und sah sich nach seinem verhassten Schwiegersohn um. »Mal unter uns, *Abogado,* ich werfe dieser Dame nichts vor. Vargas hatte sie in einem kubanischen Puff aufgelesen, ihre Manieren sind nicht die besten, und sie hat Angst, dass ihre Rente gestrichen wird. Also tut sie, was getan werden muss. Bringt ihre Schäfchen ins Trockene, nach den Regeln des *Lucha Libre*, Sie verstehen? Bei dieser Deutschen hat es andere Gründe. Ich habe sie abblitzen lassen, nachdem sie mir ein schlüpfriges Angebot gemacht hatte.« Er kratzte seine haarige

Wampe. »Sie müssen wissen, meine Ehe ist mir hoch und heilig, das können Sie dem Untersuchungsrichter bestellen, hoch und heilig.«

Erschöpft lehnte er sich gegen einen der Brandung vorgelagerten Felsen.

»Es ist zum Verzweifeln«, fuhr er fort. Sein Fuß stampfte nach Rhinozerosart in den Sand. »Wenn ich vom Dienst suspendiert werden sollte, werde ich Selbstmord begehen. Ja, natürlich meine ich das im Ernst. Ich habe mir nichts zuschulden kommen lassen. Nichts.«

»Bitte, Comisario ...« Der Anwalt klang so, als ob er Levantes Schmierenkomödie längst durchschaut hatte. »Ich rate Ihnen dringend, die Wahrheit zu sagen.«

Die Wahrheit? Levante sank noch mehr in sich zusammen. Von peinigenden Vorahnungen einer beschämenden Gerichtsverhandlung gequält, stammelte er leise und unzusammenhängend vor sich hin. Niemand hörte ihm mehr zu: Er war am Ende. Er ließ die Hand mit dem Telefon sinken, rollte seinen Kopf in den Nacken – und erschauderte, als plötzlich der Vorsprung, auf dem er saß, zuckte.

»Está temblando«, sagte er mit klappernden Zähnen. *»Está temblando* – es bebt!«

Etwas wie ein schleimtriefendes Fensterleder klatschte ihm ins Gesicht, und er glaubte plötzlich, allen Gestank der Hölle zu riechen. Dann war da nur noch ein einziger ruckartiger Sog, der ihn in die Dunkelheit riss.

»Cojones!«, ächzte er noch, aber dieser klägliche Laut wurde von der Brandung verschluckt. Es war tatsächlich sein letztes Wort und es beinhaltete für einen Spanier alles, was es über Levantes Leben zu sagen gab.

»Emilio, wo bleibst du denn?«

Als Rosita – ein Stück Kuchen auf einem Tellerchen balancierend – auftauchte, war der Strandabschnitt in der felsigen Bucht menschenleer.

»Emilio?« Erstaunt sah sie sich um: Eine tiefe, frische Schleifspur in dem schwarzen Sand sah aus, als hätte hier vor kurzem ein Amphibienfahrzeug angelegt.

Rosita lauschte eine Zeit lang auf das Rauschen der Brandung. Tränen traten ihr langsam in die Augen, und sie bekreuzigte sich. Langsam ging sie den Weg zurück, den sie gekommen war, das Gesicht immer dem Meer zugewandt.

Unter einem muschelfarbenen Himmel blaute der Ozean so schön, wie sie ihn noch nie über La Palma gesehen hatte.

Der ewige Frühling war zurückgekehrt.